ENTRE TROIS ET QUATRE
Love Boat II

Francis Scott Fitzgerald est né en 1896, à Saint Paul (Minnesota). Il s'engage dans l'armée en 1917, et publie à son retour plusieurs romans qui le consacrent comme le porte-parole et l'idole de la génération d'après-guerre. Il connaît alors un immense succès matériel et mondain, et analyse avec lucidité les lacunes et les tares de cette société qui lui fait fête. Attiré par Hollywood, il y connaît de nouvelles déceptions qui peu à peu l'amènent à la neurasthénie et à l'alcoolisme.
Il est mort presque oublié en 1941.

DU MÊME AUTEUR

aux éditions Belfond

LOVE BOAT, ET AUTRES NOUVELLES
Nouvelles, 1983
1991, dans la collection *Bibliothèque Belfond*

TENDRE EST LA NUIT
Roman, 1985

FLEURS INTERDITES
Nouvelles, 1988

FRAGMENTS DE PARADIS
Nouvelles, 1991

F. SCOTT FITZGERALD

Love Boat II

Entre trois et quatre

et autres nouvelles

TRADUITES DE L'AMÉRICAIN
PAR JACQUES TOURNIER

BELFOND

Ce livre a été publié sous le titre original
THE PRICE WAS HIGH
par Harcourt Brace Jovanovich, New York

TABLE

A VOTRE AGE

Cette nouvelle a été écrite à Paris, en juin 1929. Les Fitzgerald étaient revenus en France, car Zelda voulait étudier la danse classique à Paris, et Scott, qui travaillait déjà à Tendre est la nuit, *voulait se retrouver dans le décor même de son roman. Le* Saturday Evening Post *a acheté cette nouvelle 4 000 dollars (somme que Scott n'avait jamais obtenue jusque-là) et l'a publiée dans son numéro du 17 août 1929.*

I

Tom Squires entra dans le drugstore pour acheter une brosse à dents, un flacon de talc, un gargarisme, du savon d'Espagne, des sels d'Epsom et une boîte de cigares. Vivant seul depuis de nombreuses années, il était devenu très méticuleux, et attendait son tour, sa liste de courses à la main. En cette semaine de Noël, Minneapolis disparaissait sous cinquante centimètres d'une neige ravigotante, qui fouettait le sang. Du bout de sa canne, Tom en détacha de ses semelles deux petites plaques solidifiées. Puis, en levant les yeux, il aperçut la fille blonde.

Elle était d'un blond rarissime, même pour la

Scandinavie, Terre Promise des jeunes filles blondes. Un teint fleuri, des lèvres rouges, des mains potelées d'un rose adorable, qui dosaient des poudres dans des sachets, une couronne de cheveux, en longues tresses arrondies, qui paraissaient vivantes. Tom se dit qu'il n'avait jamais rencontré une aussi parfaite innocence, et il dut reprendre son souffle en avançant vers elle, et en croisant son regard gris.

— Un flacon de talc.

— Quelle marque ?

— N'importe... C'est parfait.

Elle le regardait sans le voir, et plus sa liste s'épuisait, plus son cœur battait la chamade.

« Je ne suis pas si vieux que ça, se retenait-il de lui dire. A cinquante ans, je me sens nettement plus jeune que bien des hommes de quarante. Suis-je à ce point invisible pour vous ? »

Mais elle, indifférente :

— Gargarisme ? Quelle marque ?

Et lui :

— Que me conseillez-vous ?... C'est parfait.

Il eut du mal à détourner les yeux, sortit du drugstore, regagna sa voiture.

« Si cette petite écervelée savait ce qu'un vieil imbécile est capable de faire pour elle, se disait-il avec ironie, de quels mondes il pourrait lui ouvrir les portes... »

En roulant, dans le crépuscule hivernal, il s'abandonna au fil de ses rêves, jusqu'à des lointains inouïs — rêves dus, peut-être, à cette heure tardive, au froid qui avivait les lumières des vitrines, aux grelots argentins d'une voiture de livraison, aux traces d'un blanc satiné que les pelles des nettoyeurs avaient laissées sur les trottoirs, à la distance infinie des étoiles. Tout réveillait en lui certains crépuscules d'autrefois. Il s'imagina un instant que les jeunes filles, qu'il avait connues trente ans plus tôt, s'échappaient, comme des fantômes, des déguisements de matrones, dont elles s'étaient toutes affublées, et l'entouraient soudain, avec des rires aigus comme du givre, des rires tremblants de séduction, et il s'écria, dans un grand frisson de plaisir :

— Jeunesse ! Jeunesse ! Ah ! Jeunesse !

Mais il sentit qu'il basculait vers les poncifs, et comme c'était un homme autoritaire et sans scrupules, il eut envie de retourner au drugstore pour obtenir l'adresse de la beauté blonde. Envie qui passa, à peine éprouvée, car elle n'était pas dans ses habitudes. L'idée, par contre, persista.

— Ah ! Jeunesse ! répéta-t-il. Je la veux près de moi, contre moi, une fois encore, une dernière fois, avant que l'âge m'en enlève le goût.

C'était un bel homme, grand et mince, avec un visage vigoureux et bronzé de sportif, et des moustaches à peine grisonnantes. Il avait compté, autrefois, parmi les dandys les plus recherchés de la ville, organisant des fêtes et des soirées de bienfaisance, et tout le monde le trouvait sympathique, les hommes comme les femmes, sur plusieurs générations. Par crainte de manquer d'argent après la guerre, il était entré dans les affaires, et avait gagné près d'un million de dollars en dix ans. Tom Squires n'était pas sujet à l'introspection, mais il avait brusquement l'impression que la vie reprenait son tour de manège, ranimait en lui des désirs, des bouffées de fantasmes, oubliés peut-être, mais qui lui avaient été familiers. A peine arrivé chez lui, il se précipita vers une pile d'invitations, qu'il n'avait pas encore décachetées, espérant en découvrir une, prévue pour ce soir-là.

Il dîna seul, au *Downtown Club*, en souriant à peine et en gardant les yeux mi-clos — exercice qu'il s'imposait pour être capable, si nécessaire, de se moquer sans effort de lui-même.

« Je ne comprends même plus leur langage, se disait-il. Ils prétendent pratiquer le *petting*... Un célèbre agent de change se risque dans une *petting-party* avec une débutante... Qu'est-ce, au juste ? Y sert-on des rafraîchissements ? Faudra-t-il que j'apprenne à jouer du saxophone ? »

Jusqu'à ce soir-là, ces problèmes lui semblaient aussi loin de lui que la Chine, découverte dans un film d'actualités. Mais il s'agissait, de toute évidence, de problèmes importants. En montant, vers dix heures, les marches du *College-Club* où avait lieu la soirée dansante à laquelle il était invité, il eut l'impression de pénétrer dans un univers inconnu, exactement comme en 17, lorsqu'il avait rejoint son camp d'entraînement militaire. Il échangea quelques phrases de bienvenue avec l'hôtesse (une femme appartenant à la même génération que lui), et avec la fille de l'hôtesse (qui appartenait manifestement à une génération différente), puis, pour s'habituer à l'ambiance, il alla s'asseoir à l'écart.

Sa solitude fut vite troublée par un jeune hurluberlu, appelé Leland Jaques, qui habitait la même rue que lui, et qui, le voyant dans son coin, se crut aimablement tenu de venir le distraire. Le Leland en question paraissait si content de lui que Tom se sentit tout d'abord agacé, mais il découvrit peu à peu l'usage adroit qu'il pourrait en faire.

— Hello, Mr. Squires. Comment va ?

— Bien, Leland. Charmante soirée.

En homme du monde qui vient de rejoindre l'un de ses pairs, Mr. Jaques s'assit, s'effondra plus exactement, sur le canapé, et alluma — ce fut du moins le sentiment qu'éprouva Tom — trois ou quatre cigarettes d'un coup.

— Pour une vraie soirée, vous auriez dû venir hier soir, Mr. Squires. Ah ! la, la ! Donnée par les Caulkins. Jusqu'à cinq heures et demie...

— Qui est cette jeune fille, qui change sans cesse de cavalier ? demanda Tom à mi-voix. Non, celle en blanc, près de la porte.

— Annie Lorry.

— La fille d'Arthur Lorry ?

— Exact.

— Elle semble avoir beaucoup de succès.

— La beauté la plus courtisée de la ville — du moins, dans les soirées dansantes.

— Pourquoi uniquement les soirées dansantes ?

— Le reste du temps, elle ne quitte pas Randy Cambell.

— Quel Cambell ?

— D.B.

Beaucoup de noms nouveaux, décidément, dans cette ville, depuis dix ans.

— Oh ! c'est un amour d'école maternelle !

Enchanté par cette expression, Mr. Jaques se fit un plaisir de la répéter.

— D'école maternelle, parfaitement !... Un de ces amours d'école maternelle, vous voyez...

Il s'arrêta là, écrasa sur les genoux de Tom sa première collection de cigarettes, et en alluma aussitôt une seconde.

— Boit-elle beaucoup ?

— Pas vraiment. Jamais vue pompette, je crois bien... Tenez, le voilà, le Randy Cambell en question, celui qui vient de la souffler à son cavalier.

Ils formaient un couple charmant. Face à ce garçon, grand et fort, la beauté de la jeune fille prenait tout son éclat, et ils semblaient flotter, presque sans pesanteur, comme deux êtres entraînés dans un rêve enchanté. Ils passèrent près de Tom, qui s'émerveilla de tant de fraîcheur, du teint légèrement poudré de la jeune fille, de son doux sourire à peine esquissé, de son corps délicat, taillé par la Nature au millimètre près, comme le symbole d'un bourgeon sur le point d'éclore. Ses yeux, candides et passionnés, étaient peut-être bruns, mais devenaient presque violets, à la lumière argentée des appliques.

— A-t-elle fait ses débuts cette année ?

— Qui ça ?

— Miss Lorry.

— Oui. Cette année.

Tom était très sensible à la beauté de la jeune fille, mais il était hors de question pour lui de se mêler à la cohorte de ses soupirants, qui la poursuivaient d'un bout à l'autre de la salle, essayant toujours de la souffler à son cavalier, toujours émerveillés d'y réussir. Mieux valait, pour la rencontrer, attendre la fin des vacances. Les jeunes gens auraient alors regagné leurs collèges, qui étaient « leur vraie résidence ». Tom était en âge d'attendre.

Il attendit quinze jours. La ville s'enfonçait dans l'hiver immobile des Etats du Nord, où le ciel gris paraît plus amical que le ciel d'un bleu métallique, et le crépuscule plus accueillant, avec ses lumières qui percent l'ombre, une à une, comme un symbole rassurant de l'espérance humaine, que le soleil exsangue de l'après-midi. Le manteau de neige se fendilla, devint sale et boueux. Les congères encombraient les rues. Plusieurs demeures de Crest Avenue fermèrent leurs persiennes, car leurs occupants descendaient vers le Sud. C'est dans cette période de journées glaciales que Tom proposa à Annie et à sa mère d'être ses invitées, pour le dernier bal des Célibataires.

Les Lorry appartenaient à une ancienne famille de Minneapolis, un peu gênée depuis la guerre. Mrs. Lorry était du même âge que Tom. Elle trouva donc tout naturel qu'il fasse livrer des orchidées, tant à la mère qu'à la fille, et qu'il leur offre un somptueux dîner de caviar, de cailles rôties et de champagne. Annie n'avait de lui aucune opinion bien précise.

Elle trouvait qu'il manquait d'entrain — reproche capital que font les jeunes gens aux plus âgés qu'eux. Mais comme il lui marquait un vif intérêt, elle consentit à faire pour lui l'inventaire rituel de ce qui incombe à une jeune beauté — sourires en tous genres, attention polie, regard grand ouvert, profil savamment adapté aux nuances de l'éclairage. Au cours du bal, il l'invita deux fois à danser, et, malgré les lazzis dont elle était l'objet, elle se sentit flattée qu'un homme qui connaissait le monde — c'est ce qu'il était désormais à ses yeux, et non plus un « vieil homme » — fasse preuve d'une telle déférence à son égard. La semaine suivante, elle consentit à l'accompagner au concert symphonique. Refuser lui parut incorrect.

Plusieurs « aimables invitations » de cet ordre se succédèrent. Assise à ses côtés, elle somnolait dans la tiède pénombre de Brahms, en songeant à Randy Cambell, et à d'autres silhouettes, encore imprécises, qui risquaient de prendre forme dès le lendemain. Un après-midi où, sans comprendre pourquoi, elle se sentait provocante, elle poussa Tom à l'embrasser, alors qu'il la raccompagnait chez elle. Mais, lorsqu'il lui saisit les mains, en déclarant qu'il était fou d'amour, elle dut faire un effort pour ne pas éclater de rire.

— En voilà des idées ! Cessez de proférer de pareilles sottises, sinon je ne sors plus avec vous, c'est fini, et vous serez très malheureux.

Quelques jours plus tard, pendant que Tom l'attendait dans sa voiture, elle entendit sa mère demander :

— Annie, qui est là ?

— Mr. Squires.

— Ferme la porte une seconde. Tu sors bien souvent avec lui.

— Et alors ?

— Il a cinquante ans, ma chérie.
— Mais, maman, la ville est déserte.
— Ne lui mets pas trop d'idées folles en tête.
— Rassure-toi. Il m'ennuie parfois à mourir.
Elle prit une brusque décision.
— C'est la dernière fois. Je ne sortirai plus avec lui. Mais pour aujourd'hui, c'est trop tard. Je ne peux plus me décommander.
Ce soir-là, devant sa porte, en se retrouvant dans les bras de Randy Cambell, elle oublia le seul baiser qu'elle avait accordé à Tom.
— Oh ! je t'aime, murmurait Randy. Embrasse-moi encore une fois.
Joues glacées, lèvres en feu, ils s'enlaçaient dans le froid cruel de la nuit, et en apercevant le miroir givré de la lune, par-dessus l'épaule de Randy, Annie comprit qu'elle était à lui, à lui seul, et, tremblant d'émotion, elle lui prit le visage à deux mains pour l'embrasser de nouveau.
— Quand accepteras-tu de m'épouser ? murmura-t-il.
— Quand pourras-tu... nous faire vivre ?
— Si on annonçait nos fiançailles tout de suite ? C'est terrible pour moi de savoir que tu sors avec d'autres, et de venir ensuite te parler d'amour. Tu comprends ?
— Tu es trop exigeant, Randy.
— Te dire bonsoir, c'est affreux pour moi. Tu permets que j'entre ? Juste une minute ?
— Bien sûr.
Serrés l'un contre l'autre, devant un feu qui mourait doucement, ils ignoraient qu'à quelques rues de là, plongé dans un bain chaud, un homme de cinquante ans soupesait d'un œil sec leur destinée commune.

II

Annie s'était montrée si aimable, cet après-midi-là, et si lointaine en même temps, que Tom Squires s'était dit qu'il n'avait pas réussi à l'intéresser. Il s'était juré à lui-même, dès le début, qu'il se garderait d'insister, si c'était le cas. Mais il se découvrait soudain d'une humeur différente. Jamais il n'avait eu l'intention de l'épouser. Il souhaitait simplement la voir de temps en temps, passer quelques heures avec elle. Sans ce baiser, mi-chaleureux, mi-désinvolte, et privé de toute émotion, renoncer à elle aurait été facile, car il avait passé l'âge des rêves romantiques. Mais il y avait eu ce baiser. Et chaque fois qu'il y repensait, il sentait son cœur gonfler sa poitrine, et battre nerveusement.

« Redevenons sérieux, se dit-il. Il est grand temps de m'effacer. Je n'ai aucun droit, à mon âge, de pénétrer de force dans sa vie. »

Il se frictionna longuement avec une serviette, se recoiffa devant la glace, et déclara : « C'est comme ça ! », en reposant son peigne. Il prit un livre, lut pendant une heure, et répéta, en éteignant brusquement sa lampe : « C'est comme ça ! »

Mais, pour venir à bout d'Annie, il ne suffisait pas de quelques mots et d'un déclic d'interrupteur. Ce n'était pas de ces affaires qu'on règle en donnant de petits coups sur son bureau avec la pointe d'un crayon.

Une demi-heure plus tard, il se dit : « Je vais pousser l'histoire un peu plus loin, pour voir », se tourna sur le côté et s'endormit.

Le lendemain matin, il croyait ne plus y penser — mais vers quatre heures, il se sentit cerné. Le téléphone ne pouvait servir qu'à l'appeler, chaque pas de femme qui longeait son couloir ne pouvait être que le sien, et la neige derrière les vitres ne pouvait danser que devant son visage.

« Pourquoi ne pas avoir recours au petit plan que j'imaginais hier soir ? se dit-il. Dans dix ans, j'en aurai soixante. Jeunesse, beauté — terminé pour moi, à jamais ! »

Saisi d'une sorte de panique, il prit une feuille de papier, et écrivit à la mère d'Annie une lettre, lui demandant l'autorisation de faire la cour à sa fille. Il porta lui-même la lettre dans l'entrée, mais face à la corbeille du courrier, il déchira l'enveloppe, et jeta les morceaux dans un cendrier.

« A mon âge, se dit-il, on ne se permet pas ce genre de fourberie. »

Mais il s'était ressaisi trop tôt, car il réécrivit sa lettre, et la déposa le soir même au service du courrier, avant de quitter son bureau.

La réponse arriva dès le lendemain. Il la connaissait d'avance, mot pour mot. Un refus cinglant et scandalisé, qui s'achevait ainsi :

« Je crois préférable que ma fille cesse de vous voir,
Sincèrement,
Mabel Tollman Lorry. »

Il écrivit un mot bref à Annie. Il lui avoua que la lettre de sa mère l'avait surpris, mais, vu son attitude, peut-être était-il en effet préférable de ne plus se voir.

Annie répondit par retour du courrier. Elle jetait un défi à sa mère : « Nous ne sommes plus au Moyen Age. Je vous verrai si ça me plaît. » Et elle lui fixait rendez-vous pour le lendemain après-midi. L'étroitesse d'esprit de Mrs. Lorry avait donc réussi, là où Tom lui-même avait échoué. Annie, qui était décidée à rompre, se sentit désormais résolue à poursuivre. La clandestinité, à laquelle la rigueur de sa mère l'obligeait, ajoutait un piquant nécessaire. Février s'était calfeutré dans un hiver opaque, interminable et solennel. Elle rencontra Tom très souvent, ce mois-là. Ils allaient parfois voir un film, ou dîner à Saint-Paul. Il garait parfois sa voiture le long d'un boulevard extérieur, et la neige fondue, qui couvrait le pare-brise leur faisait une douce pénombre, et les phares se doublaient d'une blanche fourrure d'hermine. Tom emportait souvent quelque chose à boire — assez pour qu'Annie se sente euphorique, mais sans dépasser les limites permises. Aux diverses émotions qu'il éprouvait pour elle, se mêlait l'impression secrète de la protéger comme un père.

Il joua cartes sur table, lui expliqua que, sans le vouloir, sa mère l'avait poussée vers lui, mais elle se contenta de rire de sa fourberie.

Elle se sentait bien avec lui, beaucoup mieux qu'avec ses amis. Contrairement à ce qu'un garçon aurait exigé d'elle, Tom ne lui témoignait qu'un infini respect. Il avait parfois le regard fatigué, les joues légèrement couperosées, mais quelle importance ? — puisqu'il gardait en lui une énergie d'homme mûr. A laquelle s'ajoutait une expérience, comme une fenêtre grande ouverte sur un univers plus riche et plus étendu. Avec Randy Cambell, le lendemain, elle savait qu'elle se sentirait moins respectée, moins précieuse, moins rare.

C'était au tour de Tom d'éprouver une sorte de frustration. Il possédait ce qu'il désirait tant — cette image de jeunesse à côté de lui — et il savait qu'en poussant les choses plus loin, il commettrait une grave erreur. Il avait besoin de sa liberté personnelle, et avant d'être complètement sénile, il ne pouvait offrir qu'une douzaine d'années acceptables — mais elle était comme un trésor pour lui, quelque chose de si précieux que se dérober serait se trahir. Et brusquement, fin février, il perdit le contrôle de la situation.

Ils revenaient de Saint-Paul, et avaient garé la voiture devant le *College-Club*, pour boire une tasse de thé. Ils se frayaient un chemin dans la neige durcie qui couvrait la route et obstruait la porte. C'était une porte à tambour. Un jeune homme en sortit, et lorsqu'ils s'y engagèrent à leur tour, ils furent gênés par une odeur de whisky et d'oignons. La porte tourna de nouveau, et le jeune homme qui venait de sortir, se trouva soudain face à eux. C'était Randy Cambell, congestionné, le regard farouche et violent. Il s'approcha d'Annie :

— Salut, beauté !

— Pas si près, dit-elle très vite, tu sens l'oignon.

— Tu joues les délicates, maintenant ?

— Je l'ai toujours été.

Elle recula d'un pas, pour rejoindre Tom.

— Pas toujours, répondit Randy, agressif.

Il jeta un bref regard vers Tom, et répéta, en haussant la voix :

— Pas toujours, crois-moi !

C'était comme s'il appartenait désormais à l'univers hostile et glacé de l'extérieur. Il ajouta :

— Un petit conseil : méfie-toi. Ta mère est là.

Cette humeur hargneuse et jalouse, venant d'un garçon plus jeune que lui, n'avait pas troublé Tom. Il n'y voyait qu'un caprice d'enfant gâté. Mais l'insolence de cette mise en garde le hérissa.

— Venez, Annie, dit-il sèchement. Allons nous asseoir.

Annie, mal à l'aise, détourna les yeux et pénétra dans la grande salle du Club.

Il n'y avait pratiquement personne. Trois femmes d'un certain âge étaient assises auprès du feu. Après un petit temps d'arrêt, Annie se dirigea vers elles.

— Bonsoir, maman... Mrs. Trumble... Tante Caroline.

Les deux dernières lui répondirent. Mrs. Trumble esquissa même un petit salut en direction de Tom. Mais la mère d'Annie se leva sans un mot, les lèvres pincées, le regard de glace. Elle dévisagea sa fille un moment, puis tourna les talons et sortit.

Tom alla s'asseoir avec Annie à l'autre bout de la salle. Annie avait du mal à respirer.

— Elle est horrible, non ?

Tom ne répondit pas.

— Trois jours qu'elle ne m'adresse plus la parole.

Elle s'emporta, brusquement.

— Oh ! la mesquinerie des gens ! Je devais tenir le rôle principal de la revue de la *Junior League*, et, pas plus tard qu'hier, ma cousine Mary Betts est venue me dire que c'était impossible.

— Pourquoi ?

— Parce qu'une jeune fille qui appartient à la *Junior League* n'a pas le droit de désobéir à sa mère. Comme si j'étais une petite môme mal élevée !

Tom examinait les trophées sportifs, alignés sur la cheminée. Son nom devait figurer sur deux ou trois d'entre eux.

— Peut-être a-t-elle raison, dit-il brusquement. Si je vous fais du tort, il est préférable d'en rester là.

— Que voulez-vous dire ?

Il y avait une telle stupeur dans la voix d'Annie, qu'il sentit son cœur battre un peu plus vite, et réchauffer son corps entier, mais il répondit, avec le plus grand calme :

— Ce voyage dans le Sud, dont je vous ai parlé, vous vous en souvenez ? C'est décidé, je pars demain.

Elle voulut discuter, mais c'était inutile. Le lendemain après-midi, à la gare, elle pleurait en s'accrochant à lui.

— Merci pour ce mois que je viens de vivre, dit-il. Le plus merveilleux de ma vie.

— Tom, dites-moi que vous reviendrez.

— Je resterai deux mois au Mexique. Puis j'irai quelques semaines sur le côte Est.

Il voulait lui faire croire qu'il était ravi du voyage, mais la ville glaciale qu'il allait quitter ressemblait soudain à un jardin de roses. Le souffle d'Annie dessinait des fleurs dans l'air froid, et son cœur s'arrêtait en pensant au jeune homme qui devait l'attendre devant la gare, pour la raccompagner chez elle, dans une voiture entièrement fleurie.

Deux jours plus tard, il passa la matinée à Houston avec Hal Meigs, un ancien camarade de Yale.

— Tu es un sacré veinard pour ton âge, lui dit Meigs, au cours du déjeuner, car je vais te présenter à la plus charmante compagne de voyage dont tu puisses rêver, et qui se rend à Mexico.

La dame en question fut ravie d'apprendre, à la gare, qu'elle ne voyagerait pas seule. Elle dîna avec Tom au wagon-restaurant, puis ils jouèrent au rami pendant une petite heure. Vers dix heures, en quittant la voiture-salon, elle se tourna vers lui, et le regarda dans les yeux — un regard insistant et sans équivoque. Ton éprouva une brusque émotion, qui n'avait rien à voir avec cette femme. Il aurait donné n'importe quoi pour être avec Annie, pour lui parler quelques secondes au téléphone, et pouvoir s'endormir enfin, sachant qu'elle était jeune, qu'elle était pure comme une étoile, et qu'elle dormait seule.

— Bonsoir, dit-il, en essayant de contrôler sa voix, pour que rien ne filtre de sa répugnance.

— Oh ! parfait. Bonsoir.

Il arriva à El Paso, le lendemain, et franchit la frontière jusqu'à Juarez. Il faisait lourd et chaud. Il laissa ses bagages à la consigne de la gare, et entra dans un bar. Il avait besoin de boire frais. Pendant qu'il buvait à petites gorgées, une jeune fille, assise derrière lui, demanda d'une voix pâteuse :

— Z'êtes américain ?

Il l'avait aperçue en entrant — une forme affaissée, les coudes sur la table. Il se retourna, découvrit qu'elle était très jeune, dix-sept ans environ, manifestement ivre, mais gardant une sorte de dignité, malgré sa voix rauque et traînante. Le barman, qui était américain, lui dit, en confidence :

— Je sais pas qu'en faire. L'est arrivée à trois

heures, avec deux garçons. L'un était son boy-friend. Ils se sont bagarrés. Les garçons ont filé. Elle, elle est toujours là.

Tom fut pris de nausée. Toutes les règles morales auxquelles s'étaient pliés les gens de sa génération, se voyaient ainsi bafouées et foulées au pied. Qu'une jeune Américaine puisse se trouver ivre morte, et abandonnée, dans une ville inconnue — que de telles choses arrivent... Annie, elle-même, qui sait ? Il hésita, en regardant sa montre, demanda :

— Elle vous doit quelque chose ?

— Me doit cinq verres de gin. Si les garçons reviennent, je dis quoi ?

— Qu'elle est à El Paso, à l'hôtel Roosevelt.

Il s'approcha d'elle, lui toucha l'épaule. Elle le regarda.

— Z'avez l'air d'un Père Noël, dit-elle en marmonnant. Mais ça peut pas être vous, le Père Noël... Ça peut pas...

— Je vous emmène à El Paso.

— Ah !

Elle parut réfléchir.

— Z'avez pas l'air dangereux pour moi.

Elle était tellement jeune — une petite rose noyée. Ignorer à ce point les vieilles règles établies, les vieux châtiments séculaires, lui mettait les larmes aux yeux. Petit combattant dérisoire, qui, la lance tremblante, affronte en champ clos le néant... Le taxi n'en finissait pas de traverser la nuit brusquement vénéneuse.

Après s'être expliqué avec un veilleur de nuit plutôt réticent, il chercha le bureau de télégraphe le plus proche.

« *Renonce voyage Mexique. Repars ce soir. Prière venir m'attendre, gare de Saint-Paul, à trois heures. Rentrerons ensemble à Minneapolis. Impossible être loin de vous une minute de plus. Love.* »

Au moins serait-il là pour la protéger, pour la conseiller, pour l'empêcher de gâcher sa vie. Avec une mère tellement stupide !

Tandis que les terres brûlées des Tropiques, et l'herbe verte des prairies, s'effaçaient peu à peu en montant vers le Nord, cédaient la place aux champs de neige, au vent glacial qui s'infiltrait dans les soufflets du train, aux fermes immobiles, endormies par l'hiver, Tom faisait les cent pas dans le couloir, bouleversé d'impatience. Arrivé en gare de Saint-Paul, il sauta du marchepied, avec la vivacité d'un jeune homme, et fouilla le quai du regard. Elle n'était pas là. Tout reposait, pour lui, sur ces quelques minutes de trajet, qu'ils devaient faire ensemble, d'une ville à l'autre. Il y voyait comme un symbole de la fidélité d'Annie à leur amitié. Le train repartit. Il regarda partout, du wagon-fumoir à la plate-forme d'observation. En vain. Il comprit alors qu'il était fou d'elle. A l'idée qu'elle avait pu suivre ses conseils, s'acoquiner avec d'autres jeunes gens, il était malade d'effroi.

Quand le train arriva en gare de Minneaplis, ses mains tremblaient tellement qu'il dut faire signe à un porteur. Il y eut ensuite une attente interminable dans le couloir, pendant qu'on déchargeait les bagages, et il se trouva poussé malgré lui contre une jeune fille emmitouflée de petit-gris.

— Tom !

— Comment ça ? Mais, je...

Elle lui mit les bras autour du cou, en s'écriant :

— Mais Tom je suis ici, dans ce wagon, depuis Saint-Paul !

Il laissa tomber sa canne, la serra contre lui amoureusement, et leurs lèvres se rencontrèrent, comme s'ils allaient mourir de faim.

III

L'intimité nouvelle, qu'autorisaient leurs fiançailles officielles, plongea Tom dans un bonheur presque enfantin. Il se réveillait, dans ces matins d'hiver, avec l'impression qu'une joie qu'il ne méritait pas envahissait sa chambre. Quand il rencontrait des jeunes gens, il s'obligeait lui-même à prouver, face à eux, sa résistance physique et sa vivacité d'esprit. Sa vie avait un sens, et trouvait son assise. Il se sentait équilibré, entier. Dans les sombres après-midi de mars, quand il était chez lui avec Annie, qu'elle allait et venait en toute liberté, les gages rassurants d'une vraie jeunesse refluaient vers lui — la capacité de s'émerveiller, la violence de la passion, les notions de mort et d'éternité, tragiquement confondues depuis la nuit des temps. Il retrouvait d'instinct, avec un certain effarement, les mots dont se servent les jeunes amoureux — mais il était plus sage qu'un jeune amoureux, et Annie avait l'impression « qu'il savait tout », qu'il l'aidait à franchir, une à une, les portes d'un univers merveilleux.

— On ira d'abord en Europe, disait-il.

— Oh ! on voyagera tout le temps. On passera tous nos hivers en Italie, et tous nos étés à Paris.

— Bien sûr, chère petite Annie, mais il faut aussi que je travaille.

— D'accord. Alors on voyagera le plus souvent possible. Je déteste Minneapolis.

— Pourquoi ça ?

Il était vaguement choqué.

— C'est très bien, Minneapolis.

— C'est très bien quand vous êtes là.

Mrs. Lorry s'était résignée à l'inévitable. Elle se plia au rite des fiançailles avec la plus parfaite mauvaise grâce, et demanda que le mariage n'ait lieu qu'en automne.

— C'est bien loin, soupira Annie.

— N'oublie pas que je suis ta mère. Ce n'est vraiment pas demander grand-chose.

L'hiver semblait ne plus finir, même pour un Etat où les hivers sont toujours longs. Mars fut agité de violentes bourrasques, et, au moment où l'on croyait enfin que le froid renonçait, il y eut un retour de blizzard, décourageant au dernier point. Les gens attendaient. Ils avaient perdu toute résistance, et se contentaient de durer, comme la saison. Ils ne savaient que faire, et les relations quotidiennes se ressentaient de l'épuisement général. Dans les tout premiers jours d'avril, la glace se fendit enfin, avec un long soupir, la neige se perdit dans le sol, et, saisi d'une fièvre verte, le printemps fit tout voler en éclats.

Ils roulaient un jour sur une route détrempée. Un petit vent soufflait, humide et délicat, avec un parfum d'herbe encore fragile. Annie se mit à pleurer. Elle pleurait parfois sans raison, mais Tom arrêta la voiture, ce jour-là, et lui entoura les épaules.

— Pourquoi pleurez-vous ? Etes-vous malheureuse ?

— Non, non, absolument pas.

— Hier, déjà, vous avez pleuré. Vous n'avez pas voulu me dire pourquoi. Vous savez qu'il faut tout me dire.

— C'est le printemps. Simplement le printemps. Il sent tellement bon, et il y a toujours en lui tant de souvenirs et de pensées tristes.

— C'est notre printemps, ma chérie. Notre premier printemps. N'attendons pas plus longtemps, Annie. Marions-nous en juin.

— Je me suis engagée vis-à-vis de ma mère. Mais, si vous le voulez, annonçons notre mariage pour juin.

Le printemps s'affirma très vite. Les trottoirs humides étaient enfin secs, les enfants y faisaient du patin à roulettes, les jeunes gens pouvaient de nouveau jouer au base-ball dans les terrains vagues. Tom organisait des pique-niques pour Annie. Il y invitait des jeunes gens de son âge, l'encourageait à jouer au tennis ou au golf avec eux. Et soudain, sans qu'on s'y attende, dans un dernier élan victorieux de la Nature, on put se croire en plein été.

Par un beau soir de mai, Tom remonta l'allée qui conduisait chez les Lorry, et s'assit sous la véranda, à côté de la mère d'Annie.

— Il fait si beau, dit-il. Au lieu de prendre la voiture, j'ai eu envie de faire une petite promenade avec Annie, de l'emmener voir la vieille maison où je suis né.

— Chambers Street, je crois ? Annie sera là d'une minute à l'autre. Des amis sont venus la chercher, juste après le dîner.

— Oui, Chambers Street.

Il regarda sa montre au bout d'un moment, espérant qu'Annie ne tarderait pas trop, qu'il ferait encore assez jour pour voir la maison. Neuf heures moins le quart. Il fronça les sourcils. Elle l'avait déjà fait attendre la veille au soir, et cet après-midi même, elle avait été en retard d'une heure.

« Si j'avais vingt ans, se dit-il, je lui ferais des scènes de jalousie, et nous serions très malheureux ».

Il échangea quelques mots avec Mrs. Lorry. La chaleur de la nuit encourageait la douce lassitude qu'éprouvent en fin de journée les gens de cinquante ans, et les apaisait l'un et l'autre. Pour la première fois, depuis qu'il s'intéressait à Annie, Tom s'apercevait qu'il n'existait aucune hostilité entre eux. Les silences se prolongeaient, rompus de loin en loin par le craquement d'une allumette ou le grincement de la balancelle. En voyant arriver Mr. Lorry, Tom laissa éteindre son second cigare et regarda sa montre. Dix heures passées.

— Annie est en retard, remarqua Mrs. Lorry.

— J'espère qu'il n'est rien arrivé, dit Tom. Avec qui est-elle sortie ?

— Ils étaient quatre. Randy Cambell et un autre couple — je ne sais pas qui, exactement. Ils sont juste aller boire un soda.

— J'espère qu'il n'est rien arrivé de grave, répéta Tom. Peut-être... A votre avis, faut-il que j'aille voir ?

— Dix heures, ce n'est pas très tard, de nos jours. Vous verrez...

Elle se souvint à temps que Tom n'allait pas être le tuteur d'Annie, mais son époux, et elle se garda d'ajouter : « Il faudra vous y habituer. »

Mr. Lorry pria Tom de l'excuser. Il montait se coucher. La conversation devint plus décousue, plus difficile. Quand l'église voisine sonna onze heures, ils comptèrent les coups en silence. Vingt minutes plus tard, au moment où Tom écrasait son dernier cigare, une voiture s'engagea dans la rue et vint s'arrêter devant le portail.

Rien ne bougea, pendant une minute, ni dans la voiture, ni sous la véranda. Puis Annie, son chapeau à la main, ouvrit la portière, et remonta rapidement l'allée. Sans souci du silence nocturne, la voiture s'éloigna en grondant.

— Oh ! bonsoir, dit Annie. Désolée. Quelle heure est-il ? Je suis très en retard ?

Tom ne répondit rien. Les lumières qui venaient de la rue donnaient au visage d'Annie une couleur de raisin mûr, et soulignaient d'une ombre pourpre le feu de ses joues. Sa robe était froissée, ses cheveux légèrement ébouriffés, de façon significative. Mais ce qui fit peur à Tom, et c'est pour ça qu'il ne dit rien, fut l'étrange petite fêlure qu'il perçut dans sa voix. Il détourna les yeux.

— Qu'est-il arrivé ? demanda Mrs. Lorry avec le plus grand calme.

— Oh ! un pneu crevé, et quelque chose dans le moteur... et on s'est trompé de route. Est-il si horriblement tard ?

En la voyant ainsi, debout devant eux, son chapeau à la main, respirant un peu vite, ses yeux grands ouverts, éclatants, Tom prit alors conscience, avec une étrange douleur, qu'il avait le même âge que Mrs. Lorry. Ils faisaient face ensemble à quelqu'un d'un autre âge. Quoi qu'il arrive, il ne pouvait se dissocier d'avec Mrs. Lorry. Quand elle s'excusa à son tour et monta se coucher, il eut envie de lui crier : « Mais pourquoi partez-vous ? Nous étions tous les deux à l'attendre. »

Ils étaient seuls. Annie s'approcha, lui prit la main. Jamais il ne l'avait trouvée aussi belle. Il sentit sur ses doigts comme une fraîcheur de rosée.

— Vous êtes sortie avec le jeune Cambell ? demanda-t-il.

— Ne soyez pas fâché. Je suis trop bouleversée.

— Bouleversée ?

Elle s'assit, soupira doucement.

— Je n'y suis pour rien. Ne soyez pas fâché. Il voulait simplement faire un tour avec moi, et il faisait si beau, ce soir, et j'ai accepté, pour une petite heure, et nous avons commencé à parler, sans voir passer le temps, et j'étais tellement triste à cause de lui.

— Et moi, j'étais comment, à votre avis ?

Il eut honte de lui-même. Mais qu'y faire ? C'était dit.

— Oh ! non, Tom. Je vous ai dit que j'étais bouleversée. Il faut que je dorme.

— Je comprends. Bonne nuit.

— Tom, je vous en prie. Ne soyez pas ainsi. Vous ne voulez vraiment pas comprendre ?

Il comprenait, et c'était là tout le problème. Avec l'extrême courtoisie des gens de son âge, il s'inclina légèrement, descendit les marches de la véranda, s'éloigna dans l'allée, se perdit dans le clair de lune. Il ne fut bientôt plus qu'une ombre, dans la lumière des réverbères, puis simplement le bruit d'un pas qui mourait dans la nuit.

IV

Cet été-là, il fit souvent de longues promenades à la nuit tombée. Il allait jusqu'à la maison où il était né, s'attardait un instant, puis gagnait une autre maison, qui était celle de son enfance. Il aimait retrouver ainsi, d'une étape à l'autre, des images qui appartenaient aux années 90 — des lieux où il avait été heureux — la charpente des *Jansen's Livery Stables*, et le vieux *Nushka Rink*, où son père jouait chaque hiver au *curling*, sur la patinoire soigneusement entretenue.

— Comme c'est dommage, murmurait-il. Sacrément dommage.

Il se dirigeait parfois, malgré lui, vers l'entrée d'un certain drugstore, car il avait le sentiment qu'un autre épisode de son passé, le plus récent de tous, y avait pris naissance. Un jour, il franchit la porte, demanda des nouvelles de la vendeuse aux cheveux blonds. Il apprit qu'elle s'était mariée quelques mois plus tôt, et qu'elle avait quitté la ville. Il insista pour connaître son nom, et lui envoya un cadeau de mariage, de la part « d'un silencieux admirateur », car il se sentait redevable envers elle d'un certain bonheur et d'un certain déchirement. Il avait tenté de se battre contre la jeunesse et contre le printemps. Il avait perdu la bataille. Et son déchirement n'était que le prix à payer pour l'impardonnable péché de son âge — le refus de mourir. Mais avant de se dissoudre à jamais dans les ténèbres immobiles, il s'était imposé une dernière épreuve. Ce qu'il voulait, en fait, c'était venir à bout de ce cœur indomptable. La portée du combat allait bien au-delà d'une victoire ou d'une défaite — car ces trois mois passés lui appartenaient à jamais.

INDECISION

Cette nouvelle a sans doute été écrite à Lausanne, en janvier-février 1931. Scott Fitzgerald séjournait à l'hôtel de la Paix pendant que Zelda était soignée à la clinique de Prangins. Le Saturday Evening Post *l'a achetée 4 000 dollars et l'a publiée dans son numéro du 16 mai 1931.*

I

La jeune femme en question portait une tenue de ski bleu horizon, achetée en Suisse, mais on pouvait y reconnaître la griffe inimitable de Paris. En émergeaient deux joues en feu, avivées par la neige, et un regard moins assuré que soupçonneux. Tommy McLane, dont le costume foncé évoquait plutôt celui d'un forçat, en fit tomber la neige avec sa casquette. Il pensait à Rosemary. Il se disait qu'il aurait pu rejoindre Rosemary, à l'hôtel voisin, danser avec Rosemary et les deux « *pitites-mamazelles* », entouré d'Argentins aux belles chevelures gominées, en fredonnant énergiquement : *I'm Getting Myself Ready for You*. Chaque fois qu'il était avec Emily, il éprouvait une pointe de nostalgie envers la jeunesse de Rosemary, envers cette atmosphère de gaîté dansante qu'elle semblait dégager, en même temps que les « *mamazelles* », et qui les suivait partout. Il savait très exactement ce qu'il pouvait en attendre — presque rien. Rien qu'un tissu de petites choses anodines, de petites plaisanteries qui meublaient le temps, avec de loin en loin de petites mélodies sur lesquelles on dansait. Rien d'autre, mais ça lui manquait. Il venait de s'y replonger, après un délai de quatre ans, et ça lui manquait. Par contre, lorsqu'il était avec Rosemary, et qu'il plaisantait pour la faire rire, il pensait à Emily de la même façon — Emily, qui avait déjà vingt-cinq ans, qui vivait dans un univers bien à elle, un univers de liberté où il pouvait la rejoindre, tous deux adultes, en tête à tête, un peu indécis, mais se faisant confiance, et sur le point d'être amoureux.

De l'autre côté de la vitre, la neige qui couvrait les forêts de pins prenait au crépuscule une teinte lilas, et du fait que la terre était ronde, ou pour une tout autre raison, un reflet de lumière rosée s'attardait au sommet de l'énorme montagne, appelée Dent de quelque chose. Des enfants s'engouffraient dans leurs hôtels, par fournées entières, comme si le monde extérieur n'en pouvait plus de leur vacarme, et aspirait à revêtir un digne manteau de silence. En bas, dans la vallée, on voyait s'allumer les premières maisons de la ville, et les fenêtres des hôtels, comme une brume lumineuse.

Tommy abandonna Emily à la porte de son hôtel. Jamais elle n'avait eu l'air si détendue, si obligeante, si désirable, déjà presque offerte, et pourtant réservée. Mais c'était plus fort que lui : il ne pensait qu'à Rosemary.

— On se retrouve au bar, à sept heures et demie. Et surtout pas de robe du soir...

Il ferma son blouson, enfonça solidement sa casquette et s'engagea dans la tempête. Le blizzard lui faisait du bien, et il aspirait d'invisibles flocons de neige, dans la nuit qui tombait. Trois enfants, montés sur une luge, lui crièrent de faire attention, dans une langue qu'il ne comprenait pas, et il n'eut que le temps de faire un bond de côté pour leur céder la place. Il entendit le même avertissement au virage suivant, et plus loin, dans l'obscurité, les grelots d'un traîneau qui montait la colline. Tout semblait à la fois aimable et familier — sans rappeler pourtant Minneapolis, sa ville d'origine, car dès sa petite enfance les premières automobiles avaient à jamais altéré cet aspect de la vie dans les Etats du Nord-Ouest. Si tout lui semblait aimable et familier, c'est qu'il avait connu, au cours de ces cinq derniers jours en montagne, quelques-uns des moments les plus merveilleux de sa vie.

Il avait vingt-sept ans. Il était directeur-adjoint d'une banque new-yorkaise à Paris, en passe d'être nommé directeur, à moins qu'on ne lui propose, au printemps prochain, une place à Chicago, et un salaire supérieur. Il était venu passer une dizaine de jours, dans l'une des stations de sports d'hiver les plus animées de Suisse, en se disant que s'il n'avait rien de mieux à faire, il pourrait toujours tomber amoureux. Il ne demandait qu'à tomber amoureux, mais à Paris, tous ceux qu'il fréquentait l'avaient remarqué, il était devenu timide et méfiant. Ici, il se sentait libre. Dès le premier soir, il avait sélectionné une bonne douzaine de jeunes filles et de jeunes femmes, jugées « interchangeables ». Le second soir, elles n'étaient plus que six. Le troisième, il en restait trois, dont une nouvelle — Emily Elliot, qui logeait à l'hôtel voisin. Le lendemain de Noël, il n'hésitait plus qu'entre deux : cette Emily-là, et Rosemary Merriweather. Il avait soigneusement fait ses comptes, sur un petit carnet, comme s'il était dans son bureau de la place Vendôme, additionnant d'un côté, soustrayant de l'autre, pour dresser l'inventaire de leurs différentes qualités.

— Deux créatures tout à fait remarquables, disait-il tout haut, et sa voix ressemblait au crissement de ses chaussures dans la neige. Aussi parfaites l'une que l'autre.

Emily Elliot était divorcée. Elle avait vingt-cinq ans. Rosemary en avait dix-huit.

Il l'aperçut dès qu'il pénétra dans l'hôtel — blonde, ravissante. Une beauté du Sud, semblable à tant d'autres nées avant elle, à tant d'autres pas encore nées. Originaire de la « *NiouAwlins* », elle habitait Athens, « *Djiordji* ». Il lui avait parlé pour la première fois la veille de Noël, après avoir vainement cherché quelqu'un capable de creuser une brèche suffisamment large, dans l'épaisse et hermétique muraille d'adorateurs en vacances, qui faisaient cercle autour d'elle, pour les présenter l'un à l'autre. Ce soir-là, elle était assise à une table, avec un soupirant. Tommy l'avait regardée, de loin, d'un œil ouvertement admiratif et provocant. Elle avait alors murmuré quelques mots à son soupirant, puis avait traversé la salle avec lui, et s'était assise à la table voisine, si près que Tommy devinait son dos à deux centimètres du sien. Elle avait ensuite envoyé son soupirant à la recherche de n'importe quoi. Tommy lui avait aussitôt adressé la parole. Le lendemain, au péril de leurs vies, ils avaient dévalé ensemble la piste de bobsleigh.

Rosemary l'aperçut, elle aussi, dès qu'il pénétra dans l'hôtel. Le thé dansant touchait à sa fin. Elle tournait lentement aux bras d'un jeune Levantin, que Tommy trouvait antipathique. Elle était en blanc, et ce blanc éclairait son visage, comme celui d'un ange sous une lampe à incandescence. Ses grands yeux semblaient dire : « Où étiez-vous passé ? »

Mais Tommy était perspicace. Il lui adressa un petit signe de tête, salua les deux « *mamazelles* », qui dansaient, elles aussi, et alla s'asseoir à l'écart. Il savait qu'une jeune fille comme Rosemary, gorgée d'admirateurs jusqu'à en être saturée, pouvait être intriguée par son indifférence. Très vite, en effet, elle le rejoignit, en tirant par le petit doigt son cavalier récalcitrant.

— Où étiez-vous passé ? demanda-t-elle.

— Conseillez à votre *darling-darjeeling* d'aller compter ses piastres, et nous pourrons parler à cœur ouvert.

Elle adressa au malheureux jeune homme, qui n'y comprenait rien, un sourire de conciliation.

— J'ai besoin de m'asseoir un peu, mon p'tit chou. On se retrouve tout à l'heure.

Il avait à peine tourné le dos que Tommy explosa.

— « Mon p'tit chou » ! Vous osez l'appeler : « mon p'tit chou » ! Pourquoi pas : « mon lotus », pendant que vous y êtes ?

Elle rit doucement.

— Où étiez-vous passé ?

— Je skiais. Mais rien ne vous oblige, en mon absence, à danser avec tous les gigolos qui débarquent du Caire. Pourquoi tient-il la main parallèle au plancher, en dansant ? S'imagine-t-il qu'il faut calmer les flots ? Que le plancher va se soulever pour l'engloutir ?

— C'est un Grec, mon p'tit chou.

— Et alors ? Quant à votre « p'tit chou », faites-le dégraisser chez un teinturier avant de m'obliger à l'endosser.

Il se trouvait très spirituel.

— Si nous allions chez moi ? proposa-t-il.

Il occupait une chambre, avec salle de bains et petit salon. Il en referma la porte sur eux, tira le verrou, la prit dans ses bras, mais elle lui échappa.

— Vous étiez à l'hôtel voisin.

— Il fallait que j'invite quelqu'un au dîner de ce soir. Avez-vous oublié que nous devons dîner tous ensemble, ce soir ?... Vous êtes ravissante.

C'était vrai. Son visage, animé d'abord par la neige, puis par la chaleur de la danse, offrait tout un échantillon de roses, délicats, ravissants, comme des nuances infinies, qui montaient du blanc de son nez vers le feu éclatant de ses joues. Elle se rapprocha de lui, et son souffle était juvénile — juvénile, exigeant, passionné. Elle avait les lèvres gercées, mais si fragiles aux commissures.

Elle se glissa sur la même chaise que lui. Et pendant une brève seconde, il sentit naître sur ses lèvres des mots qu'il eut du mal à ne pas prononcer. Elle était amoureuse de lui, et il le savait. Elle voulait de toute évidence l'épouser. Mais l'ancienne terreur de se laisser piéger l'envahit de nouveau. Il avait tant de choses à expliquer à cette jeune fille. Elle le regardait de tout près, le visage levé vers lui, et si elle avait dit un mot, un seul mot, comme preuve de sagesse ou d'intelligence, il aurait cédé. Mais elle se contentait de le regarder, avec une passion enfantine, et finit par dire :

— A quoi pensez-vous, mon p'tit chou ?

La seconde était écoulée. Elle redevint très lentement ce qu'elle avait été dans le plaisir de cette journée, dans l'excitation de cette journée : une hypothèse parmi d'autres. Elle était attirante, dans ce petit salon, mais tout aussi attirante pour ceux qui l'attendaient en bas. Victime des sortilèges de la montagne, il avait été sur le point de perdre sa lucidité.

Il l'attira vers lui, dit avec un sourire ironique :

— Alors, comme ça, on s'intéresse aux *darjeelings* ? J'imagine qu'à la Nouvelle-Orléans, tous les garçons ont ce teint-là.

Elle lui saisit les joues entre le pouce et l'index, serra avec sauvagerie, mais il n'était déjà plus là. Il pensait à l'hôtel voisin, où devait l'attendre Emily.

II

Ils ne dînèrent pas à l'hôtel. Après s'être rejoints au bar, ils descendirent jusqu'au village, et entrèrent dans une taverne, typiquement suisse, avec petits tonneaux, pendules à coucou, têtes de cerfs empaillées. Ils étaient divisés en plusieurs groupes, dont l'intention commune était de se gaver d'abord de *fondue* (préparation particulièrement indigeste à base de fromage) en buvant un vin épicé, puis de se hisser sur des traîneaux, et de se faire conduire à Doldorp, quelques miles plus loin, où se donnait un bal municipal.

Le groupe de Tommy comprenait : Emily, bien sûr ; un cousin d'Emily, appelé Frank Forrester ; le comte Caros Moros, un admirateur de Rosemary (elle jouait au ping-pong avec lui, l'écoutait patiemment gratter sa guitare et raconter comment il avait tiré à la mitrailleuse sur les paysans révoltés d'Andalousie) ; un étudiant de Cambridge, champion de hockey sur glace, appelé Harry Whitby ; et les deux « *pitites-mamazelles* », deux collégiennes de Californie, qui faisaient leurs études à Montreux, et qui étaient là en vacances, tout à fait décidées à perdre la tête. Six Américains, deux Européens.

L'ambiance était très gaie. Quelques messieurs à cheveux gris, issus des glorieuses années 90, braillaient des refrains folkloriques autour d'un piano. La *fondue* était excellente, le vin vous montait au cerveau, et des nuages de fumée s'enroulaient entre les murs bruns, et avivaient l'éclat des vêtements bariolés. Ils ressemblaient aux passagers d'un grand navire, qui suivait sa route vers un port inconnu. La même espérance naïve pouvait se lire sur le visage des jeunes gens et des jeunes filles — l'espérance de quelque chose qui risquait d'arriver ce soir-là, à cet endroit-là. Les Latins n'avaient aucun mal à devenir Américains. Pour les Anglais, c'était plus difficile. Il y eut brusquement une centaine de paires de bottes qui raclaient le plancher, et gagnaient la sortie où les attendaient les traîneaux.

Tommy s'attarda un instant. Il avait longuement parlé avec Emily, tout en éprouvant quelques vagues remords de conscience vis-à-vis de Rosemary. Elle était assise à sa gauche. La dernière fois qu'il avait regardé dans sa direction, elle écoutait Caros Moros gratter cette guitare qu'il emportait partout. Lorsqu'il sortit de la taverne à son tour, il l'aperçut, dans le clair de lune, qui attachait sa luge au traîneau qui la précédait. C'était le moment de partir. Il aida Emily à trouver une place. Un coup de fouet claqua. Les chevaux s'enfoncèrent dans la nuit. Autour d'eux, il y avait des silhouettes qui couraient en tous sens, des jeunes garçons qui se poussaient hors des traîneaux, s'affalaient dans la neige, essayaient de rattraper les chevaux, s'écroulaient sur une luge, hors d'haleine, ou suppliaient qu'on les attende. Mais, de chaque côté de la route, les champs étaient déserts. Les chevaux semblaient glisser sous un ciel sans limites. Et soudain ce fut le silence. Peut-être une peur ancestrale les avait-elle rejoints, et chacun croyait entendre hurler les loups, entre les bosquets d'arbres, dans l'immensité de la neige.

Arrivé à Doldorp, il resta sur le pas de la porte, avec Emily, pour regarder entrer les autres.

— On reconnaît éternellement le premier mari d'Unetelle, qui sort avec la première femme d'Untel, constata Emily. Qui peut encore croire au mariage ? Moi. Oui, j'y crois. Je suis celle qui s'acharne, qui écoute l'arbitre compter jusqu'à neuf, refuse le K.O. et reprend le combat. Mais pas avant deux ans. Je suis venue ici pour faire le point et réfléchir.

Tommy trouva que c'était long, deux ans, mais il savait que la plupart des femmes ne pensent pas ce qu'elles disent. Ils assistèrent à l'arrivée de Mr. Cola, surnommé Al Capone, entouré de tout un harem — son épouse, ses filles, une amie de son épouse, et trois jeunes Siamoises. Ils entrèrent à sa suite dans la salle de bal.

Il y avait foule — paysans, commerçants, employés d'hôtel, guides de montagne, gardiens de troupeaux, professeurs de ski et touristes. Chacun s'asseyait où il pouvait. Tommy aperçut Rosemary, à l'autre bout de la salle, entourée de sa smala d'admirateurs. Elle semblait fatiguée, et s'adossait au mur, le teint pâle, la bouche entrouverte, les yeux fixes et comme endormie. Dès que quelqu'un entraîna Emily dans une valse, Tommy rejoignit Rosemary et l'invita à danser.

— Pas envie. Suis trop fatiguée.

— Allons nous asseoir plus loin. Nous pourrons écouter les jodlers.

— Je les entends très bien d'ici.

— De quoi suis-je coupable ?

— De rien. Je ne vous avais même pas vu.

Le sourire, lourd de sous-entendus, que lui adressa le chevalier servant de Rosemary agaça Tommy au plus haut point.

— J'étais obligé d'inviter cette jeune femme à dîner. Elle s'est montrée particulièrement aimable envers moi. Je vous l'ai déjà expliqué. Je vous ai dit qu'il fallait que je lui consacre une grande partie de la soirée.

— Consacrez. Consacrez. Je vais partir bientôt.

— Avec qui ?

— Al Capone a son propre traîneau.

— Excellent. Partez avec lui. Il vous emmènera faire une petite promenade. Si vous n'êtes pas sur vos gardes, vous risquez de sérieux pépins.

Il était décontenancé. Dans l'après-midi, elle avait par trop manqué de mystère. Ce soir, elle en débordait. Sentant qu'elle prenait sur lui un nouvel avantage, qu'il était sur le point de céder, il tourna les talons et invita l'une des « *mamazelles* » à danser.

Cette « *mamazelle*-là » l'assommait. Elle était en adoration devant lui, et le suivait partout, les mains jointes, en poussant de petits soupirs. L'orchestre s'arrêta. Pour se faire pardonner son humeur maussade, il lui décocha un compliment outrancier et la reconduisit à sa table. C'était une soirée perdue. Il chercha des yeux Rosemary. C'est elle qui faisait naître en lui la plus forte émotion, il s'en apercevait enfin. Il avait beau se dire que c'était un jeu, qu'elle cherchait à le rendre jaloux, il ne supportait pas l'idée qu'elle puisse perdre son temps avec Caros Moros. Il la supporta encore moins lorsqu'il s'aperçut, un peu plus tard, qu'ils avaient disparu ensemble.

Il se leva d'un bond, s'élança vers la porte. Dehors, il y avait la neige, qui tombait à petits flocons, la file des traîneaux en attente, les chevaux immobiles sous leur harnais gelé, et un attroupement de gens surexcités autour du traîneau d'Al Capone. Il entendit crier :

— Salaud ! Salaud de Français !

D'après ce qu'il comprit, le cocher de Mr. Cola, un Français, qu'on traitait comme quelqu'un de la famille, avait passé l'après-midi à boire avec son patron. Il n'avait pas tenu le coup. Mr. Cola avait été contraint de l'aider à sortir, et brusquement, il s'était mis à injurier les Suisses. Tous des boches ! Et la guerre ? S'étaient bien gardés de la faire ! Et pourquoi ? D'où cet attroupement. Et comme certains des

Suisses étaient aussi pompettes que le Français, ça risquait de tourner à l'aigre. Les femmes ne savaient plus où se mettre. Les Siamoises échangeaient de petits sourires circonspects. L'un des Suisses avait enjambé les patins du traîneau, et, appuyé de tout son poids contre Mrs. Cola, tendait le poing vers le cocher. Mr. Cola finit par se lever, et par demander, d'une voix enrouée, « ce que tout ça voulait dire ? »

— Sales Français ! criait le Suisse. Et vous, pendant la Révolution, vous n'avez pas découpé les Gardes Suisses en morceaux, peut-être ?

— Allez au diable ! hurla Mr. Cola. Fonce dans le tas, cocher ! Vous, les gars, bas les pattes ! Touchez pas à mon traîneau. Toi, la ferme !

Cette dernière injonction à l'intention du cocher, qui continuait ses injures à voix basse. Mr. Cola semblait sur le point de le jeter par-dessus bord, pour apaiser la meute. Tommy parvint à se hisser sur le traîneau et à faire face au patriote suisse outragé.

— Fonce dans le tas ! répétait Mr. Cola. Te préoccupe pas de ce qu'ils racontent. Faut sortir nos dames de là.

Tommy savait, qu'emmitouflée dans une peau d'ours, Rosemary le regardait. Caros Moros, assis à côté d'elle, le regardait aussi. Il éleva la voix.

— Ces femmes sont américaines. Il n'y a qu'un seul Français. Calmez-vous, à la fin ! Qu'avez-vous en tête ?

Mais le massacre des Gardes Suisses ne pouvait pas passer à l'as aussi facilement. Tommy eut une intuition de génie.

— Une seconde. Répondez-moi. Qui a tenté de sauver la vie des Gardes Suisses ? Un Américain — Benjamin Franklin. Il a tout fait pour leur sauver la vie.

Cette affirmation saugrenue éclata avec force dans

l'atmosphère électrisée. L'apôtre des martyrs en resta bouche bée.

— C'est un Américain qui les a sauvés, répéta Tommy. Hurrah pour l'Amérique, et hurrah pour la France !

Et très vite, au cocher :

— Démarrez ! Démarrez ! Qu'est-ce que vous attendez ?

Le traîneau fit une embardée. Deux hommes tentèrent quelques secondes de le retenir, mais finirent par lâcher prise. Le véhicule, enfin libéré, glissa en crissant sur la neige, emporté par le trot furieux des chevaux.

— Vive l'Amérique ! Vive la Suisse ! cria Tommy.

— Vive la Fr..., voulut crier le cocher à son tour, mais Mr. Cola lui fourra son gant dans la bouche.

— Déposez-moi ici, demanda Tommy après quelques minutes. Je retourne au bal.

Il tentait de croiser le regard de Rosemary. Mais, blottie contre Caros Moros, elle l'évitait ouvertement. Tommy vit le Moros en question la prendre par la taille, et la serrer contre lui, jusqu'à ne plus former qu'une seule masse de fourrure anonyme. Ce fut une vision horrible. Elle était tout ce qu'il désirait au monde. Il avait soif de sa fraîcheur, de sa jeunesse. Il aurait voulu saisir Caros Moros par la peau du cou, et le précipiter hors du traîneau. Il comprit qu'il avait agi comme un imbécile, qu'il avait trop longtemps joué avec son innocence, qu'elle ne faisait plus attention à lui, qu'elle ignorait même qu'il était encore là.

Au moment où il sauta sur la route, Rosemary et Caros Moros fredonnaient doucement :

I wouldn't stoop
To onion soup ;
With corn-beef hash

I'm all through...

Et l'Andalou le regardait du coin de l'œil, avec l'air de dire : « C'est comme ça qu'on s'y prend avec les petites filles de ce genre... »

Le cocher, qui se débattait, réussit à crier d'une voix assourdie :

— *Bib oua Fouance* !

— Qu'il garde le gant dans la bouche, cria Tommy avec violence. Et qu'il meurt étouffé !

Il dut refaire la route à pied, et il se sentait atrocement malheureux.

III

Son premier réflexe, en se réveillant, fut de l'appeler au téléphone ; son second, de rester drapé dans sa dignité, et d'attendre contre toute évidence que son propre téléphone se mette à sonner. Il finit par descendre, après le déjeuner, et se trouva nez à nez avec l'infâme petit Grec, qui avait eu l'audace de danser avec Rosemary, lors du thé de la veille — ce qui remontait à des siècles.

— Une partie de ping-pong, ça vous tente ? demanda le Grec.

— Tout dépend avec qui ! répondit Tommy sur un ton tellement brutal, qu'il eut honte de lui aussitôt, suivit le jeune homme jusqu'à la salle de jeux, et se vengea pendant une demi-heure sur une impalpable petite balle blanche.

A quatre heures, pour débarrasser son cerveau de l'image qui l'obsédait, il partit en skiant vers l'hôtel d'Emily. Il trouva le hall rempli d'enfants travestis, qui affluaient de tous les hôtels des environs, pour le bal costumé de Noël.

Emily se fit attendre longtemps. Elle semblait inquiète et pressée.

— Pardonnez-moi. Il fallait que j'aide mes enfants à se déguiser, et comme ils sont très timides, tous les deux, je suis obligée de les jeter moi-même dans le feu de la farandole.

— Asseyez-vous une minute. Reprenez votre souffle. Il faut que nous parlions d'amour.

— Impossible, Tommy. Sérieusement. On se verra plus tard.

Et, d'une voix rapide :

— Pourquoi ne pas vous occuper de votre petite Sudiste ? Vous aviez l'air très inquiet à son sujet, hier soir.

Après une demi-heure d'adroites manœuvres pour vaincre les timidités, Emily vint le rejoindre. Mais, à bout de patience, Tommy était déjà prêt à partir. En lui laissant clairement entendre qu'il la dérangeait, qu'elle avait autre chose à faire, elle semblait s'entourer de mystère, à son tour, comme Rosemary. Elle soupira, en le raccompagnant jusqu'à la porte :

— Difficile, cette journée, pour plusieurs raisons. Mais je ne peux pas en dire plus.

— Ah ! bon ?

Les gens ont des vies tellement compliquées... Comment savoir la place exacte qu'on y occupe ?

En sortant, il tomba sur Frank Forrester, le cousin d'Emily, qui chaussait ses skis. Ils partirent d'un même élan, et se laissèrent glisser au flanc d'une petite colline. Frank s'écria brusquement :

— Vous savez quoi ? Le mariage, pas question pour moi. J'en ai vraiment trop vu. La première fille qui me demande mon avis, je réponds : à aucun prix.

Il semblait en proie à une idée fixe.

— Ma mère, par exemple. Elle s'est remariée. Qu'est-ce qu'il fait, son second mari, à votre avis ? Il la fait espionner, et il soudoie ses femmes de chambre pour pouvoir ouvrir son courrier. Quant à

Emily... Vous êtes au courant ? Un soir, en rentrant, son mari lui déclare qu'elle manque de chaleur envers lui, et qu'il connaît un bon remède. Il entasse sous son lit tout ce qui lui tombe sous la main, plus une paire de chaussures, et il y met le feu. Heureusement que le cuir dégage une odeur atroce en brûlant, sinon elle y restait.

— Ça ne fait jamais que deux exemples de mariage.

— Deux, parfaitement. Ça ne vous suffit pas ?

Frank paraissait furieux.

— Emily craint que son mari ne la fasse espionner. Nous avons remarqué un homme, dans la salle à manger, qui nous surveille constamment.

En tournant dans l'allée qui conduisait à son hôtel, Tommy commençait à se demander s'il plaisait vraiment aux femmes. La veille encore, il se croyait sûr de ces deux-là, sûr de les tenir bien en mains. En s'habillant pour le dîner, il comprit qu'il les désirait toutes les deux. Oui, toutes les deux en même temps. Que ce soit impossible lui semblait scandaleux. N'était-il pas cent fois préférable, pour une femme, de n'obtenir qu'une moitié de lui, plutôt que d'avoir droit à un Harry Whitby intégral, ou au premier Argentin venu, qui apportait en prime un pot de gomina ? La vie était trop mal faite. Mieux valait pas de femme du tout qu'une seule.

On frappa à la porte de son petit salon. Il cria : « Entrez ! », en achevant de nouer sa cravate de smoking, pencha la tête, et aperçut les « *pitites-mamazelles* ».

Il sursauta. S'était-il transformé en cadeau que leur offrait Rosemary ? Allait-il hériter d'elles, maintenant que ses deux têtes de liste semblaient renoncer à leurs droits ? Espéraient-elles vraiment qu'il leur serve de cavalier pour le bal costumé de ce soir ?

Il enfila sa veste de smoking, les rejoignit dans le

petit salon. Elles avaient des costumes d'Arlésienne, avec un bonnet noir et des tabliers empesés.

— C'est pour Rosemary qu'on est là, dirent-elles aussitôt. On voudrait savoir si vous pouvez faire quelque chose. Elle a passé la journée au lit, et elle refuse de venir à la fête de ce soir. Vous ne pourriez pas lui téléphoner ?

— Pourquoi lui téléphoner ?

— Elle est folle de vous, vous le savez très bien. La soirée d'hier a été la plus horrible de sa vie. Après avoir cassé la guitare de Caros Moros, elle a tellement pleuré qu'on ne pouvait plus l'arrêter.

Tommy eut comme un regain de confiance. Et d'instinct, il eut envie de courir vers le téléphone — mais, chose étrange, pour appeler Emily, car il se sentait de nouveau sûr de lui, capable de lui dire ce qu'il voulait lui dire.

Avant de sortir, les « *mamazelles* » se permirent d'insister, avec tout le respect qui lui était dû.

— Vous l'appelez ? Promis ?

— A l'instant.

Il les prit par la taille, comme un acteur de comédie musicale, et planta rapidement un baiser sur leurs joues fardées de rouge vif. La porte refermée, il appela Rosemary.

— Oui ? murmura-t-elle, d'une voix éteinte.

— Regrettez-vous d'avoir été si méchante avec moi, hier soir ? Aucune négrillonne de naissance n'aurait...

— Le méchant, c'était vous.

— Venez-vous au bal, ce soir ?

— Si vous vous comportez autrement, d'accord. Mais je suis encore couchée. Il me faut des heures avant d'être prête. Je ne descendrai qu'après le dîner.

Ayant ainsi verrouillé Rosemary dans l'une des cellules les plus rassurantes de son cerveau, il appela Emily. Elle s'excusa aussitôt.

— Pardonnez-moi d'avoir été si pressée, tout à l'heure.

— Emily, m'aimez-vous ?

— Je ne crois pas, non. Pourquoi ?

— N'êtes-vous pas un tout petit peu amoureuse de moi ?

— Je vous aime beaucoup.

— Chère Emily. Qu'est-ce que c'est que cette histoire d'espion ?

— Oh ! un homme qui est entré dans ma chambre. Par erreur, sans doute. Mais il nous surveille constamment.

— Je ne supporte pas l'idée qu'on vous ennuie. S'il se passe vraiment quelque chose, appelez-moi, je vous en prie. Je serai enchanté de lui sauter dessus, et de lui frotter le nez dans la neige.

Il y eut un silence lourd de sous-entendus.

— J'aimerais être avec vous, dit-il doucement.

Un silence encore. Puis, à mi-voix :

— J'aimerais aussi.

Tout était arrangé. Il n'avait plus le droit de se plaindre. Les choses avaient repris la place qu'elles occupaient vingt-quatre heures plus tôt. Il dîna seul, avec le sentiment qu'elles étaient là, toutes les deux, assises à sa table. Le bal masqué donnait à la salle à manger un scintillement féerique. C'était la dernière grande fête de la saison, celle qui clôturait les vacances de Noël. La plupart des jeunes gens, dont elle tirait tout son éclat, auraient regagné leur collège dès le lendemain.

Et Tommy pressentait qu'au cours de la soirée — sans savoir quand, et sans savoir non plus en quelle compagnie — le *moment* se présenterait ; le moment décisif, qui sait ? Très tard, sans doute, quand les derniers survivants de la fête — la frange la meilleure, la jeunesse — se dirigeraient vers le bar, où Abdul, avec son goût oriental pour la pénombre, ferait jouer les éclairages selon un savant contrepoint, dont la seconde voix serait la lune sur la neige, qu'on découvrirait dans les hautes fenêtres. Quelques heures après leur première rencontre, c'est là qu'il avait dansé avec Rosemary, dans ce jeu de reflets. Il se souvenait de la salle obscure, du point rouge des cigarettes, qui tournait au vert argenté quand les projecteurs devenaient pourpres, avec la présence de la neige au dehors, et le grand morceau de lumière blafarde, qui se découpait parmi les danseurs, chaque fois qu'on ouvrait ou qu'on fermait la porte. Il se souvenait qu'elle était dans ses bras, que l'orchestre jouait :

That's why mother made me
Promise to be true
She knew I'd meet someone
Exactly like you

Et les autres visages tournoyaient autour d'eux, dans le noir.

Il se tourna ensuite du côté d'Emily. Il se dit qu'ils iraient s'asseoir dans le hall, qu'ils auraient une longue et sérieuse conversation. Puis qu'ils disparaîtraient, pour parler plus sérieusement encore. Mais cette fois, elle serait très proche de lui. Tout pourrait alors arriver — tout.

Mais lorsqu'il pensait à elles deux, elles n'étaient jamais ensemble. Il comprit que, ce soir, elles seraient là en même temps, visibles l'une pour l'autre. Eviter surtout les complications de la veille. Agir avec tact et subtilité.

Il quitta la salle à manger, longea le couloir, où s'agglutinaient déjà Augustes et Pierrots, Colombines conventionnelles, clowns, paysans, corsaires et gitanes. Il ne s'était jamais déguisé lui-même, et la vue d'un homme transformé en bouffon le navrait toujours. Mais, parmi les jeunes filles, quelques-unes semblaient plus jolies qu'en réalité, et son cœur bondit de joie lorsqu'il aperçut, au fond du couloir, une ballerine au teint de neige, qu'il reconnut comme étant Rosemary. Mais à peine l'avait-il aperçue qu'un groupe d'invités sortit des vestiaires, et parmi eux se trouvait Emily.

Quelques secondes de réflexion. Aucune des deux ne l'avait vu. Saluer l'une à quelques mètres de l'autre le ferait partir du mauvais pied — car il tenait prête pour chacune une phrase d'introduction, qui exigeait le tête à tête. Avec une remarquable présence d'esprit, il se réfugia dans les toilettes pour hommes, et attendit, le cœur battant.

Il s'en échappa, quelques minutes plus tard, longea de nouveau le couloir avec la plus extrême prudence. En passant devant le salon, il jeta de biais un rapide coup d'œil, aperçut Rosemary, accompagnée de Caros Moros, qui regardait nerveusement autour d'elle. Emily était assise à une table. Elle le vit passer, lui fit un grand signe, mais Tommy, imperturbable, regarda fixement devant lui et continua son chemin. Il avait l'intention de s'installer au bar, en attendant que le bal commence. Tout deviendrait plus simple, lorsqu'elles seraient noyées dans le flot des danseurs. Au bar, il fut chaleureusement salué par Mr. Cola, qui tentait en vain de tuer le temps, pendant que son harem attendait dehors.

— Vais toutes les faire psychanalyser, expliqua-t-il. J'ai trouvé un type à Zurich. M'en prend une par jour. Jamais vu des bonnes femmes aussi ennuyeuses. Où que je les emmène, elles se plaignent de mal au ventre. Un de mes amis m'a dit qu'il avait fait psychanalyser sa femme, et qu'elle était beaucoup plus supportable depuis.

Tommy n'écoutait qu'à peine. Il venait de s'apercevoir qu'Emily et Rosemary, comme si elles s'étaient donné le mot, venaient d'entrer en même temps dans le bar. L'œil lointain, le souffle coupé, il se dirigea à grands pas vers la salle de bal. L'une des « *mamazelles* » passa près de lui en dansant. Il l'enleva à son cavalier, avec une sorte de soulagement.

— Rosemary vous cherche, dit-elle, en levant vers lui un visage extatique de dix-sept ans.

Il se sentit vite un peu ridicule de danser avec elle. Mais, par déférence sans doute envers son grand âge, les admirateurs de la jeune fille laissèrent passer trois danses sans oser la lui enlever. Il avait l'impression de pousser une voiture d'enfant. Il trouvait ridicule son costume folklorique, et sa perruque dégageait de petits nuages de poudre. Elle avait presque une odeur de bébé — de savon de bébé et de pastille de menthe. Comme tout ce qu'il faisait depuis deux jours, il ne comprenait pas pourquoi il l'avait enlevée à son cavalier.

Il vit que Rosemary dansait avec Caros Moros, puis avec d'autres jeunes gens, et de nouveau avec Caros Moros. Il supportait sa « *mamazelle* » depuis près d'une demi-heure. Son entrain s'épuisait. Son sourire se crispait. Un jeune cavalier se décida enfin à l'en débarrasser. Il se sentait tout fané, tout ridé. Il regarda autour de lui. Rosemary et Caros Moros avaient disparu. Il prit sur le champ la résolution de la demander en mariage.

Il se lança à sa recherche, en fendant la foule des danseurs, comme un nageur téméraire pique une tête entre les rouleaux. Au moment où il repérait enfin la pointe blanche de son bonnet, et les boucles blondes qui s'en échappaient, Frank Forrester lui barra le passage.

— Emily m'envoie vous chercher. Sa femme de chambre vient de téléphoner. Quelqu'un a essayé de s'introduire chez elle. Nous sommes presque sûrs que c'est l'homme qui n'arrête pas de nous surveiller pendant les repas.

Tommy le regardait sans comprendre.

— On devrait y aller tous les deux, continuait Frank, et lui frotter le nez dans la neige.

— Où ça ?

— Là-bas. A notre hôtel.

Tommy cherchait vainement une échappatoire. C'était la dernière chose dont il avait envie.

— Il faut en avoir le cœur net, insistait Frank.

Et comme Tommy semblait de plus en plus hésitant :

— Vous n'allez quand même pas vous dégonfler ? Cette envie de lui frotter le nez dans la neige, ça vous a passé ?

Impossible d'y échapper. Il lança un ultime coup d'œil en direction de Rosemary, et vit qu'elle dansait de nouveau avec Caros Moros.

La femme de chambre d'Emily les attendait dans le hall de l'hôtel. Il lui avait semblé que la porte s'ouvrait sans bruit, et se refermait aussitôt. Elle était descendue en courant pour donner l'alerte. Tommy et Frank montèrent l'escalier, s'approchèrent de la porte en silence, attendirent quelques secondes sur le seuil, en retenant leur souffle, puis ouvrirent à toute volée. La chambre était vide.

— Tout ça me paraît purement imaginaire, ronchonna Tommy. On ferait aussi bien de retourner là-bas et de...

Il s'interrompit. Un léger bruit de pas venait du couloir. Et un homme entra tranquillement dans la chambre.

— *Ach je* !, s'écria-t-il d'une voix suraiguë.

— Ah ! on vous tient ! répondit Frank, qui se glissa rapidement derrière lui et ferma la porte.

L'homme, terrifié, les regardait à tour de rôle.

— Oh ! j'ai dû me tromper de chambre...

Il eut un petit rire gêné.

— C'est que j'ai une chambre juste au-dessous. Je

comprends, maintenant. Je me trompe toujours d'étage. La dernière fois que je suis descendu dans cet hôtel, on m'avait logé au troisième, alors j'en ai pris l'habitude et...

— Pourquoi écoutez-vous tout ce que nous disons à table ? demanda Frank.

— Parce que vous me plaisez beaucoup. Les Américains sont des gens tellement sains, tellement propres, tellement aimables. Ça fait des années que je loge dans cet hôtel, et...

Tommy lui coupa la parole.

— Nous perdons notre temps. Descendons à la direction.

L'autre ne demandait que ça. Il se révéla être un berlinois, négociant en charbon, et habitué de l'hôtel. Il fallut présenter des excuses. Mais, voyons, sans rancune. Faisons la paix en trinquant tous les trois. Dix bonnes minutes avant de pouvoir s'évader. Tommy, fou furieux, repartit en courant vers la salle de bal. Il en voulait à Emily. Pourquoi se mettre en tête qu'on l'espionnait ? Quelles sont les femmes qu'on espionne ? N'était-ce pas plutôt une habile manœuvre pour l'éloigner de Rosemary, qui valsait et valsait sans fin dans les bras de Caros Moros, et chaque tour de valse l'entraînait davantage vers l'éclat juvénile d'un beau rêve andalou ? Frank lui dit bonsoir devant la porte de l'hôtel.

— Vous ne retournez pas danser ?

— C'est fini, regardez. La salle de bal est éteinte. Comme ça ferme très tôt, le dimanche soir, je pense qu'ils ont dû descendre à Doldrop.

Tommy s'engouffra dans l'hôtel. Dans la pénombre incertaine du hall, un dernier couple chaussait des snow-boots. La fête était terminée.

— Pour vous, Mr. McLane.

Le veilleur de nuit lui tendit une dépêche. Il hésita quelques secondes à l'ouvrir.

« Genève. Suisse. 2/1/31
H.P. Eastby arrive ce soir de Paris. Stop. Absolument indispensable assistiez déjeuner lundi. Stop. L'accompagnerons ensuite à Dijon.
Signé : Sage. »

Il avait du mal à comprendre. Quand le sens de cet impérieux diktat lui apparut enfin, il saisit les deux bras du veilleur de nuit.

— Miss Merriweather, vous connaissez ? Est-elle descendue à Doldorp ?

— Il me semble.

— Trouvez-moi un traîneau.

— Ils sont tous là-bas. Certains sont partis avec dix passagers à bord. Ces deux personnes que vous voyez là n'ont pas pu trouver de place.

— A n'importe quel prix ! Débrouillez-vous.

— Il y a bien le traîneau de la gare, mais les chevaux prennent leur service à sept heures du matin. Si vous allez aux écuries, si vous demandez à Eric...

Une demi-heure plus tard, l'énorme carriole, montée sur patins, aux fenêtres soigneusement calfeutrées, s'engageait sur la route de Doldorp, en faisant sonner ses grelots. Elle ne transportait qu'un seul passager. Au bout d'un mile, ils croisèrent le premier traîneau qui remontait de la vallée. Tommy se pencha pour scruter le monceau de fourrure anonyme, et cria : « Rosemary ! » d'une voix sonore mais inefficace. Un mile encore, et les traîneaux devinrent de plus en plus nombreux. Le vent lui apportait parfois un éclat de rire sarcastique en réponse, et sa propre voix se noyait parfois dans un « *Jingle Bells* » ou « *Mon beau Sapin* », chantés en chœur. C'était sans espoir. Les traîneaux passaient si rapidement qu'il n'avait pas le temps d'apercevoir les occupants. Bientôt, il n'en passa plus. Il se retrouva immobile et transi de froid dans son immense corbillard, glissant vers une ville où celle qu'il cherchait ne se trouvait plus. Un dernier chœur s'éteignait au loin :

Bonsoir, ladies
Bonsoir, ladies
Bonsoir, ladies-ies-ies
Je vais vous quitter maintenant-ant-ant...

IV

A sept heures du matin, un valet de chambre lui secoua l'épaule pour le réveiller. Pendant qu'il cherchait à tâtons son rasoir, le soleil saluait les drapeaux jaunes, verts et blancs qui claquaient sur le Wildstrubel. Le terrible fiasco de la nuit précédente était pour lui comme un naufrage, et sur le balcon blanc de sa fenêtre les corbeaux croassaient eux-mêmes : « T'as été trop loin. »

Il se sentait désespéré. Il avait envie d'appeler Rosemary. Mais comment faire comprendre à une jeune fille somnolente, ce qu'il aurait eu bien du mal à lui expliquer en tête-à-tête ? De toute façon, c'était l'heure de quitter l'hôtel. Il réussit à se hisser sur un traîneau bondé. Les visages qui l'entouraient paraissaient livides dans le petit jour.

Ils longèrent la patinoire, comme un miroir d'un vert fragile, où les écharpes bariolées des collèges des environs, tournaient sur le ciel bleu, aux accents d'une valse de Vienne. Puis ce fut la gare, où chaque respiration se condensait de froid. Tommy s'installa dans un compartiment de première classe. Et le train quitta la petite vallée, à travers les forêts de pins, aux troncs presque roses, sur l'éclat diamanté de la neige.

En face de lui, des femmes pleuraient doucement.

Elles venaient de laisser leurs enfants en pension, pour un nouveau trimestre. Un peu plus loin, dans un autre compartiment, il aperçut soudain les « *pitites-mamazelles* ». Il eut un mouvement de recul. Il n'avait pas la force de les affronter. Mais il ne pouvait pas leur échapper aussi facilement. Au moment où le train dépassait Caux, et s'engageait courageusement au-dessus du précipice, les « *mamazelles* » s'engageaient elles-mêmes dans le couloir et découvraient sa présence.

— Ah ! vous voilà !

Elles échangèrent un bref regard.

— On ne savait pas que vous étiez dans ce train.

— Vous savez ce qu'on aimerait ? commença l'aînée, celle avec laquelle il avait dansé la veille.

Il s'agissait sûrement d'une requête audacieuse, car elles furent secouées de petits rires étouffés.

— Ce qu'on aimerait, c'est que... On aimerait que vous nous envoyiez une photo.

— De qui ?

— De vous.

— Elle parle pour elle, déclara la seconde, d'un ton scandalisé. Moi, j'aurais pas osé. Quel culot !

— On ne m'a pas photographié depuis des années.

— Même une vieille, insista l'aînée, timidement.

— A propos, intervint la seconde, vous ne voulez pas dire au revoir à Rosemary ? Juste une petite minute. Elle pleure toutes les larmes de son corps. Ça lui ferait plaisir que vous lui disiez au revoir.

Il se leva d'un bond, comme soulevé par un cahot du train.

— Rosemary !

— Elle n'a pas arrêté de pleurer sur la route de Doldorp, à l'aller comme au retour. Elle a cassé la seconde guitare de Caros Moros, celle qu'il garde en réserve. Ça le rend très malheureux de rester tout un mois sans guitare.

Tommy était déjà parti. Le train serpentait doucement en se rapprochant du lac de Genève. Les « *pitites-mamazelles* », résignées, s'étaient installées dans son compartiment. Et il disait :

— Non, non, ne bougez pas... C'est parfait pour moi. Je vous aime comme vous êtes. Prenez mon mouchoir... Ecoutez. Si vous êtes obligée d'aller à Paris, ne pourriez-vous pas faire un petit crochet par Genève et Dijon ?

— Oh ! j'en serais ravie. Je ne vais sûrement pas vous laisser filer. Pas maintenant, en tous cas.

A cet instant précis — par habitude, peut-être, ou parce que les deux jeunes femmes étaient inséparables, dans son esprit, comme mariées l'une à l'autre — il eut l'impression qu'Emily était là : une image précise, vivante. Ne vaudrait-il pas mieux les voir toutes les deux ensemble, avant de prendre une telle décision ?

— Voulez-vous m'épouser ? demanda-t-il, dans un élan de désespoir. Sommes-nous fiancés ? Peut-on confirmer tout ça par écrit ?

Et le son de sa propre voix abolit à jamais l'autre image de sa mémoire.

FUITE ET POURSUITE

Cette nouvelle, écrite en Suisse, en 1931, a été achetée par le Saturday Evening Post *avec une certaine réticence. Le magazine préférait, en effet, des « histoires américaines », c'est-à-dire situées du bon côté de l'Atlantique. Payée 4 000 dollars, elle a été publiée dans le numéro du 14 mai 1932.*

I

En 1918, quelques jours avant l'Armistice, Caroline Martin, de Derby (Virginie), fut enlevée par un jeune et insignifiant lieutenant, originaire de l'Ohio. Ils se marièrent dans une ville du Maryland, proche de la frontière, où Caroline attendit que George Corcoran soit démobilisé. Puis, ils allèrent vivre chez lui, dans le Nord.

C'était un mariage absurde et désespéré. Au moment où elle fuyait de chez sa tante, l'homme qui lui avait brisé le cœur comprit qu'il venait également de briser le sien. Il l'appela au téléphone, mais elle n'était plus là, et, toute la nuit, allongé sur son lit, incapable de dormir, il ne fit que penser à celle qui l'avait attendu sur le perron, dans la douce odeur des magnolias, et la pénombre de la nuit, et il se voyait la rejoindre, dans son bel uniforme, avec ses bottes bien cirées, et son cœur débordant d'égoïsme, que la honte avait transformé peu à peu en véritable cruauté. Il apprit, le lendemain, qu'elle s'était enfuie avec Corcoran, et qu'il venait de la perdre à jamais, comme il le méritait.

La douleur de Sidney Lahaye fut d'autant plus vive qu'il n'avait agi que sous des prétextes médiocres — l'obligation de choisir entre un voyage autour du monde, et une garçonnière, qu'il pouvait partager à New York avec quatre amis de Harvard. En fait, en creusant davantage, il avait eu peur de se sentir lié, de se sentir piégé. Le voyage ? Ils auraient pu le faire ensemble. La garçonnière ? Elle se révéla, dès la première nuit, n'être qu'un carré de murs froids et nus. Se sentir piégé ? C'est profondément ce qu'il désirait — se glisser contre tant de fraîcheur juvénile, ne plus s'évader de ses bras.

Egoïstement élevé par une mère égoïste, il avait vécu comme un égoïste. C'est la première fois qu'il souffrait. Mais son caractère, tout d'une pièce, correspondait à son physique — un corps mince, élégant et musclé. Il était incapable de réactions superficielles, et ne reniait aucun de ses actes. Il savait qu'il s'était comporté de façon indigne et inepte. Il prit en compte sa douleur, refusa de s'en séparer, ce qui pouvait être bénéfique, à la longue. Et tout au fond de lui, indissoluble, inoubliable, s'imprima l'image de la jeune fille.

Pendant ce temps, Caroline Corcoran, ex-reine de beauté d'une petite ville de Virginie, affrontait l'excès de son désespoir dans une sinistre impasse de Dayton (Ohio).

II

Elle habitait Dayton depuis trois ans, et la situation était intolérable. Dans sa petite ville de naissance, tout le monde vivait dans une pauvreté relative, et lors des fêtes régionales, on ne trouvait pas deux robes sur cinquante qui aient coûté plus de trente dollars. Mais ce manque d'argent n'avait rien d'effrayant. A Dayton, c'était autre chose. Elle venait d'entrer dans un monde, qui n'était pas seulement d'une misère affligeante, mais d'une bassesse et d'une vulgarité qu'elle n'avait jamais côtoyées jusque-là. Et George Corcoran s'y révélait sous son vrai jour. Il avait acquis, un peu au hasard, une sorte de savoir-vivre qui faisait illusion, et rien, dans ses gestes ou dans ses paroles, n'avait préparé Caroline à rencontrer sa mère. Obligée de partager un petit deux-pièces avec elle, Caroline mesurait avec effroi à quel niveau elle s'enfonçait. Les Corcoran n'occupaient aucune position sociale. George ne connaissait personne. Caroline se trouvait complètement seule dans une ville inconnue. Mrs. Corcoran-mère ne l'aimait pas — n'aimait pas son éducation, ni ses manières du Sud, ni le fardeau supplémentaire que représentait sa présence. Que leur apportait-elle, avec ses grands airs de princesse ? Rien d'autre qu'un bébé. George avait fini par trouver du travail. Ils avaient emménagé dans un appartement plus grand, mais sa mère les avait suivis, car son fils était son seul bien, et Caroline s'enlisait dans une sécheresse impensable. Elle était trop honteuse d'elle-même et trop pauvre, au début, pour retourner chez elle. A la fin de l'année, sa tante lui avait envoyé la somme nécessaire, et elle avait passé un mois à Derby avec son petit garçon, trop fière pour avouer quoi que ce soit, mais incapable d'éviter que ses amies devinent une partie de la vérité. Elles avaient toutes réussi plus ou moins brillamment. Aucune ne vivait dans d'aussi mauvaises conditions qu'elle.

Au bout de trois ans, son enfant eut moins besoin d'elle, et lorsqu'elle sentit s'éteindre le reste d'affection qu'elle portait à son mari — car trop d'imperfections visibles avaient écaillé son apparente séduction — lorsqu'en se regardant dans une glace, elle crut entendre sa beauté, toujours intacte, lui reprocher de ne servir à rien, elle sut qu'il était temps de rompre. Non avec l'espoir d'un bonheur possible — car elle était consciente d'avoir gâché sa vie, et d'avoir perdu tout pouvoir de rêver, trois ans auparavant, une nuit de novembre — simplement parce qu'elle ne supportait plus cette situation. Le signal de la rupture lui fut donné par une voix, au téléphone — une voix dont elle se souvenait comme étant à la source d'une extrême souffrance.

— Allô ? dit cette voix — résolue, bien que traversée d'une vague émotion. Mrs. Corcoran ?

— Oui.

— Qui s'appelait Caroline Martin ?

— Qui parle ?

— Quelqu'un que vous n'avez pas vu pendant des années. Sidney Lahaye.

Elle garda le silence un instant, puis répéta, sur un ton différent :

— Oui ?

— Ça fait longtemps que je veux vous parler, reprit la voix.

— Je ne vois pas pourquoi.

— Rencontrons-nous. Il le faut. Je ne peux pas vous parler au téléphone.

Mrs. Corcoran-mère, qui était dans la pièce, demanda : « Qui est-ce ? », mais sans se faire entendre, en bougeant simplement les lèvres. Caroline fit un petit signe de tête.

— Je ne comprends pas pourquoi vous voulez me voir. Moi, je n'en ai aucune envie.

Elle respirait de plus en plus vite, la vieille blessure se rouvrait — la blessure qui avait transformé une jeune fille heureuse et amoureuse, en ce qu'elle était aujourd'hui : un personnage insignifiant, noyé dans les incidents quotidiens.

— Non, je vous en prie, ne raccrochez pas. J'ai beaucoup réfléchi avant d'appeler. Je sais que ça ne va pas très bien, pour vous.

— C'est faux.

Elle sentait que Mrs. Corcoran-mère tordait le cou pour écouter.

— Tout va très bien. De quel droit vous mêlez-vous de mes affaires ?

— Un moment, Caroline ! Vous ignorez ce qui s'est passé à Derby après votre départ. J'étais désespéré...

— Oh ! peu m'importe ! cria-t-elle. Laissez-moi tranquille, vous m'entendez ?

Elle raccrocha. Elle ressentait comme une insulte que cet homme, dont elle se souvenait à peine, sinon comme l'instrument d'un douloureux échec, ait l'audace de revenir vers elle.

— Qui était-ce ? demanda Mrs. Corcoran-mère.

— Quelqu'un. C'est tout. Quelqu'un que je déteste.

— Qui ça ?

— Un ami d'autrefois.

Sa belle-mère lui jeta un regard aigu.

— Ce n'est pas cet homme ?

— Quel homme ?

— Celui dont vous avez parlé à mon George, il y a trois ans, juste après votre mariage. Ça l'a beaucoup blessé. Cet homme que vous aimiez et qui vous a plaquée.

— Oh ! non, dit Caroline. Ça ne regarde que moi.

Elle se réfugia dans sa chambre. Quelle horreur, si Sydney insistait, s'il venait ici... S'il découvrait cette vie sordide dans une impasse minable.

Quand George rentra, elle entendit sa mère lui parler à voix basse, de l'autre côté de la porte. Elle ne fut donc pas surprise qu'il demande, pendant le dîner :

— Est-ce vrai qu'un ami d'autrefois t'a téléphoné ?

— C'est vrai. Tu ne le connais pas.
— Qui était-ce ?
— Une vieille connaissance. Il n'appellera plus.
— Je suis prête à parier le contraire, intervint Mrs. Corcoran-mère. Quand vous lui avez dit : « C'est faux », de quoi parlait-il ?
— Je répète : ça ne regarde que moi.

Mrs. Corcoran-mère échangea avec George un regard insistant.

— Si quelqu'un embête ma femme au téléphone, dit-il, j'ai le droit de savoir pourquoi, il me semble.
— Tu n'as rien à savoir. Quant à vous, ajouta-t-elle, en se tournant vers sa belle-mère, pourquoi écoutiez-vous ?
— J'étais dans la pièce. Vous êtes la femme de mon fils.
— Vous n'arrêtez pas de faire des histoires, dit Caroline calmement. Vous m'écoutez, vous me surveillez, et vous faites des histoires. Cette femme, qui téléphone à George sans arrêt, vous vous gardez bien d'en parler.
— C'est faux ! cria George. Et je t'interdis de parler à ma mère sur ce ton. J'en ai par-dessus la tête, figure-toi, que tu sois nippée comme une princesse, pendant que je me crève toute la journée, et quand je rentre à la maison, j'apprends...

Il se lança dans une diatribe agressive, insultante, où s'exprimait tout son mépris pour elle, mais Caroline n'écoutait pas. Elle pensait à ce billet de cinquante dollars, cadeau de sa grand-mère, qu'elle avait dissimulé sous un tiroir de sa commode. Elle ne savait pas si elle aurait encore le courage de s'enfuir — c'était rassurant, malgré tout, que cet argent soit là.

Le lendemain, au soleil du printemps, tout semblait aller mieux. Elle se réconcilia avec George. Elle avait une nature désespérément conciliante, désespérément optimiste, et, pendant une heure, elle oublia tous ses problèmes, et retrouva pour lui l'émotion d'autrefois — tendresse mêlée de pitié. Peut-être finirait-il par se séparer de sa mère, par changer, par devenir meilleur. De toute façon, elle avait ce petit garçon, qui souriait comme elle, d'un sourire tranquille et sage, et qui était là, au soleil, assis sur le tapis, à tourner les pages d'un livre. Et son âme s'enlisait déjà dans une indolence féminine, contre laquelle elle ne pouvait rien, où se confondaient le travail qui l'attendait dans l'heure suivante, la crainte de blessures nouvelles, et celle d'imprévisibles changements, lorsque la sonnerie du téléphone déchira brusquement le silence de l'appartement.

Il sonna, et sonna, avec insistance. Caroline, immobile, était terrifiée. Mrs. Corcoran-mère était allée faire son marché, mais sa terreur ne venait pas de la vieille femme. Elle venait de ce combiné noir, accroché au support métallique, qui sonnait, et sonnait, dans la pièce ensoleillée. Il s'interrompit un instant, et elle n'entendit plus que le battement de son cœur. Quand le téléphone sonna de nouveau, elle courut jusqu'à sa chambre et, prise de panique, empila dans une valise quelques vêtements de Dexter, sa seule robe convenable, une paire de chaussures, et glissa dans son sac le billet de cinquante dollars. Puis, tenant son fils par la main, elle sortit de l'appartement, et la sonnerie du téléphone retentissait dans l'escalier. Elle arrêta un taxi, se fit conduire à la gare. Mais les fenêtres étaient ouvertes, et la sonnerie stridente continua de la poursuivre dans le matin ensoleillé.

III

Deux ans plus tard, et rajeunie d'au moins deux ans, elle admirait dans un miroir la robe qu'elle venait de s'offrir. Elle était sténodactylo dans une grosse firme de New York. Son salaire, et le revenu des dix mille dollars, hérités de sa tante, qu'elle avait placés en obligations, lui permettaient de vivre avec le petit Dexter. Vie bien terne, par rapport aux promesses d'autrefois, mais supportable, et plus aisée. Ayant compris d'où lui était venue son attitude mensongère, George lui avait accordé la liberté et la garde de leur enfant. Elle l'avait inscrit à l'école maternelle. Il y restait, en sécurité, jusqu'à cinq heures et demie. Elle passait alors le chercher, et regagnait son appartement — petit, mais à elle seule. Elle était sans aucun secours, sans aucune chaleur possible, mais elle avait New York, ses distractions à la portée de toutes les bourses, la facilité d'y faire des rencontres, son rythme effréné de grande métropole, où l'amour, la naissance et la mort offrent de quoi rêver aux plus dépourvus d'imagination, aux plus déshérités le luxe et le spectacle.

Si la vie était supportable, elle était loin d'être euphorique. Caroline travaillait beaucoup. Elle était de santé fragile. En fin de journée, elle se sentait plus fatiguée que ses camarades de bureau. Quand l'éducation de son fils aurait grignoté son petit capital, elle devrait faire face à un avenir incertain. L'image qu'elle gardait de la famille Corcoran lui faisait horreur. Elle ne voulait à aucun prix dépendre de son fils, mais tremblait à l'idée qu'un jour il se séparerait d'elle. Elle ne s'intéressait plus aux hommes. Ses deux expériences l'avaient transformée. Elle les voyait avec plus de lucidité, mais aussi plus de pessimisme, et ce temps de vie s'était brisé net. Il s'effaçait, de jour en jour, comme un livre lu autrefois. L'amour ? Jamais plus.

Caroline le découvrait avec détachement, bien qu'avec un regret diffus, presque impersonnel. Il appartient à une jolie jeune femme, comme par droit d'héritage, d'éprouver de grands sentiments, mais c'était justement ce qui lui était interdit. Elle s'était étonnée elle-même en affirmant, devant d'autres femmes, qu'elle n'aimait pas les hommes ; c'était vrai pourtant, et elle le savait. La phrase paraissait horrible, mais depuis qu'elle vivait dans un monde à peu près stable, elle haïssait toutes les compromissions et tous les faux-fuyants de son mariage. « Je hais les hommes — moi, Caroline, je hais les hommes. Je ne leur demande qu'une chose : qu'ils restent courtois, et me laissent tranquille. Il manque donc quelque chose à ma vie, mais qu'y faire ? Celle des autres est équilibrée. Pas la mienne. »

Le jour où elle admirait dans une glace sa nouvelle robe du soir, elle se trouvait à Long Island, dans la maison d'Evelyn Murdock — qui, de toutes ses anciennes amies de Virginie avait fait le mariage le plus spectaculaire. Elles s'étaient rencontrées dans la rue, par hasard, et Caroline, invitée pour le week-end, se sentait mal à l'aise devant tant de luxe apparent, qu'elle n'aurait jamais pu imaginer. Mais elle découvrait, avec une sorte de plaisir, qu'elle paraissait aussi jeune et aussi séduisante, dans cette robe du soir, que les autres jeunes femmes, dont la vie avait suivi un cours plus prestigieux que la sienne. Le rythme du week-end, avec son début évident, ses divertissements programmés, sa conclusion inéluctable, suivait, comme à New York, le rythme de la vie, tout en s'y substituant. Caroline n'était plus capable d'aucune émotion, mais les schémas restaient les mêmes. Les invités, à peine entrevus sous la véranda, étaient des admirateurs en puissance. Faire un tour dans la nursery, évoquait la promesse d'autres enfants qu'elle pouvait avoir. Descendre l'escalier vers la salle à manger, faisait penser à une marche vers l'autel, et sa robe était celle d'une mariée, que prolongeait une traîne invisible.

— Ton voisin de table est l'un de tes très vieux

amis, lui dit Evelyn. Sydney Lahaye. Il était à Camp Rosecrans.

Après quelques secondes de frayeur, elle s'aperçut que tout serait facile. A l'instant précis où elle l'aperçut — et ce fut si rapide qu'elle n'eut pas le temps d'être émue — elle sut qu'il était mort pour elle. Ce n'était qu'un homme élégant, pas très grand, au teint vif et hâlé, avec une charmante petite moustache noire et de très beaux yeux. Aussi mort qu'on peut être mort. Elle tenta de se rappeler ce qui faisait de lui, autrefois, le seul être au monde qu'elle désirait mais c'est à peine si elle savait qu'il lui avait parlé d'amour, qu'il lui avait laissé croire qu'ils étaient fiancés, puis qu'il s'était très mal conduit, et s'était débarrassé d'elle — dans les bras de George Corcoran. Quelques années plus tard, il lui avait téléphoné, comme un capitaine au long cours, qui se souvient d'avoir connu quelqu'un dans un port d'escale. En s'asseyant à table, Caroline se sentait parfaitement à l'aise, et sans l'ombre d'une émotion.

Mais Sydney Lahaye ne pouvait pas renoncer à elle, aussi facilement.

— Je vous ai donc téléphoné à Derby, ce soir-là, dit-il. J'ai laissé le téléphone sonner plus d'une demi-heure. En regagnant le camp, toute ma vie était changée.

— Vous vous sentiez pris d'un superbe remords.

— Du remords ? Non. C'était très égoïste. Je venais de comprendre que j'étais terriblement amoureux de vous. Je suis resté éveillé toute la nuit...

Caroline écoutait avec indifférence. Ce n'était rien, pour elle. Ni une explication. Ni une raison de s'attendrir sur son propre destin. C'était un fait, sans plus.

Il refusa de la quitter. Elle ne connaissait personne d'autre. Elle ne voyait aucun endroit où s'abriter, aucun groupe auquel se joindre. Après le dîner, ils se trouvèrent sous la véranda, et là, elle dit, très calmement :

— Les femmes sont fragiles. Vous leur faites, un jour, quelque chose, et quoi qu'il arrive, rien ne peut effacer ce que vous avez fait.

— Vous me haïssez à jamais ? C'est bien ça ?

Elle hocha la tête.

— Autant que je puisse éprouver un sentiment à votre égard.

— Bien sûr. Ça doit être douloureux à vivre.

— Pas du tout. J'ai beaucoup de mal à me souvenir de cette soirée, où je vous attendais dans le jardin, tous mes espoirs et tous mes rêves à la ceinture, comme un bouquet de fleurs... Ce qu'ils étaient pour moi, de toute façon. Je savais que j'étais jolie. Je m'étais gardée pour ce moment-là — prête à tout vous offrir. Vous êtes arrivé, et vous m'avez détruite.

Elle eut un rire incrédule.

— Vous vous êtes conduit comme un monstre. Même si je m'en moque aujourd'hui, vous serez toujours ce monstre pour moi. Si vous m'aviez trouvée à la maison, le soir dont vous parlez, je pense que ça n'aurait servi à rien. Dans un cas pareil, le pardon n'est qu'un mot grotesque.

Sentant la colère et l'énervement percer dans sa voix, elle serra sa cape autour d'elle, et dit, plus doucement :

— Il fait trop froid pour rester ici.

— Une dernière chose avant de partir. Cette façon d'agir ne me ressemblait pas. Elle me ressemblait si peu que, pendant cinq ans, dès que j'avais l'esprit libre, je revenais vers vous. Je ne me suis pas marié. Jamais même je n'ai été amoureux. Toutes les jeunes filles que je rencontrais, je les comparais à vous, Caroline, le visage, la voix, la pointe du coude...

— Désolée d'avoir eu sur vous un effet aussi négatif. Ça a dû vous gêner beaucoup.

— Depuis le jour où je vous ai appelée, à Dayton, je suis sur vos traces. Je savais que je vous reverrais, tôt ou tard.

— Je dois rentrer. Bonsoir.

C'était facile de dire bonsoir, moins facile de s'endormir, et lorsqu'elle se leva, à sept heures du matin, Caroline n'avait eu qu'une petite heure de somnolence. Elle fit ses bagages, et écrivit à Evelyn Murdock une lettre polie et honteuse, lui expliquant pourquoi elle fuyait ainsi, dès le dimanche matin. Décision difficile à prendre, et sa haine pour Sydney Lahaye s'en accrut d'autant.

IV

Quelques mois plus tard, la chance passa à sa portée. Une certaine Mrs. O'Connor, rencontrée chez Evelyn Murdock, lui proposa une place de secrétaire particulière et de compagne de voyage. D'assez légères obligations, un voyage qui devait les conduire en Europe — épuisée, amaigrie, Caroline accepta sur le champ. Marque d'une générosité insigne, l'offre incluait son fils.

Caroline, perplexe, se demanda d'abord en quoi elle avait pu intéresser Helen O'Connor. C'était une femme d'une trentaine d'années, très émancipée mais avec discrétion, extrêmement mondaine, et, mise à part son étrange gentillesse envers Caroline, extrêmement égoïste. Mais le salaire était honnête, et Caroline, toujours traitée en égale, partageait le luxe de sa « patronne ».

Ce qu'elle vécut pendant trois ans ressemblait si peu à sa vie passée, qu'elle crut vivre à la place d'une autre. L'Europe d'Helen O'Connor n'était pas celle des touristes, mais celle des saisons mondaines. L'impression dominante était une fantasmagorie de villes et de gens — Biarritz et Mme de Colmar, Deauville et le comte de Berme, Cannes et les Derehiemers, Paris et le Château de Madrid. Elles menaient cette existence de casinos et de palaces dont parlaient avec gourmandise les journalistes américains, en poste à Paris : Helen O'Connor buvait sec et se couchait tard. Caroline l'imita très vite. Les silhouettes minces et pâles étaient à la mode, et, tout au fond d'elle-même, Caroline se sentait perdue, sans dessein véritable, et comme indifférente. Aucun amour, jamais. A table, elle côtoyait de nombreux hommes, toléraient leurs compliments, leurs gestes de courtoisie, leurs petites galanteries, mais au moment où ils voulaient aller plus loin, elle devenait de glace. Même lorsqu'elle se sentait enfiévrée par l'alcool et l'ambiance d'une soirée, ses instincts de défense étaient aux aguets, et la protégeaient comme une cuirasse. D'un autre côté, elle paraissait de jour en jour plus agitée.

Il avait fallu, au début, qu'Helen O'Connor la pousse à sortir. C'était Caroline désormais qui ne trouvait aucune boisson trop forte, aucune soirée trop longue. Helen dut lui faire quelques timides remontrances.

— Ce n'est pas raisonnable. Après tout, la modération, ça existe.

— Quand on tient à la vie, bien sûr.

— Mais vous tenez à la vie. Vous avez tout à en attendre. Si j'avais votre teint, vos cheveux... Pourquoi ne regardez-vous jamais aucun des hommes qui vous regardent ?

— La vie manque de charme, voilà tout, répondit Caroline. J'ai composé avec elle pendant longtemps, mais chaque jour m'apporte la preuve qu'elle manque décidément de charme. Les gens s'en arrangent, grâce à leur travail. Plus ce travail est intéressant, plus ils ont de la chance. J'ai été une bonne mère, je crois, mais ce serait une erreur absurde de materner Dexter pendant seize heures par jour, et d'en faire un efféminé.

— Pourquoi n'épousez-vous pas Lahaye ? Il a de l'argent, une position dans le monde, et tout ce que vous pouvez souhaiter.

Il y eut un silence.

— J'ai déjà essayé les hommes. Qu'ils aillent au diable.

Sachant depuis longtemps qu'elle n'existait pas aux yeux des autres femmes, cette sollicitude d'Helen étonna Caroline après coup. D'autant que leurs goûts étaient différents. Elles se trouvaient souvent en parfait désaccord, et s'évitaient pendant plusieurs jours. Caroline s'étonnait parfois d'être encore en place. Mais ces années lui avaient appris à aimer son bien-être et elle se gardait bien de chicaner sur les plumes qui rendaient son nid aussi confortable.

Un soir, sur le lac Majeur, les choses changèrent du tout au tout. Le monde qu'elle voyait trembler dans les tourbillons d'un manège, prit soudain une apparence réelle. Et le manège s'arrêta.

Elles s'étaient installées dans cet hôtel de Locarno à cause de Caroline, qui souffrait depuis quelques mois d'un asthme discret, mais têtu, et il fallait qu'elle se repose avant d'affronter les plaisirs d'automne à Biarritz. Elles avaient retrouvé des amis. Caroline, un soir, voulut les accompagner au Kursaal, pour jouer à *la boule*, mais sans engager plus de deux francs suisses. Helen était restée à l'hôtel.

Caroline était assise au bar. L'orchestre jouait une valse viennoise. Elle eut brusquement l'impression que les cordes s'étiraient d'elles-mêmes, que chaque mesure à quatre temps fléchissait au milieu, hésitait un instant, avant de tâtonner vers sa conclusion, et la valse, comme un phonographe décentré, devint un vrai supplice. Elle se boucha les oreilles, puis toussa dans son mouchoir.

Elle poussa un petit cri d'effroi.

L'homme qui l'accompagnait demanda :

— Qu'avez-vous ? Etes-vous malade ?

Elle s'appuya contre le bar, et referma la main sur son mouchoir taché de sang. Elle eut l'impression qu'une demi-heure s'écoulait avant qu'elle puisse répondre :

— Non, non, tout va bien.

Mais il s'agissait de quelques secondes, puisque l'homme qui l'accompagnait cessa de s'inquiéter.

« Il faut que je sorte, pensa Caroline. Je ne sais pas ce qui m'arrive. » Elle avait déjà remarqué quelques traces de sang, à deux ou trois reprises, mais jamais de cette importance. Elle sentit qu'elle allait tousser de nouveau, et se demanda, tremblante d'effroi et d'épuisement, si elle aurait la force d'aller jusqu'aux toilettes.

La crise cessa, au bout d'un long moment, et quelqu'un permit à l'orchestre de reprendre un rythme normal. Elle sortit lentement de la salle, sans prononcer un mot, se soutenant elle-même avec autant de précautions qu'une verrerie précieuse. L'hôtel était tout près. Elle s'engagea dans une rue largement éclairée. Elle dut s'arrêter, une minute plus tard, menacée d'une nouvelle crise, et s'appuya au mur en retenant son souffle. Mais elle ne put rien empêcher cette fois, porta son mouchoir à ses lèvres, l'y tint serré longtemps, l'écarta sans oser y jeter un coup d'œil, et repartit.

Dans l'ascenseur, elle se sentit de nouveau épuisée, mais elle réussit à gagner son appartement, et se laissa tomber sur le divan de l'antichambre. Si la terreur ne l'avait pas entièrement submergée, elle aurait pu s'étonner d'une discussion animée, qui se tenait dans le salon voisin. Mais ces voix semblaient naître de son cauchemar, et son oreille seule enregistrait ce qu'elles disaient.

— Je suis resté six mois en Asie Centrale, disait une voix d'homme. Sinon, je me serais inquiété plus tôt.

Et la voix d'Helen répondait :

— En quoi suis-je responsable ? Je ne vois pas du tout.

— C'est ce que je constate, en effet ! Je me battrais de vous avoir choisie !

— Sidney, qui vous a raconté tout ça ?

— Deux personnes. Un homme d'abord, que j'ai rencontré à New York. Il vous avait vue à Monte-Carlo. Il m'a dit que pendant un an, vous vous êtes contentée d'offrir à boire à une bande de mendiants et de pique-assiette. Il s'est même demandé d'où venait votre argent. Evelyn Murdock ensuite, que j'ai rencontrée à Paris. Elle m'a appris que Caroline sortait tous les soirs, qu'elle était maigre comme un clou, et pâle comme une morte. C'est pour ça que je suis ici.

— Ecoutez, Sidney, inutile de faire tant d'histoires. Nous étions d'accord pour que j'emmène Caroline en Europe, et qu'elle s'amuse un peu, parce que vous êtes amoureux d'elle, ou coupable envers elle, je ne sais plus très bien. Bon. Vous m'avez engagée pour ça, et vous m'avez donné l'argent nécessaire. Et alors ? J'ai fait ce que vous m'aviez demandé. Vous vouliez qu'elle rencontre le plus d'hommes possible.

— J'avais dit : des hommes.

— J'ai pris ce que j'ai trouvé. Elle reste de glace, dès le début. Quand les hommes s'en aperçoivent, ils décampent et ils ont raison.

— Comprenez-moi, dit Sidney, en s'asseyant. Je ne voulais qu'une chose : lui faire du bien. Pas la détruire. Elle a eu une vie difficile. Elle a payé, pendant une grande partie de sa jeunesse, pour quelque chose dont je suis responsable. J'ai voulu lui offrir une compensation. Qu'elle connaisse deux ans de plaisir, qu'elle cesse d'avoir peur des hommes, qu'elle découvre un peu de ces joies, dont je l'ai privée. Résultat : vous l'avez entraînée dans je ne sais quelle débauche et...

Il s'interrompit :

— Qu'est-ce que c'est ?

Caroline toussait de nouveau sans pouvoir s'arrêter. Ils la découvrirent dans l'antichambre, le souffle court, les yeux fermés. Sa main laissa échapper son mouchoir.

Elle se retrouva très vite allongée sur son lit. Sidney parlait au téléphone avec impatience. Dans l'état d'hébétude où elle se trouvait, la passion contenue dans la voix de Sidney se répercutait autour d'elle en sursauts si violents qu'elle murmura : « Je vous en prie ! Je vous en prie ! », dans un souffle inaudible. Helen dégrafait sa robe, lui enlevait ses chaussures et ses bas.

Le médecin l'examina rapidement, et hocha gravement la tête en direction de Sidney. Il lui apprit que, par un miraculeux hasard, l'un des plus fameux spécialistes de la tuberculose, un Suisse, habitait l'hôtel. Il se chargea de le faire venir sans attendre.

Le spécialiste arriva en pantoufles. Malgré le peu d'instruments dont il disposait, il ausculta la malade avec le plus grand soin. Puis il entraîna Sidney dans le salon voisin.

— Autant que je puisse en juger sans rayons X, le tissu pulmonaire porte une brusque et profonde déchirure sur un côté — ce qui arrive parfois, lorsqu'un patient est arrivé à un état de complet épuisement. Si les rayons X me donnent raison, je conseillerai sans délai un pneumothorax. Isoler le poumon malade reste notre seule chance.

— Quand est-ce possible ?

Le spécialiste réfléchit.

— Le centre hospitalier le plus proche pour ce genre d'intervention est Montana Vermala, à trois heures de voiture d'ici. Si vous partez immédiatement, et si j'arrive à joindre l'un de mes confrères par téléphone, l'opération peut avoir lieu demain matin.

Dans la grande voiture roulant sans un à-coup, Sidney l'avait allongée contre lui, sur un lit de coussins, qu'il emprisonnait de ses bras. Caroline avait à peine conscience de qui la protégeait, et son esprit n'avait pas encore déchiffré les mots qu'elle avait entendus. La vie vous tirait en tous sens — c'était vraiment trop fatiguant. Elle se sentait malade, si malade, sur le point de mourir sans doute, et plus rien ne lui importait, sinon quelque chose qu'elle aurait voulu dire à Dexter.

La tenant ainsi contre lui, Sidney se sentait envahi d'un bonheur sans espoir, même si elle n'avait que haine pour lui, même s'il n'avait su lui offrir que du mal. Elle lui appartenait, pendant ces heures nocturnes, dans sa pâleur et sa beauté, et il la protégeait des cahots de la route, en la serrant entre ses bras. Elle acceptait enfin de dépendre de lui, de compter enfin sur sa force, sans en avoir conscience peut-être, l'obligeant à endosser cette responsabilité qu'il avait refusée autrefois, et qu'il avait tant espéré depuis. Il s'interposait entre elle et la mort.

Traversé Domossola, petite ville italienne plongée dans la pénombre ; traversé Brigue, où un aimable douanier suisse, voyant le fardeau qu'il tenait dans ses bras, lui fit signe de passer sans lui demander son passeport ; longé la vallée du Rhône, dont les eaux encore jeunes bondissaient dans le clair de lune. Puis Sierre, et le havre dans la montagne, le sanctuaire, à deux miles de hauteur, où scintillait la neige. Le funiculaire attendait. Caroline soupira faiblement lorsqu'il la fit descendre de voiture.

— Comme c'est aimable à vous de vous donner tant de mal, murmura-t-elle avec cérémonie.

V

Trois semaines immobile, allongée sur le dos. Elle pouvait respirer. Elle voyait des fleurs dans sa chambre. On prenait sans cesse sa température. Elle avait déliré, après l'opération, se revoyant en Virginie, sur le perron, attendant celui qui l'aimait. La même robe virginale choisie pour lui — le même bourgeon prêt à naître — les buissons de magnolias — la même nuit douce et tranquille. Mais celui qu'elle aimait n'était jamais Sidney Lahaye, ni l'image abstraite d'autres hommes. C'était elle-même. C'était sa jeunesse perdue, qui s'attardait dans le jardin, avide, insatisfaite. Prisonnière, dans ses rêves, d'un espoir éternel, qui l'envoûtait, guettant celui qui ne venait jamais et qui ne comptait plus pour elle.

L'opération avait réussi. Elle put s'asseoir au bout de trois semaines. Sa fièvre tomba en un mois, et on lui permit chaque jour une petite heure de promenade. C'est alors que le médecin suisse, qui s'était chargé de l'opération, décida de lui parler sérieusement.

— Vous devez savoir un certain nombre de choses concernant Montana Vermala. Choses qui s'appliquent à tous les établissements de ce genre. L'un des effets les plus connus de la tuberculose, c'est qu'elle menace la santé morale. Beaucoup de ceux que vous croisez dans les rues en sont à leur troisième séjour ici. C'est généralement le dernier. Ils se sont pris à aimer, peu à peu, l'état d'excitation fiévreuse que leur procure la maladie. Ils s'installent ici, et mènent une vie presque aussi joyeuse que celle de Paris. Certaines commandes de champagne sont proprement stupéfiantes, dans ce sanatorium. Le grand air les aide, bien sûr, et nous nous arrangeons pour exercer sur eux un discret contrôle médical. Mais ce genre de malades ne parvient jamais à guérir, car, malgré leur humeur joyeuse, ils refusent l'univers normal, et les responsabilités qu'il impose. Donnez-leur le choix : certains préféreront la mort. D'un autre côté, la médecine est un peu plus avancée qu'il y a vingt ans, et nous renvoyons chez eux, tous les mois, des gens de qualité, complètement guéris. Cette chance-là vous est offerte, car votre cas est extrêmement simple. Votre poumon droit est intact. Vous avez donc deux possibilités : ou redescendre parmi les humains, et vous vivrez trois ans. Ou rester encore un an avec nous, et vous retrouverez une santé parfaite.

Ce que Caroline remarquait autour d'elle confirmait les propos du médecin. Le village ressemblait à une cité minière — des maisons branlantes, construites à la hâte, dominées par la masse funèbre de quatre ou cinq sanatoriums. D'une gaîté incertaine quand la neige brillait au soleil, sinistre dès que le froid tombait des bois de pins sinistres. Ce qui faisait un surprenant contraste avec les jeunes Parisiennes, aux tenues chatoyantes, aux visages animés, qu'elle croisait dans les rues, et avec l'élégance racée des hommes. Difficile de savoir qu'ils livraient à la mort une bataille sans merci, et, comme l'avait dit le médecin, que beaucoup finissaient par rendre les armes. On sentait circuler un air de secrète débauche. On trouvait drôle d'offrir aux nouveaux arrivants un cercueil miniature, et le scandale couvait dans un va-et-vient sous-jacent. Le poids, le poids, le poids — tout le monde parlait de son poids

— combien de kilos gagnés le mois précédent, perdus la semaine dernière...

Caroline sentait la mort autour d'elle, mais elle sentait ses propres forces croître de jour en jour, dans cette atmosphère vivifiante de haute montagne, et elle savait qu'elle n'était pas sur le point de mourir.

Au bout d'un mois, elle reçut de Sidney Lahaye une lettre un peu compassée.

« *J'ai attendu que vous soyez hors de danger. Sachant ce que vous ressentez, je me suis dit qu'en ouvrant les yeux, vous n'auriez pas envie d'apercevoir mon visage. Je suis donc resté à Sierre, au pied de la montagne, et j'ai travaillé à la mise au point de mon journal de voyage au Cambodge. Si le fait de savoir que quelqu'un pense à vous, sans vous faire signe, vous donne un peu de réconfort, je ne demande qu'à rester. Je me considère responsable de tout ce qui vous est arrivé, et je regrette souvent de ne pas être mort avant d'avoir traversé votre vie. Une seule chose compte, aujourd'hui — que vous guérissiez.*

« *En ce qui concerne votre fils — j'ai l'intention de me rendre à Fontainebleau une fois par mois, et d'aller le voir au collège. Je l'ai déjà fait une fois, et nous nous entendons très bien. L'été prochain, je m'arrangerai pour lui trouver une place dans un camp de vacances, ou je l'emmènerai visiter les fjords de Norvège — selon ce qui semblera le plus judicieux.* »

Cette lettre démoralisa Caroline. Elle se vit obligée de remercier cet homme, d'être sa débitrice — et c'était comme s'il fallait remercier un ennemi de soigner la blessure qu'il avait infligée. Il fallait gagner avant tout de quoi le rembourser. Cette pensée redoublait sa fatigue, mais elle restait enfouie dans son inconscient, et lorsqu'elle croyait l'avoir oubliée, elle la retrouvait dans ses rêves.

Elle répondit :

« Cher Sidney, ça n'a pas de sens que vous restiez là. Je préférerais que vous partiez. En vérité, ça me met mal à l'aise. Je vous suis très reconnaissante, bien sûr, de tout ce que vous faites pour Dexter et pour moi. Si ça ne vous dérange pas trop, pouvez-vous venir jusqu'ici avant votre départ pour Paris ? J'ai quelques affaires à lui envoyer.

Sincèrement,

Caroline M. Corcoran. »

Quinze jours plus tard, il était là. D'une énergie, d'une vitalité, qu'elle trouvait aussi encombrantes que l'ombre de tristesse que prenait parfois son regard. Il l'adorait. Elle ne savait que faire de cette adoration. Mais son impression la plus forte ressemblait à la peur — peur qu'après l'avoir tant fait souffrir, il en soit de nouveau capable.

— Je m'en vais, lui dit-il, puisque je ne vous sers à rien. Le médecin pense que vous serez guérie en septembre. Je reviendrai, pour en juger moi-même. Fini, après ça. Je vous laisserai tranquille.

Peut-être espérait-il qu'elle serait émue. Il fut déçu. Elle dit simplement :

— Je ne pourrai pas vous rembourser tout de suite.

— Si vous êtes ici, c'est à cause de moi.

— Non. C'est moi qui ait fait tout ce qu'il fallait. Au revoir. Merci pour tout.

A l'entendre, on aurait pu croire qu'elle le remerciait pour une boîte de bonbons. Après son départ, elle respira mieux. Elle avait besoin d'être seule, et de se reposer.

L'hiver s'écoula. Elle skia un peu, vers la fin. Puis le printemps se décida à escalader la montagne, en y dessinant de petits points verts. L'été fut assombri par deux de ses amies, qui moururent la même semaine. Elle accompagna leurs cercueils au cimetière étranger de Sierre. Elle était tout à fait guérie.

Son poumon atteint respirait de nouveau. La cicatrice était parfaitement refermée. Plus de fièvre. Un poids normal. Et sur ses joues, l'éclatant reflet des montagnes.

Il était entendu qu'elle partait en octobre. Plus l'automne approchait, plus elle avait envie de revoir Dexter. Un télégramme de Sidney lui parvint du Thibet. Il lui annonçait qu'il revenait en Suisse.

Quelques jours plus tard, l'infirmière de l'étage, lui apporta avec son petit déjeuner, un exemplaire du *Paris Herald*. Elle le parcourut distraitement. Soudain, elle se redressa dans son lit.

DEUX AMÉRICAINS DISPARUS EN MER NOIRE
On est sans nouvelles, depuis quatre jours, de Sidney Lahaye, le pilote milliardaire, et de son copilote.
Téhéran, Perse. 5 octobre.

Caroline se leva d'un bond, et courut jusqu'à la fenêtre, pour lire et relire ces quelques lignes.

DEUX AMÉRICAINS DISPARUS EN MER NOIRE
Sidney Lahaye, le pilote milliardaire...

— La Mer Noire, se répétait-elle, comme si c'était le point crucial de cette information. La Mer Noire... Elle restait là, debout, dans un profond silence. Le pas qui la poursuivait dans ses rêves, avec un bruit de tonnerre, s'était immobilisé. Il ne restait que le silence. Un silence triomphant, rassurant.

— Oh-h-h !..., soupira-t-elle.

DEUX AMÉRICAINS DISPARUS EN MER NOIRE
On est sans nouvelles, depuis quatre jours, de Sidney Lahaye, le pilote milliardaire, et de son copilote...

Elle se mit à parler tout haut, d'une voix fiévreuse.

— Il faut que je m'habille. Que j'aille jusqu'au télégraphe. Savoir si on a fait tout ce qui était possible. Il faut que j'y aille.

Elle tournait en rond, dans la chambre, en répétant : « Oh-h-h ! », et en s'habillant. « Oh-h-h ! » Une chaussure à la main, elle s'effondra sur le lit, le visage dans l'oreiller.

— Oh ! Sidney... Sidney !

Elle pleurait. Elle s'écria, une dernière fois : « Oh-h-h ! » comme un refus scandalisé, et sonna l'infirmière.

— Il faut d'abord que je mange, que je prenne des forces. Puis je demanderai les horaires des trains.

Elle était soudain si vivante, qu'elle entendait se déplier, se dérouler, de grands morceaux d'elle-même qu'elle ne soupçonnait pas. Son cœur battait avec assurance, avec fermeté, comme pour dire : « Je t'ai toujours été fidèle. » Elle sentait ses nerfs s'apaiser soudain, comme si les frayeurs d'autrefois s'effaçaient. Elle atteignait enfin l'âge adulte, sa jeunesse perdue se détachait d'elle, et l'infirmière qui répondit à son appel eut l'impression de parler à quelqu'un qu'elle ne connaissait pas.

— C'est tout simple. Il m'aime et je l'aime. Voilà tout. Il faut que je téléphone. Nous trouverons sûrement un consul quelque part.

Elle se vit, une brève seconde, sur le point de haïr Dexter, parce qu'il n'était pas le fils de Sidney, mais il n'y avait plus trace de haine dans son cœur. Qu'il soit mort ou vivant, elle avait enfin rejoint son amour, elle le tenait entre ses bras. A l'instant où son pas s'était immobilisé, où toute menace avait disparu, il avait affermi son ascendant sur elle. Ce qu'elle s'obstinait à vouloir protéger, était sans valeur, elle le comprenait maintenant — rien qu'une petite fille dans un jardin — rien qu'un passé trop lourd, un passé mort.

— Je peux tout supporter, dit-elle à voix haute. Même de le perdre.

Alerté par l'infirmière, le médecin entra rapidement dans la chambre.

— Calmez-vous, Mrs. Corcoran. Quelles que soient les nouvelles qui vous sont parvenues, vous... Lisez ceci. Bon ou mauvais, ça s'y rapporte peut-être.

Il lui tendit un télégramme, mais elle n'eut pas le courage de l'ouvrir, et le lui rendit sans un mot. Il déchira l'enveloppe, lui fit lire le message.

« *Recueillis par pétrolier City of Clyde. Stop. Tout va bien*. »

Tout se brouilla : le télégramme, le médecin. Prise de panique, elle sentit l'ancienne cuirasse l'étouffer de nouveau dans sa prison de fer. Elle attendit une minute. Une minute encore. Le médecin s'était laissé tomber sur une chaise. Elle demanda :

— Si je m'assieds sur vos genoux, ça vous ennuie beaucoup ? Juste un instant. J'ai cessé d'être contagieuse, je crois.

Sa tête sur l'épaule du médecin, elle rédigea une réponse, de la pointe de son stylo, à l'envers du message qu'elle venait de recevoir.

« *Prière renoncer avion pour venir ici. Avons huit ans à rattraper. N'en sommes plus à un jour ou deux. Vous aime de tout mon cœur et de toute mon âme.* »

TOUTE SEULE

Cette nouvelle — qui n'a pas été publiée du vivant de Fitzgerald — date du printemps 1931. Il venait de regagner l'Europe, après avoir enterré son père. Edward Fitzgerald avait été inhumé au cimetière St.-Mary, à Rockville (Maryland), Etat dans lequel s'étaient installés ses ancêtres, venus de Virginie en 1650. Scott avait appris, au cours de l'enterrement que le manoir de « Tudor Hall », qui avait appartenu à sa famille, était à vendre.

I

Au moment où il achevait pour la troisième fois le tour des coursives, Evelyn le regarda fixement. Elle était accoudée au bastingage, et lorsqu'elle l'entendit revenir sur ses pas, elle tourna carrément la tête, accrocha son regard, et attendit qu'il cède le premier — ce qu'une femme peut se permettre lorsqu'elle se sent en sécurité au milieu d'autres hommes. Barlotto, qui jouait au ping-pong avec Eddie O'Sullivan, avait remarqué la manœuvre.

— Ah ! ah !, fit-il, alors que le promeneur pouvait encore l'entendre.

Et il ajouta, entre deux reprises :

— Ce n'est peut-être pas le Prince Allemand, mais il continue à t'intéresser.

— Comment sais-tu que ce n'est pas le Prince Allemand ? demanda Evelyn.

— Parce que le Prince Allemand est cet homme aux yeux blancs, qui ressemble à un cheval. Celui-ci...

Il tira de sa poche la liste des passagers.

— ... ne peut être que Mr. George Ives, Mr. Jubal Early Robbins accompagné de son valet de chambre, ou Mr. Joseph Wilde, accompagné de Mrs. Wilde et de leurs six enfants.

Ils naviguaient sur un paquebot allemand, qui avait quitté Cherbourg cinq jours plus tôt, en direction de l'ouest. C'était en février, par une mer d'un gris sale, avec des bourrasques de pluie. On avait tendu de grandes toiles imperméables le long du pont promenade, mais la table de ping-pong elle-même était mouillée.

K'tap, K'tap, K'tap, K'tap. Barlotto avait quelque chose de Valentino — elle était toujours sur ses gardes, avec lui, car il s'était montré un peu trop familier pendant leur numéro de rumba. Elle avait, par contre, beaucoup d'amitié pour Eddie O'Sullivan.

Elle espérait, sans se l'avouer, que le promeneur solitaire ferait une quatrième fois le tour des coursives, mais il ne revint pas. Elle tourna le dos, regarda la mer à travers les vitres. Elle sentit aussitôt sa gorge se nouer, et elle dut s'appuyer de tout son poids contre la rambarde pour empêcher ses épaules de trembler. C'était comme une voix dans ses oreilles, qui criait : mon père est mort. Quand j'étais petite, nous allions en ville, le dimanche matin, moi avec ma belle robe empesée, et il achetait le *Washington Post* en même temps qu'un cigare, et il était si fier de sa jolie petite fille. Il était toujours si fier de moi — il est venu spécialement à New York, quand j'ai débuté avec les Marx Brothers, et à l'hôtel il disait à tout le monde qu'il était mon père, même aux liftiers. J'étais si heureuse qu'il le fasse, c'était un tel plaisir pour lui, le meilleur moment de sa vie, peut-être, depuis sa jeunesse. S'il savait que j'arrive de Londres, que je fais tout ce chemin vers lui, il serait sûrement très content...

— Jeu et set ! dit Eddie.

Elle se retourna.

— Si on allait réveiller les Barney, et faire un petit bridge ? proposa Barlotto.

Evelyn partit la première, exécuta deux petites pirouettes sur le pont mouillé, puis entonna « *Off To Buffalo* », face à une brusque rafale de pluie. Arrivée à la porte, elle perdit l'équilibre, dégringola les marches jusqu'en bas, réussit à ne pas tomber grâce à de savants moulinets d'un seul bras — et vint buter contre le promeneur solitaire. Elle fit une grimace un peu ridicule — hésita quelques secondes. L'homme dit : « Pardonnez-moi », avec un accent indiscutablement sudiste. Elle le regarda une fois encore dans les yeux, et le trio poursuivit son chemin.

Le lendemain après-midi, l'homme rencontra Eddie dans le fumoir.

— Vous faites bien partie de la troupe qui joue *Chronic Affection* à Londres ?

— On en faisait partie il y a trois jours encore. On était engagés pour deux semaines supplémentaires, mais Miss Lovejoy a été brusquement rappelée en Amérique, et on a arrêté.

— Toute la troupe est à bord ?

L'homme n'avait rien d'agressif. Il manifestait envers les mystères du théâtre un intérêt tout amical, qui se nuançait de politesse et de respect. Eddie O'Sullivan le trouvait sympathique.

— Asseyez-vous, je vous en prie. Non. Il n'y a que Barlotto, le jeune premier, Miss Lovejoy et le producteur du spectacle, Charles Barney, avec sa femme.

Nous sommes partis très vite, en vingt-quatre heures. Le reste de la troupe doit embarquer sur le *Homeric*.

— J'ai beaucoup aimé votre *show*. Je venais de faire un long voyage autour du monde. Quand je suis arrivé à Londres, il y a une quinzaine de jours, j'étais fin prêt pour un spectacle américain — et vous étiez là.

Une heure plus tard, Evelyn pointa le nez par l'entrebâillement de la porte et les aperçut tous les deux.

— Pourquoi restez-vous à l'écart ? demanda-t-elle. Sur qui puis-je exercer mes petits talents comiques ? Sur cette bande d'obsédés, le nez dans leurs jeux de cartes ?

Eddie lui présenta Mr. George Ives. Elle leva les yeux vers un homme élégant, bien bâti, d'une trentaine d'années, au visage énergique et mobile. Deux petites rides, au coin des paupières, prouvaient qu'il s'efforçait de porter sur le monde un regard personnel, en dehors des critères imposés. George, de son côté, baissa les yeux vers une jeune femme, très brune, pas très grande, dans les vingt-six ans, débordant d'une vitalité qu'on pouvait qualifier de « professionnelle » — c'est-à-dire quelque chose dont elle n'usait jamais en amateur, et qu'elle ne déployait jamais au profit d'une seule personne, ou d'un petit groupe de personnes. Quelque chose qui l'habitait si complètement par instants, qui soulignait avec tant d'insistance chacune de ses expressions et chacun de ses gestes, qu'elle semblait avoir abdiqué toute personnalité. Sa bouche faisait penser à deux cerises, posées l'une au-dessus de l'autre, qui s'entrouvraient sur un brillant sourire. Elle avait des yeux incroyablement grands, d'un marron presque noir. Elle n'était pas belle, mais en dix secondes elle obligeait les gens à se dire qu'elle l'était. Son corps charmant dissimulait une fine musculature d'acier. Elle portait une robe noire, un peu trop habillée — elle était toujours très *chic*, et toujours un peu trop « habillée ».

— Je vous admire beaucoup, depuis que vous vous êtes jetée dans mes bras, hier soir, dit-il.

— Fallait bien que je vous harponne d'une façon ou d'une autre. Que peut faire une femme sur un bateau, à votre avis ? Elle pêche.

Ils s'assirent.

— Vous êtes restée longtemps en Angleterre ? demanda George.

— Cinq ans. Je suis assez connue, là-bas.

Lorsqu'elle devenait sérieuse, sa voix prenait comme une ombre d'accent anglais.

— Je ne suis pas douée pour grand-chose — je chante un peu, je danse un peu, je fais un peu le clown, alors les Anglais s'imaginent qu'ils sont tombés sur une perle. A New York, ils exigent des spécialistes.

Elle aurait manifestement préféré jouir de la même popularité à New York.

Mr. Barney pénétra dans le bar, avec sa femme et Barlotto.

— Ah ! ah ! s'écria-t-il, quand on lui présenta George Ives. Elle voulait à tout prix que vous soyez le Prince.

Il toucha le genou de George.

— Miss Lovejoy cherche le Prince, depuis qu'elle sait qu'il est à bord. Nous lui avons fait croire que c'était vous.

Evelyn était excédée. Excédée par Barlotto, excédée par toute la troupe — O'Sullivan mis à part. Mais elle avait suffisamment de tact pour n'en rien laisser voir pendant le travail. Elle jeta un regard autour d'elle. En dehors de deux popes russes qui jouaient aux échecs, ils étaient seuls au bar. Le navire pouvait recevoir deux cents passagers de première classe — mais ils n'étaient qu'une trentaine. Elle se demanda une fois encore vers quelle Amérique inconnue elle se dirigeait. Cet endroit lui devint étouffant. C'était trop grand, trop vide, trop difficile à remplir. Elle avait besoin de créer autour d'elle une ambiance de gaîté chaleureuse.

— Si on allait dans ma cabine ? proposa-t-elle, en donnant à sa voix tout l'enthousiasme dont elle était capable, comme s'ils devaient s'attendre à une orgie débridée. On écoutera des disques. On convoquera le ravissant docteur et le chef mécanicien, et on organisera un concours de mâles. Je servirai d'appât.

Elle savait, en descendant l'escalier, qu'elle n'avait en tête que le nouveau venu. Qu'elle voulait l'entraîner dans son jeu, lui montrer à quel point elle savait amuser son public. Pendant que le phonographe susurrait : *You're driving me crazy*, elle imagina tout un scénario. Elle était « chef de gang », et la traversée n'était qu'un traquenard destiné à faire tomber Mr. Ives entre leurs mains. Elle allait de l'un à l'autre, en singeant les vamps, avec une voix de rogomme. Elle fit entrer dans le jeu deux officiers de bord qui passaient par là, et sans comprendre grand-chose à l'anglais, ils se laissèrent vite séduire par le charme et la drôlerie de ce spectacle improvisé. Elle imita tour à tour Anne Pennington, Helen Morgan, le steward efféminé qui venait prendre les commandes. Elle imita tous ceux qui étaient là, en continuant de danser sur le rythme de la musique.

George Ives un peu plus tard les invita tous à dîner au restaurant du pont supérieur. Pendant que le groupe se dispersait, il croisa le regard d'Evelyn, et lui proposa de faire quelques pas avec lui.

Le pont était encore mouillé, encore tendu de toiles imperméables contre les bourrasques de pluie. Les lumières n'étaient plus qu'un pâle brouillard jaune, et les couvertures gisaient en désordre sur les chaises longues abandonnées.

— Vous étiez superbe, dit-il. Vous étiez comme... comme Mickey Mouse.

Elle s'accrocha à son bras, en éclatant de rire.

— Oh ! ça me plaît beaucoup d'être Mickey Mouse.

Elle riait toujours, pliée en deux.

— Vous voyez cet endroit ? C'est là que je vous ai guetté, et que je vous ai regardé dans les yeux, chaque fois que vous êtes passé devant moi. Pourquoi n'êtes-vous pas revenu une quatrième fois ?

— J'étais tellement confus que je suis monté sur le pont des chaloupes.

Au moment où ils atteignaient la proue, il y eut un grand bruit de portes qui s'ouvraient, et une foule de gens qui couraient vers le bastingage.

— On a dû leur servir une nourriture indigeste, dit Evelyn. Ah ! non... Regardez...

C'était l'*Europa* — comme un grand îlot lumineux qui glissait dans la nuit. Il semblait grandir de minute en minute, atteindre aux dimensions d'un univers de féerie, dans l'éclat des orchestres installés sur le pont et le faisceau des projecteurs qui balayaient ses flancs. On pouvait nettement distinguer, à l'aide de jumelles, les silhouettes des passagers accoudés au bastingage, et Evelyn affirma, par jeu, qu'à travers le hublot d'une cabine, elle avait vu un homme repasser son pantalon. Ils suivaient le navire des yeux, fascinés par une impression de vitesse insurpassable et souveraine.

— Oh ! papa, offre-le moi ! s'écria Evelyn.

Quelque chose alors se rompit. Après la fièvre de l'après-midi, cette image de beauté parfaite lui coupa le souffle, par contrecoup, et le souvenir de son père l'aveugla. Elle s'éloigna, sans un mot.

Deux jours plus tard, elle était sur le pont avec George Ives, et les sinistres pilotis de Coney Island se profilaient à l'horizon.

— Que vous a dit Barlotto, tout à l'heure ? demanda-t-elle.

Il rit doucement.

— A peu près la même chose que Barney, cet après-midi, mais en plus violent.

Elle soupira sourdement.

— Il m'a dit que vous vous amusiez avec tout le

monde, que je serais stupide d'imaginer qu'un petit flirt de traversée pouvait avoir un sens, qu'ils ont tous été amoureux de vous, et que ça n'a jamais rien donné.

— Il n'a jamais été amoureux de moi ! protesta-t-elle. Il s'est permis des familiarités, pendant notre numéro de rumba, et je l'ai remis à sa place.

— Barney était très troublé, lui aussi. Il prétend qu'il se sent comme un père pour vous.

— Ils sont tuants ! s'écria-t-elle. Ils s'imaginent tous être amoureux de moi, simplement parce que...

— ... parce qu'ils voient que je le suis.

— ... parce qu'ils croient que je m'attache à vous. Ils étaient beaucoup moins énervés, il y a deux jours. Du moment que je les fais rire, tout va bien, mais à la seconde où je me permets une réaction personnelle, les voilà dans tous leurs états, et ils se persuadent qu'il faut me protéger. Je pense que c'est au tour de O'Sullivan, maintenant.

— C'est moi qui ai eu tort. Je n'aurais pas dû leur dire que nous étions presque voisins au Maryland.

— Mais non. C'est simplement que le voyage dure depuis huit jours, que je suis la seule femme à peu près regardable à bord et que les petits garçons se chamaillent. Arrivés à New York, ils oublieront jusqu'à mon existence.

Ils étaient toujours côte à côte, un moment plus tard — et la ville en surplomb grondait comme un tonnerre, dans les lueurs du petit jour. Le glacier blanc de Manhattan s'incurvait lentement, comme l'arche d'un pont, vers le haut de New York, dans un bouillonnement d'écume lumineuse, qui se confondait avec les étoiles. Evelyn pleurait.

— Je ne sais pas ce qui m'arrive. J'ai toujours la larme à l'œil. J'ai peut-être attrapé une psittacose... !

Un orchestre allemand s'était mis à jouer sur le pont, mais tant de beauté rendait sa musique vulgaire et criarde. Elle s'arrêta très vite.

— Que c'est beau, Seigneur, que c'est beau ! murmura Evelyn, d'une voix entrecoupée.

L'histoire n'aurait pas eu de suite, si, la douane franchie, George n'avait pas décidé de descendre avec elle vers le Sud. Dans le train qui les conduisait à Washington, le lendemain, elle eut le sentiment qu'il s'éloignait d'elle, alors qu'elle se rapprochait de son père. C'était un Américain bien bâti qui l'avait attirée physiquement, rien de plus — quelques caresses un peu précises à l'abri d'un canot de sauvetage. Ils se séparèrent à Washington, devant les grilles de la gare. Elle lui dit au revoir, l'embrassa, et l'oublia très vite. Le train s'enfonçait paresseusement entre les touffes d'arbres nains, et les terres rouges du Maryland. Les mains en visière, pour y voir plus distinctement, elle apercevait les villages perdus dans la nuit, les lumières lointaines des fermes. Rocktown était une très petite gare. Son frère était venu l'attendre avec une vieille Ford, empruntée aux voisins. Elle eut honte de poser ses bagages, un peu trop voyants, sur la banquette défoncée. Elle aperçut une étoile, qui lui était familière, et elle entendit le rire d'un Noir à travers les ténèbres. Le vent, assez vif, se chargeait d'une odeur qu'elle reconnaissait — elle était chez elle.

Le lendemain, pendant le service, au petit cimetière de Rocktown, son chagrin fut troublé par l'étrange impression qu'elle était en scène, que tous les regards étaient braqués sur elle — puis le service s'acheva, et le médecin de campagne reposait désormais au milieu de centaines de Lovejoy, de Dorsey, de Crawshaw. Il devait se sentir plus heureux avec tous ses parents et ses amis autour de lui. Elle allait s'éloigner de la tombe, lorsqu'elle aperçut, un peu à l'écart, George Ives, immobile, son chapeau à la main. Il attendit qu'elle ait franchi le portail pour lui parler.

— Pardonnez-moi d'être venu. Je voulais savoir si tout allait bien.

— Emmenez-moi, n'importe où, mais emmenez-moi ! dit-elle, avec une brusque violence. Je ne supporte pas de rester ici une minute de plus. Je voudrais partir pour New York ce soir même.

Il sembla déçu.

— Pourquoi si vite ?

— J'ai beaucoup à faire, beaucoup à apprendre, des quantités de danses nouvelles, pour renouveler mon répertoire. Quand on arrive de l'étranger, on se sent comme un vieux croûton.

Il vint la chercher dans l'après-midi, aussi élégant et soigné que son coupé. Lorsqu'ils prirent la route, elle remarqua que les pompistes des stations-service semblaient le connaître et le respecter. Il correspondait parfaitement à cette terre du Maryland, à ce printemps précoce, à l'amabilité légendaire et à la courtoisie de cette région. Il n'avait rien d'un Européen. Il ne passait pas son temps à la rassurer sur son pouvoir de séduction. Il pouvait rester des demi-heures entières sans dire un mot, comme s'il avait oublié sa présence.

Ils retournèrent au cimetière. Elle apportait une grande brassée de fleurs, qu'elle voulait déposer, comme une ultime offrande, sur la tombe de son père. Il s'arrêta près du portail, la laissa entrer seule.

Les fleurs s'éparpillèrent sur la terre fraîchement remuée. Plus rien ne rattachait Evelyn à ce pays, et elle n'était pas sûre d'y revenir jamais. Elle s'agenouilla. Ces morts, elle les connaissait tous. Elle connaissait leurs visages brûlés de grand air, leurs regards bleu vif, leurs corps maigres et nerveux, leurs âmes si longtemps façonnées par l'ombre inviolée des épaisses forêts du XVIIe siècle. De minute en minute, le charme opérait, et il lui semblait de plus en plus difficile de regagner le monde extérieur d'autrefois, où elle dînait avec des princes et des princesses, où les lettres de son nom, hautes de plus d'un mètre, éveillaient les désirs de la nuit. Un vers de William McFee lui revint en mémoire.

O vieux cœur dévoué qui travaille pour moi depuis si [longtemps
J'ai perdu mes années à parcourir le monde.

Ces mots l'apaisèrent — elle céda d'un coup, s'assit sur ses talons, et pleura.

Combien de temps ? Elle n'en savait rien. Les fleurs se perdaient dans l'ombre lorsqu'une voix l'appela par son nom, à l'entrée du cimetière. Elle se leva, s'essuya les yeux.

— J'arrive, dit-elle.

Et elle ajouta :

— Adieu, père. Adieu, tous mes pères.

George l'aida à monter en voiture, l'enroula dans une couverture, puis sortit de sa poche une fiasque de whisky et en but une longue gorgée.

— Avant de partir, embrassez-moi, dit-il brusquement.

Elle approcha son visage du sien.

— Embrassez-moi vraiment.

— Pas maintenant.

— Je ne vous plais pas ?

— Je n'en ai pas envie, et mon visage est tout barbouillé.

— Et alors ?

Cette insistance agaçait Evelyn.

— Partons, dit-elle.

Il mit le moteur en marche.

— Chantez-moi quelque chose.

— Pas maintenant. Je n'en ai pas envie.

Il roula très vite pendant une demi-heure, puis arrêta la voiture sous un couvert d'arbres.

— Une seconde gorgée de whisky. Vous devriez en boire, vous aussi. Il ne fait plus très chaud.

— Je ne bois pas, vous le savez. Buvez sans moi.

— Si vous le permettez.

Il but, se tourna vers elle.

— Je crois que vous pouvez m'embrasser, maintenant.

Elle obéit docilement, mais il n'était pas satisfait.

— Je veux dire : vraiment. Ne vous refermez pas comme ça. Vous savez que je suis amoureux de vous, et vous dites que vous m'aimez bien.

— C'est exact, dit-elle, avec impatience. Mais il y a un temps pour tout. Repartons.

— Je croyais que vous m'aimiez bien.

— Pas quand vous vous conduisez comme ça.

— Donc, je ne vous plais pas.

Elle finit par exploser.

— Ne soyez pas ridicule. Je vous aime bien, mais je voudrais être à Washington.

— Nous avons le temps.

Elle ne répondit pas.

— Embrassez-moi encore une fois, et nous partons.

Elle était furieuse. S'il lui avait été indifférent, elle aurait pu s'en tirer par une plaisanterie. Mais elle n'avait pas le cœur à rire, et cette situation lui déplaisait de plus en plus. Il poussa un petit soupir.

— Cette voiture est une tête de mule. Si vous ne m'embrassez pas, elle refuse de démarrer.

Il lui prit les mains, mais elle se dégagea, rouge de colère, cette fois.

— Ecoutez. Si vous aviez l'intention de tout gâcher, c'est réussi. Bravo. Je croyais ce genre de sottises réservées aux personnages de *cartoons*. C'est tellement, tellement... grossier, et...

Elle ne trouvait plus ses mots.

— ... oui, tellement *américain*. Il ne manque qu'une chose : que vous m'appeliez *baby*.

— Oh !

Il resta immobile une minute, et reprit la route. Ils aperçurent bientôt les lumières de Washington, comme un brouillard rose contre le ciel.

— Evelyn, dit-il alors, l'envie de vous embrasser me paraissait tout à fait naturelle, et...

Elle l'interrompit.

— Vous avez été trop maladroit. Deux gorgées d'alcool et vous m'annoncez que, si je ne vous embrasse pas, la voiture refuse de démarrer. Je ne suis pas habituée à ces manières-là. J'ai toujours obtenu des hommes qu'ils me traitent avec le maximum d'égards. J'en connais qui se sont vus menacés d'un duel pour m'avoir simplement regardée dans un casino. Et voilà que vous, qui me plaisez beaucoup pourtant, vous me traitez comme ça. Je n'accepte pas.

Et elle répéta, avec une soudaine amertume :

— C'est tellement *américain*.

— Je ne me sens pas coupable une seconde, mais je suis navré de vous avoir déplu.

— Si j'avais eu envie de vous embrasser, je me serais arrangée pour vous le faire comprendre. Ça ne vous semble pas *évident* ?

— Je suis terriblement navré, répéta-t-il.

Ils dînèrent au buffet de la gare. Puis il l'accompagna jusqu'à son wagon-lit.

— Au revoir, dit-elle.

Elle était soudain très lointaine.

— Merci pour cet intéressant voyage. Si vous venez à New York, faites-moi signe.

Il ne put s'empêcher de protester.

— Vous n'allez pas partir sans m'embrasser. Ça devient absurde.

Elle hésita, debout sur le marchepied. Elle n'en avait pas la moindre envie. Elle finit pourtant par se pencher vers lui, mais c'est lui, cette fois, qui se déroba.

— Peu importe, dit-il. Je comprends ce que vous éprouvez.

Il souleva son chapeau, s'inclina courtoisement et s'en alla. Elle gagna son compartiment. Elle se sentait seule et perdue. C'est toujours comme ça, pensa-t-elle, avec ceux qu'on rencontre sur un navire. Mais l'impression de solitude se prolongeait étrangement.

II

Elle franchit un étrange univers de béton, de verre et d'acier, passa sous un dôme immense et sonore, et New York s'ouvrit devant elle. Avant même d'arriver à son hôtel, elle sentit qu'elle était chez elle. En voyant le courrier qui l'attendait, les fleurs qui décoraient sa chambre, elle eut la certitude de vouloir vivre là et travailler là, dans cet incessant mouvement d'exaltation fiévreuse, qui traversait la ville de l'aube au crépuscule.

En moins de quarante-huit heures, elle s'imposa un assouplissement musculaire trop longtemps négligé, s'initia aux nouvelles figures de claquettes avec Joe Crusoe, et passa en revue les différents spectacles qui pouvaient lui apporter quelque chose de neuf.

Elle se mit également en quête de nouveaux engagements. On lui avait proposé de jouer à Londres une comédie musicale de Gershwin, qui triomphait à Broadway. Elle n'accepterait qu'en dernier recours, car c'était pour elle un pas en arrière. Fascinée par New York, elle rêvait d'y travailler. Ce n'était pas facile — elle était pratiquement inconnue, et le théâtre se portait mal. Son agent lui transmit plusieurs propositions, pour des spectacles dont les répétitions ne devaient commencer qu'à l'automne. Elle avait quelques petites dettes. Par chance, elle trouvait souvent quelqu'un qui l'invitait à dîner, puis au théâtre.

Mars s'écoula. Evelyn avait appris de nouveaux pas, et participé à une demi-douzaine de soirées de gala. La saison s'achevait. Elle rencontrait de jeunes imprésarios, qui tenaient tous le même langage, qui voulaient tous « monter quelque chose autour d'elle », mais qui manquaient toujours d'argent, ou d'un sujet, ou d'une salle. Huit jours avant d'accepter l'offre de Londres, elle eut des nouvelles de George Ives.

Des nouvelles directes, par un télégramme lui

annonçant son arrivée — et indirectes, par son agent à qui elle en parla. Il fit entendre un sifflement admiratif.

— Tu as ferré George Ives ? Alors là, chapeau ! Plus besoin de chercher du travail. Je connais un nombre incroyable de filles qui ont usé leurs chaussures à lui donner la chasse.

— Pourquoi ? Quel est son titre de gloire ?

— Il est riche comme Crésus. C'est le plus brillant avocat des Etats du Sud. On voudrait qu'il soit élu gouverneur. A ses moments perdus, c'est également l'un des meilleurs joueurs de polo d'Amérique.

Evelyn fit entendre à son tour un petit sifflement.

— Pour une nouvelle, c'est une nouvelle !

Elle était stupéfaite. Tous ses sentiments s'en trouvaient transformés — et toute son attitude à lui prenait un autre sens. Le plus surprenant, c'est le secret qu'il avait voulu préserver, alors qu'elle n'avait rien dissimulé de sa propre vie. Elle se souvint brusquement l'avoir vu discuter à l'écart, avec des journalistes, à sa descente du bateau.

Le jour de son arrivée, il faisait un temps d'une douceur surprenante. Il se montra très attentif et très heureux. Elle n'était pas libre pour déjeuner, mais il vint la chercher au Ritz, un peu plus tard, et ils se dirigèrent vers Central Park. Elle le regardait d'une autre façon. Elle remarqua combien son regard était volontaire, combien sa bouche révélait d'exigence envers lui-même. Elle sentit son cœur basculer. Elle lui avoua qu'elle s'en voulait beaucoup pour ce fameux soir.

— Je n'avais rien contre le fait lui-même, mais contre la manière dont vous vous y preniez. C'est oublié. Soyons heureux.

— C'est arrivé si brusquement. On est sur un bateau. On lève les yeux, et la femme qu'on cherche depuis toujours se trouve là, devant vous. On est complètement dérouté.

— C'était bon, avouez.
— Vous étiez comme une fleur inattendue. J'ai cru que le respect n'était pas de mise. Mais c'est une raison de plus, au contraire, de la traiter avec délicatesse.
— Comme vous parlez bien, dit-elle, pour le faire sourire. Si vous continuez, je me jette sous les roues du taxi.
Oh ! comme il lui plaisait ! Ils dînèrent ensemble, allèrent ensemble au théâtre, et dans la voiture qui la reconduisait à son hôtel, elle se tourna vers lui et attendit.
— Croyez-vous possible de m'épouser ? demanda-t-il.
— Tout à fait possible.
— Si nous nous marions, nous vivrons à New York, bien sûr.
Elle dit, d'un brusque élan :
— Appelez-moi Mickey Mouse.
— Pourquoi ?
— Je ne sais pas. Je trouve ça tellement drôle que vous m'appeliez Mickey Mouse.
Le taxi était arrivé à l'hôtel.
— Voulez-vous entrer, et parler encore un moment ? proposa-t-elle.
Sous sa blouse tendue à craquer, elle avait l'impression d'étouffer.
— Ma mère est à New York, avec moi. J'ai promis de passer la voir un moment.
— Oh !
— Voulez-vous que nous dînions tous les trois, demain soir ?
— Parfait.
Elle pénétra dans l'hôtel en courant, remonta dans sa chambre, brancha le phonographe.
— Oh ! bon Dieu de bon Dieu ! Voilà qu'il me respecte ! Il ne comprend rien à ce que je suis, rien à ce que sont les femmes. Il veut me traiter comme une déesse. Moi, je rêve d'être Mickey Mouse.

Elle se regarda dans la glace, en fredonnant à mi-voix :

Lady play your mandolin
Lady let that tune begin

Le lendemain, en arrivant chez son agent, elle rencontra Eddie O'Sullivan.

— Alors ? demanda-t-il. Vous êtes mariés, ou il a pris la fuite ?

— Eddie, je ne sais que faire. Je crois sincèrement que je l'aime, mais on ne danse jamais au même rythme.

— Prends les choses en mains.

— C'est exactement ce que je refuse. Je veux qu'on décide pour moi.

— Ecoute. Tu as vingt-six ans. Tu l'aimes. Epouse-le. Les temps sont difficiles.

— Il est tellement américain !

— Tu as vécu trop longtemps à l'étranger. Tu ne sais plus ce que tu veux.

— C'est justement ce que j'attends d'un homme : qu'il m'aide à être sûre de moi.

Comme cet examen de passage, auquel il voulait la soumettre, lui semblait révoltant, elle donna rendez-vous à deux de ses amis, pour aller voir un film de Chaplin, à minuit, lorsque le dîner serait terminé — « parce que je lui ai fait peur au Maryland, et qu'il m'abandonne respectueusement devant ma porte ». Elle sortit de son armoire toutes ses robes, et choisit, par défi, une toilette audacieuse de Vionnet. Quand George passa la chercher, à sept heures, elle lui demanda de la rejoindre dans sa chambre, pour qu'il donne son avis, espérant plus ou moins qu'il allait protester.

— Vous souhaitez peut-être que je m'habille en bonne sœur ?

— Ne changez rien. Je vous adore.

Elle aurait préféré ne pas être adorée.

Il faisait encore jour, et elle se sentit tout heureuse d'être à côté de lui dans la voiture. Si neuve, si légère, dans cette robe de soie si neuve, si légère... Quel rêve de rouler pour toujours avec lui, si elle était certaine d'arriver quelque part...

La suite du Plazza se referma sur eux. Le salon était brillamment éclairé.

— Nous sommes pratiquement voisines au Maryland, lui dit Mrs. Ives. Votre nom est très répandu dans le comté St-Charles. Je connais une belle maison ancienne, qu'on appelle *Lovejoy Hall*. Pourquoi ne pas l'acheter et la remettre en état ?

— Nous n'avons pas d'argent dans la famille, répondit Evelyn très naturellement. J'étais le seul espoir possible, mais les comédiennes ne sont pas des fourmis économes.

Un nouvel invité s'annonça. En le voyant entrer, Evelyn sursauta. Surgi des ombres du passé — le colonel Cary. Que faire ? Se mettre à rire, ou disparaître ? Elle se demanda un instant si la rencontre était préméditée. Mais non, car le colonel parut aussi stupéfait qu'elle. Il se contenta d'un :

— Ravi de vous revoir.

Mrs. Ives les fit asseoir à table.

— Miss Lovejoy habite le Maryland, tout près de chez nous, dit-elle.

— Je comprends.

Evelyn eut l'impression que le colonel lui lançait un petit clin d'œil, ce qui la fit rougir. Elle n'aimait pas ce genre de réaction. Il ne savait rien d'elle et de ses succès au théâtre. Il ne pensait manifestement qu'à un petit épisode minable, déjà vieux de six ans.

On apporta le champagne. Elle laissa le serveur remplir sa coupe jusqu'au bord, de peur que le colonel s'imagine qu'elle jouait les ingénues. George le remarqua.

— Je croyais que vous aviez fait vœu d'abstinence ?

— Exact. De toute ma vie, c'est à peine le troisième verre que j'accepte.

Le champagne lui permit d'y voir clair. Il fallait éviter que le colonel raconte à George et à sa mère n'importe quoi à son sujet. C'était donc à elle de prendre les devants. On lui remplit sa coupe une seconde fois, et le colonel, sans qu'il le sache, lui tendit la perche qu'elle attendait.

— Qu'avez-vous fait, tout ce temps-là ?

— Du théâtre.

Et, à Mrs. Ives :

— J'ai rencontré le colonel Cary à une très sombre époque de ma vie.

— Vraiment ?

Le colonel piqua un léger fard, mais Evelyn, imperturbable, poursuivit :

— J'ai été, pendant deux mois, ce qu'on appelle une *party-girl*.

— Une *party-girl* ? répéta Mrs. Ives, sidérée.

— C'est quelque chose de très new-yorkais, s'empressa de préciser George.

Evelyn sourit au colonel.

— Je trouvais ça très amusant.

— Oui, oui, très amusant, répondit-il.

— A peine sorties du collège, nous avions décidé, une amie et moi, de faire du théâtre. Pendant des mois, nous avons tiré les sonnettes de toutes les agences, et certains soirs, nous n'avions strictement rien à manger.

— C'est affreux, soupira Mrs. Ives.

— Alors quelqu'un nous a parlé des *party-girls*. Certains hommes d'affaires, lorsqu'ils reçoivent des clients de province, veulent leur offrir une soirée à tout casser — danse, orchestre, champagne, et la suite, pour donner à ces clients le sentiment d'appartenir au Tout-New York. Ils retiennent donc un cabinet particulier dans un restaurant, et invitent quelques *party-girls*. On ne vous demande pas grand-chose : avoir une jolie robe du soir, rester assise pendant deux heures à côté d'un homme d'âge mûr, rire de ses plaisanteries, l'embrasser éventuellement en lui disant bonsoir. Parfois, en s'asseyant à table, on découvre sous sa serviette un billet de cinquante dollars. Ça paraît horrible, je sais, mais pendant ces trois mois de détresse, ça nous a sauvé la vie.

Il y eut un silence. Quelques secondes à peine, mais si profond, si lourd, qu'Evelyn le sentit peser sur ses épaules. Un silence qui venait de très loin, du cœur même de Mrs. Ives, Evelyn le savait. Elle savait que Mrs. Ives avait honte d'elle, honte de cet expédient, qui lui avait peut-être permis de survivre, mais qu'elle jugeait incompatible avec la dignité d'une femme. Et pendant ces quelques secondes, Evelyn eut l'impression d'entendre le colonel ricaner doucement sous son impeccable moustache, tandis que deux petites rides se formaient au coin des paupières de George.

— Ce doit être très difficile de faire ses débuts au théâtre, dit enfin Mrs. Ives. Vous avez surtout joué en Angleterre, n'est-ce pas ?

— En effet.

Qu'avait-elle dit ? Toute la vérité, rien que la vérité, sans crainte du vieux colonel qui ricanait sans bruit. Elle vida son verre de champagne.

— Si vous n'avez pas l'habitude, ça fait peut-être beaucoup, murmura George, tandis que le colonel pérorait à grand bruit.

Elle découvrit alors que, de toute évidence, cet homme vivait sous la coupe de sa mère et qu'il avait été choqué par l'aveu qu'elle venait de faire. Pour une jeune fille, qui ne peut compter que sur elle-même, les choses n'ont pas la même gravité. Il aurait dû comprendre, au moins, qu'elle avait agi sagement, pour empêcher le colonel de se livrer ensuite aux plus médiocres sous-entendus. Elle refusa un troisième verre de champagne.

Après le dîner, elle rejoignit George près du piano.

— Peut-être ai-je eu tort de raconter ça, murmura-t-elle.

— Mais non, c'est absurde. Ma mère sait parfaitement que les choses ont changé.

— Elle n'a pas aimé mon petit discours. Quant à ce vieux beau, qui me fait penser à un *cartoon* de Peter Arno...

Quelque chose jouait contre elle. Elle en était consciente, malgré tous ses efforts pour s'en dissuader. Elle avait l'habitude d'être toujours approuvée, admirée.

— Si vous pouviez choisir de nouveau, choisiriez-vous le théâtre ? demanda Mrs. Ives.

— C'est une vie passionnante, répondit-elle, avec une sorte d'enthousiasme. Si j'avais des filles, douées du talent nécessaire, je les y pousserais. Je n'aimerais pas du tout qu'elles deviennent des mondaines.

— Le talent n'est pas donné à tout le monde, remarqua le colonel Cary.

— Et beaucoup de gens ont un préjugé absurde contre le théâtre, poursuivit Evelyn.

— De moins en moins, dit Mrs. Ives. Il y a tellement de charmantes jeunes filles qui montent sur scène, aujourd'hui.

— Des jeunes filles de très bonne condition, ajouta le colonel.

— Elles réussissent rarement à s'imposer, dit Evelyn. Chaque fois qu'une « débutante » décide d'éblouir le monde, ça se solde par un *flop* à Broadway. Ce qui me rend positivement folle, c'est l'arrogance des gens. Je me souviens d'une tournée que j'ai faite — toutes ces femmes qui tiennent le haut du pavé, dans les petites villes, qui vous invitent à des soirées, et qui murmurent dans votre dos, qui ricanent. Oser ricaner de Gladys Knowles !

L'indignation lui fit hausser le ton.

— Quand Gladys Knowles se produit en Europe, elle dîne chaque soir avec les plus hautes autorités de la ville, des gens qui ignorent jusqu'à l'existence des petites coteries de province...

— Dîne-t-elle également avec leurs épouses ? demanda le colonel.

— Avec leurs épouses, parfaitement.

Elle regarda Mrs. Ives avec une sorte d'agressivité.

— Permettez-moi de vous dire que les femmes qui font du théâtre n'ont aucun complexe d'infériorité, et que ceux qui font preuve envers elles d'une véritable élégance de caractère se gardent bien de prendre des airs protecteurs.

Il y eut un nouveau silence, plus profond encore, plus pesant, mais entraînée par sa passion, Evelyn ne s'en rendit pas compte.

— Oh ! ces Américaines ! Ces femmes américaines ! Plus elles sont nulles, plus elles s'attaquent aux autres.

Elle avait l'impression d'étouffer, et prit une longue inspiration.

— Pardonnez-moi, je dois partir.

— Je vous raccompagne, dit George.

Ils s'étaient levés. Elle leur serra la main. Elle aimait bien la mère de George, qui avait évité de prendre envers elle un air protecteur.

— J'ai été ravie, dit Mrs. Ives.

— A bientôt, j'espère. Bonsoir.

Elle monta en taxi avec George, donna au chauffeur l'adresse d'un cinéma de Broadway.

— J'ai un rendez-vous, dit-elle.

— Je comprends.

— Rien d'important.

Elle posa une main sur la sienne, le regarda. Pourquoi ne lui demandait-il pas d'annuler son rendez-vous ? Il dit simplement :

— Il ferait mieux de prendre par la Quarante-cinquième rue.

Bon, parfait, après tout c'était préférable pour elle de repartir pour l'Angleterre — et d'être Mickey Mouse. Il ignorait tout des femmes, tout de l'amour, et c'était pour elle le péché capital. Mais pourquoi, éclairé sous un certain angle par les lumières de la rue, son visage évoquait-il parfois le visage de son père ?

— Vous ne voulez pas voir le film avec moi ?

— Je suis un peu fatigué. Je rentre.

— Vous m'appelez demain ?

— Sans faute.

Elle hésita. Il y avait une erreur quelque part. Quelque chose qui ne tournait pas rond. Elle refusait qu'ils se séparent ainsi. Il l'aida à descendre, paya la course. Elle tenta d'insister.

— Accompagnez-moi. Mais si vous préférez que...

— J'ai besoin de marcher.

Elle aperçut ses deux amis qui l'attendaient, leur fit un signe de la main.

— George, qu'est-ce qui ne va pas ?

— Rien.

Jamais il ne lui avait paru plus séduisant, plus désirable. Au moment où ses deux amis vinrent la rejoindre, deux comédiens qui n'étaient que menu fretin comparés à lui, il souleva son chapeau.

— Bonsoir. J'espère que le film vous plaira.

— George...

... Et il lui arriva quelque chose d'étrange. Elle comprit pour la première fois que son père était mort, qu'elle était seule au monde. Elle s'était toujours considérée comme indépendante — et elle gagnait parfois, en une seule saison, plus que les malades de son père ne lui rapportaient en cinq ans. Mais il avait toujours été là, malgré tout, derrière elle — oui, cet amour qu'il lui portait, elle l'avait toujours senti là, derrière elle — jamais perdue, jamais abandonnée. Elle avait toujours eu un toit où se réfugier.

Et voilà qu'elle était seule au monde, complètement

seule, au milieu d'une foule agitée, bruyante, indifférente. S'était-elle attendue à aimer cet homme, qui lui offrait tant de choses, avec la naïveté de ses dix-huit ans ? Il l'aimait. Il l'aimait plus qu'aucun homme ne l'avait aimée. Jamais elle ne deviendrait une star, elle en était consciente, et, à l'âge qu'elle venait d'atteindre, toute jeune femme se doit d'être prévoyante.

— Je reviens, dit-elle à ses amis. Attendez-moi, ne m'attendez pas, comme vous voudrez.

Elle partit en courant. Elle remonta Broadway, en tenant d'une main sa robe du soir. C'était la sortie des théâtres. La foule devenait de plus en plus dense. Elle cherchait des yeux son chapeau haut-de-forme, comme un étendard levé, mais il y en avait beaucoup d'autres, à cette heure-là. Elle courait en dévisageant les hommes autour d'elle. Quelqu'un l'appela, une voix vulgaire, et elle trembla, car elle découvrait de nouveau que personne n'était là pour la protéger.

Elle atteignit l'angle d'une rue, scruta fiévreusement l'espace qui s'ouvrait devant elle. Il avait sans doute quitté Broadway. Elle s'engagea donc sur sa gauche, dans le passage obscur de la Quarante-huitième rue. Et là, elle l'aperçut enfin. Il marchait vite, comme un homme qui abandonne derrière lui quelque chose. Elle le rejoignit à l'angle de la Sixième Avenue.

— George...

Il se retourna. Le visage tendu, douloureux.

— George, je n'avais pas envie de voir ce film, j'avais envie que vous m'empêchiez d'y aller. Pourquoi ne m'avez-vous pas empêchée d'y aller ?

— Allez-y, n'y allez pas, peu importe !

— A ce point ? Je suis morte pour vous à ce point ?

— Voulez-vous que j'appelle un taxi ?

— Je veux rester avec vous.

— Je rentre.

— Je vous accompagne. Qu'y a-t-il, George ? Qu'y a-t-il ?

Ils traversèrent la Sixième Avenue, et l'obscurité devint plus épaisse.

— Qu'y a-t-il, George ? Parlez. Je vous en prie. Si j'ai fait quelque chose de mal chez votre mère, pourquoi ne m'avez-vous pas retenue à temps ?

Il s'arrêta brusquement.

— Vous étiez notre invitée.

— Qu'ai-je fait ?

— A quoi bon ?

Il fit signe à un taxi.

— Nous avons une vue totalement différente des choses. C'est évident. Je voulais vous écrire demain, mais puisque vous insistez, autant en finir tout de suite.

— Mais pourquoi, George, pourquoi ?

Elle pouvait à peine parler.

— Qu'ai-je fait ?

— Vous vous êtes permis d'agresser, de façon incroyable, une femme âgée, parfaitement digne, qui ne faisait preuve envers vous que de gentillesse et de considération.

— C'est faux, George, c'est faux ! Je vais aller la voir, lui demander pardon. Ce soir même.

— Elle ne comprendrait pas. Nous avons une vue totalement différente des choses, je le répète.

— Oh-h-h...

Elle était atterrée. Il voulut ajouter quelque chose, mais après un bref coup d'œil il ouvrit la portière du taxi.

— Votre hôtel est tout près d'ici. Pardonnez-moi de ne pas vous accompagner.

Mais elle avait le dos tourné. Elle s'accrochait désespérément à une rampe d'escalier.

— J'irai. N'attendez pas. J'irai dans une minute.

Elle ne jouait plus aucun rôle. Elle aurait voulu être morte. Elle pleurait son père. Pas cet homme, se répétait-elle, mais son père.

Il s'éloigna, s'arrêta, hésita — et revint sur ses pas.

— Evelyn...

Elle entendait cette voix derrière elle, et si proche.

— Oh ! mon pauvre petit enfant, disait cette voix.

Il la prit dans ses bras, l'obligea doucement à se retourner. Elle se serra contre lui.

— Oh ! oui, murmura-t-elle, brusquement apaisée, rassurée. Oui, votre pauvre enfant, votre pauvre petit enfant, rien de plus.

Etait-ce l'amour ? Elle n'en savait rien. Mais elle savait, de tout son cœur, de toute son âme, qu'elle aurait voulu se glisser dans sa poche, et s'y abriter pour toujours.

ENTRE TROIS ET QUATRE

Cette nouvelle, écrite en juin 1931, a été achetée 4 000 dollars par le Saturday Evening Post, *qui l'a publiée dans son numéro du 5 septembre 1931. Scott Fitzgerald y aborde, pour la première fois, le sujet de la Dépression. Il avait pu en découvrir les premiers effets, lorsqu'il était retourné en Amérique quelques mois plus tôt, pour assister aux funérailles de son père.*

I

Cela se passe à notre époque — époque où chacun se sent plus ou moins déprimé. Certains n'ont pas tenu le coup, parce que les soucis financiers n'ont fait qu'aggraver leurs troubles psychiques, dus au boom économique — les névroses étant, comme chacun sait, l'apanage des riches. D'autres n'ont pas tenu le coup parce que c'était à la mode, ou parce qu'ils avaient l'habitude d'être protégés par la statue dorée de l'Abondance, comme les Français le sont par l'idée de sagesse et de gloire, ou les Anglais par celle du « devoir ». Quoi qu'il en soit, tout un chacun est déprimé.

Prenons Howard Butler. Il n'a jamais cru en quoi

que ce soit, y compris en lui-même. Il ne croit qu'en l'ordre social, mais sans cette passion que partagent ceux qui en sont les élus ou les prophètes. C'est un homme tranquille, introverti, sans audace ni énergie, mais sans faiblesse particulière — excepté sur un point. Mal outillé pour réfléchir, il s'efforce pourtant à la réflexion, et l'on ne saurait attendre de lui, en période normale, qu'il atteigne des sommets ou s'enfonce dans des abîmes. Il va pourtant être victime d'une étrange vision — et c'est là le sujet de l'histoire.

Debout dans son bureau, au neuvième étage d'un immeuble de New York, Howard Butler hésitait à se décider. Il travaillait comme chef de service pour une filiale de *B.B. Eddington's Sons*, meubles et fournitures de bureaux. Locaux élégants, parfaitement équipés, mais donnant une certaine impression de vide, due aux récentes compressions de personnel. Miss Wiess venait de lui donner, par interphone, le nom d'une visiteuse inopportune, et il hésitait. Fallait-il attendre ou la recevoir sur-le-champ ? De toute façon, il n'y couperait pas. Donc... « Faites entrer Mrs. Summer. »

Inutile de montrer le chemin à Mrs. Summer. Elle avait travaillé là pendant huit ans. Six mois plus tôt, on l'avait congédiée. C'était une femme énergique, encore séduisante, dans les cinquante ans, avec des cheveux qui tournaient au gris, une silhouette imposante, bien qu'un peu épaissie, qui rappelait celle des Gibson Girls, et des grands yeux d'un bleu intense et lumineux. Elle gardait, pour Howard Butler, le même charme aigu qu'il y a trente ans, lorsqu'elle s'appelait encore Sarah Belknap, qu'il l'avait demandée en mariage et qu'elle avait répondu non. Seule différence, mais de taille : aujourd'hui, il la haïssait.

Elle entra d'un pas vif.

— Bonjour, Howard, dit-elle, de cette voix claire, attachante, qui le troublait toujours — car, sans lui témoigner un intérêt particulier, elle semblait ne lui en vouloir de rien. Ce jour-là, pourtant, on la sentait légèrement mal à l'aise.

— Bonjour, Sarah.

Elle poussa un petit soupir.

— Etrange de revenir ici. Avez-vous une place à m'offrir ?

Il pinça les lèvres et secoua la tête.

— La récession, toujours.

Elle plissa les yeux plusieurs fois.

— Bien sûr.

— Contrats annulés, lourds endettements... On vient de fermer deux filiales. On a été contraint à de nouvelles réductions de salaire. J'en ai moi-même été victime.

— Oh ! je comprends la situation, et je ne m'attends pas à toucher mon salaire d'autrefois. Mais je ne trouve absolument rien. Je me suis dit qu'il y aurait peut-être une occasion ici, chef de bureau, responsable du service de dactylographie... J'accepterai cinquante dollars par semaine.

— C'est très au-dessus de ce qu'on donne actuellement.

— Alors quarante-cinq. Quarante. Quand je suis partie d'ici, on m'a proposé une place à vingt-cinq dollars. J'ai refusé, comme une idiote. Ça me paraissait dérisoire par rapport à ce que je gagnais, et insuffisant pour payer les études de Jack à Princeton. Il travaille de son côté. Il gagne un peu d'argent. Mais, même à l'université, la compétition est sévère. Ils sont si nombreux à manquer d'argent. La semaine dernière, j'ai essayé de récupérer cette place à vingt-cinq dollars. On m'a ri au nez.

Elle sourit tristement, sans rien perdre de sa dignité. Mais, sentant qu'elle ne pourrait pas sourire très longtemps, elle reprit vite la parole.

— Pour économiser le peu qui me reste, je me suis inscrite à la soupe populaire. Une femme qualifiée comme moi... Ce n'est pas de la vanité, Howard. Je suis qualifiée, et vous le savez. Mr. Eddington l'a toujours reconnu. Je n'ai vraiment pas compris...

Il l'interrompit aussitôt.

— Les temps sont durs, Sarah.

Il examina à la dérobée les chaussures qu'elle portait. Elles semblaient en bon état, sur le dessus du moins. Elle était toujours très soignée.

— Nous avons été obligés de nous séparer de Muller.

— Ah ! tiens !

Cette information l'intéressait manifestement, lui rendait un peu d'amour-propre.

— La semaine dernière.

Six mois plus tôt, il avait fallu choisir entre Mr. Muller et Mrs. Summer. Sarah Summer savait que la décision d'Howard était contestable. Et Howard savait qu'elle le savait. En choisissant Muller, il avait cédé à une vieille rancune personnelle — car Muller était un jeune homme beaucoup moins qualifié que Mrs. Summer, beaucoup moins utile à la société, et bénéficiant d'un salaire égal.

Ils étaient face à face, aujourd'hui. Elle tentait d'accrocher son regard, pour qu'il cède, pour qu'il avoue. Il luttait pour lui échapper, et il y parvenait en se réfugiant dans d'obscurs replis de son âme, des replis mal connus encore, où il se sentait en sécurité, car il pouvait y mesurer les inquiétudes de Sarah avec une sorte de plaisir. Il avait pourtant peur de ce qu'il avait fait. Il essayait de se durcir, mais, face à elle, les sophismes qu'il venait d'énoncer n'avaient plus aucun sens. Elle céda la première.

— Howard, trouvez-moi du travail. Il le faut. N'importe quoi — trente dollars, vingt-cinq dollars. Je suis aux abois. Je n'ai même pas trente dollars devant moi. Il faut que Jack finisse son année d'université. C'est l'avant-dernière. Il veut être médecin. Il pense qu'il pourra tenir jusqu'en juin. Mais il est venu à New York, en voiture, avec un ami, pour le *Washington's Birthday*. Il a vu comment je vivais. J'ai essayé de donner le change, mais il a tout compris, et il envisage d'abandonner ses études pour chercher du travail. Howard, jc ne veux pas être un obstacle pour lui. Je préfère être morte. Depuis huit jours, je ne pense qu'à ça. A la mort. J'ai vécu ma vie, après tout. J'ai été heureuse.

Howard hésitait, depuis un moment. Il envisageait une solution possible. Mais en entendant : « *J'ai été heureuse* », il se referma brusquement. Si cette femme revenait travailler ici, elle serait pour lui un reproche éternel.

Trente ans plus tôt, il était assis sous la véranda d'une vieille maison de Rochester, et il écoutait, le cœur déchiré, Sarah Belknap et John Summer, lui annoncer, comme en rêve, à quel point ils étaient heureux. « J'ai voulu que vous soyez le premier à l'apprendre, Howard », avait dit Sarah. Il s'était trouvé pris au piège, et ridicule, ce soir-là, car il avait apporté des fleurs, pour la demander une fois encore en mariage. Et soudain, il avait découvert que tout était changé, qu'il n'existait plus, ni pour elle, ni pour lui. On lui avait rapporté plus tard — était-ce vrai ou faux ? — une phrase qu'elle aurait dite : si John Summer ne s'était pas déclaré, elle se serait résignée à épouser Howard Butler.

Quelques années plus tard, en arrivant au bureau, un matin, il l'avait trouvée là. Elle venait d'être engagée. Elle était sous ses ordres. Il lui avait fait la cour de nouveau, mais de façon si menaçante, si odieuse, qu'elle l'avait aussitôt remis à sa place, sur un ton tranchant et irrévocable. Il avait supporté sa présence pendant huit ans — supporté la vitalité dont elle faisait preuve, comme un soleil où il se desséchait, et l'indifférence qu'elle lui témoignait comme une obscurité de plus en plus amère. Il était conscient que, malgré son veuvage, elle avait une vie plus riche que la sienne.

— Impossible, dit-il, d'un ton faussement navré. Le personnel a été réduit au plus juste. Je ne vois pas qui vous pourriez remplacer. Miss Wiess travaille ici depuis douze ans.

— Si je demandais un rendez-vous à Mr. Eddington ? Ce serait peut-être une bonne chose ?

— Il est absent. Et ça ne servirait à rien.

Elle avait perdu la bataille. Elle insista, pourtant.

— Le mois prochain, qui sait ? Il y aura peut-être du nouveau ?

Butler haussa les épaules.

— Qui peut prévoir une reprise des affaires ? Si quelque chose se présente, je penserai à vous.

Il crut bon d'ajouter, comme pour se dédouaner :

— Revenez dans une semaine. Un après-midi, entre trois et quatre.

Mrs. Summer se leva. Elle semblait plus âgée qu'à son arrivée.

— Je reviendrai, d'accord.

Elle était là, debout, à tripoter ses gants, et son regard semblait chercher plus loin, au-delà des murs de la pièce.

— Si vous n'avez rien, je crois... je crois que je renoncerai. Pour toujours.

Elle se dirigea brusquement vers la fenêtre, et Butler eut comme un mouvement pour se lever.

— Neuf étages, dit-elle. C'est une bonne hauteur. On a le temps de revoir sa vie avant de s'écraser.

— Ne dites pas des choses pareilles. La chance va vous sourire, vous verrez.

— « Une employée se jette du neuvième étage et se tue. »

Elle regardait fixement la fenêtre. Elle poussa un terrible soupir d'angoisse, et se retourna.

— Au revoir, Howard. Si vous êtes lucide, vous comprendrez que j'ai eu raison de ne pas me contraindre à vous aimer. Je reviendrai la semaine prochaine, entre trois et quatre.

Il fut sur le point de lui offrir cinq dollars. Mais ç'aurait été un aveu de faiblesse, une sorte de fêlure en lui, et il la laissa partir sans un geste.

II

Il pouvait l'observer à travers le petit judas transparent qu'une éraflure avait ouvert dans le verre dépoli de sa porte. Plus maigre que la semaine précédente, et d'une extrême nervosité, sursautant chaque fois que passait quelqu'un. Elle était assise de biais, un pied de travers. Il vit que sa semelle était trouée, et qu'elle avait bouché le trou avec du carton. Quand on lui avait dit, par interphone, qu'elle était là, il avait répondu : « Qu'elle attende ! », agacé qu'elle soit en avance : il n'était pas encore trois heures. Mais le vrai motif de son agacement, c'est qu'il avait peur de l'affronter de nouveau, et, inconsciemment, sa décision était prise. Pour gagner du temps, il dicta plusieurs lettres, téléphona longuement à la maison mère. Il s'aperçut alors qu'il était quatre heures moins cinq. Il n'avait pas eu l'impression de la faire attendre aussi longtemps. Il informa Miss Wiess qu'il n'avait rien à offrir à Mrs. Summer et qu'il ne pourrait pas la recevoir.

Il glissa un œil à travers le petit judas, pour voir comment elle prenait la chose. Il eut l'impression qu'elle perdait l'équilibre en se levant, et qu'en écoutant Miss Wiess elle avait un regard perdu.

« J'espère qu'elle va s'en aller pour de bon, cette

fois, pensa-t-il. Je ne peux pas prendre en charge tous les chômeurs de la ville. Je deviendrais fou. »

Il quitta son bureau, un peu plus tard. Le ciel était bas, la chaleur étouffante. Il dut s'arrêter deux fois, en rentrant chez lui, pour se rafraîchir dans une buvette. Il verrouilla soigneusement sa porte derrière lui — une habitude qu'il avait prise depuis quelque temps, une façon de se défendre contre la morosité extérieure. Il ouvrit son courrier, rangea le linge rapporté par le blanchisseur, brossa son veston, le pendit à un cintre — il était très méticuleux. Il ne cessait de fredonner :

I can't give you anything but love, baby,
That's the only thing I've plenty of, baby...

Il se lassait, s'interrompait, fredonnait de nouveau. Ou il se parlait à lui-même, comme ceux qui ont l'habitude de vivre seuls.

— Bon, ça fait deux chemises blanches, deux chemises de couleur. Je vais finir celle-ci, qui est déjà bien usée... Sept, huit, plus les deux qui sont au lavage... dix.

Six heures. La sortie des bureaux. Les gens se précipitaient vers les ascenseurs, ou se bousculaient dans les escaliers. Mais ces images toujours les mêmes lui semblaient différentes, ce soir-là. Il s'y ajoutait quelque chose — une ombre qui montait l'escalier, qui montait lentement, marche à marche, à contre-courant de la foule, et qui s'arrêtait à chaque palier, pour reprendre son souffle.

— C'est absurde ! s'écria-t-il. Elle ne peut pas me faire ça. C'est pour m'irriter, voilà tout.

Il continuait pourtant à l'entendre monter les marches — un bruit insistant, régulier, comme si la fièvre lui battait les tempes. Il saisit brusquement son chapeau, et sortit pour aller dîner.

L'orage n'était pas loin. De longs tourbillons de poussière suffocante s'élevaient le long des façades. Il avait l'impression que les gens s'éloignaient de lui, se perdaient dans le temps et l'espace. Il avait l'impression qu'ils étaient tous désespérés, qu'ils marchaient lentement, les yeux au sol — ceux qui étaient seuls, du moins, car les couples parlaient en marchant plus vite, sans se rendre compte qu'ils étaient ridicules et inconvenants, qu'ils se donnaient eux-mêmes en spectacle, qu'il n'y avait qu'une façon de marcher — seul, et en silence.

Il se réjouit pourtant que le restaurant dont il poussa la porte soit plein. En lisant les journaux, il s'imaginait parfois qu'il était le seul à gagner de quoi vivre. Ce qui l'effrayait. Car il était loin d'être une lumière, il le savait, et si ses patrons s'en apercevaient, il risquait de perdre sa place. Il se sentait d'autant plus désarmé face à la crise économique qui déchirait l'Amérique, que sa vie privée lui donnait mauvaise conscience, et il tentait de tout confondre, de mettre ses propres lâchetés sur le compte de la dépression générale.

— Vous n'aimez pas ça ? demanda la serveuse.

— Mais si, bien sûr.

Il se sentit obligé de manger.

— C'est la chaleur, continua-t-elle. Je viens de lire dans le journal qu'une femme s'est jetée du neuvième étage, cet après-midi.

Il lâcha sa fourchette, qui roula sous la table.

— Une femme capable de faire ça, vous vous rendez compte ? dit-elle en se baissant pour ramasser la fourchette. Moi, si je voulais en finir, je me noierais.

— Qu'avez-vous dit ?

— J'ai dit : je me noierais. Je ne sais pas nager, de toute façon. Mais si je voulais...

— Non, non, à propos de cette femme ?

— Qu'elle s'est jetée du neuvième étage. Je vais vous chercher le journal.

Il voulut l'en empêcher. Il n'aurait pas supporté la lecture de l'article. Il posa en tremblant un dollar sur la table, et sortit rapidement.

Ce n'était pas elle. Impossible. A quatre heures, elle était encore devant son bureau. Et il n'était que sept heures vingt. Trois heures à peine. Il passa devant un kiosque à journaux. La dernière édition s'y trouvait en pile. Il poussa une sorte de cri rauque, et partit en courant, le plus vite possible, le plus loin possible, comme vers l'exil.

C'était une erreur. Il fallait savoir. Impossible que ce soit Sarah.

Et pourtant... C'était Sarah, il le savait. *Une employée désespérée se jette du neuvième étage et se tue*. Il passa devant un autre kiosque, tourna dans la Cinquième Avenue, monta vers le nord. La pluie commençait à tomber, de larges gouttes, qui s'écrasaient dans la poussière. Il s'arrêta. Le trottoir était noir de monde. Il était incapable d'avancer, ni de revenir sur ses pas.

— Il faut que j'achète un journal, murmura-t-il. Sinon, je ne dormirai pas.

Il gagna Madison Avenue, trouva un nouveau kiosque. Il tendit la main vers les piles de journaux, en prit un exemplaire de chaque, sans regarder, les plia et les mit sous son bras. La pluie les transperçait avec un petit bruit féroce, comme pour les réduire en bouillie. Arrivé devant chez lui, il jeta le paquet informe dans une ouverture de sous-sol, et claqua sa porte. Attendre demain, c'était préférable.

Il se déshabilla en toute hâte, comme s'il n'avait plus une minute à perdre, et il répétait à voix haute :

— Sûrement pas elle. Et si c'est elle, je n'y suis pour rien. Je ne peux pas prendre en charge tous les chômeurs de la ville.

Cette ferme déclaration, étayée par un double gin bouillant, lui permit de trouver le sommeil.

Il se réveilla en sursaut, à cinq heures, victime d'un cauchemar, dont le réalisme le terrifiait. Il avait parlé à Sarah, dans son rêve. Elle était sous sa véranda, allongée dans un hamac, la jeune fille d'autrefois, enfantine et désenchantée. Et elle savait ce qui se préparait. Elle savait qu'elle allait se jeter dans le vide, d'une grande hauteur, qu'elle aurait les membres brisés, et qu'elle mourrait. Butler aurait tant aimé lui porter secours — il se tordait les mains et il pleurait. Mais il était trop tard. Il n'y avait plus rien à faire. Elle ne l'accusait pas d'être responsable. Elle le regardait, sans un mot, résignée à l'irrévocable, mais son regard semblait lui en vouloir de n'avoir rien prévu à temps.

C'est le bruit du journal contre sa porte qui l'avait réveillé en sursaut. Le cauchemar angoissant vacilla, pour aller se perdre dans les abîmes d'où il était venu, le laissant vide et seul. Peu à peu, il reprit conscience des sinistres détails de la vie quotidienne. Partagé entre l'univers de pitié sensible où l'avait entraîné son rêve, et le monde médiocre dans lequel il vivait, il se leva, ouvrit sa porte, ramassa le journal. Encore embrumé de sommeil, son regard parcourut les différentes colonnes.

Une employée désespérée se jette
du neuvième étage et se tue.

Il crut tout d'abord à une hallucination. Les caractères de l'article pesaient de tout leur poids contre le titre. Le titre lui-même s'effaça. Il ferma le poing, se frotta les yeux. Puis il recompta les colonnes, eut l'impression qu'au lieu d'encadrer l'information deux d'entre elles la recouvraient — mais non. Le titre était là, sans erreur.

Une employée désespérée se jette du neuvième étage et se tue.

Il entendit la femme de ménage qui nettoyait l'entrée. Il courut jusqu'à sa porte, l'ouvrit à toute volée.

— Mrs. Thomas !

Une Noire sans âge, penchée sur un seau, leva les yeux vers lui. Elle portait des lunettes attachées par une ficelle.

— Lisez, Mrs. Thomas ! Je suis malade. Mes yeux n'y voient plus. Mais je veux savoir. Lisez pour moi.

Il lui mit le journal sous les yeux. Il sentait sa voix vibrer dans sa gorge, comme un muscle tendu.

— Dites-moi ce qui est écrit, là. « *Une employée saute et se tue.* » C'est bien ça ?

La vieille femme le regarda avec étonnement, et pencha docilement la tête vers le journal.

— Oui, c'est bien ça, *misteur* Butler.

— Sûr ?

Il se passa la main sur les yeux.

— Et sous le titre, maintenant. « *Mrs. John Summer* » ? C'est bien ça ? Lisez attentivement. « *Mrs. John Summer* » ? C'est bien ça ?

Elle lui jeta de nouveau un regard stupéfait, avant de se pencher vers le journal.

— Oui, c'est bien ça. « *Mrs. John Summer* ».

Et elle ajouta, après un silence :

— Vous, *misteur*, vous êtes bien malade.

Il ferma la porte, regagna son lit, s'allongea, les yeux au plafond. Il se mit à parler tout haut.

— Attention. Ne va pas t'imaginer que ça te concerne. Tu n'y es pour rien. On lui avait offert un autre job. Elle a estimé que c'était indigne d'elle. Si elle était à ta place, qu'aurait-elle fait pour toi ?

Il eut envie d'appeler le bureau, de dire qu'il était souffrant, mais il se souvint que George Eddington devait arriver d'un jour à l'autre, et il préféra ne pas prendre de risques. Miss Wiess était partie en vacances la veille au soir. Il fallait mettre au courant la remplaçante. Comme cette remplaçante ne connaissait pas Sarah, elle ne risquait pas d'évoquer le drame.

C'était un jour de chaleur insistante, une chaleur sèche, qui amplifiait le grincement métallique des grues et le grondement d'une riveteuse électrique sur le chantier voisin. Une chaleur qui déformait le moindre son. Au début de l'après-midi, Butler fut pris de vertige. Il avait envie de rentrer chez lui. Il ne tenait plus en place dans son bureau. C'est alors que la chose se produisit. Il y avait une horloge à l'extérieur, qu'il entendait battre dans le silence. Il reconnut le petit déclic de l'aiguille qui marquait l'heure, et, au même instant, la porte du couloir qui tournait sur ses gonds, pour livrer passage à quelqu'un. Puis, plus rien.

Il pensa que c'était quelqu'un qui venait le voir. Mais soudain, il eut un frisson, comprit qu'il avait peur — sans savoir pourquoi — et se dirigea lentement vers sa porte. Il s'arrêta à mi-chemin. Le bruit de la riveteuse s'éleva de nouveau, mais comme étouffé, maintenant. Il crut un instant que l'horloge elle-même s'était arrêtée. Mais non. Elle battait toujours, seconde après seconde, dans la profondeur du silence.

Il ne voulait pas savoir qui attendait. Mais, en même temps, il était malade de curiosité. Il y avait toujours, dans un coin de la porte, le petit judas transparent, qui permettait de regarder à l'extérieur. Mais Butler découvrit soudain un autre petit éclat, dans la lettre B de son nom, peint sur la vitre. De là, il ne voyait que le plancher, et le couloir obscur où l'on avait disposé des chaises pour les visiteurs. Il serra les dents, et regarda par la fente.

Glissées sous l'entretoise d'une chaise, il aperçut

deux chaussures de femme, marron foncé. L'une d'elles était tournée vers lui, et il vit que la semelle était trouée. Il retint son souffle, pencha sans bruit la tête pour regarder par le petit judas. Quelqu'un attendait, assis sur la chaise — affalé, plutôt, comme si on l'avait posé là, et qu'il s'était aussitôt effondré. Une main, qui pendait, et le peu qu'il pouvait découvrir du visage étaient d'une pâleur diaphane, et le tout avait quelque chose d'immobile et de redoutable. Butler étouffa un cri terrifié, et fit un grand pas en arrière.

III

Il resta debout, collé contre le mur, pendant de longues minutes. Il n'arrivait pas à s'en détacher. C'était comme un accord tacite entre cette chose, qui était dehors, et lui. S'il se tenait parfaitement immobile, s'il faisait le mort, il ne risquait rien. Mais, comme il ne venait aucun bruit du couloir, aucun mouvement perceptible, la raison reprit peu à peu ses droits. Il se dit que c'était la fatigue nerveuse. Ce qu'il y avait d'effrayant, dans tout ça, ce n'était pas le fantôme en lui-même, mais le fait que ses nerfs malades étaient capables de le faire surgir du néant. Cette pensée ne lui apporta qu'un vague réconfort. Puisque la peur était en lui, peu importait son origine — les obscurs replis de son âme ou le monde de l'au-delà.

Pour retrouver son sang-froid, il se soumit à une réflexion méthodique. Premièrement : les bruits du chantier voisin étaient toujours les mêmes ; il pouvait toucher les murs de son bureau, toucher son propre corps ; il entendait les gens qui passaient dans la rue ; s'il appuyait sur l'interphone, qui était à portée de sa main, Miss Rousseau répondrait aussitôt. Deuxièmement : la présence de cette chose, qui attendait dehors, pouvait certainement s'expliquer de façon naturelle ; il n'avait pas pu voir l'ensemble du visage, et rien ne prouvait qu'il s'agissait de ce qu'il avait cru ; beaucoup de gens, par les temps qui couraient, étaient obligés de porter des semelles en carton. Troisièmement — et le calme avec lequel il réfléchissait le surprenait lui-même : si l'histoire tournait à l'intolérable, il aurait toujours la ressource de mettre fin à ses jours, ce qui entraînerait automatiquement la disparition du cauchemar.

Cette dernière réflexion l'entraîna vers la fenêtre. Il regarda passer les gens. Il s'obligea à rester là une longue minute, légèrement de biais, pour ne pas tourner le dos à la porte, et à s'intéresser aux gens qui passaient, aux ouvriers qui travaillaient sur les poutrelles métalliques du chantier voisin. Il essaya de tout son cœur de les rejoindre. Il lutta désespérément pour s'avouer qu'ils étaient des hommes comme lui, qu'ils connaissaient les mêmes plaisirs que lui, les mêmes souffrances. Mais c'était impossible. Tout au fond de lui, il les méprisait, et... pour dire toute la vérité, il n'avait rien de commun avec eux, tandis qu'avec la chose qui attendait dehors, il se sentait profondément et obligatoirement solidaire.

Il fit un brusque demi-tour, marcha jusqu'à la porte, regarda par le judas. La chose avait bougé, s'était affaissée davantage, et il sentit le sang lui monter à la tête et battre avec violence, lorsqu'il découvrit que ce visage aveugle, tourné vers lui, était celui de Sarah Summer.

Il se retrouva, sans savoir comment, plié en deux sur son bureau, secoué d'un fou rire qu'il ne pouvait pas contrôler.

Combien de temps ? Il n'en sut rien. Il sut seulement qu'il entendait un bruit, et qu'il reconnaissait ce bruit : la porte du couloir qui tournait sur ses gonds. Il regarda sa montre. Quatre heures.

Il fit venir Miss Rousseau.

— Y a-t-il quelqu'un qui m'attend ?

— Non, Mr. Butler.

— Et tout à l'heure ?

— Non, Mr. Butler.

— Vous en êtes sûre ?

— Je suis allée consulter le fichier, mais sans fermer la porte. Si quelqu'un était entré, je l'aurais certainement entendu.

— Parfait. Merci.

Lorsqu'elle écarta le battant pour sortir, il regarda attentivement le couloir. La chaise était vide.

IV

Ce soir-là, il avala un puissant somnifère. A l'aube, il avait retrouvé toute sa présence d'esprit. Il se rendit à son bureau — non pas qu'il se sentait en meilleure forme, mais parce qu'il avait encore le courage d'y retourner. En voyant arriver George Eddington, en fin de matinée, il se félicita d'être venu

— Vous n'avez pas l'air bien, lui dit Eddington.

— La chaleur.

— Devriez voir un médecin.

— Peut-être, oui, mais ça n'est rien.

— Quoi de neuf depuis quinze jours ?

Une employée désespérée se jette
du neuvième étage et se tue...

— Pratiquement rien. Nous avons fermé l'entrepôt de la Deux-centième rue.

— Sur ordre de qui ?

— De votre frère.

— Pour ce genre de choses, j'aimerais que vous me consultiez d'abord. Nous serons peut-être obligés de le rouvrir.

— Je suis navré.

— Où est Miss Wiess ?

— Sa mère était souffrante. Je lui ai accordé trois jours de congé.

— Et Mrs. Summer, qui n'est plus là... A propos, nous en parlerons tout à l'heure.

Butler sentit que son cœur s'arrêtait. Que voulait-il dire ? Avait-il lu les journaux ?

— Cette absence de Miss Wiess est très regrettable, reprit Eddington. Je voulais établir avec elle le bilan du mois dernier.

— J'emporterai chez moi les livres de caisse, et nous pourrons les étudier ensemble demain, proposa Butler, pour l'apaiser.

— D'accord.

Et il sortit rapidement. Il y avait dans sa voix quelque chose d'alarmant — la sécheresse de quelqu'un qui entend préparer quelqu'un d'autre à de déplaisantes éventualités. Ça commence à faire beaucoup de sujets d'inquiétude, se dit Butler. Beaucoup trop. A quoi bon s'en faire, puisqu'il y en a tant ? Il se laissa tomber dans son fauteuil, si désespéré, si amorphe, qu'il dut s'avouer, à l'heure du déjeuner, n'avoir rien fait de toute la matinée.

Il regagnait son bureau, à une heure et demie, lorsqu'une vague d'angoisse le submergea brutalement. Il marchait en aveugle, sous un soleil de plomb, dans un univers de noirceur absolue et de grisaille hostile. Une sirène de pompiers déchira l'atmosphère surchauffée, et c'était comme dans un cauchemar, l'annonce d'événements sinistres. Quelqu'un avait cru bon de fermer sa fenêtre. Il l'ouvrit toute grande, pour que le fracas du chantier voisin envahisse la pièce. Puis il prit un dossier, le posa devant lui, et attendit.

Une demi-heure s'écoula. De l'autre côté de la cloison, Butler entendait Miss Rousseau taper à la machine, répondre au téléphone. Il entendit également le petit déclic de l'horloge, quand l'aiguille marqua deux heures. Peu de temps après, il regarda sa montre. Deux heures et demie. Il s'épongea le front, s'aperçut avec étonnement que sa transpiration était d'un froid glacial. Plusieurs minutes encore. Puis la porte du couloir tourna sur ses gonds, et se referma avec un soupir.

Il sentit, à la même seconde, que la lumière changeait à l'extérieur — comme derrière les vitres d'un train, quand le paysage s'éloigne, en tournant et en rapetissant. Il se leva avec difficulté, s'approcha de la porte, regarda à travers le judas.

Elle était là. A l'angle du couloir. Une ombre bien précise. Il reconnaissait sous sa robe la forme de son corps. Elle attendait. Allait-il lui offrir un travail, qui lui permettrait de survivre, et permettrait à son fils de ne pas renoncer à ses ambitions ?

— Rien pour le moment, désolé. Revenez la semaine prochaine. Entre trois et quatre.

— Je reviendrai.

Au prix d'un effort insensé, qui sembla faire appel à ses ultimes réserves, et puiser sa force jusque dans ses talons, il parvint à se maîtriser, et décrocha le téléphone. Il allait savoir, cette fois — il allait savoir.

— Miss Rousseau ?

— Oui, Mr. Butler ?

— Si quelqu'un m'attend, faites entrer.

— Personne ne vous attend, Mr. Butler. Il y a...

Il raccrocha, avec un sanglot étouffé, courut à la porte, l'ouvrit à toute volée.

A quoi bon, puisqu'elle était là ? Non pas fantomatique, mais précise, distincte, animée, à croire qu'elle était vivante. Elle se leva très lentement. Ses vêtements la recouvraient comme un linceul. Elle était debout, maintenant. Elle le regardait avec un sourire blafard, comme s'il allait enfin, mais trop tard, hélas, lui venir en aide. Il fit un pas en arrière.

Elle vint vers lui, toujours très lentement, si près qu'il pouvait distinguer les traits de son visage, les cheveux gris sortant de son chapeau.

Il poussa un cri, recula d'un bond, claqua la porte derrière lui. Quelque chose, au plus profond de sa conscience, lui laissait vaguement entendre qu'il y avait un manque, une sorte d'erreur, dans la logique des circonstances qui l'avaient conduit jusque-là. Mais il était trop tard. Il courait en tous sens, comme un chat fou de terreur. Soudain, comme s'il devinait à quel point l'appel du néant était le bienvenu, il franchit la fenêtre, et se laissa glisser dans le vide des ténèbres. Même s'il avait pu élucider ce manque — se souvenir que la femme de ménage, à qui il avait montré le journal, ne savait ni lire, ni écrire — il était trop tard pour en être atteint. Il se trouvait déjà trop loin dans la mort pour rattacher cet élément à quoi que ce soit d'autre, pour réfléchir à l'influence qu'il aurait pu avoir sur les événements.

V

Mrs. Summer n'entra pas dans le bureau de Mr. Butler. Ce n'est pas lui qu'elle attendait. Elle avait été convoquée par Mr. Eddington, et Mr. Eddington vint la chercher lui-même, l'entraîna à l'écart.

— A quel point je regrette ce qui s'est passé, dit-il.

Il eut un geste vers le bureau de Butler.

— Nous ne pourrons pas le garder. Nous avons découvert récemment qu'il vous avait licenciée de son propre chef. Et pourtant... Le nombre d'idées qui viennent de vous, que nous utilisons... Jamais nous n'avons pensé nous séparer de vous ! Quel gâchis !

— Je suis venue vous voir hier après-midi, dit Mrs. Summer. Je n'en pouvais plus de fatigue. Il n'y avait personne dans le bureau. J'ai dû perdre connaissance, assise sur ma chaise. Je n'ai retrouvé mes esprits qu'au bout d'une heure, et j'étais tellement lasse, je suis rentrée chez moi.

— Nous allons régler tout ça, dit Eddington, l'air sombre. Nous allons... C'est le genre de choses...

Mais il dut s'interrompre. Il régnait soudain une extrême confusion dans les bureaux. Un policeman venait d'arriver. Derrière lui, des visages avides de savoir.

— Que se passe-t-il ?... On dirait qu'il y a un problème. Que se passe-t-il, monsieur l'agent ?

CHANGEMENT DE CLASSE

Ecrite en juillet 1931, pendant que Zelda se soignait à Prangins, cette nouvelle a été achetée 4 000 dollars par le Saturday Evening Post, *qui l'a publiée dans son numéro du 26 septembre 1931. La ville dont il est question est Wilmington (Delaware), où les Fitzgerald avaient habité, entre 1927 et 1929.*

I

Pour lui conserver une sorte d'anonymat, disons que cette ville se situe à l'Est des Etats-Unis, pas loin de New York, et qu'en tant que place financière son importance est sans commune mesure avec le petit nombre de ses habitants. Trois familles s'y partagent le pouvoir, grâce à leurs multiples ramifications et aux deux industries qu'elles contrôlent. On y trouve donc une *Jadwin Street* et un *Jadwin Hotel*, un *Dunois Park* et une *Dunois Fountain*, un *Hertzog Hospital* et une *Hertzog Avenue*.

Ce sont les Jadwin les plus riches. On peut marcher pendant des miles hors de la ville, sans sortir de leurs domaines. Ils comptent une kyrielle de frères et de cousins, mais un seul se trouve impliqué dans notre histoire.

Comme il a besoin d'une coupe de cheveux, il se rend au salon de coiffure du *Jadwin Hotel*, et demande Earl, tout naturellement. Un portier noir, qui somnolait, se réveille en sursaut. Les autres garçons coiffeurs, qui s'affairent, lui font discrètement hommage d'un regard en biais. Les yeux du directeur s'écarquillent en le voyant entrer. Seul Earl, qui s'occupe d'un petit garçon, garde sa dignité. Après avoir donné contre son peigne de légers coups de ciseaux, il va à la rencontre de Philip Jadwin.

— J'en ai pour cinq minutes, Mr. Jadwin, dit-il, sans une ombre d'obséquiosité. Si ça vous ennuie d'attendre, je téléphonerai à votre bureau.

— Non, non, Earl. J'attends. C'est parfait.

Philip Jadwin s'assit, les yeux dans le vague. C'était un homme de trente et un ans, d'une élégance un peu guindée, travailleur et plutôt timide. Il était amoureux d'une de ses secrétaires, mais il avait peur d'affronter cet amour, ce qui le faisait parfois cruellement souffrir. Les choses allaient mieux depuis quelques temps. Il se contrôlait davantage. Mais chaque fois qu'il s'éloignait de la jeune fille, elle le regardait d'un air de reproche. A vingt et un ou quarante ans, il aurait pu s'enfuir avec elle à Elkton (Maryland), mais à l'âge qu'il avait les conventions deviennent tyranniques, et il se savait étroitement surveillé par la branche la plus conservatrice de sa famille. Donc : impossible.

Au moment où il prit place dans le fauteuil de Earl, un homme entra dans le salon de coiffure. Il avait la peau mate, et des bras interminables, comme en ont certains singes. Il dit : « Hello, Earl ! », jeta un regard indécis vers Jadwin, et rejoignit la manucure. Earl lui fit, en réponse, un de ces sourires qui fleurissent dans le sillage de la renommée.

— Ce matin, il m'a offert une demi-bouteille de

whisky, expliqua-t-il en confidence. Comme elle était débouchée, ça l'ennuyait de l'emporter avec lui.

— Ne me coupez pas l'oreille, attention !

— Rassurez-vous, Mr. Jadwin.

Il jeta un coup d'œil vers le fond de la boutique, et fronça les sourcils.

— Il se fait bien souvent manucurer, je trouve.

— La manucure est ravissante.

Earl marqua une légère hésitation.

— Tout à fait entre nous, c'est ma femme. Depuis un mois. Mais comme on travaille dans le même salon, on préfère ne rien dire. Ça pourrait déplaire au patron.

Jadwin le félicita chaleureusement.

— Vous avez une bien jolie femme.

— Je n'aime pas trop qu'elle s'occupe des *bootleggers*. Celui-là, ce Berry, passe encore — il m'a offert une demi-bouteille de whisky, à moins que notre bamboula de portier l'ait déjà mise à sec. Mais, moi, j'aime les gens honnêtes.

Le silence de Jadwin lui fit comprendre qu'il dépassait les limites de bavardage qu'il s'était lui-même imposées. Il continua son travail sans un mot, la main agile, experte et rassurante. C'était un excellent coiffeur, et un garçon sérieux, assez beau, dans les vingt-six ans. Seul point faible : il jouait aux courses. Mais, depuis son mariage, il y avait renoncé. En présentant la serviette chaude, une idée, qui avait germé en lui à l'arrivée de Jadwin, et que la chaleur de l'alcool avait fait mûrir peu à peu, comme un sourd battement dans ses veines, finit par faire surface. Il risquait de se faire rabrouer, il risquait même de perdre un client, mais on était en 1926, et la spéculation boursière enflammait l'imagination, dans toutes les classes de la société. Earl lui-même s'y trouvait entraîné par beaucoup de gens — notamment par sa femme. Il se risqua donc prudemment :

— On dirait que les actions d'Hert-win sont en hausse, Mr. Jadwin.

— En effet.

Jadwin pensait sans doute à sa jolie secrétaire, sinon il n'aurait pas enfreint la règle d'or de sa famille, en ajoutant :

— Mais regardez bien, la semaine prochaine, quand...

Il s'interrompit aussitôt.

— Elles vont encore monter ?

Le regard de Earl brillait d'excitation, mais ses mains, sûres d'elles-mêmes, appliquaient soigneusement l'after-shave.

— C'est le sentiment que j'ai, répondit Jadwin sur ses gardes. Mais uniquement pour les placements à long terme.

— Bien sûr. Pas de talc, je crois ? C'est parfait.

Dans le tramway qui les reconduisait chez eux, ce soir-là, il dit à Violette :

— On a deux mille dollars. Avec ça, on pourrait s'offrir le nouveau salon du *Cornwall Building*, qui a trois fauteuils. Je pense qu'une vingtaine de clients me suivront. Mais réfléchis bien. Ce qu'on pourrait faire, c'est acheter ces actions, et emprunter dessus pour payer le salon. Ou alors, je lui fais totalement confiance, et je prends le risque. Il ne peut pas se tromper de beaucoup, remarque. Il est vice-président de la Hert-win. Son père, c'est Cecil Jadwin, alors imagine... Toi, qu'est-ce que tu ferais ?

— Gagner beaucoup d'argent, ce serait bien, dit Violette, mais il ne faudrait pas qu'on en perde.

— Merci pour la réponse...

— Ça serait bien de gagner de l'argent, d'accord. Mais c'est toi qui décides.

Il décida d'être prudent, de s'en tenir à ses projets, parce qu'il avait une très bonne place, dans un salon très animé, où les commérages allaient bon train, parce qu'il aimait sa femme, et qu'il se sentait très heureux avec elle dans leur nouvel appartement. Il décida donc d'être prudent, et les actions d'Hert-win gagnèrent vingt points en moins de vingt heures, et s'il avait acheté à découvert, comme l'avait fait l'un de ses collègues, à qui il avait refilé le tuyau, ses deux mille dollars auraient fait la culbute.

— Demande-lui un nouveau tuyau, conseilla Violette.

— Il n'aimera pas ça.

— Pour ce que ça lui coûte, tu serais bien bête de ne rien demander.

— Je n'ose pas.

Il préféra pourtant remettre à plus tard les négociations concernant *Cornwall Building*.

Philip revint se faire coiffer la semaine suivante. Il était d'une humeur de chien. Sa jolie secrétaire venait de lui annoncer son départ. Il savait que quelque chose s'achevait, et qu'il allait beaucoup souffrir.

En lui coupant les cheveux, en le rasant, Earl avait honte de lui-même. Demander un tuyau à Mr. Jadwin, c'était exactement mendier de l'argent. Le rasoir rangé, la serviette chaude — dans quelques instants, ce serait trop tard. Il finit par dire, d'une voix bizarre :

— Je me demande si les actions Hert-win vont encore monter.

Jadwin eut un brusque accès de colère. Il se dressa d'un bond.

— Vous me prenez pour qui ? demanda-t-il, d'une voix étouffée mais furieuse. Pour un bookmaker ? J'ai horreur qu'on me harcèle. Si vous tenez à garder vos clients...

Il commença à boutonner son col. Earl était atterré. Perdant toute notion de tact et de bon sens, il venait de commettre une énorme sottise. Debout, sa serviette à la main, il avait le visage en feu, et ses lèvres tremblaient.

Devant la glace, Jadwin nouait sa cravate. Il n'était pas très fier de lui. Trois personnes, depuis ce matin, qu'il envoyait promener ainsi. Il se sentait coupable. Il aimait bien Earl. Il se faisait coiffer par lui depuis trois ans. Il existait entre eux une sorte de complicité — une entente presque physique, lorsque les mains de Earl se posaient sur son visage, lorsque sa lame de rasoir ou les dents de son peigne semblaient deviner ses points les plus sensibles, lorsqu'il couronnait d'une ultime chiquenaude le travail achevé, dont il se montrait fier. Le fauteuil d'Earl, c'était un refuge, un sanctuaire. Dissimulé dans les plis de la blouse, masqué de mousse blanche, les yeux clos, il se sentait en sécurité, tous les sens en éveil, savourant l'arôme des lotions capillaires et l'odeur des savons à barbe. A Noël, il était toujours généreux envers Earl. Il savait qu'Earl avait de l'estime pour lui, et un grand respect.

— Ecoutez, reprit-il sur un ton bourru. Je vous donne juste une indication, mais n'allez pas y perdre votre chemise, attention ! Car rien n'est sûr en ce bas monde. Ouvrez le journal, demain matin. Si, dans le procès Chester, la cour d'appel se prononce contre la compagnie des chemins de fer, vous pouvez vous attendre à de grands manœuvres, partout où Hertwin a des intérêts.

Il ajouta, avec prudence :

— C'est du moins ce que je présume. Là-dessus, ne me demandez plus jamais rien.

C'est ainsi qu'un faux-pas fit basculer Earl dans l'Age d'or.

II

— Vous voyez cet homme, qui sort d'ici ? murmuraient les garçons coiffeurs à leurs clients, trois ans plus tard. Il travaillait avec nous jusqu'à l'an dernier.

Il a tout laissé tomber pour gérer sa fortune... C'est Philip Jadwin qui lui a donné de petits conseils, et... 'Soir, Earl. Tu devrais venir nous voir plus souvent.

Il venait souvent. Il aimait l'odeur familière des dissolvants et des vernis à ongles, provenant du coin des manucures, toujours impeccables dans leurs blouses blanches, et légèrement moites sous le rouge à lèvres et l'eau de Cologne. Il aimait le reflet métallique des fauteuils, le râtelier où l'on rangeait les rasoirs aiguisés, les plaisanteries qu'on échangeait par jeu avec le portier noir. C'était un moyen de passer le temps. Parfois il venait simplement s'asseoir pour lire le journal. Mais il était pressé, ce soir-là — un dîner où on l'attendait. Il reprit donc sa voiture, et rentra chez lui.

Il habitait une très jolie maison, dans le quartier neuf de la ville. Ni imposante, ni luxueuse — Earl restait prudent, en matière de dépenses. Il aurait très bien pu se dispenser de travailler, mais il avait gardé sa place de coiffeur pendant deux ans, acceptant des pourboires de dix *cents* de clients qui « pesaient » dix fois moins que lui. C'est sur les instances de Violette qu'il s'était arrêté. Ce genre de travail ne s'accordait pas avec la domestique noire, le chien policier, la grosse voiture qui étincelait devant la maison, et la collection d'appareils, tant sonores que ménagers, qui en garnissaient l'intérieur. Les Johnson savaient jouer au bridge. Ils allaient souvent à New York. Ils « pesaient » dans les cent mille dollars.

Earl s'arrêta devant le perron, et se dit que c'était un rêve — le seul mot exprimant ce qu'il éprouvait. Rêve bénéfique ou néfaste ? Il n'aurait pas su en juger. Violette, en leur nom à tous deux, avait décidé qu'il était bénéfique.

Elle finissait de s'habiller. Elle était toujours très soignée — ongles rouge-tropical, shampooing quotidien, suivi parfois d'une ondulation au fer. En tant que manucure, elle était plutôt lymphatique. Depuis qu'elle était jeune mariée, elle était devenue trépidante. Elle avait complètement occulté leur situation de départ, et elle considérait chaque échelon gravi comme un juste retour à son univers d'origine — exactement comme chacun s'aveugle, en se voulant du même milieu que ses amis les plus distingués.

— On m'a appris tout à l'heure quelque chose d'étrange, dit Earl, et...

Elle l'interrompit sèchement.

— Passe ton smoking. Il est déjà six heures et demie.

Depuis qu'ils évoluaient dans un monde inconnu, où il fallait avant tout s'amuser, leurs relations n'étaient plus que lointaines, et presque indifférentes. Earl rendait toujours hommage au *chic* de son épouse, et Violette au flair financier de son époux, mais, en public, ils avaient honte l'un de l'autre, de façon pathétique. Du jour où ils avaient emménagé dans leur nouvelle maison, Violette s'était comportée comme une adepte convaincue d'un certain code de vie, d'un rituel social, évident à ses yeux, mais, pour Earl, incompréhensible. Elle-même avait de la peine à comprendre que, dans la position qu'ils occupaient — intermédiaire entre deux classes — ils auraient dû se contenter d'observer de loin, d'un regard un peu myope, comment se comportaient ceux de l'autre bord, et s'efforcer de les singer. Tous leurs amis se trouvaient en butte au même problème. Ils essayaient tous de donner le change, d'affirmer bien haut qu'Untel avait un incroyable sens de l'humour, ou qu'Unetelle était incroyablement douée pour la toilette, comme s'ils exprimaient un jugement personnel, mais ce nouvel environnement faisaient d'eux des êtres stériles et sans vie — c'était là le prix à payer pour être admis dans la classe moyenne.

— On m'a quand même appris quelque chose d'étrange, insista Earl, en commençant à se changer. A propos d'Howard Shalder. On prétend que c'est un *bootlegger*, et qu'il serait le patron de Berry.

— Et alors ?

— Qu'en penses-tu ?

— Je suis au courant. Il y a des tas de gens, de nos jours, qui sont *bootleggers*. Même dans le grand monde.

— Peut-être. Mais je ne vois pas pourquoi on fréquenterait un *bootlegger*.

— Il ne ressemble pas à un *bootlegger*. Il a une très belle maison, et il est beaucoup plus distingué que la plupart des gens qu'on connaît.

— Franchement, Violette, accepterais-tu d'être invitée par ce type, qui s'appelait Ed, tu sais, et qui nous vendait du whisky, quand on habitait...

Elle se retourna, indignée.

— Tu n'imagines tout de même pas que Mr. Shalder écoule ses bouteilles par la porte de sa cuisine ?

Earl s'entêta.

— Si c'est un *bootlegger*, on n'a aucune raison de le fréquenter. Tous les gens honnêtes vont nous tourner le dos.

— Tu as reconnu toi-même que sa femme était charmante. Elle ne boit jamais une goutte d'alcool. Tu as été le premier à vouloir les connaître.

— Peut-être, mais je refuse d'aller chez un *bootlegger*.

— Ce soir, tu iras.

— Ce soir, d'accord, je crois qu'on est obligés, reconnut-il à contrecœur. Mais je n'aime pas que tu ailles t'asseoir à côté de lui, et qu'il te prenne la main, même par plaisanterie. Sa femme non plus n'aime pas ça.

— Ça suffit ! s'écria Violette, agacée. On ne peut plus sortir sans que tu cherches à tout gâcher. Si tu n'aimes pas les gens qu'on fréquente, arrange-toi pour en fréquenter d'autres. Invite les Jadwin à dîner, ou les Hertzog, puisque tu es si exigeant !

— On peut parfaitement se faire des amis, qui ne soient pas des *boot*...

— Arrête, ou je hurle !

En se rendant à pied chez les Shalder, une demi-heure plus tard, ils entendirent la radio qui diffusait *The Breakaway*. C'était une excellente radio, mais elle ne permettait pas d'espérer une soirée très originale, car Earl possédait la même, et il aurait pu écouter la même musique en restant chez lui. Trois belles voitures étaient arrêtées devant la maison. Ils virent descendre de la troisième, qui venait tout juste d'arriver, un couple qu'ils avaient déjà rencontré — un Italo-Américain, le lieutenant Spirelli, et sa femme. Le lieutenant Spirelli était en uniforme. Howard Shalder les attendait sur le perron. C'était un homme grand et fort, doué d'une voix puissante et d'un poil de barbe si agressif qu'il fallait le raser deux fois par jour. Comme tous ceux que leur profession met en contact direct et quotidien avec les gens, Earl avait un sens très aigu de la valeur respective de chacun, mais comme il était bienveillant de nature, il n'en prenait pas prétexte pour jouer les snobs. Cet Italien, en uniforme d'opérette, qui baragouinait l'anglais, le mit cependant mal à l'aise, et il se demanda, une fois encore, s'il n'avait pas fait fausse route. Au salon de coiffure, Shalder et Spirelli n'auraient été que des clients parmi d'autres. Passer la soirée avec eux, c'était reconnaître qu'ils étaient tous au même niveau, que Earl était leur égal. Et ça lui déplaisait. Il s'estimait de la classe de Mr. Jadwin — non pas l'un des pairs de Mr. Jadwin, mais l'un des éléments du même ensemble.

Il traversa la rue derrière Violette. Le soleil brillait encore, mais le calme du soir se devinait déjà, et il apaisait, en les isolant, les chants d'oiseaux et les cris d'enfants. Et cette impression d'être en cage, l'esclave le plus accablé par l'ennui de la vie mondaine n'aurait pu l'éprouver avec autant de violence que Earl, ce soir-là, lorsqu'il pénétra dans cette maison, où il était censé devoir s'amuser.

C'est exactement l'impression qu'éprouva Philip Jadwin un peu plus tard dans la soirée, mais, au lieu d'entrer, il prenait la fuite. Le dîner dansant du *country-club* avait atteint pour lui les limites du supportable. C'était un dîner de fiançailles largement arrosé, et il était au régime sec. Vint un moment où il perdit patience. Sa fuite elle-même fut parsemée d'embûches — un importun qui le harponna, pour lui débiter ses ennuis personnels, une femme qui le tira par la manche, sur le chemin du parking, pour l'interroger sur d'éventuels placements de capitaux, sans compter la gêne provoquée par les couples blottis dans les voitures en stationnement, qui s'essayaient à des divers degrés d'intimité. Libre enfin, il s'élança sur la grand-route, et respira à pleins poumons la belle nuit de juin.

Il se sentait plutôt déprimé par la vie, ne s'intéressait qu'à son travail, mais se demandait, depuis quelque temps, si c'était bien utile de gagner toujours plus d'argent, puisqu'il était déjà si riche. Le boom économique semblait devoir durer. Les affaires marchaient toutes seules. Il s'en voulait de n'avoir pas sacrifié plus de temps à ses propres rêves. Pourquoi n'avoir pas épousé, trois ans plus tôt, cette charmante secrétaire, qui le bouleversait dès qu'il l'apercevait ? Il avait eu peur de sa famille. Aujourd'hui, trois des parents dont il redoutait le jugement étaient morts, et l'un de ses cousins, ayant eu l'audace d'épouser une dactylo, n'avait récolté que de légères remontrances — d'autant que la dactylo en question s'était révélée une parfaite épouse.

Jadwin venait d'apprendre, le matin même, que cette secrétaire, dont il était tellement amoureux, et qu'il n'avait pas enlevée, par excès de prudence, était mariée, et qu'elle avait un enfant. Ils s'étaient croisés dans la rue. Comme elle était timide, elle avait hésité à lui révéler son nom de femme mariée, et son adresse. L'aimait-il encore ? Il n'en savait rien. Il savait seulement qu'elle était vivante à ses yeux, ou, du moins, qu'elle se rattachait à une époque de sa vie où tout lui paraissait vivant. Les grandes familles de l'Est éduquent leurs enfants avec tant de rigueur qu'ils deviennent vieux avant terme. Philip Jadwin, à trente-quatre ans, se croyait devenu insensible.

Une ultime pointe de sentiment l'obligea pourtant à freiner, à consulter son agenda à la lueur du clair de lune, pour y vérifier une certaine adresse, puis à faire demi-tour. Il voulait voir où elle vivait. Il voulait l'épier dans l'ombre. Si l'une des fenêtres était allumée, peut-être pourrait-il surprendre une image de paisible bonheur domestique. Si l'environnement lui paraissait sinistre, peut-être pourrait-il donner un petit coup de pouce au mari. Elle le méritait. Il y avait en elle quelque chose qui persistait à l'émouvoir — une seule fois, peut-être, au cours d'une existence...

Il s'engagea dans une rue nouvellement tracée, bordée d'agréables maisons en briques rouges. Il crut se souvenir que ce terrain lui appartenait autrefois — peut-être une parcelle avoisinante. Il roula lentement, en regardant les numéros. Il était un peu plus de dix heures.

42... 44... 46 — c'est ici. Il ralentit davantage, regarda la maison, qui brillait dans la nuit de toutes ses fenêtres illuminées, et d'où sortait un flot de musique. Il s'arrêta un peu loin, coupa le moteur. Il entendit alors un bruit de voix surexcitées, aperçut contre une fenêtre l'ombre d'un homme se découpant sur un abat-jour bouton-d'or. Aucune trace de misère. La maison semblait confortable, la pelouse parfaitement tondue, le voisinage rassurant. Jadwin en fut heureux.

Il descendit de voiture, s'engagea sans bruit dans la contre-allée, mais s'immobilisa à l'ombre d'une haie, car la porte d'entrée venait de s'ouvrir brusquement. Quelqu'un était debout sur le perron. En smoking, et nu-tête. Il descendit, s'engagea dans la contre-allée, et comme Jadwin s'était remis en marche, ils se trouvèrent face à face. Et ils se reconnurent.

— Ah ! ça ! Bonsoir, Mr. Jadwin.

— Par exemple ! Bonsoir, Earl.

— Ah ! ça... ah ! ça... ah ! ça...

Earl était un peu éméché, et il aspira une longue gorgée d'air frais, comme s'il s'agissait d'un médicament.

— Donnent une soirée, là-dedans. Moi, je file.

— N'est-ce pas la maison des Shalder ?

— Exact. Un *bootlegger* de taille.

Jadwin sursauta.

— *Bootlegger* ?

— Parfaitement. Mais s'il croit que ça l'autorise...

Il dut étouffer un petit hoquet, mais retrouva toute sa dignité pour dire :

— J'habite un peu plus loin. La maison avec les colonnes.

Se rappelant soudain que Mr. Jadwin était à l'origine de cette maison, il eut la présence d'esprit d'ajouter :

— Peut-être vous souvenez-vous que...

Mais Jadwin lui coupa la parole.

— Ce Shalder est un *bootlegger* ? Vous êtes sûr ?

— La tête sur le billot ! Le reconnaît lui-même, d'ailleurs.

— Qu'en pense... euh, comment sa femme prend-elle la chose ?

— Elle l'ignorait jusqu'à son mariage. Elle me l'a avoué ce soir, après avoir bu un cocktail. C'est moi qui l'ai obligée à boire ce cocktail, parce qu'elle était bouleversée, à cause de la façon dont Shalder et ma f...

Il parla brusquement d'autre chose.

— Venez chez moi, si ça vous tente. On boira un verre en fumant un cigare.

— Pas ce soir, merci, je dois rentrer.

— Je ne sais pas si vous vous souvenez du tuyau que vous m'avez donné, il y a trois ans, Mr. Jadwin, à propos de certaines valeurs boursières. C'est là que tout a commencé.

Il tendit la main vers sa maison, et lui fit décrire un grand cercle, comme pour englober la maison des Shalder, et sa propre femme.

Jadwin se sentit pris d'une sorte de nausée. Il se souvenait de l'histoire. Si c'était pour en arriver là, il le regrettait amèrement. Jadwin était un homme simple, aux goûts simples. Son amour pour Irène était venu de là, de ce qu'elle ressemblait si peu aux jeunes filles sophistiquées qu'il avait connues. De la savoir plongée dans un tel univers le mettait mal à l'aise — d'autant qu'il n'y voyait qu'une grossière imitation d'un autre. Il frémit en entendant les éclats de rire suraigus qui traversaient la nuit.

— Croyez-moi, continuait Earl, je n'oublierai jamais ce que je vous dois, Mr. Jadwin. J'ai toujours dit que si j'avais un fils...

Jadwin demanda très vite :

— Tout va bien pour vous ?

— Incroyablement bien. Je gagne beaucoup d'argent.

— Que faites-vous ?

— Je surveille le marché des valeurs, rien de plus.

Earl semblait un peu confus.

— En fait, j'aimerais avoir une belle situation. J'ai

été obligé de quitter la coiffure. Ça jurait trop avec tout ce jack-pot. Mais j'en garde un certain regret. Regardez le Dr Jordan, par exemple. Il prétend qu'il possède plus de trois cent mille dollars, mais il continue de faire ses visites, à cinq dollars par malade. Je connais également un portier de la *First National*...

Ils tournèrent la tête, tous les deux en même temps. Une femme, qui portait un petit sac de voyage, venait de sortir par la porte de la cuisine, et suivait l'allée de graviers conduisant vers la rue. Elle s'arrêta un instant, regarda la maison dans le clair de lune, puis, avec un étrange mouvement d'épaules, qui avait quelque chose de désespéré, elle s'éloigna très vite. Avant qu'Earl et Jadwin aient eu le temps de faire un geste, la porte d'entrée s'ouvrit. Un homme descendit le perron en courant, et se lança à la poursuite de la jeune femme. Il la rejoignit sans effort. D'où ils étaient, ils pouvaient entendre quelques bribes de phrases. La voix de l'homme, passionnée, suppliante. Celle de la femme, méprisante et lointaine.

— C'est absurde ! Je t'assure que c'est absurde !

— Je vais simplement chez ma sœur. Je suis contente de lui avoir confié l'enfant.

— Je te répète que je n'ai pas...

— Je n'accepte pas que tu embrasses une femme sous mes yeux, dans ma propre maison, et que tu autorises tes amis à coucher dans mon propre lit.

— Ecoute, Irène, réfléchis...

Elle céda, au bout d'un moment, haussa les épaules avec dédain, lâcha son sac de voyage. Il le ramassa aussitôt, et ils reprirent ensemble l'allée de graviers par où elle était venue.

— C'est elle, murmura Earl. Mrs. Shalder.

— Je l'ai reconnue.

— Une femme remarquable. Ce Shalder...

quelqu'un devrait bien lui régler son compte, un jour ou l'autre. Moi, j'aimerais retourner là-bas, et récupérer ma femme.

— Allez-y. Qui vous empêche ?

Earl soupira.

— A quoi bon ? C'est une petite bagarre, rien d'autre. Demain matin, on n'en parlera plus. J'ai assisté à des tas de soirées de ce genre, depuis que j'habite ici, Mr. Jadwin. Le lendemain, ils ont tout oublié.

La porte s'ouvrit de nouveau. Quelqu'un d'autre sortit de la maison. C'était Violette. Avant de claquer la porte, elle lança d'une voix stridente quelques phrases définitives à ceux qui étaient encore à l'intérieur. On aurait dit que, par un mouvement de bascule, le couple qui était rentré par la porte de la cuisine la poussait dehors. Elle aperçut Earl dans la contre-allée.

— Terminé, hurla-t-elle, furieuse. Plus rien à faire avec cette bande de...

— Chhhuttt...

Earl voulait la mettre en garde.

— Approche, Vi. Je veux te présenter Mr. Jadwin. Tu m'as souvent entendu parler de lui. C'est Violette, ma femme, Mr. Jadwin.

Violette changea aussitôt d'attitude. Elle porta la main à ses cheveux, et ses lèvres s'entrouvrirent sur un sourire conventionnel.

— Oh ! comment allez-vous, Mr. Jadwin ? C'est un tel plaisir. J'espère que vous voudrez bien excuser ma tenue. Je viens de...

Elle préféra ne pas insister.

— Earl, pourquoi n'invites-tu pas Mr. Jadwin à prendre un verre à la maison ?

— Très aimable, mais...

— C'est cette maison, là-bas. Pour vous, évidemment, ça ne représente pas grand-chose.

— Elle me paraît charmante.
— N'est-ce pas ?
Elle cherchait avidement un sujet de conversation.
— J'ai appris le mariage de votre sœur par les journaux. J'ai une amie qui la connaît très bien... Mrs. Lemmon. Vous voyez qui c'est ?
— Je crains fort que...
— Oh ! une femme charmante, qui habite une charmante maison à Penn Street.
Elle passa de nouveau la main dans ses cheveux.
— Mon Dieu ! je dois avoir l'air de je ne sais quoi... et je me suis fait une ondulation juste en début d'après-midi...
— Il faut que je parte, dit Jadwin.
— Sûr que vous ne voulez rien boire ? demanda Earl.
— Une autre fois.
— Alors, bonne nuit, dit Violette. Si vous passez dans le coin, un jour, et si vous voulez boire quelque chose, on sera ravis de vous recevoir, à la bonne franquette.
Ils traversèrent la rue ensemble. Jadwin remarqua que cette rencontre, et ces quelques mots échangés, leur avaient permis d'oublier leur sinistre soirée. Earl marchait d'un pas vif. Violette passait subrepticement une main inquiète en divers points de sa personne. Aucun d'eux ne tourna la tête — comme si la bienséance l'interdisait. Chez les Shalder, la soirée continuait. Mais il y avait de la lumière à l'une des fenêtres du premier étage. Jadwin la regarda un long moment.
— Quel gâchis effroyable, murmura-t-il.

III

Aucune ville des Etats-Unis ne ressentit plus violemment que celle dont nous parlons le brusque effondrement des cours de la Bourse. Comme elle abritait le quartier général des industries Hert-win, et que chaque citoyen s'en trouvait plus ou moins dépendant, le naufrage fut considérable. Dans le clair-obscur de l'automne, tout le monde se sentait menacé.

Earl Johnson fut touché de plein fouet. Il perdit, dès les premières baisses, les deux tiers de sa fortune. Complètement désemparé, il était à l'affût du plus petit indice que donnaient les journaux, de la moindre rumeur qui courait les rues. Un seul homme aurait pu lui venir en aide, il le savait. S'il était encore garçon coiffeur, il aurait pu demander à Mr. Philip Jadwin, pendant qu'il lui faisait la barbe : « Que faut-il que je fasse, maintenant ? », et il aurait eu droit à une réponse sensée. Il se permit un jour de l'appeler à son bureau. Mais Mr. Jadwin était occupé. Il n'osa pas rappeler.

Lorsqu'il rencontrait l'un de ses anciens collègues du *Jadwin Hotel*, il entendait malgré lui le ricanement étouffé que dissimulaient leurs paroles de sympathie. La gloire éphémère qu'il avait connue avait quelque chose de grotesque — et c'était humain de le constater. Mais quelques mois plus tard, lorsque tout finit par lui échapper, il comprit vraiment ce qui lui arrivait. La voiture disparut, la maison grevée d'hypothèques disparut, mais on leur permit d'y rester, moyennant un loyer mensuel, en attente d'un futur acquéreur. Violette proposa de vendre ses perles, mais elle se montra si amère lorsqu'il y consentit, qu'il préféra lui dire de n'en rien faire.

C'était là tout ce qu'ils possédaient — le reste, vieilles machines à laver, postes de radio, réfrigérateurs, ne valait pas un clou. Au moment où l'année 1930 disparaissait en boitillant, Earl comprit qu'ils n'avaient rien su préserver — ni l'amour qui les unissait dans les premiers temps de leur vie commune, ni leurs souvenirs de bonheur, à part quelques soirées d'ivresse passagère ; qu'ils n'avaient rien acquis, non plus — ni compétence, ni talent. Un simple désert pour trois ans de vie. Au printemps 1931, il reprit son travail. Il retrouva son fauteuil d'autrefois, et vit avec plaisir ses anciens clients apparaître, l'un après l'autre.

— Ah ! Earl, voilà qui rappelle le bon vieux temps...

Certains ignoraient tout de son ancienne fortune. Et, parmi ceux qui le savaient, les uns n'en soufflaient mot, d'autres n'y faisaient allusion qu'avec un humour discret. Personne ne se montra désagréable. Au bout d'un mois, ses rendez-vous personnels lui prenaient la moitié de son temps — comme par le passé. Les gens entrebâillaient la porte, disaient : « Dans une demi-heure, Earl, d'accord ? » Il était de nouveau le plus populaire des coiffeurs, le meilleur artisan de la ville. Ses mains n'avaient rien perdu de leur agilité, de leur souplesse, il retrouvait le rythme de vie du salon, et quelque chose lui faisait croire qu'il serait coiffeur jusqu'à la fin de sa vie. Il en était heureux. Les plus tristes périodes de sa vie se rattachaient, en fait, à ses heures de prospérité.

Il avait pourtant un problème : Mr. Jadwin. L'un de ses plus fidèles clients. Le jour même du retour de Earl, il était entré dans le salon de coiffure, il avait eu un léger mouvement de recul en l'apercevant, et il s'était fait coiffer par l'un de ses collègues. Le fauteuil d'Earl était pourtant libre. Le collègue en question lui avait présenté des excuses.

— C'est l'un de tes clients, Earl. Quand tu es parti, il a bien fallu qu'il prenne l'habitude de s'adresser à l'un de nous. Il n'a pas osé nous laisser tomber sur le champ.

Mais Jadwin ne revint jamais vers Earl. Il l'ignorait ouvertement. Earl, sans comprendre, en souffrait.

Le problème le plus grave se posait dans sa vie privée. Il vivait un cauchemar. Violette s'était mise en tête qu'après l'avoir bernée avec cette histoire d'argent facile, il avait provoqué lui-même le krach de Wall Street, et elle refusait de lui pardonner. Elle allait jusqu'à se persuader qu'il était déjà riche avant de l'épouser, et qu'il l'avait volontairement précipitée au bas de l'échelle sociale. Elle savait qu'il ne remonterait jamais bien haut, et elle était prête à tout abandonner.

En se réveillant, un matin d'avril, Earl sentit, à travers cette conscience intuitive que vous offre la dernière frange de sommeil, que Violette était déjà levée, et qu'elle regardait par la fenêtre, depuis peut-être dix minutes, peut-être une demi-heure.

— Qu'y a-t-il ? Que regardes-tu ?

Elle eut un petit sursaut, se retourna.

— Rien. Je suis là, c'est tout.

Il descendit au rez-de-chaussée, pour chercher le journal. Quand il remonta, elle était toujours devant la fenêtre, comme aux aguets. Avant d'aller préparer le petit déjeuner, elle jeta un dernier coup d'œil dans la rue. Il la rejoignit dix minutes plus tard.

— Une bonne chose de réglée, dit-il. Je voulais vendre ce qui me reste d'actions de la *Warren Files*, mais ce matin elles ne sont même plus cotées. Que penses-tu de ça ?

— Je pense que ce sera pareil pour toutes les autres.

— Ce sont les dernières. Je sais ce qui me reste à faire. Je vais prendre tout ce que j'ai sur le compte épargne, et je vais acheter le nouveau salon de coiffure du *Hertzog Building*. J'ai exactement la somme nécessaire. Je vais le faire dès ce matin.

— Il reste de l'argent sur le compte épargne ? demanda-t-elle. Combien ?

— Deux mille dollars. Je ne t'en ai pas parlé, parce qu'il faut toujours garder une petite roue de secours.

— Et tu as vendu la voiture ! Et tu me laisses faire le ménage ! Et tu veux que je vende mes perles !

— Ne t'énerve pas, Vi. Deux mille dollars, avec notre train de maison, ça aurait duré combien de temps, à ton avis ? Tu devrais être contente qu'on ait mis cette somme-là de côté. Si j'achète le salon de coiffure, je serai mon propre patron, et quoi qu'il arrive personne ne pourra me mettre à la porte. J'ai pris...

Il s'interrompit. Elle venait de quitter la table du petit déjeuner, et regardait par la fenêtre.

— Mais enfin, que se passe-t-il dans la rue ? Tu attends un défilé de majorettes ?

— J'attends le facteur, c'est tout.

— Il ne passe que dans une heure. J'en reviens au salon de coiffure. J'ai pris une option, il y a un mois, deux cents dollars, en attendant de savoir si ça allait bouger, du côté de la Bourse.

— Tu m'as dit qu'il y avait combien à la banque ? demanda-t-elle après un silence.

— Deux mille dollars, environ.

Dès qu'il fut parti, Violette abandonna les assiettes sales sur la table, et courut s'asseoir sous la véranda, pour surveiller attentivement la maison des Shalder, de l'autre côté de la rue. Le facteur passa, mais elle n'y fit pas attention. Au bout d'une demi-heure, Irène Shalder sortit de chez elle, et se dirigea rapidement vers la station d'autobus. Violette resta en faction.

A dix heures et demie, un taxi s'arrêta devant la maison des Shalder. Howard Shalder apparut quelques minutes plus tard, deux valises à la main. C'était le signal attendu. Violette traversa la rue, et le rejoignit au moment où il montait dans le taxi.

— J'ai une autre idée, dit-elle, très vite.

— Je suis pressé, Violette. J'ai un train à prendre.

— Je te dis que j'ai une autre idée. Qui nous concerne tous les deux.

— On en parlera plus tard, quand j'aurais mis mes affaires en ordre. Je t'écris la semaine prochaine. Promis, juré.

— Mais, mon idée, c'est pour tout de suite. De l'argent liquide. Qu'on peut avoir aujourd'hui.

Shalder hésita.

— Si tu penses toujours à tes perles, ça nous conduira où ? A peine sur la Côte.

— Je te parle de deux mille dollars en liquide.

Shalder échangea quelques mots avec le chauffeur, traversa la rue, et s'enferma dans le salon avec Violette.

— Si je t'apportes ces deux mille dollars, je pars avec toi ?

Shalder réfléchissait.

— Je ne sais pas. Les gens de Philadelphie m'ont donné vingt-quatre heures pour quitter la ville, je te l'ai déjà dit. Tu t'imagines que je serais parti, sans ça ? Au moment où je suis complètement fauché ? Ce matin, Irène est allée demander à ses anciens patrons s'ils ne pouvaient pas la réengager.

— Elle sait que tu pars ?

— Elle croit que je vais à Chicago. Je lui ai dit que je la ferai venir avec l'enfant, dès que j'aurai trouvé quelque chose.

Violette avait les lèvres sèches.

— Qu'est-ce qu'on fait ? Deux mille dollars, ça te permet de voir venir, ou de démarrer quelque chose.

— Où sont-ils ?

— A la banque. Ils m'appartiennent autant qu'à Earl, car c'est un compte commun. Décide-toi très vite. Il veut acheter un salon de coiffure. Il m'obligera naturellement à redevenir manucure. Je ne supporterai pas cette vie-là très longtemps.

Shalder faisait les cent pas.

— D'accord, dit-il brusquement. Fais-moi le chèque et prépare tes valises.

Irène Shalder, au même moment, était au *Hertzog Building*, dans le bureau de Philip Jadwin.

— Vous pouvez revenir bien sûr, disait-il. Nous vous avons tellement regrettée. Asseyez-vous une minute. Racontez-moi tout ce qui s'est passé.

Elle s'assit. Il l'observa pendant qu'elle parlait. Son visage était comme un masque d'angoisse et d'effroi, mais il devinait sous ce masque le charme tranquille qui l'avait toujours bouleversé. Elle lui décrivit, sans rien lui cacher, ce qu'elle avait supporté depuis deux ans.

— Et quand vous demandera-t-il de le rejoindre ?

— Jamais.

— Qu'en savez-vous ?

— Je le sais. Il... enfin, je crois qu'il ne part pas seul. Il y a une autre femme. Il s'imagine que je n'en sais rien, mais comment ne pas le savoir ? Tout ça est affreux. De toute façon, s'il demande à quelqu'un de le rejoindre, ce sera cette femme-là. S'il avait l'argent, il serait déjà parti avec elle.

Philip Jadwin se retenait pour ne pas la prendre par les épaules, en murmurant : « Tout est terminé, maintenant, vous avez un ami véritable. » Il se contenta de dire :

— Peut-être est-ce préférable, pour lui, de partir. Où est l'enfant ?

— Chez ma sœur, depuis lundi dernier. J'avais trop peur de le garder ici. Howard est en affaires avec des gens dangereux, qui le menacent, et je les crois capables de tout. C'est pour ça qu'il s'enfuit.

— Je vois.

Quelques heures plus tard, la secrétaire de Jadwin lui transmit le pli suivant :

« *Cher Mr. Jadwin,*
Comme vous le savez sans doute j'ai pris une option sur le nouveau salon de coiffure, en déposant deux

cents dollars de garantie auprès de Mr. Edsall. Je suis décidé à conclure l'affaire, mais on me dit que Mr. Edsall est absent. Si vous acceptiez de me recevoir, je pense qu'on pourrait signer le contrat sans attendre.
Respectueusement,

Earl Johson. »

Jadwin ignorait cette prise d'option. Il ne fut pas très heureux de l'apprendre. Il se sentait coupable envers Earl, et de la culpabilité à l'antipathie, il n'y a qu'un pas. Il en était arrivé à voir en Earl le symbole même des spéculations regrettables qu'on reprochait maintenant aux gros industriels, et depuis qu'il avait jeté un coup d'œil sur le paradis ambigu qu'Earl s'était offert avec ses bénéfices, il englobait dans une même aversion l'histoire et sa victime. Il s'était arrangé pour ignorer Earl lorsqu'il allait se faire coiffer. Et voilà qu'il risquait de le rencontrer tous les jours dans l'immeuble où il avait ses bureaux ! « Je vais tout faire pour qu'il renonce », se dit-il.

Earl entra. Il ne lui proposa même pas de s'asseoir.

— Votre petit mot est assez surprenant.

— Je me suis décidé ce matin seulement.

— Je veux dire : surprenant que vous ayez l'idée de vous installer à votre compte. Je ne pensais pas que vous replongeriez si vite dans de nouvelles spéculations.

— Il ne s'agit pas de spéculation, Mr. Jadwin. Je connais bien le métier de coiffeur. Chaque fois que le patron s'absente, c'est moi qui le remplace. Il pourra vous le confirmer.

— Peut-être, mais tenir un commerce demande une certaine expérience financière, une certaine aptitude à équilibrer les recettes et les dépenses. Il y a eu beaucoup de faillites, ces temps-ci, dues à des gens qui se sont mis sur les bras des affaires qu'ils étaient incapables de gérer. Vous devriez réfléchir sérieusement avant de tenter l'aventure.

— J'ai réfléchi sérieusement, Mr. Jadwin. J'étais sur le point d'acheter un salon, il y a trois ans, mais vous m'avez donné un tuyau, concernant les actions Hert-win, et j'y ai mis tout l'argent que j'avais.

— Je ne voulais pas vous donner ce tuyau, rappelez-vous. Je vous ai même dit que vous risquiez d'y perdre jusqu'à votre chemise.

— Je ne vous en ai jamais voulu, Mr. Jadwin — jamais. C'est moi le seul fautif. Je n'aurais jamais dû faire ça. Mais la coiffure, c'est un métier que je connais.

— Pourquoi m'en vouloir ?

— Je ne vous en ai jamais voulu, je le répète. Mais quand j'ai vu que vous évitiez mon fauteuil, j'ai pensé que vous le pensiez.

C'était trop voisin de la vérité pour être agréable à Jadwin. Il voulut couper court.

— Ecoutez, Earl. Pour ce nouveau salon, nous sommes sur le point de signer avec quelqu'un d'autre. Si nous vous offrons, disons : deux cents dollars, renonceriez-vous à votre option ?

Earl se frottait le menton.

— Je possède deux mille dollars, Mr. Jadwin. Je vous l'ai dit. Je ne sais pas quoi en faire. Si je voyais un autre moyen de les faire fructifier... Mais aujourd'hui, pour quelqu'un qui n'a pas une profonde connaissance des affaires, c'est dangereux de prendre un risque.

— C'est toujours dangereux, et pour tout le monde.

Jadwin s'impatientait.

— Si je comprends bien, vous vous obstinez ?

— A moins que vous me proposiez autre chose, répondit Earl, en hésitant.

Jadwin ne put s'empêcher de sourire.

— A moins que je vous donne un autre tuyau, c'est bien ça ?... Ecoutez, puisqu'on en est là, vous avez l'argent sur vous ?

— Il est sur mon compte épargne, à la banque. Je peux vous faire un chèque.

Jadwin sonna sa secrétaire, lui remit une petite note manuscrite lui demandant de téléphoner à la banque, pour s'assurer que le compte était approvisionné. Elle le lui confirma quelques minutes plus tard.

— Parfait, Earl. Le salon est à vous. Je crains fort que dans quelques mois vous soyez obligé de le vendre pour payer vos notes de blanchisseuse, mais c'est votre problème.

Le téléphone sonna. Sa secrétaire lui annonça une communication du caissier de la banque.

— Mr. Jadwin ? Je venais à peine d'avoir votre secrétaire quand quelqu'un s'est présenté au guichet, avec un chèque sur le compte de Earl Johnson.

— Et alors ?

— Si nous l'honorons, au lieu de deux mille soixante-six dollars, il ne restera plus sur le compte que soixante-six dollars. C'est un compte commun. Le chèque est signé Violette Johnson. Quant au bénéficiaire du chèque, c'est Howard Shalder.

— Une seconde, dit Jadwin.

Il reposa l'appareil, et se renversa dans son fauteuil pour réfléchir.

Il se souvint de ce qu'avait dit Irène Shalder : « Il y a une autre femme... S'il avait l'argent, il serait déjà parti avec elle... » Cette autre femme avait donc trouvé l'argent nécessaire. « C'est une affaire sacrément difficile à résoudre... Si je leur dis d'honorer le chèque, Earl va perdre sa femme, et je serai complice. » Mais sans vouloir se l'avouer, il savait qu'Irène Shalder retrouverait sa liberté. Il finit par se décider, reprit l'appareil :

— D'accord. Payez.

Il raccrocha, se tourna vers Earl.

— Rédigez votre chèque. Deux mille dollars.

Il se leva. Il était parfaitement conscient de ce qu'il faisait. Earl rédigeait ce chèque, sans imaginer qu'il allait revenir impayé, et que toute l'affaire n'avait plus aucun sens. Jadwin regardait cette main, qui tenait maladroitement le stylo, ces doigts hésitants, et il se souvenait de la façon dont ces mêmes doigts maniaient le rasoir, avec tant de dextérité qu'il n'y avait jamais, ni éraflure, ni écorchure ; de la façon dont ces mêmes doigts appliquaient la serviette chaude, toujours à la température voulue, et terminaient adroitement par une touche d'after-shave. Il demanda brusquement :

— Si on vous disait que votre femme part avec quelqu'un d'autre, qu'elle se dirige vers la gare, que feriez-vous ?

Earl le regarda droit dans les yeux.

— Je rendrais grâce à Dieu, Mr. Jadwin.

Il détacha le chèque, le tendit à Jadwin, qui lui remit en échange un reçu. L'affaire était conclue.

— J'espère qu'un jour, vous nous ferez l'honneur d'être notre client, Mr. Jadwin.

— Pardon ? Oh ! bien sûr, Earl, comptez-y.

— Je vous remercie, Mr. Jadwin. Je vais travailler comme jamais.

Après son départ, Jadwin déchira lentement le chèque en petits morceaux. Shalder et Violette devaient être arrivés à la gare.

— Pourquoi diable ai-je fait tout ça ? gronda-t-il, à mi-voix.

IV

C'est ainsi que Earl Johnson est aujourd'hui propriétaire du salon de coiffure de l'*Hertzog Building*. C'est un salon très élégant, très bien tenu et très moderne. Celui, de toute la ville, qui doit faire les plus gros bénéfices, et de nombreux clients insistent pour être coiffés par Earl lui-même. Earl est un homme au caractère aimable et optimiste ; il trouvera sans doute à se remarier. Il est attentif à son personnel, et lui garde fidélité — de tout ce qu'on peut dire de lui, c'est peut-être le plus important, et le plus estimable.

De loin en loin, il risque un peu d'argent sur l'un des chevaux que le journal, auquel le salon est abonné, donne comme favori. On l'entend dire :

— Dans vingt minutes, Mr. Jadwin ? D'accord. Je vous attends.

Puis il revient vers son fauteuil.

— C'était Philip Jadwin. Quelqu'un de très bien. Les gens bien, j'aime ça, je l'avoue.

Ame d'esclave, trancherait un marxiste. Possible, mais c'est cette âme-là qu'Earl possède en propre, et il s'en accommode. Il s'en trouve même très heureux. J'aime beaucoup Earl.

SIX GARÇONS D'UN CERTAIN MODELE

Ecrite en juillet 1931, toujours en Suisse, où se soignait Zelda, cette nouvelle n'a pas été achetée par le Saturday Evening Post, *mais par le* Reedbook, *qui en a offert 3 000 dollars, et l'a publiée dans son numéro de février 1932.*

Barnes s'arrêta sur la dernière marche du grand escalier qui surplombait le hall d'entrée. La maison s'élevait au bord du lac. Un peu plus loin, dans le living-room, il aperçut un groupe de jeunes gens, auxquels son ami Schofield parlait en souriant. Pour ne pas l'interrompre, il décida d'attendre. Et pendant qu'il se tenait là, immobile, il eut brusquement l'impression de basculer vers ces jeunes gens, de vivre en osmose avec eux. Ils étaient comme des statues, à ses yeux, des êtres à part, découpés par l'adroit ciseau d'un sculpteur sur le crépuscule du Minnesota, qui envahissait lentement la pièce.

Ils étaient cinq — les deux fils de Schofield, et trois de leurs amis. De fort beaux garçons, bien bâtis, typiquement américains, habillés sans laisser-aller ni recherche, avec des visages sensibles, ouverts à tous les vents. Et Barnes pensa que ces cinq profils juxtaposés, où les cheveux blonds se mêlaient aux bruns, dessinaient une sorte de bas-relief, car ils regardaient tous en direction de Schofield, le corps tendu mais sans raideur, sous la souple flanelle et le doux cachemire, avec une certaine nonchalance, mais déjà sur le point de bondir, et ils se tenaient par l'épaule, comme pour souligner la profonde franc-maçonnerie qui les unissait. Soudain, comme si le sculpteur permettait aux modèles de rompre la pose, le bas-relief se brisa, et ils se dirigèrent tous vers la porte. Ils laissaient à Barnes une étrange impression : au-delà d'un groupe de garçons, pressés d'aller faire de la voile, de jouer au tennis ou au golf, il venait de percer le mystère d'un certain style de vie, d'une certaine façon d'être jeune, très différente de celle qu'il avait connue, plus désinvolte et sûre d'elle-même. Cette génération de 1920 obéissait à des critères qu'il ignorait. Il se demanda vaguement quels pouvaient être ces critères, et s'ils avaient une valeur quelconque — il avait comme un sentiment de temps perdu, d'efforts démesurés pour un résultat purement esthétique. Schofield l'aperçut, à ce moment-là, et lui fit signe de descendre.

— Fameuse équipe ! dit-il aussitôt. En as-tu jamais vu de meilleure ?

— Belle brochette, en effet, reconnut Barnes.

Sa réponse manquait d'enthousiasme. Il avait le pressentiment que sa génération s'était donné beaucoup de mal pour préparer l'avènement d'un nouvel âge de Périclès, mais qu'aucun Périclès ne se pointait à l'horizon. Ils avaient construit le théâtre. Allait-on trouver les acteurs ?

— Deux d'entre eux sont mes fils, je sais, continuait Schofield. Mais ce n'est pas la seule raison. Ce que je dis saute aux yeux. Tu ne trouveras l'équivalent dans aucune ville des Etats-Unis. Et d'abord, ce sont tous des athlètes. Les deux fils Kavenaugh tiennent de leur père. Ils ne deviendront jamais des géants. Mais l'aîné pourrait être sélectionné dès aujourd'hui dans n'importe quelle équipe universitaire de hockey.

— Quel âge ont-ils ?

— Howard Kavenaugh, le plus âgé, a dix-neuf ans. Il entre à Yale l'an prochain. Après lui, Wister, mon fils aîné, dix-huit ans. Lui aussi entre à Yale l'an prochain. Reconnais que Wister t'a plu. Il plaît à tout le monde. Il a l'étoffe d'un grand homme politique. On trouve ensuite un certain Larry Patt, qui n'est pas là aujourd'hui, dix-huit ans, lui aussi, champion de golf du Minnesota, doué d'une très jolie voix, par-dessus le marché. Il voudrait entrer à Princeton.

— Et le blond, qui fait penser à un dieu grec ?

— Ah ! Beau Lebaume. Si les filles le laissent partir, il doit intégrer Yale. Vient ensuite le second Kavenaugh, le plus costaud, qui promet d'être meilleur athlète que son frère. Enfin, Charley, mon plus jeune fils, qui a seize ans.

Schofield poussa un petit soupir hésitant.

— Mais je dois te casser les oreilles avec toutes mes histoires.

— Non, non, continue, ça m'intéresse. Ce sont donc des athlètes, d'accord — mais rien d'autre ?

— Comment ça, rien d'autre ? Pas une tête d'écervelé, dans le groupe. A part Beau Lebaume, peut-être, mais il possède un charme irrésistible. Ils ont tous un tempérament de leader. Il y a quelques années, je me souviens qu'une bande de voyous cherchaient la bagarre et les ont traités de « chochottes ». Ils courent encore, les malheureux ! Sais-tu à quoi me font penser ces garçons ? Aux chevaliers des anciens temps. Et pourquoi leur reproches-tu d'être des athlètes ? Tu étais chef de nage, à New London, si je me souviens bien. Et ça ne t'a pas empêché de développer le réseau ferroviaire et de...

— J'ai fait de l'aviron parce que j'avais mal à l'estomac. Au fait, ces garçons ont-ils de l'argent ?

— Les Kavenaugh en ont, bien sûr. Mes fils n'en manqueront pas.

Un éclair passa dans les yeux de Barnes.

— Puisqu'ils seront exempts de problèmes financiers, j'espère qu'ils auront à cœur de servir l'Etat. Tu parlais d'un de tes fils, qui pourrait faire de la politique, et tu évoquais les chevaliers d'autrefois. Je pense donc qu'ils choisiront le service public, l'armée ou la marine.

— Sur ce plan-là, je ne sais rien encore.

La voix de Schofield accusait un certain malaise.

— Mais je crois que ce serait une grosse déception, pour un père, s'ils n'entraient pas dans les affaires. Ça me paraît normal. Pas toi ?

— Normal, d'accord, mais pas très romantique, répondit Barnes, en souriant.

— J'ai l'impression que tu veux me faire sortir de mes gonds. Franchement, si tu trouves l'équivalent...

— C'est une équipe très décorative, je le reconnais. Ils possèdent ce quelque chose qu'on appelle : *glamour*. Ils font irrésistiblement penser aux placards publicitaires pour marques de cigarettes, mais...

Schofield l'interrompit.

— ... mais tu as toujours tes aigreurs d'estomac. Je t'ai déjà expliqué que ces garçons étaient tous parfaitement équarris et poncés. Mon fils Wister a été tête de classe pendant toute l'année, mais ce qui m'a rendu le plus fier, c'est qu'il ait été élu : meilleur camarade du collège.

Ils étaient face à face. Entre eux deux, sur la table, les cartes encore vierges de l'avenir. Ils avaient fait leurs études ensemble, et leur amitié s'était renforcée d'année en année. Barnes n'avait pas d'enfant, ce qui expliquait, aux yeux de Schofield, son peu d'enthousiasme.

Barnes secoua brusquement la tête.

— Je ne sais pas pourquoi, mais j'ai du mal à imaginer qu'ils vont surpasser leurs parents et révolutionner l'univers. La vie risque d'être d'autant plus cruelle pour eux qu'ils sont trop charmants. On commence à entrevoir, dans les villes de la côte Est, ce que vont devoir affronter les enfants des familles riches. Trouver l'équivalent ? C'est peut-être trop tôt.

Son visage s'éclaira, et il se pencha vers Schofield.

— Je pourrais sélectionner six garçons, dans n'importe quel collège de Cleveland, et si je prenais en mains leur éducation, je pense que d'ici dix ans ta *fameuse équipe* serait complètement enfoncée. On leur demande si peu, on en attend si peu. Quoi de plus facile que d'être un charmant garçon et un bon athlète ?

Schofield eut un petit rire ironique.

— Je vois ce que tu as en tête. Prendre contact avec le meilleur collège de la ville, rafler les six meilleurs élèves...

— Attends. Laisse-moi t'expliquer ce que je vais faire.

Il s'aperçut qu'il avait inconsciemment substitué : *je vais* à : *je pourrais*, mais il ne se reprit pas.

— Je vais retourner dans la petite ville de l'Ohio où je suis né. Le collège ne doit pas compter plus d'une cinquantaine d'élèves. Ce serait un miracle si je découvrais six garçons de génie parmi eux.

— Ensuite ?

— Ensuite, je leur offre la chance de leur vie. S'ils échouent, cette chance est à jamais perdue. C'est une grave responsabilité. Il faudra qu'ils la prennent au sérieux. C'est ce qui manque à ta *fameuse équipe*. On ne leur fait prendre au sérieux que les choses les plus terre à terre.

Il resta songeur un moment.

— Je vais le faire.

— Quoi ?

— Y réfléchir.

Quinze jours plus tard, il se trouvait en Ohio, dans

sa petite ville de naissance. Il croyait découvrir dans les rues silencieuses le fantôme passionné de son adolescence. Il eut une longue entrevue avec le directeur du collège, qui lui suggéra quelques noms. Il dut ensuite (et ce fut pour lui le plus difficile), prononcer un petit discours, et organiser une réception pour entrer en contact avec les élèves et les professeurs. Il alla même jusqu'à faire une donation au collège, ce qui lui fournit d'excellents prétextes pour observer les élèves de près, tant dans leur travail que dans leurs loisirs.

Etrange impression — il redevenait jeune. Certains garçons l'intéressèrent très vite. Il fit une première sélection, en les invitant chez sa mère, par groupes de cinq ou six — et c'était un peu la démarche des fraternités d'étudiants lorsqu'elles recrutent leurs nouveaux membres. Dès qu'un garçon retenait vraiment son attention, il demandait à consulter son dossier scolaire et se renseignait sur sa famille. En moins de deux semaines, il avait sélectionné cinq garçons.

Otto Schlach fut le premier — fils d'agriculteur, étonnamment doué pour la mécanique, et passionné par les mathématiques. Ses professeurs l'avaient chaudement recommandé, et il accueillit avec joie l'offre qui lui était faite d'entrer au *Massachusetts Institute of Technology*.

James Matsko, ensuite. Un père alcoolique l'avait abandonné très jeune. Il s'était débrouillé tout seul, en vendant des journaux et des sucreries dans une petite boutique, qui mesurait à peine trois pieds de façade. Il venait d'avoir dix-sept ans. La rumeur voulait qu'il ait mis de côté près de cinq cents dollars. Matsko comprenait assez mal pourquoi Barnes voulait l'envoyer à Columbia étudier les finances et le système bancaire. Il se sentait parfaitement capable de gagner de l'argent par ses propres moyens. Mais, de tous les enfants de cette petite ville, Barnes était celui qui avait le mieux réussi, ce qui lui permit de convaincre Matsko qu'il n'aurait jamais, sans cela, de plus large façade que celle de sa boutique.

Le troisième : Jack Stubbs. Il avait perdu un bras à la chasse. Ce qui ne l'empêchait pas de jouer au football dans l'équipe du collège. Il ne figurait pas dans les premiers de sa classe, n'avait aucun don particulier, mais le fait d'avoir surmonté ce terrible handicap — il jouait comme bloqueur et batteur de dégagement — avait convaincu Barnes que Jack Stubbs triompherait de tous les obstacles.

Après lui, George Winfield. Il allait avoir vingt ans. Il en avait quatorze à la mort de son père. Il avait quitté l'école pour faire vivre sa famille. Quatre ans plus tard, la situation s'étant améliorée, il avait repris ses études. Barnes en déduisit que George Winfield attachait donc une très grande valeur à l'éducation.

Barnes trouvait son cinquième sélectionné plutôt antipathique. Louis Ireland était à la fois le meilleur élève et la plus mauvaise tête du collège. Débraillé, lunatique, en rébellion constante, Louis remplissait les marges de sa grammaire latine de caricatures insolentes, mais répondait sans faute, dès qu'on l'interrogeait. On devinait en lui les promesses encore incertaines d'un talent évident — il n'était donc pas question de l'exclure.

Restait un sixième à sélectionner, ce qui fut extrêmement difficile. Il ne trouvait plus que des élèves médiocres ou sans qualités personnelles les distinguant du tout-venant. Comme Barnes était très cocardier, il pensa un temps rendre hommage à son ancienne université, en choisissant le capitaine de l'équipe de football — un demi-offensif d'une telle virtuosité que n'importe quel entraîneur de la côte Est l'aurait accueilli à bras ouverts. Mais ç'aurait été trahir l'idée première.

Il se décida finalement pour Gordon Vandervere. Un

garçon plus jeune que les autres, et d'un niveau social légèrement supérieur. Vandervere était l'élève le plus séduisant et le plus populaire de sa classe. Il devait entrer au collège l'année suivante, et son père, un pasteur constamment débordé, fut ravi de cette solution, qui simplifiait les choses.

Barnes ressentait une certaine fierté. Peser sur ces différentes destinées, pouvoir en infléchir le cours, c'était être l'égal d'un dieu. Ces garçons devenaient ses fils, et il télégraphia à Schofield, à Minneapolis :

« *En ai choisi six d'un autre modèle. Les envoie conquérir le monde.* »

Ce préambule biographique achevé, il est temps que l'histoire commence.

La parfaite harmonie du bas-relief vient de se rompre. Charley Schofield s'est fait renvoyé de Hotchkiss. Tragédie mineure mais douloureuse — il a transgressé le code de l'honneur en fumant avec quatre de ses camarades — quatre garçons charmants, quatre garçons aimés de tous. Le père de Charley a très mal réagi, profondément déçu par son fils, mais furieux contre le collège. Charley est revenu chez lui complètement désespéré. En attendant qu'on ait statué sur son sort, il est retourné à l'école de Minneapolis.

En juin, quand l'école a fermé ses portes, rien n'était encore décidé. Charley n'avait rien d'autre à faire qu'à jouer au golf, et à danser au *Minnekada Club*. C'était un brave garçon de dix-huit ans, qui en paraissait davantage, très séduisant, très bien élevé, affligé d'un seul défaut, mais important : il se laissait trop facilement emporté par ses passions. Sa passion du moment s'appelait Gladys Irving, une jeune femme mariée, qui n'avait que deux ans de plus que lui. Il lui courait après dans toutes les soirées dansantes, et elle le rendait terriblement sentimental. Elle aimait pourtant son mari, et n'attendait de Charley qu'une chose : lui prouver qu'elle n'avait rien perdu de sa jeunesse et de son charme, preuve dont toute jeune femme a besoin après la naissance de son premier enfant.

Un soir où ils étaient assis sous la véranda du *Lafayette Club*, Charley éprouva l'irrésistible envie de la bluffer, de jouer les garçons d'expérience, de se faire passer, à ses yeux, pour un protecteur éventuel.

— J'en ai tellement vu, pour mon âge, soupira-t-il. J'ai fait des choses que je n'oserais même pas vous raconter.

Gladys écoutait sans répondre.

— La semaine dernière, par exemple...

Il n'alla pas plus loin, et jugea préférable de parler d'autre chose.

— Quoi qu'il arrive, je n'irai pas à Yale l'an prochain. Il faudrait que je quitte Minneapolis tout de suite, pour suivre des cours de rattrapage sur la côte Est. Je peux m'en passer, car mon père me garde une place dans ses affaires. Et cet automne, quand Wister retournera à l'université, j'aurai la décapotable pour moi seul.

— Je pensais que vous iriez à l'université, vous aussi, dit Gladys, d'une voix plutôt sèche.

— Je le pensais aussi. Mais j'ai réfléchi. J'ai toujours fréquenté des garçons plus âgés que moi, et j'ai l'impression d'être un vieux par rapport à ceux de mon âge. C'est la même chose pour les filles. Je préfère quand elles sont plus âgées.

Il se tourna vers elle brusquement, et elle lui trouva un charme inattendu. Ce serait tellement agréable de l'avoir là, tout l'été, à sa dévotion, lui courant après dans toutes les soirées dansantes. Elle s'obligea pourtant à dire :

— Vous auriez tort de rester ici.

— Pourquoi ?

— Vous avez commencé quelque chose. Vous devez aller jusqu'au bout. Si vous restez en ville, à tourner en rond plusieurs années, vous ne serez plus bon à rien.

— Vous croyez ça ? dit-il, avec une certaine fatuité.

Gladys ne cherchait pas à le blesser, ni à l'éloigner d'elle. Elle eut pourtant envie de lui parler avec sérieux.

— Quand vous prétendez vous être livré à toutes sortes de débauches, vous croyez que ça m'impressionne ? Je ne comprends pas que quelqu'un puisse se dire votre ami, et vous entraîner jusque-là. Si j'étais vous, je me présenterais au moins aux concours d'entrée. Comme ça, personne ne pourra dire que vous avez tout laissé tomber, parce qu'on vous a renvoyé du collège.

— Vous croyez ça ? répéta-t-il, d'une voix très calme, avec un air de gravité précoce, comme s'il parlait à une enfant. Mais elle avait réussi à se faire entendre, car il était amoureux d'elle, et qu'elle était belle dans le clair de lune. « *Oh me, oh my, oh you* »... Ils avaient dansé sur cet air-là, le mercredi précédent, et c'était l'un de ces instants qu'on n'oublie jamais.

Si Gladys était entrée dans son jeu, si elle avait dissimulé son désir de savoir sous un masque complice, si elle l'avait poussé à se prendre lui-même pour un homme accompli, toutes les pressions de son père seraient restées lettre morte. Mais Charley se présenta aux concours d'entrée, et fut reçu — parce qu'une jeune femme s'était souvenu, en fouillant sa propre mémoire, que le plaisir de vaincre est beaucoup plus grand lorsqu'on livre bataille en pleine jeunesse.

Heureusement pour Schofield que Charley fut reçu. Sinon, son cœur n'aurait pas résisté au drame que Wister, son fils aîné, vécut à l'automne. Le lendemain du match contre Harvard, les journaux de New York portaient en manchette :

Etudiants de Yale et Danseuses Ziegfield Follies impliqués dans accident de voiture près de Rye Irène Daley hospitalisée à Greenwich porte plainte pour beauté physique menacée Fils de milliardaire mis en cause

Quinze jours plus tard, les quatre étudiants furent convoqués par le doyen. Wister Schofield fut interrogé le premier : il conduisait la voiture.

— Cette voiture ne vous appartient pas, Mr. Schofield, dit le doyen. Elle appartient à Mr. Kavenaugh, si je ne me trompe.

— C'est exact.

— Pourquoi teniez-vous le volant ?

— Les jeunes femmes me l'ont demandé. Elles se sentaient plus en sécurité.

— Vous aviez pourtant bu, vous aussi.

— Moins que lui.

— Vous est-il déjà arrivé de conduire après avoir bu ? Je veux dire : bu davantage que ce soir-là ?

— Oh !... une ou deux fois. Mais je n'ai jamais eu d'accident. Et cet accident-là était inévitable, c'est évident...

— Peut-être. Mais regardons les choses autrement. Jusqu'ici, vous n'avez pas eu d'accident, alors que vous auriez mérité d'en avoir. Aujourd'hui, vous venez d'avoir un accident, alors que vous ne le méritiez pas. Je ne voudrais pas que vous quittiez ce bureau avec le sentiment que l'Université et moi-même avons manqué de loyauté à votre égard, Mr. Schofield. Mais les journaux ont donné trop de publicité à cette affaire, et je crains que l'Université ne soit contrainte à se dispenser de votre présence.

S'adressant ensuite au second profil du bas-relief, Howard Kavenaugh, le doyen tint à peu près le même discours.

— Je suis particulièrement navré, en ce qui vous

concerne, Mr. Kavenaugh. Votre père a fait d'importantes donations à notre Université, et j'ai été tellement heureux de vous voir jouer au hockey, l'hiver dernier, avec votre habituelle virtuosité.

En quittant le bureau du doyen, Howard Kavenaugh avait du mal à retenir ses larmes.

La plainte déposée par Irène Daley, pour beauté physique menacée et rupture de ses engagements de danseuse, ne concernait que le propriétaire de la voiture et le conducteur. Les deux autres étudiants furent donc traités avec moins de rigueur. Beau Lebaume se présenta chez le doyen, un bras en écharpe, et son visage ravissant entièrement bandé. Il fut suspendu jusqu'à la fin de l'année, sanction qu'il accepta avec insouciance. Et il dit au revoir au doyen avec le sourire le plus épanoui que lui permettaient ses bandages. Restait un cas, le plus épineux à résoudre : celui de George Winfield, qui avait tardivement repris ses études, parce que l'obligation où il s'était trouvé de travailler lui avait fait comprendre la valeur de l'éducation. Il entra dans le bureau du doyen, les yeux baissés.

— Je comprends mal que vous soyez mêlé à cette affaire, dit le doyen. Je connais Mr. Barnes, votre répondant. Il m'a appris pourquoi vous avez quitté l'école, et pourquoi vous avez tenu à y revenir. Il considère que vous êtes un garçon très sérieux. Jusqu'ici vous avez obtenu d'excellentes notes. Mais j'ai l'impression que, depuis quelques mois, vous fréquentez une bande de garçons fort turbulents, qui ont beaucoup d'argent à dépenser. Vous êtes assez grand pour comprendre que ce qu'ils vous apportent, sur un plan purement matériel, est loin d'équilibrer ce dont ils vous privent sur d'autres plans. Je me vois contraint de vous suspendre pour un an. Si vous revenez parmi nous, je souhaite de tout cœur vous voir justifier la confiance que vous porte Mr. Barnes.

— Je ne reviendrai pas, répondit Winfield. Après ce

qui s'est passé, je ne peux plus revoir Mr. Barnes. Je ne rentrerai pas chez moi.

Au cours du procès, ils mentirent tous les quatre, par loyauté envers Schofield. Ils prétendirent qu'Irène Daley s'était emparée du volant, juste avant que la voiture ne heurte la pompe à essence. Mais Miss Daley était là, dans la salle d'audience, et son visage, que les magazines à grand tirage avaient rendu célèbre, était marqué de cicatrices. Son avocat fit état d'un contrat de cinéma qui venait d'être annulé. Pour les quatre étudiants, l'affaire se présentait mal. Pendant une suspension de séance, ils transigèrent à quarante mille dollars, sur les conseils de leur avocat. A la sortie du tribunal, Wister Schofield et Howard Kavenaugh furent assaillis par les photographes, ce qui leur assura, dès le lendemain, une flamboyante notoriété.

Le soir même, Wister, Howard et Beau Lebaume regagnèrent ensemble Minneapolis, pour rejoindre leur famille. George Winfield les quitta à la *Pennsylvania Station*. N'étant plus chez lui nulle part, il choisit de se perdre dans l'anonymat de New York pour commencer une autre vie.

De tous ceux qu'il avait choisis, Jack Stubbs était le préféré de Barnes. Il se rendit célèbre le premier — lorsqu'il fut admis dans l'équipe de tennis de Princeton. La section de rotogravure imprima de nombreux clichés, montrant la façon dont il lançait ses balles de service, en les plaçant sur le bord de sa raquette. Barnes lui offrit une place dans ses affaires, le jour où il fut diplômé. On le considérait souvent comme son fils adoptif. Jack Stubbs représentait pour lui sa plus évidente réussite — à égalité peut-être avec Schlach, devenu un éminent ingénieur-conseil, et sans oublier James Matsko, qui, à vingt-sept ans, venait de s'associer avec un célèbre courtier de Wall Street. Sur le plan financier, c'est Matsko qui avait le mieux réussi, mais Barnes se sentait légèrement rebuté par son implacable égoïsme. Il se demandait également quel rôle exact il avait joué, lui, Barnes, dans cette réussite de Matsko — n'était-il pas destiné, quoi qu'il arrive, et sans l'aide de personne, à devenir un grand financier newyorkais, ou un important homme d'affaires du Middle West ?

Un matin de 1930, il tendit à Jack Stubbs une lettre qui lui fit comprendre qu'il était temps de dresser le bilan de son expérience.

— Qu'en pensez-vous ?

C'était une lettre de Louis Ireland. Elle venait de Paris. Leurs opinions, concernant Louis, étaient très différentes, et, tout en lisant sa lettre, Jack se préparait, une fois de plus, à prendre sa défense.

« *Cher monsieur,*

Votre dernier courrier, que m'a fait suivre votre banque, et qui contenait un chèque dont je vous accuse réception, ne m'obligeait en rien à vous répondre. Mais, sachant combien le concret compte à vos yeux, et combien la valeur marchande d'un objet peut vous toucher, alors que la valeur d'une notion abstraite vous laisse insensible — pour cette seule raison, je tiens à vous faire savoir que mon exposition remporte un vif succès. Pour placer les choses aussi près que possible du seul niveau que vous pouvez comprendre, je vous informe que j'ai vendu deux pièces — un buste de la comédienne Lallette, et un groupe animalier en bronze — pour la somme de sept mille francs (soit deux cent quatre-vingt mille dollars). J'ai reçu d'autre part des commandes qui vont m'occuper tout l'été, et je vous envoie un article des Cahiers d'Art, qui vous prouvera que tout le monde ne partage pas vos jugements concernant mon talent et mon avenir.

Ce qui ne veut pas dire que je ne vous sais pas gré d'avoir voulu faire « *mon éducation* ». *Harvard n'est sûrement pas la plus mauvaise des universités. Les années que j'y ai perdues m'ont permis d'acquérir une notion très aiguë et très documentée de la vie américaine et de ses institutions. Mais, en me proposant de revenir en Amérique, et de fabriquer en série des nymphes de plâtre pour orner les jets d'eaux des parvenus, vous avez dépassé les bornes...* »

Stubbs releva la tête en souriant.

— Alors ? demanda Barnes. Qu'en pensez-vous ? Est-il devenu fou — ou le fait d'avoir vendu quelques sculptures prouve-t-il que c'est moi qui suis fou ?

— Ni l'un, ni l'autre. Ce n'est pas son talent que vous reprochez à Louis. Vous ne lui pardonnez pas d'avoir voulu entrer au couvent, de s'être fait arrêté au cours d'une manifestation pour Sacco et Vanzetti, et d'avoir enlevé la femme d'un professeur.

— Il voulait s'éduquer lui-même, dit Barnes avec une certaine amertume, essayer ses petites ailes. Dieu seul sait ce qu'il a pu faire depuis qu'il est en Europe.

— Peut-être a-t-il terminé son éducation.

Stubbs avait toujours eu de l'amitié pour Louis. Il se promit de lui écrire, pour savoir s'il manquait d'argent.

— En tous cas, pour moi, c'est fini, annonça Barnes. Je ne peux plus rien, ni pour l'aider, ni pour lui nuire. Faisons-le donc figurer dans la colonne des réussites — ce qui est loin d'être évident — et voyons où en sont les autres. Je vais à Minneapolis la semaine prochaine, pour rencontrer mon ami Schofield. Je voudrais lui présenter mon bilan. Pour moi, vous êtes trois à avoir réussi — vous, Otto Schalch et James Matsko — quoi qu'on puisse penser de lui, en tant qu'être humain. Imaginons que Louis Ireland va devenir un grand sculpteur. Ça fait quatre. Winfield a disparu. Je n'ai jamais reçu la moindre ligne de lui.

— Peut-être a-t-il parfaitement réussi quelque part.

— J'en doute. Sinon, il me l'aurait fait savoir. Au point où j'en suis de mon expérience, je suis obligé de l'inscrire dans la colonne des échecs. Reste Gordon Vandervere.

Ils gardèrent le silence un moment.

— Je ne comprends rien à Gordon, reprit Barnes. C'est un merveilleux garçon. Mais depuis qu'il a quitté Princeton, il semble complètement perdu. Il était le plus jeune d'entre vous. Il a eu la chance de pouvoir passer deux ans à Andover avant d'entrer à Princeton. Et là, il leur en a mis plein la vue, comme vous dites. Mais on dirait qu'il s'est cassé les ailes. Il n'a rien fait depuis quatre ans. Il est incapable de garder un job. Il est incapable de s'intéresser à son travail, et il n'a pas l'air de s'en inquiéter. Je crois que je vais laisser tomber Gordon.

A cet instant précis, le téléphone sonna.

— C'est lui, dit Barnes en raccrochant. Il demande à me voir. Il prépare peut-être quelque chose de nouveau.

Un jeune homme charmant entra dans le bureau. Il semblait très à l'aise, très souriant et très décontracté.

— Bonjour, oncle Edmund. Salut, Jack ! J'ai de grandes nouvelles à vous apprendre.

— Concernant quoi ? demanda Barnes.

— Me concernant.

— Je vois. On t'a chargé de préparer la fusion de la banque Morgan avec le pont de Queensborough.

— Il s'agit de fusion, en effet, mais entre d'autres partenaires. Je vais me marier.

Barnes le regarda d'un air menaçant.

— Elle s'appelle Esther, précisa Vandervere. Esther Crosby.

— Félicitations ! s'écria Barnes, avec une sombre ironie. De la famille d'H.B. Crosby, j'imagine ?

— Exactement, confirma Vandervere, toujours très décontracté. Sa fille unique.

Il y eut un instant de silence. Puis Barnes explosa.

— Toi, épouser la fille de H.B. Crosby ? Ignore-t-il que le mois dernier, on t'a renvoyé d'une de ses banques ?

— Il n'ignore malheureusement rien de ce qui me concerne. Il me surveille depuis quatre ans.

Il eut un charmant sourire.

— Nous nous sommes fiancés à Princeton, Esther et moi, pendant ma dernière année d'études. C'est mon camarade de chambre qui l'avait invitée à une soirée. Mais elle s'est branchée sur moi. Mr. Crosby n'a rien voulu savoir, tant que je n'aurais pas fait mes preuves, bien évidemment.

— Faire tes preuves ! répéta Barnes. Tu estimes avoir fait tes preuves ?

— Mon Dieu... Oui.

— De quelle façon ?

— En attendant quatre ans. Nous aurions pu, Esther ou moi, épouser quelqu'un d'autre pendant ce temps. Mais non. Nous avons fini par l'avoir à l'usure. C'est ça qui m'empêchait de travailler. Mr. Crosby a une terrible personnalité. Il m'a fallu beaucoup de temps et beaucoup d'énergie pour tenir bon. Parfois, on restait plusieurs mois sans se voir. Esther en perdait l'appétit. Ça m'empêchait de manger, moi aussi, et je ne pouvais plus rien faire.

— Vous a-t-il vraiment donné son consentement ?

— Hier soir.

— Et il te laissera te tourner les pouces ?

— Esther et moi, nous entrons dans les services diplomatiques. Elle estime que, pour sa famille, la phase bancaire est terminée. Quand je serai à Paris, je chercherai Louis Ireland, ajouta-t-il, avec un petit clin d'œil en direction de Stubbs, et je vous ferai un rapport.

Barnes éclata de rire brusquement.

— C'est vraiment le tirage de la loterie ! Quand je vous ai choisis, tous les six, j'étais loin de me douter...

Il se tourna vers Stubbs.

— Où le fait-on figurer ? Dans la colonne « échec » ou la colonne « réussite » ?

— Réussite éclatante, répondit Stubbs. Tête de liste.

Quinze jours plus tard, Schofield et Barnes se retrouvaient à Minneapolis. Barnes se souvint de la maison, telle qu'il l'avait découverte, dix ans plus tôt, avec cette *fameuse équipe* de six garçons. Elle semblait en porter les cicatrices, comme ces traces que les tableaux laissent sur les cloisons, après les avoir longtemps protégées des atteintes du temps. Comme il ignorait ce qu'étaient devenus les fils de Schofield, il préféra ne rien dire de leur conversation d'autrefois. Peut-être se trouvait-il sur un terrain miné. Il s'en félicita, un peu plus tard dans la soirée, quand Schofield lui parla de Wister, son aîné.

— On dirait qu'il n'est jamais devenu adulte. C'était un garçon d'une telle vitalité ! Dès qu'il faisait partie d'un groupe, il en prenait la tête, et ça marchait toujours. Dans son adolescence, la maison était toujours pleine de jeunes, tant en ville, qu'ici, au bord du lac. Mais, quand il a été obligé de quitter Yale, il ne s'est plus intéressé à rien. Il avait l'air de mépriser la terre entière. J'ai cru qu'il buvait trop, mais il a épousé une fille charmante, qui l'a aidé à résoudre ce problème-là. Il a perdu toute ambition. Il voulait vivre à la campagne. Je lui ai acheté un élevage de renards argentés. Ça n'a rien donné. Pendant le boom économique, je l'ai envoyé en Floride. Ça n'a pas mieux marché. Aujourd'hui, il rêve d'un ranch de vacances dans le Montana. Mais avec la Dépression...

Barnes estima le moment venu de demander :

— Et ces amis de tes fils, que j'ai rencontrés un jour, ici, que sont-ils devenus ?

— De qui parles-tu ?... Attends... Il devait y avoir Kavenaugh — tu sais, la famille des minotiers — il était souvent fourré chez nous. Voyons... Il a enlevé une jeune fille de la côte Est. Ils ont dirigé, pendant quelques années toute une bande de joyeux noceurs.

Je crois avoir entendu dire qu'Howard était sur le point de divorcer. Il avait aussi un jeune frère, qui n'est jamais entré à l'Université. Il a fini par épouser une manucure. Ils vivent dans le coin, tranquillement. Ils donnent rarement de leurs nouvelles.

Barnes se souvenait de cette aura dont ils étaient baignés, et combien ils semblaient sûrs d'eux-mêmes, tant en groupe qu'individuellement ; d'une telle énergie, d'une telle vitalité ; un parfait bas-relief de jeunes héros grecs, le corps souple et tendu, si impatients de vivre.

— Il y avait également Larry Patt. Je ne sais pas si tu l'as rencontré. Un champion de golf. Il n'a pas supporté l'Université. A croire qu'il n'y avait pas assez d'espace, pour lui, pas assez de grand air.

Il ajouta, comme s'il voulait prendre sa défense :

— Mais il a su profiter de ses dons. Il tient un magasin d'articles de sport, et je crois que ça marche très bien. Il a ouvert deux ou trois succursales.

— Dans mon souvenir, il y en a un qui était très beau.

— Ah ! Beau Lebaume. Il s'est trouvé compromis, lui aussi, dans cette affaire de New Haven. Il s'est complètement démoli, après ça — l'alcool, et le reste. Son père a tout essayé. Aujourd'hui, c'est fini, il refuse de s'en occuper.

Le visage de Schofield s'anima, brusquement. Son regard retrouva son éclat.

— Mais, je ne t'ai pas dit... J'ai un fils, mon Charley. A lui seul, il rachète les cinq autres. Tu vas le voir, je l'attends. Il a eu un départ difficile, des problèmes à Hotchkiss. S'est-il découragé ? A aucun moment. Il est reparti du bon pied, a fait des étincelles à New Haven, président d'une fraternité, et ainsi de suite. Puis il s'est embarqué, avec quelques amis, pour un petit tour du monde. A son retour, il m'a dit : « Je suis prêt, papa. Je commence quand ? » Sans lui, je ne sais ce que je deviendrais. Il a épousé une jeune veuve, il y a quelques mois, une femme qu'il aimait depuis longtemps. Il vient nous voir le plus souvent possible, mais il nous manque beaucoup, à sa mère et à moi...

Barnes était heureux de cette bonne nouvelle — et consolé, en même temps, de ne pas avoir eu de fils. Un sur deux seulement donnait quelque chose, quelque chose de bien parfois, de très bien même, et parfois rien du tout. Et vieillir ainsi, dans une solitude de plus en plus grande, alors qu'on avait mis tous ses espoirs en eux...

— C'est Charley qui dirige l'affaire, continuait Schofield. Plus exactement, il a un associé, un certain Winfield, que Wister m'avait demandé d'engager, il y a cinq ou six ans. Wister se sentait coupable envers lui, coupable de l'avoir entraîné dans cette triste affaire de New Haven. Et ce garçon n'avait aucune famille. Ici, il donne d'excellents résultats.

Ainsi l'expérience de Barnes se trouvait justifiée pour la sixième fois ! Il en eut comme un sentiment de victoire, mais il préféra ne rien dire. Et lorsqu'un peu plus tard Schofield lui demanda s'il avait été jusqu'au bout de ses projets, il éluda la question. Chaque instant de vie possède une valeur en propre — valeur que la suite des événements peut remettre en cause, sans effacer l'instant lui-même. Les jeunes princes du sang, en habit de velours, sagement rangés autour de la Reine, dans l'éclat feutré des riches draperies, deviendront peut-être Pedro le cruel, ou Charles le fou, mais ce bref instant de beauté parfaite restera fixé à jamais. Dix ans plus tôt, en regardant ses fils et leurs amis, Schofield évoquait les anciens chevaliers, les samouraïs, faisant d'eux le symbole du rayonnement, de la jeunesse, de la gloire — tout ce qu'il regrettait peut-être ne pas avoir connu lorsqu'il avait leur âge. Ces garçons avaient été trop aidés au départ, trop entourés, on avait tout misé sur leur adolescence, ce qui avait faussé le précieux équilibre, et plus tard, dans leur vie d'adulte, ils en avaient payé le prix. On les avait éduqués comme des princes, sans leur imposer en échange le moindre des devoirs qui incombent aux princes ! Barnes ignorait le rôle qu'avaient joué leurs mères, en quoi elles avaient failli à leur tâche.

Mais il était heureux que son ami Schofield ait au moins un fils digne de lui.

Quant à l'expérience qu'il avait tentée — il ne regrettait rien, mais il s'en tiendrait là. Sans doute pouvait-on en tirer une leçon — sans trop savoir laquelle. Celle-ci, peut-être : que la vie se renouvelle constamment, en s'appuyant sur le prestige et la beauté. Il était heureux d'avoir su prévoir que l'Amérique survivrait aux erreurs d'une génération, qu'elle saurait effacer un tel gaspillage, et redonner la première place à l'énergie vitale et à la fermeté. Mais quelle aberration, typiquement américaine, d'avoir porté un temps ce gaspillage aux nues. Il se sentait trop âgé, déjà. Il savait que le temps lui était compté, qu'il ne verrait pas l'esprit de sérieux ne former qu'un seul corps avec le sens de l'à-propos — qu'il ne verrait pas la lignée future réussir enfin son propre épanouissement.

BOYCOTT

C'est sans doute la dernière nouvelle que Scott Fitzgerald ait écrite en Suisse, avant de regagner les Etats-Unis, en septembre 1931. Le Saturday Evening Post *l'a achetée 4 000 dollars et l'a publiée dans son numéro du 19 décembre 1931.*

I

Quelques plaques de neige, mouchetées de petits points noirs, résistaient encore çà et là, dans certains recoins que n'atteignait pas le soleil, mais les hommes qui démontaient les contre-fenêtres étaient en bras de chemise, et la terre se raffermissait déjà sous les pieds. L'ombre entrebâillée des manteaux de fourrure laissait deviner, dans les rues, des robes aux nuances de fruits, de feuillage et de fleurs, et seuls quelques vieillards s'abritaient encore les oreilles sous de tristes bonnets grisâtres. Ce fut par un tel jour que Forrest Winslow tourna résolument le dos à la trop longue traversée de l'hiver, comme on tourne le dos aux contretemps inéluctables, à la maladie, à la mort, et regarda venir l'été, avec une confiance aveugle, certain d'y retrouver les étés d'autrefois — ces étés de voiliers, de baignades et de golf.

Forrest avait passé huit ans sur la côte Est, au collège d'abord, puis à l'Université. Depuis son retour, il travaillait avec son père, dans une grande ville du Minnesota. C'était un garçon charmant, très aimé de ses camarades, et très respectueux des conventions, ce qui gâtait son caractère, et depuis quelques mois il avait beaucoup déchanté. Cette faculté de discernement, qui lui permettait d'élire à coup sûr les membres du club *Scroll and Key* de Yale, ne lui servait plus désormais qu'à distinguer les fourrures entre elles. Cette main, qui avait signé tant de chèques pour couvrir les dépenses du bal de Prom. de troisième année, il l'avait portée deux mois en écharpe, suite à une légère dermatose *venenata*. En quittant son bureau, il ne se sentait guère attiré par les jeunes filles au côté desquelles il avait grandi. Par contre, tout ce qui échappait à la tribu l'excitait au plus haut point, et dès qu'une célébrité quelconque traversait la ville, on le voyait saisi d'une frénétique énergie. Rien ne s'était encore passé ; mais l'été s'annonçait enfin.

Le jour où naquit le printemps et où naquit l'été — car, au Minnesota, ces deux événements se confondent — Forrest arrêta son coupé devant un magasin de disques et propulsa à l'intérieur sa précieuse et charmante vanité. Au moment où il disait à la vendeuse : « Je désire plusieurs enregistrements », une petite bombe d'émotion lui éclata dans le larynx, provoquant jusqu'à la pointe du diaphragme une douloureuse sensation de vide inattendue. Cette explosion fortuite avait pour origine l'image d'une jeune fille aux cheveux-maïs, qui se tenait près du comptoir.

Elle était comme un champ de maïs bien mûr, mais l'ensemble dépassait la simple évocation des céréales, pour atteindre celle d'une édition originale rarissime, reliée avec art. Elle était ravissante, luxueuse, devait avoir dans les dix-neuf ans, et jamais encore il ne l'avait vue. Elle le regarda un peu plus longtemps qu'il n'était nécessaire, et avec un tel aplomb, qu'il sentit le sien se retirer de lui comme une marée avant de refluer vers elle — « ... *car, à celui qui n'a rien, il sera enlevé même ce qu'il a...* ». Puis, elle tourna la tête et se replongea dans la lecture du catalogue.

Forrest consulta la liste qu'un ami lui avait envoyée de New York. Le premier titre se trouvait être, hélas ! : *When Voo-do-o-do Meets Boop-boop-a-doop, There'll Soon be a Hot-Cha-Cha*. Il le déchiffra avec répulsion. Jamais il n'aurait cru qu'un pareil titre puisse être la cause d'une telle nausée.

A côté de lui, la jeune fille demanda :

— N'auriez-vous pas un enregistrement du *Fils prodigue*, de Prokofiev ?

— Je vais voir, répondit la vendeuse.

Puis elle se tourna vers Forrest. Il bégaya :

— *When Voo... When Voo...*

Et s'interrompit. Impossible d'aller plus loin, face à cette déesse des moissons.

— Peu importe, dit-il rapidement. Donnez-moi : « *Huggable...* »

Il s'interrompit de nouveau.

— *Huggable, Kissable You* ? proposa la vendeuse, pour lui venir en aide, et elle jugeait à l'évidence que c'était un excellent disque, ce qui sous-entendait une complicité de goûts qui le fit rougir.

Sa voisine demanda :

— Je voudrais *l'Oiseau de feu*, de Stravinsky, et cet album de valses de Chopin.

Forrest parcourut rapidement sa liste : « *Digga-Diggity* », « *Ever So Goosy* », « *Bunkey Doodle I Do* ».

« Le premier venu me prendrait pour un débile mental », se dit-il. Il froissa le papier, et se mit en quête d'une attitude — une attitude qui lui fût personnelle : de hautaine désinvolture.

— Donnez-moi *la Sonate au clair de lune*, de Beethoven, dit-il, d'une voix détachée.

Il en avait déjà un enregistrement. Peu importait. Il acquérait ainsi le droit de lancer vers la jeune fille de brefs petits coups d'œil. La vie commençait à l'intéresser. Cette jeune fille en serait la plus exquise des composantes. Il n'aurait aucun mal à lui donner la chasse. Emportant, dans un même emballage, *la Sonate au clair de lune* et *Huggable, Kissable You*, face à face, Forrest sortit du magasin.

Une librairie venait récemment de s'ouvrir, un peu plus loin. Il en poussa la porte, comme si livres et disques pouvaient seuls combler, ce jour-là, le vide que le printemps lui mettait au cœur. Tout en effleurant du regard ces titres confondus, qui ne lui disaient rien, il se demandait s'il la retrouverait, s'il mettrait du temps, et ensuite ?

— Je cherche un policier bien épicé, dit-il.

Un jeune homme aux joues creuses secoua lentement la tête, avec un air de blâme résigné. Au même instant, un souffle printanier vint de la porte ouverte, où s'encadrait l'éblouissante et déjà familière gerbe de cheveux maïs.

— Nous ne vendons ni policier, ni rien de cet ordre, déclara le jeune homme d'une voix inutilement suraiguë. Vous risquez d'en trouver, je pense, dans un magasin à grande surface.

— Je croyais que vous vendiez des livres, dit Forrest à mi-voix.

— Des livres, en effet. Pas ceux-là.

Et le jeune homme blême se tourna vers son autre cliente.

Au moment où, gagnant la sortie, Forrest traversait l'arc-en-ciel de parfums que dégageait la jeune fille, il l'entendit demander :

— Auriez-vous quelque chose d'Aragon, en français, ou traduit ?

« De l'esbroufe, et rien d'autre ! se dit-il, brusquement irrité. De nos jours, elles sautent directement de Jeannot-lapin à Proust ! »

Il découvrit, en sortant, une énorme décapotable gris-argent, fabriquée en Angleterre, et manifestement carrossée sur mesures, garée derrière son élégant coupé de proportions normales. Perturbé, allons jusqu'à dire : bouleversé, il rentra lentement chez lui, à travers la brume d'or du crépuscule.

Les Winslow occupaient une vieille maison de Crest Avenue cernée d'une large véranda. La famille se composait des parents de Forrest, de sa sœur Eleanor, et de son arrière-grand-mère. C'était une famille inébranlable — au sens où l'on entend ce mot depuis la guerre. La vieille Mrs. Forrest était la plus inébranlable de tous. Ses certitudes reposaient sur un art de vivre datant de quatre-vingt-quatre ans. Pour la ville, c'était une figure. Elle gardait en mémoire les massacres des Sioux, et se trouvait à Stillwater le jour où les frères James avaient ouvert le feu dans la grand-rue.

Ses propres enfants étaient morts. Elle ne jetait qu'un regard lointain sur leur descendance, l'estimant trop ingrate envers les élans vitaux dont elle était issue. La guerre de Sécession, la conquête de l'Ouest — voilà ce qu'elle considérait comme des élans vitaux. La Grande Guerre, par contre, ou le mouvement fondé par Jennings Bryan pour la libre frappe de la monnaie, ne dépassaient pas à ses yeux la simple information. Elle savait, de toute évidence, que son père, tué à Cold Harbor, et son mari, le négociant, étaient d'une tout autre envergure que son fils et son petit-fils. Ceux qui tentaient de l'initier aux événements contemporains lui paraissaient trahir leurs propres convictions. Elle était malgré tout en grande forme, et s'était permis, l'été précédent, de parcourir la moitié de l'Europe, en compagnie d'une seule femme de chambre.

Les parents de Forrest relevaient d'un tout autre modèle. Lorsque les *cocktails-parties*, et tout ce qui en découlait, avaient fait leur apparition, en 1921, ils étaient encore exposés aux petites lâchetés de la trentaine. D'où l'impression d'être coupés en deux, qui les tiraillait constamment d'un côté à l'autre. Des problèmes, qui n'étaient que broutilles au regard de la vieille Mrs. Forrest, les jetaient dans l'angoisse la plus fiévreuse. L'un d'eux surgit brusquement, ce soir-là, alors qu'ils n'étaient à table que depuis cinq minutes.

— Sais-tu que les Rikker sont revenus ? demanda Mrs. Winslow. Ils ont loué la maison des Warner.

C'était une femme si dévorée d'incertitudes, et si désireuse de s'en guérir, qu'elle ne parlait jamais qu'à voix lente et dubitative, comme pour laisser le temps à ses propres oreilles de partager ses propres points de vue.

— Bizarre que Dan Warner ait consenti à leur louer sa maison. Cathy s'imagine peut-être que tout le monde va se rouler à ses pieds.

— Quelle Cathy ? demanda la vieille Mrs. Forrest.

— Cathy Chase, autrefois. La fille de Reynold Chase. Elle revient en ville avec son mari.

— Ah ! je vois.

— Je la connais très peu, continua Mrs. Winslow. Mais on m'a dit qu'à Washington, ils se sont comportés de façon odieuse envers les gens du Minnesota, les ont balayés d'un revers de main. Mary Cowan a passé un hiver, là-bas. Elle a invité Cathy une bonne dizaine de fois, à déjeuner ou à prendre le thé. Cathy n'est jamais venue.

— Voilà un record que je battrais facilement, dit Pierce Winslow. Mary Cowan peut m'inviter une centaine de fois, je n'irai jamais.

— Revenir ici, après un tel scandale, c'est chercher le boycott à tout prix.

— Pour ça, ils peuvent être tranquilles, ils l'auront, dit Pierce.

Originaire du Sud, il habitait la ville depuis trente ans, et tout le monde l'estimait.

— Walter Hannan est venu me voir au bureau, ce matin. Il voulait que je vote pour Rikker, qui se présente au *Kennemore Club*. J'ai répondu : « Walter, je préférerais voter pour Al Capone ! » J'ajoute que si Rikker veut faire partie du *Kennemore Club*, il faudra qu'il me passe sur le corps.

— Walter ne sait plus ce qu'il fait. Tu n'as rien de commun avec Chauncey Rikker. Pour lui trouver des voix, il aura du mal.

— Qui sont ces gens ? demanda Eleanor. Des monstres ?

Elle avait dix-huit ans, et venait de faire ses débuts dans le monde. Ses apparitions à la table familiale étaient devenus si brèves et si exceptionnelles, qu'elle écoutait ce qu'on disait avec la même indifférence que son arrière-grand-mère.

— Cathy est née ici. Elle est un peu plus jeune que moi, mais on l'a toujours classée parmi les filles légères, je m'en souviens très bien. Quant à son mari, il débarque de je ne sais quel petit trou de campagne.

— Qu'ont-ils fait de si monstrueux ?

— Rikker a dû quitter la ville, après une faillite retentissante, lui expliqua son père. Dans des circonstances plutôt sordides. Il a filé à Washington, et s'est trouvé impliqué dans un scandale immobilier. Là-dessus, de graves ennuis à New York — une affaire de courtier marron — et il a préféré l'Europe. Le principal témoin à charge du gouvernement étant mort quelques années plus tard, Rikker a cru bon de revenir en Amérique. On l'a coffré plusieurs mois, pour outrage à magistrat, et soudain...

Il enfla la voix, dans un grand élan de lyrisme ironique.

— ... soudain, animé d'un bel esprit patriotique, il s'en revient vers l'admirable Minnesota, pure émanation de ses prairies fertiles et de ses ombreuses forêts...

Forrest lui coupa la parole avec impatience.

— Où vas-tu chercher ça, papa ? As-tu déjà entendu dire que deux natifs du Kentucky avaient gagné le prix Nobel, la même année ? Quant au petit trou de campagne, n'oublie pas qu'un jeune homme nommé Lindbergh...

— Ont-ils des enfants ? demanda Eleanor.

— Une fille de ton âge, je crois, et un garçon dans les seize ans.

Forrest étouffa un petit soupir effaré. Etait-ce possible ? Livres français, musique russe — la jeune fille-maïs de l'après-midi avait grandi en Europe. Une telle éventualité ne fit qu'augmenter son irritation — fille d'un vulgaire escroc, et oser faire tant d'embarras ! Il rejoignit passionnément son père dans son refus de donner sa voix à Rikker, pour l'élection au *Kennemore Club*.

— Ont-ils de l'argent ? demanda soudain la vieille Mrs. Forrest.

— Pour s'offrir la maison des Warren, il en faut.

— Alors, ils seront reçus partout.

— Pas au *Kennemore Club*, en tout cas. Je suis originaire d'un Etat où l'on a toujours respecté certaines traditions.

— J'ai souvent vu les choses basculer, dans cette ville, dit la vieille Mrs. Forrest, impassible, et l'ivraie se transformer en fleur.

— Mais enfin, grand-maman, cet homme est un criminel, s'écria Forrest. Et ça change tout. La différence de classe sociale ne compte plus, dans ce cas-là. A Yale, nous avons beaucoup discuté à propos d'Al Capone. Si on le rencontrait, fallait-il lui serrer la main ?

— Qui est Al Capone ?

— Un autre criminel, de Chicago, celui-là.

— Est-il candidat au *Kennemore Club*, lui aussi ?

Tout le monde se mit à rire. Mais Forrest avait la profonde conviction que le jour où Rikker poserait sa candidature, son père ne serait pas le seul à déposer dans l'urne un bulletin noir.

Ce fut soudain le plein été. Une fois dissipée la dernière tornade d'avril, quelqu'un se glissa, une nuit, dans les rues, fit enfler les arbres comme des ballons, sema un peu partout graines, bulbes et plantes vivaces, comme des poignées de confettis, libéra toute une volière de rouges-gorges, puis, après un ultime coup d'œil, fit signe au rideau de s'ouvrir sur un diorama de ciel estival.

Des enfants jouaient au base-ball dans un terrain vague. En leur renvoyant la balle, qui s'était égarée, Forrest sentit sous ses doigts les épaisses coutures des bandes de cuir, ce qui fit naître en lui d'enivrants souvenirs. Il fallait se précipiter là-bas, sans attendre — « là-bas », c'est-à-dire le gazon vert des links, et il s'y retrouva dans les mêmes sentiments qu'autrefois. Il ne découvrit qu'au dix-huitième trou, cet après-midi-là, combien les choses avaient changé : un parcours de golf ne suffisait plus à le satisfaire. La soirée s'ouvrait devant lui, immense et déserte, sans rien d'autre pour la meubler qu'un couvert dressé dans la salle à manger familiale et un lit.

Pendant qu'il attendait, avec son partenaire, de pouvoir terminer son parcours, il tourna la tête vers le dixième trou, qui se trouvait en vis-à-vis, à moins de deux cents yards.

Il aperçut deux silhouettes féminines. L'une d'elles, qui concentrait toute son attention sur sa balle, leva soudain sa canne avec autorité, et réussit un drive superbe.

— Sûrement Mrs. Horrick, dit son partenaire. Aucune autre femme n'est capable de driver comme ça.

Le soleil mit alors le feu aux cheveux de la silhouette, et Forrest sut qui c'était. Il se souvint, au même instant, de ce qu'il avait décidé. La candidature de Chauncey Rikker devait être soumise, ce soir-là, au comité d'admission du club, dont son père était l'un des membres. Forrest avait décidé qu'avant de rentrer chez lui, il irait jusqu'au *club-house*, et qu'il glisserait un certain bulletin noir dans une certaine urne. C'était une décision mûrement réfléchie. Il était très attaché à sa ville où, depuis cinq générations, sa famille vivait de façon respectable. Le club avait été fondé, dans les années 90, par son propre grand-père. On n'y jouait pas au golf, à l'époque, on y faisait de la voile, et, pour s'y rendre, depuis le centre de la ville, il fallait trois bonnes heures de trot à cheval. Forrest était d'accord avec son père sur l'obligation d'en exclure certains indésirables. Le visage tendu, il fit voler sa balle en dehors du parcours, à plus de deux cents yards, d'où elle alla tranquillement se perdre parmi les hautes herbes.

Le dixième et le dix-huitième trou se faisaient vis-à-vis, séparés par un grand bouquet d'arbres. Sans que Forrest en ait conscience, Helen Hannan, qui parrainait ce jour-là Miss Rikker, avait envoyé sa balle dans le même coin d'ombre, si bien qu'en plongeant sous les arbres pour y chercher la sienne, il entendit deux voix de femmes à quelques pas de lui. Celle d'Helen Hannan, tout d'abord.

— Après l'élection de ce soir, disait-elle, tu seras membre du club, et tu pourras lancer un vrai défi à Stella Horrick.

— Je ne serai peut-être pas élue, répondit la seconde voix, haute et claire. Et tu seras forcée de venir jouer avec moi sur les parcours municipaux.

— Ne sois pas ridicule, Alida.

— A Buffalo, l'été dernier, je jouais sur les terrains municipaux. Je n'avais pas d'autre solution, à l'époque. Ça me rappelait certains parcours, que j'ai fait en Ecosse.

— Mais ce serait une telle humiliation pour moi... Oh ! tant pis pour cette balle, laissons tomber...

— Pourquoi ? Personne n'attend son tour... Quant à se sentir humiliée... Si je devais tenir compte de ce que pensent les gens, je vivrais calfeutrée dans ma chambre.

Elle eut un petit rire méprisant.

— Un magazine a publié une photo de moi, prise à l'entrée de la prison où j'allais voir mon père. J'ai vu certains passagers, lors d'une traversée, changer de table pour ne pas s'y trouver avec nous. En France, j'ai été mise en quarantaine par les élèves américaines d'une école... Ah ! voilà ta balle.

— Merci... Oh ! Alida, mais c'est horrible !

— Le plus horrible est derrière moi. Je t'en parle simplement pour t'empêcher d'être trop triste si le comité nous refuse l'entrée du club. Personnellement, je m'en moque. Je vis ma vie comme je l'entends, et je juge des difficultés par rapport à mes propres critères. Je répète que je m'en moque complètement.

Elles s'éloignèrent du bouquet d'arbres, et leurs voix se perdirent peu à peu dans l'immensité du ciel. Forrest renonça à chercher sa balle, et se dirigea vers le *club-house*.

« Quelle médiocrité !, pensait-il. S'en prendre à une malheureuse jeune fille qui n'y est pour rien ! » — exactement ce qu'il était sur le point de faire, en entrant au *club-house*. « Non !, se dit-il brusquement. Je ne peux pas faire ça ! Quelles que soient les crimes de son père, c'est un être de qualité. Lors du vote de ce soir, papa agira selon sa conscience. Moi, je renonce. »

Le lendemain, après le déjeuner, son père lui dit, avec un soupçon d'embarras :

— J'ai vu que tu n'avais rien fait à propos des Rikker et du *Kennemore Club*.

— Non.

— C'est aussi bien. On les a élus, figure-toi. Depuis cinq ans, on reçoit toutes sortes de gens bizarres — certains même plus ou moins louches. De toute façon, dans un club, si tu n'as pas envie de fréquenter certaines personnes, tu es libre. Les membres du comité ont tous été de cet avis.

— Si je comprends bien, dit Forrest, sèchement, tu n'as pas voté contre Rikker ?

— Finalement, non. A cause de Walter Hannan, avec qui je suis en affaires. J'avais justement un service particulièrement délicat à lui demander, hier soir.

— Vous avez donc traité, donnant-donnant ?

Pour le père comme pour le fils, le mot : *traiter* sonnait un peu comme *trahir*.

— Pas vraiment. On n'a parlé de rien, c'est tout.

— Je comprends.

En fait, il ne comprenait pas, et l'absolue confiance qu'il avait en son père depuis son plus jeune âge, s'éteignit à cet instant-là.

II

Pour humilier quelqu'un de façon efficace, il faut le tenir à distance. L'élection de Chauncey Rikker au *Kennemore Club*, puis, quelques jours plus tard, au *Downtown Club*, fit naître des discussions violentes, des menaces de démission, brandies comme des déclarations de guerre, mais personne n'était disposé à les mettre à exécution. L'hostilité des foules est plus facile à déchaîner, par contre, et Chauncey Rikker représentait une proie rêvée pour la vindicte publique. D'autant qu'arrivaient de New York les derniers échos du scandale de courtage. La presse locale se fit donc un plaisir de rafraîchir la mémoire de ses lecteurs, au cas où elle se serait montrée défaillante. Seul de toute la ville, Walter Hannan, libéral par tradition, continua de se faire le champion des Rikker, ce qui lui valut de solides rancunes, et les quelques soirées qu'il essaya d'organiser en leur honneur se soldèrent par des échecs. Si les Rikker s'étaient mis en tête de lancer Alida « dans le monde », ils n'auraient attiré qu'une assistance hétéroclite, et ils se gardèrent d'en courir le risque.

Forrest et Alida se rencontrèrent, de loin en loin, pendant l'été. Ils se regardaient avec curiosité, comme deux enfants surpris de ne pas encore se connaître. Forrest demeura fasciné quelque temps par l'éclat des cheveux-maïs, et ce qu'avait de provoquant le regard d'or bruni. Puis il s'intéressa à une autre jeune fille. Sans être amoureux de Jane Drake, il pensait l'épouser. C'était pour lui : « la fille de la maison d'en face ». Il connaissait tout d'elle, le bon et le moins bon, qui s'annulaient donc l'un l'autre. Il la sentait vivante, d'une vie précise et tangible, qu'il reconnaissait d'instinct, comme s'ils étaient parents. Leurs deux familles seraient ravies. Un soir, après quelques whiskies, et quelques caresses conventionnelles, il fut sur le point de dire la vérité, lorsqu'elle lui lança, comme par défi :

— Au fond, je ne suis rien pour vous ?

Il préféra se tenir coi, et s'en félicita le lendemain. Plus tard, peut-être, lors des journées maussades d'après le Nouvel An... Qui sait, en attendant, si dans les soirées dansantes de Noël, parmi toutes les jeunes filles en robes de Noël, il ne trouverait pas l'ivresse et la douleur, l'exaltation qu'il espérait ? En automne, il eut comme l'intuition que celle qui lui était destinée commençait à faire ses bagages, dans une ville de l'Est ou du Sud.

C'est dans cet état d'extrême impatience qu'un dimanche de novembre il fut invité à prendre le thé. A peine avait-il échangé quelques mots avec son hôtesse, qu'il devina la présence d'Alida Rikker, à l'autre bout de la pièce, près d'un feu de bois. Son éblouissante beauté le bouleversa, comme une terre inexplorée et il fut soulagé d'y aborder enfin, lorsqu'on fit les présentations. Il s'inclina, s'éloigna, mais quelque chose s'était noué entre eux. Il avait lu dans son regard qu'elle connaissait la position qu'avait adoptée sa famille, qu'elle ne lui en voulait pas, qu'elle était navrée, au contraire, de le voir placé dans une situation aussi ridicule, car elle avait conscience de l'admiration qu'elle lui inspirait. Il avait répondu dans le même échange de regards : « Je suis très sensible à votre beauté, c'est exact, mais vous savez comment sont les choses. Nous avons gardé nos distances, à cause de votre père, qui est un escroc reconnu, et je ne peux rien changer à ma position actuelle. »

Au cours d'un brusque moment de silence, il entendit qu'elle parlait, et il négligea sa propre interlocutrice pour écouter.

— ... Depuis un an déjà, Helen se plaignait de cette douleur, et on pensait à un cancer. Elle est allée se faire radiographier. Elle s'est déshabillée derrière l'écran. Le médecin a branché son appareil, et lui a dit : « Je vous ai demandé de vous déshabiller. » Helen a répondu : « Je l'ai fait. » Le médecin a regardé de nouveau et a dit : « Ecoutez, mon enfant, c'est moi qui vous ai mise au monde. Vous pouvez donc oublier toute pudeur. Déshabillez-vous complètement. » Helen a répondu : « Je vous jure que j'ai tout enlevé. » Et le médecin : « Pas tout, car je vois sur l'écran l'épingle anglaise de votre soutien-gorge. » Ils ont fini par se souvenir qu'on l'avait soupçonnée, lorsqu'elle avait deux ans, d'avoir avalé une épingle.

L'histoire, racontée d'une voix si vive et si claire, dans cette atmosphère d'intimité, eut raison des dernières réticences de Forrest. Ce qui s'était passé, dix ans plus tôt, à New York ou à Washington, ne la concernait pas. Il se retint d'aller s'asseoir près d'elle, car elle était la flamme qui nourrissait le feu. En sortant, il erra une heure au hasard, à travers le tendre duvet de la neige, se demandant pourquoi il lui était interdit de la rencontrer, pourquoi il devait se ranger sous le vieil étendard des idées reçues.

« Un jour, qui sait ? se disait-il ironiquement, je trouverai peut-être un vrai plaisir à me plier à mes devoirs — passée la cinquantaine... »

Les fêtes de Noël s'ouvrirent, cette année-là, par un bal de charité donné à l'Arsenal. Un bal qui attirait la ville entière. Les familles les plus riches avaient droit à des loges. Tout ce qui comptait se devait d'être là, poussé surtout par la curiosité, d'où une atmosphère de tension nerveuse, où l'arrogance se doublait d'une étrange circonspection.

Les Rikker occupaient une loge. En entrant, avec Jane Drake, Forrest jeta un bref coup d'œil vers celui qui passait pour un personnage véreux, et vers la femme assise à côté de lui, que la société rejetait, et qui s'abritait derrière un rempart de bijoux. Des criminels patentés. Que les gens, aux petites vies étroites, contemplaient bouche bée. Ignorant les regards qui les dévisageaient, Helen Hannan et Alida Rikker recevaient les hommages d'une cour de jeunes gens étrangers à la ville. De toutes les jeunes filles qui se trouvaient présentes, c'était Alida, et de loin, la plus belle.

Forrest apprit la nouvelle de plusieurs sources différentes — les Rikker organisaient une soirée dansante après le Nouvel An. Certains invités recevaient des cartons. On prévenait les autres de vive-voix. Pour assister à cette soirée, il suffisait, prétendait la rumeur, d'adresser la parole au premier Rikker rencontré.

Deux de ses amis arrêtèrent Forrest, au moment où il traversait le hall, et lui présentèrent, avec de petits rires voilés, un jeune homme de dix-sept ans : Mr. Teddy Rikker.

— Donnons une soirée, lui dit aussitôt le jeune homme en question. 3 janvier. Très heureux si vous y venez.

Désolé, mais Forrest n'était pas libre.

— Dommage. Si vous changez d'avis, venez quand même.

— Affreux, ce môme, mais futé, reconnut l'un des deux amis, un peu plus tard. On lui a présenté toutes sortes de gens, mais quand on a voulu lui fourguer deux crétins, il les a dévisagés sans un mot. Certains disent oui, d'autres non, la plupart s'en tirent par une réponse évasive. Mais il est entêté, le bougre. Blindé comme son père.

Ça s'appelle ratisser large. Le ban et l'arrière-ban. Elle, dans tout ça ? Pourquoi accepte-t-elle ? C'est avec tristesse qu'il rejoignit Jane. Elle avait eu vent de l'affaire, et en faisait des gorges chaudes avec quelques amies.

— On prétend qu'ils avaient invité Bodman, l'entrepreneur de pompes funèbres. Quand ils ont compris leur erreur, ils lui ont fait dire de ne pas venir.

— Mrs. Carleton a fait comme si elle était sourde.

— Ils attendent un camion de champagne, en droite ligne du Canada.

— Je n'irai pas, bien sûr, mais j'aimerais beaucoup y aller, juste pour le coup d'œil. Il y aura cent cavaliers par jeune fille. Quel casse-tête, pour elle !

Tant de malveillance écœurait Forrest. Il en voulait à Jane de s'y complaire. Il tourna le dos, aperçut la haute et dédaigneuse silhouette d'Alida, debout contre un mur, et remarqua, avec un étrange sentiment de dépit, combien ceux qui l'entouraient semblaient l'admirer. Il ignorait que, depuis quelques mois, il devenait amoureux d'elle. Comme deux enfants qui, en se disputant physiquement la garde d'un ballon, ignorent qu'ils découvrent l'amour, la prise de conscience qu'ils avaient l'un de l'autre avait déjà des proportions insoupçonnées.

— Elle est jolie, remarqua Jane. Elle s'habille sans tape-à-l'œil. Mais, vu les circonstances, elle devrait mettre une sourdine.

— S'enrouler dans une serpillière, j'imagine, se couvrir la tête de cendres, porter le demi-deuil !

— J'ai eu l'honneur insigne de recevoir un carton, mais pas question d'y aller.

— Pourquoi ?

Jane le regarda, plutôt stupéfaite.

— Vous n'y allez pas.

— C'est différent. Si j'étais vous, j'irais. Ce qu'a pu faire son père ne compte pas pour vous.

— Bien sûr que si.

— Bien sûr que non. Toutes ces mesquineries ont déformé la vérité. Pourquoi ne pas la laisser tranquille ? Elle est jeune, elle est belle, elle n'a rien fait de mal.

Un peu plus tard dans la semaine, il rencontra Alida au cours d'une soirée chez les Hannan. Il remarqua que beaucoup de jeunes gens l'invitaient à danser. Il observait le mouvement de ses lèvres, l'entendait rire parfois, saisissait quelques mots de loin en loin. Il s'aperçut qu'il entraînait ses propres cavalières dans son sillage. Il enviait ces jeunes gens, qui n'étaient là que de passage, et ignoraient qui elle était.

Le soir où les Rikker donnaient leur soirée dansante, il était invité à dîner. Avant même de passer à table, il apprit que tous les convives iraient ensuite chez les Rikker. Ils en parlaient comme d'une aventure cocasse. Ils insistèrent pour qu'il les accompagne.

— Invité ou non, peu importe, lui assuraient-ils. On nous a fait dire de rameuter qui on voulait. C'est gratuit. Entrée libre. Ça ne t'engage à rien. Norma Nash n'a pas invité Alida Rikker à sa soirée, mais elle y va quand même. C'est une fille ravissante, d'ailleurs. Mon frère en est fou. Comme il parle de l'épouser, ça rend ma pauvre mère malade.

Forrest comprit alors, en versant du whisky dans son verre, qu'il suffisait d'être légèrement ivre pour accepter de les accompagner. Toutes les bonnes raisons qu'il avait de dire non lui semblèrent soudain ridicules et vaines. Il commençait à se trouver ridicule lui-même. Il tenta de rassembler ses dernières forces, de brandir l'étendard sous lequel il s'était rangé. En vain. Son père n'avait-il pas fait preuve de faiblesse, le premier, dans cette affaire du *Kennemore Club* ? Une excellente raison d'y aller lui vint brusquement à l'esprit : les hommes peuvent s'aventurer où ne se risquent pas leurs femmes.

— D'accord, dit-il.

Les Rikker recevaient au *Minnekada Hotel*. L'or, scandaleusement gagné, des Rikker s'était transformé en une forêt de palmiers en pots, de pampres dressés, de parterres de fleurs. Deux orchestres se lamentaient doucement sous des pergolas traversées de lucioles, et des projecteurs multicolores balayaient les pistes de danse, faisant surgir de l'ombre tout un régiment de bouteilles, rangées sur les buffets. Quand Forrest arriva, avec ses amis, les Rikker se tenaient sur le seuil, pour accueillir leurs invités. Il fit une petite grimace ironique à l'idée de serrer la main de Chauncey Rikker. Mais, face à Alida, qui le regardait enfin franchement, il oublia tout.

— Votre frère a eu la gentillesse de m'inviter, dit-il.

— Très bien.

Polie, lointaine, aucunement bouleversée de le voir. En attendant son tour, pour saluer les parents, il eut un léger haut-le-corps, car il venait d'apercevoir sa propre sœur, au milieu d'un groupe de danseurs. Il regarda mieux, identifia, l'un après l'autre, des visages qu'il connaissait. C'était exactement comme les autres soirées dansantes, qui s'étaient succédé pendant les fêtes de Noël. Toute la jeune génération se trouvait là. Il eut alors conscience d'être seul avec Alida — ses parents n'avaient pas attendu. Elle l'interrogeait du regard, légèrement ironique.

Si bien qu'il l'entraîna vers la piste de danse, tête haute, mais saisi d'un imperceptible vertige. La dernière chose au monde, qu'il s'était attendu à faire : être contraint d'ouvrir le bal de Chauncey Rikker.

III

En s'éveillant, le lendemain, il prit d'abord conscience de l'avoir embrassée ; et, tout de suite après, il eut honte de lui, une honte effroyable. Etait-ce Dieu possible ? Il s'était conduit comme un fou. Il avait joué les rois de la fête. Il avait mené le quadrille. Dès l'instant où il avait posé le pied sur la piste de danse, ignorant les regards effarés et lourds d'arrière-pensées de ses amis, il s'était abandonné au destin. Il n'avait plus quitté Alida Rikker. Comme l'un de ses amis avait fini par demander ce qu'en penserait Jane, il avait répondu, agacé :

— Elle n'a rien à voir là-dedans. Nous ne sommes pas fiancés, que je sache !

Mais il avait cru bon de rejoindre sa sœur, pour s'assurer qu'il avait l'air normal.

— En apparence, oui, avait répondu Eleanor. Mais si tu n'es pas sûr de toi, cesse de boire.

Conseil qu'il avait suivi. Il était donc resté d'une parfaite correction extérieure, alors que sa libido intérieure était traversée de courants sauvages. Assis près d'Alida, il lui avait avoué qu'il l'aimait depuis plusieurs mois.

— Je pense chaque soir à vous, au moment où vous allez vous endormir, lui dit-il, d'une voix que l'emphase faisait trembler. L'idée de vous rencontrer, de vous adresser la parole, me remplit d'effroi. Je vous aperçois, de temps en temps, glissant au loin, comme un chariot d'or, et l'univers devient accueillant et superbe.

Vingt minutes d'un tel lyrisme avait fini par convaincre Alida qu'elle était extrêmement séduisante. Epuisée, mais plutôt contente, elle avait dit, en fin de compte :

— Embrassez-moi, d'accord, puisque vous y tenez, mais n'en déduisez rien. Je n'en ai pas du tout envie.

Il en avait envie pour deux. Il l'avait donc embrassée, comme s'ils se trouvaient au pied des autels. Un peu plus tard, il avait remercié Mrs. Rikker avec effusion, assurant que c'était la meilleure soirée de sa vie.

Il était midi. Au moment où il rassemblait ses forces pour se lever, Eleanor vint le rejoindre. Elle était en robe de chambre.

— Comment va ?

— Je suis mort.

— Cette histoire que tu m'as racontée, pendant qu'on rentrait en voiture, c'est exact ? Tu vas vraiment épouser Alida Rikker ?

— Pas ce matin.

— Alors, tout va bien. Je te préviens. La famille est furibarde.

— Pour quelle raison ? demanda-t-il, avec une parfaite mauvaise foi.

— D'abord parce qu'on a été là-bas, tous les deux. Ensuite, parce qu'on a raconté à papa que tu avais mené le quadrille. J'ai expliqué que les gens, chez qui je dînais, m'y avaient entraînée de force. Par malchance, tu t'y trouvais aussi.

Forrest s'habilla, et descendit pour le déjeuner du dimanche. Un nuage de désillusion résignée, perplexe et candide planait lourdement au-dessus de la table. Forrest finit par se jeter à l'eau.

— Figurez-vous qu'on a été à la sauterie d'Al Capone, et qu'on s'est beaucoup amusés.

— C'est ce que j'ai appris, répondit Pierce Winslow d'un ton rogue.

Mrs. Winslow, quant à elle, garda le silence.

— Tout le monde y était. Les Kaye, les Schwane, les Martin, les Black. Désormais, les Rikker font partie de la société. Ils vont être reçus partout.

— Pas ici, dit Mrs. Winslow. Ils ne mettront pas les pieds ici.

Et, après un silence :

— Tu n'as pas faim, Forrest ?

— Non, merci. Enfin, si, si, je mange...

Il tenait les yeux soigneusement baissés vers son assiette.

— La fille est ravissante. Pour l'éducation, pour le caractère, elle peut en remontrer à toutes les jeunes filles de la ville. Si les choses se passaient comme avant la guerre, je crois que...

Il ne savait pas exactement ce qu'il avait voulu dire. Il ne savait qu'une chose : le chemin dans lequel il s'était engagé n'avait plus rien à voir avec celui de ses parents.

— Avant la guerre, cette ville n'était qu'un village, fit remarquer la vieille Mrs. Forrest.

— Forrest parle de la Grande Guerre, lui expliqua Eleanor.

— On ne transige pas sur certains principes, dit Pierce Winslow.

Sachant que Forrest pensait à l'affaire du *Kennemore Club*, et se sentant plus ou moins coupable, il perdit brusquement son sang-froid.

— Si les gens acceptent d'aller aux soirées qu'organisent les criminels, le problème qu'ils posent est extrêmement grave.

— Pas de discussions à table, je vous en prie, intervint précipitamment Mrs. Winslow.

A quatre heures, Forrest appela, de sa chambre, un certain numéro de téléphone. Il savait depuis un moment qu'il appellerait ce numéro.

— Miss Rikker est-elle là ?... Oh ! bonjour. C'est Forrest Winslow.

— Comment va ?

— Suis mort. Soirée superbe.

— N'est-ce pas ?

— Presque trop. Que faites-vous ?

— Je console deux sinistres petites gueules de bois.

— Ai-je le droit d'être consolé, moi aussi ?

— Bien sûr. Venez.

Les deux jeunes gens n'étaient que soupirs épuisés, écoutant sur un tourne-disques des romances sentimentales. Ils finirent par lever le camp. Le feu retrouva son éclat, le crépuscule posa son doigt contre la vitre, et Forrest ajouta un soupçon de rhum dans son thé.

— On se connaît enfin, dit-il.

— Ça ne tenait qu'à vous.

— Aux maudits préjugés qui étouffent cette ville. On a l'esprit tellement conservateur que les problèmes de votre père...

— Je refuse que vous me parliez de mon père.

— Pardonnez-moi. C'était simplement pour dire que, depuis quelque temps, je m'en veux de ne pas vous connaître. Je me traite d'imbécile.

Il insista maladroitement.

— Je me suis privé du plaisir de vous voir, à cause de préjugés stupides. Mais c'est fini. Je n'obéis plus qu'à mes impulsions.

Elle se leva brusquement.

— Bonsoir, Mr. Winslow.

— Comment ? Mais pourquoi ?

— Parce que c'est stupide de venir me voir en vous imaginant me faire une faveur. Quant aux allusions aux problèmes de mon père, après avoir accepté notre hospitalité, elles sont simplement grossières.

Il s'était levé à son tour, atterré.

— Je n'ai jamais dit ça. J'ai dit que je m'en voulais d'avoir suivi cette voie. Je vous en supplie. Ne vous fachez pas.

— Alors, cessez d'être arrogant.

Elle se rassit. Sa mère se glissa dans la pièce, n'y resta qu'un instant, et sortit en jetant vers Forrest un regard hostile et méfiant. Cette courte intrusion les avait rapprochés. Ils parlèrent longtemps, à cœur ouvert.

— Il faudrait que je monte me changer.

— Il faudrait que je sois parti depuis une bonne heure. Impossible.

— Impossible, pour moi aussi...

Cet aveu ressemblait à un long chemin parcouru. Il l'embrassa en partant, et elle y consentit, et en rentrant chez lui il tentait de noyer sous un déluge de bon sens cette flamme qui le dévorait.

Moins de deux semaines plus tard, c'était fait. Dans la voiture cernée par une tempête de neige, blottie contre lui, la tête sur sa poitrine, elle l'écoutait décrire l'adoration qu'il lui portait, en murmurant :

— Oh ! moi aussi... Oh ! moi aussi...

Les parents de Forrest savaient pertinemment où il passait ses soirées. L'atmosphère était devenue glaciale à faire peur. Sa mère lui dit, un matin :

— Tu ne vas pas risquer de tout compromettre, pour quelqu'un qui n'est pas de ton rang. Je te croyais intéressé par Jane Drake.

— N'insistez pas, maman. Je refuse d'en parler.

Ce n'était que repousser l'affrontement. Les jours de février étaient d'un blanc surnaturel, les nuits de cristal étoilé. La ville reposait sous un glorieux manteau de gel. Les fourrures d'Alida exhalaient un parfum d'encens, ses joues brillaient comme la lampe rouge des chapelles nordiques. Forrest se sentait habité par une extase panthéiste, qui l'enracinait à sa terre natale et au climat qui y régnait. C'était à travers Alida qu'il les redécouvrait ; pour elle qu'il voulait y vivre à jamais.

— J'ai un tel désir de toi, lui disait-il, que rien ne peut s'y opposer. Mais j'ai une dette envers mes parents, que j'ai du mal à t'expliquer. Pas seulement par rapport à l'argent qu'ils ont dépensé pour moi — par rapport à quelque chose de plus impalpable qu'ils ont tenté de me transmettre. Quelque chose que leurs parents leur avaient transmis, et qu'ils jugent important de ne pas laisser perdre. Je n'y suis en rien attaché, c'est évident, mais je dois m'arranger pour leur faciliter les choses au maximum.

Il sentit qu'il avait blessé Alida.

— *Darling*, voyons...

— Quand tu parles ainsi, j'ai peur. Tu risques de m'en vouloir plus tard, qui sait ? Ce serait terrible. Il faut absolument t'enlever de la tête que tu fais quelque chose de mal. Les valeurs morales auxquelles je suis attachée sont aussi élevées que les tiennes. Et j'ai les épaules suffisamment solides pour supporter les péchés de mon père.

Elle réfléchit un court instant.

— Tu n'obtiendras jamais que tout le monde s'embrasse à la fin, comme dans les contes pour enfants. Tu seras obligé de choisir. Et tu n'éviteras pas de blesser quelqu'un, tes parents, ou moi.

Les premiers grondements de l'orage se firent entendre chez les Winslow quelques jours plus tard. Pierce Winslow rentra chez lui dans un état de colère latente, et eut un entretien en tête-à-tête avec son épouse. Laquelle alla frapper à la porte de Forrest.

— Ton père s'est trouvé aujourd'hui dans une situation extrêmement gênante. Chauncey Rikker s'est avancé vers lui, au *Downtown Club*, et lui a parlé de sa fille et de toi, comme si vous aviez conclu un accord. Ton père lui a tourné le dos, mais il faut nous tenir au courant. Cette affaire avec Miss Rikker, c'est sérieux ?

— J'ai l'intention de l'épouser.

— Oh ! Forrest...

Elle se lança dans un grand discours, retraçant point par point, comme si ça s'étendait sur plusieurs siècles, les quatre-vingts dernières années, où l'histoire de sa famille s'était confondue avec celle de la ville. Forrest se permit de l'interrompre, au moment où elle s'écartait du plan historique pour aborder les problèmes de santé de son mari.

— La question n'est pas là. Si l'on pouvait reprocher

quoi que ce soit à Alida elle-même, ce que vous venez de me dire aurait un certain poids. Mais ce n'est pas le cas.

— Elle s'habille de façon voyante. Elle se jette à la tête du premier venu...

— Exactement comme Eleanor. C'est une personne de qualité, dans tous les sens du mot. Discuter d'elle ainsi me rend malade. Ce qui vous fait peur, en fait, c'est d'être plus ou moins compromis à cause des Rikker.

— En aucun cas, répondit sa mère, irritée. Nous ne risquons aucune compromission possible. Ce dont j'ai peur, c'est que tu sois coupé de tout ce qui compte dans la vie, de tous ceux qui t'aiment. Ce n'est pas bien de ta part, Forrest, de bouleverser ainsi notre existence, de nous exposer à des commérages déplaisants.

— Je devrais renoncer à la fille que j'aime, parce que vous avez peur des commérages ?

La discussion reprit le lendemain. Avec Pierce Winslow, cette fois. Il fit valoir, comme argument principal, qu'il était natif du Kentucky, qu'il s'était toujours senti mal à l'aise en engendrant un fils avec une descendante des pionniers du Minnesota, et qu'il aurait dû prévoir ce qui arrivait. Forrest jugeait l'attitude de ses parents hypocrite et médiocre. Le seul remords qu'il éprouvait le soir, en sortant de chez lui, c'était de se dresser contre leur volonté. Il était surtout obsédé par l'impression que quelque chose de précieux était en train de se corrompre — l'affection presque fraternelle qu'il avait pour son père, l'amour et le respect qu'il portait à sa mère. Le passé se désagrégeait sous ses yeux d'heure en heure, et dès qu'il s'éloignait d'Alida, il était atrocement malheureux.

Un matin de mai, alors que la situation était devenue intolérable, à table surtout, où l'on prenait un repas sur deux en silence, l'arrière-grand-mère de Forrest l'arrêta dans l'escalier, en lui touchant le bras. Elle avait un regard très aigu et très clair, empli d'une ancienne sagesse.

— La jeune fille en question a-t-elle de la personnalité ?

— Bien sûr.

— Alors, épouse-la.

— Pourquoi dites-vous ça ? demanda Forrest, étonné.

— Parce que j'en ai assez de toutes ces bêtises, et que je voudrais vivre en paix. Et puis, je crois qu'avant de mourir, j'aimerais avoir un arrière-arrière-petit-fils.

Cet égoïsme sans nuances le toucha davantage que la rigueur morale affichée par les autres. Ils fixèrent, ce soir-là, la date de leur mariage au 1er juin, et l'annoncèrent à la presse par téléphone.

Et l'orage éclata dans toute sa violence. Un torrent de ragots balaya Crest Avenue — que Mrs. Rikker avait téléphoné à Mrs. Winslow, qui avait fait répondre qu'elle n'était pas là ; et que Forrest avait retenu une chambre à l'*University Club* ; et que Chauncey Rikker et Pierce Winslow « avaient eu des mots », au *Downtown Club*.

Pour l'*University Club*, c'était exact. Forrest avait décidé d'y emménager. Un soir de mai, alors que les promesses de l'été pointaient déjà derrière les vitres, il fit ses valises, décidé à quitter cette chambre où il avait grandi. En prenant sur la cheminée la collection de coupes qu'il avait gagnées au golf, il se noircit de poussière le visage. Et il se dit à lui-même, d'une voix étranglée :

— S'ils n'acceptent pas Alida, ils ne sont plus de ma famille.

Sa mère entra, au moment où il bouclait sa dernière valise.

— Tu t'en vas vraiment ?

— J'ai retenu une chambre à l'*University Club*.

— Mais pourquoi ? Personne ne te gêne, ici. Tu fais ce que tu veux.

— Je ne peux pas recevoir Alida.
— Ton père...
Il l'interrompit violemment.
— Au diable, mon père !
Elle se laissa tomber sur le bord du lit.
— Reste, Forrest. Je m'engage à ne plus dire un mot. Reste ici.
— Je ne peux pas.
— Moi, je ne peux pas te voir partir. On croirait que nous te mettons à la porte. C'est faux.
— Vous voulez dire : les gens vont croire que vous me mettez à la porte.
— Je n'ai pas voulu dire ça.
— Bien sûr que si. Permettez-moi d'ajouter quelque chose : je suis persuadé que la moralité de Chauncey Rikker vous laisse complètement indifférents, papa et vous.
— C'est faux. Je ne supporte pas ceux qui se conduisent mal, qui enfreignent les lois. Mon propre père n'aurait jamais admis que...
— Je ne parle pas de votre propre père. Je parle du mien. Je parle de vous. Ce qu'a pu faire Chauncey Rikker vous est indifférent. Je parie que vous ignorez de quoi il s'agit.
— Je n'ignore rien du tout. Il a volé de l'argent, s'est enfui à l'étranger, et à son retour on l'a mis en prison.
— On l'a mis en prison pour outrage à magistrat.
— Ainsi, tu le défends ?
— Absolument pas. C'est un escroc, sans aucun doute possible. Il me fait horreur. Mais sachez ceci : j'ai été gravement blessé en découvrant que mon père n'avait aucun principe moral. Ses amis et lui se réunissent au *Downtown Club*, et tapent à bras raccourcis sur Chauncey Rikker, mais le jour où il pose sa candidature, toutes leurs petites barrières s'écroulent piteusement.
— C'est un détail.

— Ce n'est pas un détail. Les hommes de la génération de papa n'ont aucun principe moral. Pourquoi ? Je n'en sais rien. Si papa faisait preuve de vraies croyances, je me plierais à certaines concessions. Mais je refuse de me faire insulter par quelqu'un qui n'a aucun principe, et qui jure ses grands dieux qu'il en a.

Mrs. Winslow restait immobile et sans forces. Forrest avait raison, et elle le savait. Ils n'avaient aucun principe : ni son mari, ni leurs amis, ni elle-même. Chacun était bon ou mauvais selon son caractère. Ils adoptaient parfois des attitudes héritées du passé, mais, contrairement à ce qu'elle savait de son père et de son grand-père, ces attitudes ne reposaient sur rien. Elle soupçonnait confusément que la religion devait jouer un rôle. Mais pour acquérir de solides principes, suffisait-il de le vouloir ?

La femme de chambre vint prévenir qu'un taxi attendait.

— Qu'Olsen descende mes valises, dit Forrest.

Puis, à sa mère :

— Je ne prends pas la voiture. Je vous laisse les clefs. J'emporte simplement mes vêtements. Papa sera d'accord, je pense, pour que je continue à travailler en ville.

— Pourquoi dis-tu ça, Forrest ? Imagines-tu que ton père va te couper les vivres, quoi que tu aies pu faire ?

— Ce sont des choses qui arrivent.

Elle se mit à pleurer.

— Tu es cruel. Tu es injuste. Reste encore un peu, je t'en prie. Les choses vont s'arranger, peut-être. Ton père sera peut-être un peu plus conciliant. Oh ! reste, reste, reste ! Je lui parlerai. Je ferai mon possible pour que tout s'apaise.

— Pourrai-je recevoir Alida ?

— Pas tout de suite. Ne demande pas l'impossible. Je ne pourrai pas supporter...

Le visage de Forrest se ferma.

— Parfait.

Olsen vint chercher les valises. Mrs. Winslow pleurait. Elle accompagna Forrest jusqu'à la porte. Elle s'accrochait à la manche de sa veste.

— Tu ne dis pas au revoir à ton père ?

— Je le verrai demain au bureau.

— Forrest, j'y pense. Pourquoi l'*University Club* ? Pourquoi pas une chambre d'hôtel ?

— C'est plus confortable, je pense, et...

Il comprit brusquement que sa présence passerait plus facilement inaperçue à l'hôtel. Il domina son amertume, l'embrassa rapidement et monta en taxi.

Lequel s'arrêta, sans qu'il s'y attende, face au réverbère du coin de la rue, et le visage d'Alida, livide et désolé, se détacha soudain du crépuscule de mai.

— Que se passe-t-il ?

— Forrest, il faut que je te parle. Arrête la voiture. C'est pour moi que tu quittes ta maison de famille, et je sais à quel point tu l'aimes, comme je voudrais pouvoir aimer la mienne, et j'ai réfléchi, je me suis dit qu'on ne pouvait pas tout gâcher ainsi. Ecoute, Forrest. Attends ! Retourne chez toi. Je te le demande. Oui, je te le demande. Nous avons le temps. Nous sommes jeunes. Nous n'avons pas le droit de provoquer un tel chagrin. Je vais m'absenter quelques jours. Ensuite, on verra.

Il la saisit par les épaules, la serra contre lui de toutes ses forces.

— Tu as plus de principes que toute cette bande de gens ! Oh ! comme tu m'aimes, ma petite fille, et, bon Dieu ! comme c'est bon que tu m'aimes ainsi !

IV

Le mariage devait avoir lieu dans l'intimité. Forrest et Alida s'étaient opposés, de toutes leurs forces, au désir de Chauncey Rikker d'en faire une revanche publique. Seuls de rares amis étaient invités.

D'après quelques appels téléphoniques ambigus et flottants, Forrest avait cru comprendre, ces derniers jours, que sa mère souhaitait assister à la cérémonie. Il en avait parfois le plus violent désir. Mais d'autres fois, il s'en moquait.

On avait fixé le mariage à sept heures. A cinq heures, ce jour-là, Pierce Winslow faisait les cent pas d'un salon à l'autre du rez-de-chaussée.

— Ce soir, murmurait-il entre ses dents, mon fils unique va épouser la fille d'un gangster véreux.

Il parlait exprès à mi-voix, pour que les mots qu'il prononçait atteignent à coup sûr son oreille, mais il les avait si souvent prononcés, depuis quelques mois, qu'ils avaient perdu de leur virulence et se dissolvaient lentement dans la pièce.

Il alla jusqu'au pied de l'escalier, pour appeler :

— Charlotte !

Pas de réponse. Il appela de nouveau, puis se dirigea vers la salle à manger, où la femme de chambre dressait le couvert.

— Mrs. Winslow n'est pas là ?

— Je ne l'ai pas vue rentrer, Mr. Winslow.

Il revint au salon, reprit son va-et-vient. Sans le savoir, il avait la même démarche que le Juge Winslow, son père, mort trente ans plus tôt. Il semblait ainsi promener d'un mur à l'autre, le fantôme de son père mort.

— Pas question que tu introduises cette femme sous mon toit, pour la présenter à ta mère. Sang corrompu reste corrompu à jamais.

La maison lui parut étrangement silencieuse. Il monta au premier étage, entra dans la chambre de sa femme. Elle était vide. La vieille Mrs. Forrest était légèrement souffrante. Quant à Eleanor, elle assistait au mariage et il le savait.

Il s'apitoya franchement sur lui-même, en redescendant l'escalier. Il connaissait son rôle sur le bout des doigts — ne rien changer à la routine de chaque soir, pour ne pas penser qu'un mariage avait lieu — mais il manquait d'un partenaire, de quelqu'un qui le supplierait d'être plus clément, ou qui le plaindrait d'être ainsi blessé dans ses intimes convictions. Etre seul changeait tout. C'était pratiquement la première fois qu'on le laissait seul, et, comme tous ceux qui se sentent par atavisme rattaché à un groupe, mêlé à un troupeau, il manquait du courage nécessaire pour affronter cette solitude imposée. Il était né pour graviter autour de ses semblables.

— Qu'ai-je fait pour qu'on me traite ainsi ? demanda-t-il à un cendrier devant lequel il s'arrêta. Quel péché ai-je commis pour que mon fils unique échappe à mon pouvoir ?

La femme de chambre vint lui dire :

— Mrs. Winslow avait prévenu Hilda qu'elle ne rentrerait pas dîner, et Hilda avait oublié de m'en avertir.

Il touchait donc, ainsi, le fond de l'humiliation. Son épouse le trahissait, le laissait complètement seul. Il espéra, un court instant, qu'une violente colère allait le traverser, mais non. Sa colère s'était émoussée, d'en avoir trop fait étalage. Ce qui n'entama ni son entêtement, ni son obstination — mais lui fit simplement comprendre qu'il était ridicule.

— Parfait. Je serai le bouc émissaire. Forrest m'en voudra toute sa vie, et Chauncey Rikker ricanera dans sa barbe.

Il reprit son va-et-vient, avec une fureur redoublée.

— C'est à moi de porter le fardeau. Les autres diront que je suis un râleur, un mal embouché, et m'abandonneront sur le bord de la route. Je me suis fait rouler. Peut-être, en ce cas-là, serait-il préférable de prendre la chose avec élégance ?

Il découvrit, avec horreur, qu'il tenait un chapeau à la main.

— Impossible... Non, impossible de faire ça. Il le

faut, pourtant. Je n'ai qu'un fils. Je ne supporte pas l'idée qu'il me haïsse. Il s'est entêté à épouser cette fille. A moi de faire bonne figure.

Il consulta sa montre, brusquement angoissé. Mais il avait encore le temps. Sacrifier ainsi ses principes, c'était généreux de sa part. Personne ne saurait jamais ce qu'il lui en coûtait.

Une heure plus tard, la vieille Mrs. Forrest ouvrit les yeux, et vaguement somnolente, sonna la femme de chambre.

— Où est Mrs. Winslow ?

— Elle ne rentrera pas dîner. Personne n'est là, du reste.

La vieille Mrs. Forrest retrouva la mémoire.

— Ah ! c'est vrai, le mariage. Donnez-moi mes lunettes, et l'annuaire du téléphone... Al Capone, ça s'écrit comment ?

— Rikker, Mrs. Forrest.

Quelques minutes plus tard, elle obtint la communication.

— Mrs. Hugh Forrest à l'appareil, dit-elle d'une voix résolue. Je voudrais parler à la jeune Mrs. Forrest Winslow. Non, non, pas Miss Rikker, Mrs. Forrest Winslow.

Personne ne répondant encore à ce nom-là, on lui répondit que c'était impossible.

— Parfait. Je rappellerai après la cérémonie.

Ce qu'elle fit une heure plus tard. La mariée vint répondre elle-même.

— Ici, l'arrière-grand-mère de Forrest. J'appelle pour vous présenter mes vœux de bonheur, et vous demander de venir me voir, après votre voyage de noces, si je suis encore de ce monde.

— C'est très aimable à vous d'avoir appelé, Mrs. Forrest.

— Vieillez bien sur mon petit-fils. Empêchez-le de devenir aussi bêta que son père et sa mère. Que Dieu vous bénisse.

— Je vous remercie.

— Très bien. Parfait. Au revoir Miss Capo..., euh, au revoir, mon enfant.

Se sentant en paix avec sa conscience, la vieille Mrs. Forrest raccrocha.

DIAGNOSTIC

Zelda ayant obtenu l'autorisation de quitter la clinique de Prangins en septembre 1931, les Fitzgerald retournèrent aux Etats-Unis, et s'installèrent à Montgomery (Alabama), où vivaient encore les parents de Zelda. C'est là que fut écrite cette nouvelle. Achetée 4 000 dollars par le Saturday Evening Post, *elle a été publiée dans le numéro du 20 février 1932.*

I

Si arrogant et sûr de lui en haute mer, le paquebot se sentit brusquement tiré à hue et à dia par les câbles des remorqueurs, comme une vieille femme éperdue, et c'est avec un long soupir de soulagement de toutes ses cheminées qu'il se trouva enfin à quai. Debout contre le bastingage, Sara Etherington aperçut très vite Charlie parmi les gens qui attendaient. Elle en éprouva une étrange impression. Charlie, c'était pour elle le symbole de New York, ce New York qu'elle retrouvait chaque fois avec le même orgueil et la même fascination. Grand et mince, toujours en éveil, comme un danseur, il représentait à lui seul le charme éclatant de la ville, son énergie, son élégance, et après quatre mois d'absence, elle se sentait de nouveau chez elle. Quelque chose pourtant lui parut changé, lorsqu'elle finit par attirer son attention : il ne semblait plus tout à fait le même. Mais elle se jeta dans ses bras, au pied de la passerelle, et la fièvre des retrouvailles lui fit oublier sa première impression.

— *Darling*... Oh ! *darling*...

— Laisse-moi te regarder...

Pendant qu'ils attendaient, sous la pancarte marquée E, de franchir la douane, Sara remarqua qu'une bizarre petite ride se creusait entre ses deux yeux, et qu'au lieu d'attendre avec calme, il gesticulait devant les douaniers, discutait avec impatience, comme s'il s'agissait d'un problème capital.

— Je suis pressé, répétait-il. On m'attend au bureau.

Les passagers, en s'éloignant, jetaient un dernier regard vers Sara. Elle avait été la reine de la traversée. Grande, avec des yeux clairs, étoilés, où se reflétait aussitôt ce qu'indiquaient ses lèvres — qui devenaient réellement rieurs, angoissés ou maussades dès que ses lèvres l'annonçaient. Au cours de l'été qu'elle venait de passer en Europe, beaucoup d'hommes lui en avaient fait compliment, mais rien n'existait pour elle en dehors de Charlie — Charlie, qui hantait ses pensées, et souvent dans ses rêves, au cours de ces longs mois, il venait l'enlever de terre, pour l'emporter au galop de son destrier. Car il avait un destrier. C'était le genre d'homme à en avoir un. Elle l'avait toujours entendu piaffer devant la porte, en tirant sur ses rênes. Aujourd'hui, pour la première fois, elle ne percevait plus le hennissement sourd, ni le piaffement étouffé des sabots.

Un peu plus tard, en tête à tête, blottie dans ses bras, elle demanda :

— Pourquoi mon petit garçon était-il si pâle ? Travaille-t-il trop ? Tout va bien, puisque je suis là.

Et puisque très bientôt, nous serons tout l'un pour l'autre.

Il rejeta la tête en arrière, avec une brusquerie qui n'était pas dans sa manière, et qui semblait vouloir dire : puisque tu y tiens, allons-y !

— Tu n'as pas lu les journaux ? Tu ne sais pas où nous en sommes ?

— As-tu des ennuis ?

— Pas encore. Pas dans l'immédiat, plus exactement.

— Alors, soyons heureux. Ne peux-tu pas, pour un moment...

Il secoua violemment la tête, le regard fixé vers un point où elle ne pouvait pas le suivre, et eut un mouvement de colère.

— Tu ne comprends rien. Tu viens de débarquer. Attends quelques jours. Tout s'écroule, et que faire ? Personne ne le sait.

Il réussit à se calmer, au prix d'un grand effort.

— Pardonne-moi, Sara. Ce n'est pas l'accueil que tu espérais, je le sais. J'exagère peut-être, sans savoir en quoi. Mais...

Il porta de nouveau les yeux vers ce point obscur, et Sara parla très vite d'autre chose.

— Ben a-t-il été élu au *Triangle Club* de Princeton, ou un autre, je ne sais plus ? Et Dick — oh ! figure-toi, je lui ai rapporté toute une armée de soldats de plomb — des Romains, des Grecs — des Egyptiens, aussi. Je veux les lui offrir moi-même. J'ai également acheté une robe de chambre pour Ben, qui vient de chez Tripler, et pour toi, une surprise.

En l'écoutant, il se souvint d'une chose qui l'avait frappé.

— Les passagers, qui débarquaient, semblaient avoir des malles pleines de merveilles. Ça m'a beaucoup surpris.

— Nous ne pouvons plus nous permettre d'acheter quoi que ce soit ? C'est ça, le problème dont tu parles ?

— Le problème, c'est...

Mais il préféra se taire de nouveau.

Il était si beau, si ouvert de visage, avec quelque chose, dans la voix, qui évoquait la patiente obligeance des gens du Sud. Jamais, depuis un an qu'ils étaient fiancés, Sara ne l'avait vu inquiet ou soucieux. Lorsqu'elle était partie, quatre mois plus tôt, c'était un brillant homme d'affaires de Wall Street, lucide et sûr de lui, qui ne devait son succès qu'à lui-même, que les premiers soubresauts de la Bourse n'avaient pas atteint gravement, et qui avait gardé une confiance intacte. Il fallait savoir, dès le lendemain, ce qui expliquait un tel changement.

Le lendemain était un dimanche. Charlie lui téléphona, et vint la chercher, pour la conduire dans l'appartement qu'il partageait avec ses frères plus jeunes. Il était à la fois leur père et leur mère. Ben faisait ses études à Princeton. Dick, âgé de onze ans, déballa ses soldats de plomb avec un regard de gravité surprise, et des mains qui tremblaient de joie.

Il y avait des légionnaires romains, avec de petites épées d'argent, des casques et des boucliers d'or, un général vainqueur sur son char de triomphe, traîné par six chevaux, une cohorte d'officiers, avec des armures et de grands panaches, des prisonniers gaulois enchaînés, des Grecs chaussés de sandalettes, habillés de courtes tuniques d'un bleu de mer ionienne, des Egyptiens basanés, avec des manteaux rouges comme les sables du désert, des statues d'Isis et d'Osiris, une catapulte, et Hannibal lui-même, entouré de César, de Ramsès, et d'Alexandre le Grand.

Charlie regardait avec effarement cette superbe collection.

— De tels objets, dit-il, d'une voix rêveuse. Combien de temps encore va-t-on en fabriquer ?

Occupée à ranger les soldats de plomb, Sara ne dit rien.

— C'est presque un blasphème, reprit Charlie.

Puis, à Dick :

— Mange, bois, amuse-toi. Profites-en tant que tu pourras. C'est peut-être le dernier cadeau qu'on te fait. Bientôt qui sait, tu n'auras plus qu'une vieille batte de base-ball, pour jouer dans un terrain vague.

Une brusque lueur d'effroi traversa le regard de Dick, et Sara comprit qu'il avait déjà entendu ce genre de réflexions.

— C'est absurde, s'écria-t-elle. On n'a pas le droit d'entraîner les enfants dans la crise. Ils n'y sont pour rien. Ils risquent d'avoir peur, c'est tout. Comment peuvent-ils comprendre que les grandes personnes ne croient pas toujours ce qu'elles disent ?

— Je crois ce que je dis. Je veux qu'il sache la vérité. Si nous n'avions pas vécu si longtemps dans un rêve d'argent facile, nous pourrions peut-être faire front plus courageusement.

Plus tard, dans l'après-midi, alors qu'ils roulaient lentement à travers Central Park, Sara fit une nouvelle tentative.

— Explique-toi. Calmement. Tu sais que je t'aime. Je pourrai peut-être t'aider. Les temps difficiles que nous vivons peuvent t'inquiéter, je le comprends. Mais il y a autre chose, et si tu m'en parles, tu te sentiras mieux.

Il la serra contre lui.

— Tu es douce, et bonne et parfaite. Il n'y a rien d'autre, je te le jure. J'ai passé un examen médical, le mois dernier, pour un problème d'assurance. Ils m'ont dit que tout allait bien. Ça m'a rassuré. Il ne faut surtout pas que je tombe malade en ce moment. Sur le plan financier, j'ai beaucoup de chance. Et je t'aime plus que tout au monde.

— Alors, marions-nous le mois prochain.

Il la regarda, un peu désorienté.

— Crois-tu que ce soit raisonnable, en ce moment ?

Elle se mit à rire, mais elle était triste.

— Les gens ne peuvent pas renoncer à s'aimer, en attendant que les affaires reprennent.

— C'est quand même un grand pas à franchir.

— Tu me largues ?

— Ne sois pas stupide. Je dis simplement...

Elle l'interrompit, avec un long soupir.

— Que se passe-t-il, Charlie ? L'hiver dernier, tu aidais aux distributions de pain pour les pauvres, mais quand c'était fini, tu cessais d'y penser. Depuis quand es-tu constamment angoissé ?

— Depuis le jour de ton départ. L'un de mes amis s'est tiré une balle dans la tête, puis il y a eu ici, à New York, ce cabinet d'agent de change qui a fait faillite, et tout de suite après, toutes ces banques de l'Ohio. Impossible de parler d'autre chose. Tu arrivais à une soirée. En t'offrant un cocktail, l'hôtesse te disait : « Savez-vous que telle ou telle action vient de perdre quatre points ? » J'ai commencé à mesurer que tous les produits que nous fabriquons en Amérique, on les fabrique un peu partout dans le monde, et moins cher. Sais-tu que le Plan quinquennal...

— Assez, Charlie ! Je refuse de t'écouter. C'est peut-être vrai. Et alors ? Nous sommes jeunes, bon sang ! S'il faut repartir à zéro, ça ne nous fait pas peur. Je n'accepte pas que tu détruises ainsi...

Elle le regarda durement.

— ... que tu t'allonges sur le dos, et que tu envoies des coups de pied dans le vide !

— Je m'inquiète pour toi, et pour Dick. Je cherche un travail pour Ben, lorsqu'il va revenir en juin. S'il attend un an de plus pour passer son diplôme, il risque de ne plus rien trouver.

Sara comprit alors qu'elle parlait à un malade, et

qu'elle perdait son temps à discuter. Elle s'obligea à l'écouter sans l'interrompre, pour ne pas perdre sa confiance. Elle lui dit qu'un petit voyage lui ferait peut-être du bien. Ce conseil le fit rire.

— Eddie Brune s'est absenté trois jours, en demandant qu'on ne le dérange pas. A son retour, il a trouvé...

Sara en était malade à son tour. Le cœur déchiré. Ne sachant plus que faire, pour la première fois dc sa vie. Ayant quelques notions des recherches modernes concernant la psychologie, elle pensait que les réactions de Charlie n'étaient que les signes extérieurs d'une blessure secrète, profondément enfouie en lui, mais elle savait aussi qu'il considérait la psychanalyse comme un refuge trop commode pour les faibles et les anormaux.

Les jours passaient. Charlie semblait de moins en moins sensible à sa tendresse. Elle finit par s'en effrayer.

A la fin de la semaine, il vint la voir chez elle. Il avait le regard éteint de quelqu'un qui dort mal.

— Tu crois que je suis fou. Tu as peut-être raison. Parfaitement raison. A certains moments — le matin surtout, quand j'ai réussi à dormir, ou après avoir bu deux ou trois cocktails — j'ai l'impression que tous les problèmes sont résolus, que tout redevient comme avant. Mais ces moments-là sont de plus en plus rares. Je suis conscient d'une chose : Henry Cortelyou estime que je perds la main. Il me regarde bizarrement. C'est à peine s'il m'adresse la parole au bureau. Je ne suis pas sûr de garder ma place.

Il parla longtemps ainsi, d'une voix calme et cohérente. Il venait lui rendre sa parole. Il voulait qu'elle se sente libre envers lui. Il avait attendu son retour, espérant y trouver de l'aide. Mais cette aide n'était pas venue. Lorsqu'il sortit de chez elle, leurs fiançailles étaient rompues, mais son amour pour lui était toujours le même, son espoir toujours aussi grand, et elle était enfin décidée à agir.

II

Elle prit rendez-vous, le lendemain, avec Henry Cortelyou, le principal actionnaire de la société.

— Avez-vous remarqué quelque chose d'anormal chez Charlie ?

— Oui. On dirait qu'il prépare une dépression nerveuse. Les gens ont du mal à faire face, en ce moment.

— C'est autre chose, à mon avis, dit Sara doucement.

Elle raconta l'histoire des soldats de plomb de Dicky, parla de Ben qui devait quitter l'Université, de la rupture de leurs fiançailles.

— La crise actuelle peut pousser certaines personnes vers la neurasthénie ou le suicide, c'est évident. Mais ce n'est pas le cas de Charlie. Imaginons un homme, qui souffre d'une blessure secrète, d'un malaise vis-à-vis de son entourage. Un jour, le succès croise la route de cet homme, et l'emporte si haut et si loin, dans un tel tourbillon d'activités, qu'il oublie ses angoisses pendant deux ans. Brusquement tout s'arrête. La griserie se dissipe. Cet homme se retrouve les deux pieds sur terre, obligé d'avancer tout seul. Il entend d'abord le silence, un terrible silence, et sa blessure secrète recommence à faire mal, et peut-être a-t-il oublié comment s'en défendre. Au lieu de regarder la vérité en face, il va être tenté de tout confondre, de mettre sa souffrance sur le compte du chemin trop difficile à suivre, de chaque pierre qui fait obstacle. Tous ces cahots qui font grincer les limousines. Je refuse d'admettre, quoi qu'il en soit, que Charlie se trouve dans cet état, sans une raison grave.

— Quelle raison ?

— C'est à lui de la découvrir. La première chose que vous pourriez faire, je crois, serait de le mettre à la porte.

— Ce serait pour lui le comble de tout. Sur le plan professionnel, je n'ai rien à lui reprocher. Ce qui me gêne, c'est son comportement au bureau, qui nous sape à tous le moral, et les déclarations qu'il profère en public, et qui peuvent faire croire aux gens que nos affaires sont au plus mal.

— Obligez-le à prendre une année de congé, sans salaire. De l'argent, il en a. Il ne sera pas pris de court. Pour comprendre que le vrai problème se situe ailleurs, il faut qu'il lui arrive tout ce dont il a peur. Je l'aime, oncle Henry. J'irai jusqu'au bout.

— Je m'accorde vingt-quatre heures de réflexion.

En rentrant chez lui, le lendemain après-midi, Charlie trouva une lettre de Sara. Il était tellement bouleversé par sa conversation avec Henry Cortelyou qu'il ne l'ouvrit pas tout de suite, et resta assis un long moment, complètement immobile. L'annonce de son renvoi aurait dû le mettre K.O. En fait, il éprouvait un certain soulagement. Il fallait désormais qu'il cherche du travail, qu'il affronte le pire. Il faisait désormais partie de l'armée en déroute, qu'emportait la tempête. Il se voyait déjà mendiant son pain, avec une sorte de délectation morose, persuadé qu'il n'y survivrait pas. Tout lui échappait — la sécurité, l'espérance, l'amour. Il ouvrit la lettre de Sara.

« *En souvenir de notre passé, mon chéri, fais encore quelque chose pour moi. Je te supplie de le faire. Je me mets à genoux devant toi, et je souhaite que cette lettre te fasse comprendre à quel point je désire que tu le fasses. Fais-le aveuglément. Fais-le à contrecœur. Parce que tu m'aimais, souviens-toi, et que nous avons été très heureux un moment. Je te supplie d'aller voir un certain Marston Raines, dont je te donne l'adresse. C'est l'homme le plus sage que je connaisse, et il* n'est pas *psychanalyste. Il n'a qu'une passion dans la vie : la musique religieuse ancienne, et il n'éprouve aucun plaisir à mettre en jeu le don qu'il a reçu de comprendre les gens. Depuis quelques années, il est considéré par une poignée d'amis comme un dieu pacifique. Je lui ai parlé de toi. Il dit qu'il pourra peut-être t'aider si tu te trouves en sympathie avec lui.*

Mon chéri, je t'en prie. »

Charlie laissa tomber la lettre.

— Charlatan et compagnie ! se dit-il. On se sert d'un mot grec pour dorer la pilule. Introverti, extraverti et tout le tremblement... *Good Lord* ! Au lieu d'apprendre sur mon compte toute une collection de petits mensonges suaves, et de m'en délecter, je préférerais être un Juif de l'Antiquité et croire au châtiment divin !

Mais, lorsqu'il perdit son sang-froid, pendant le déjeuner, et crut bon d'apprendre à Dick qu'il avait perdu son travail, et lorsqu'un peu plus tard, il découvrit Dick en larmes dans sa chambre, parlant de vendre ses soldats de plomb pour lui éviter la soupe populaire, il prit le recul nécessaire pour se regarder lui-même un instant. Il comprit qu'il ne pouvait pas continuer sur cette voie, et il relut la lettre de Sara.

Il était déjà tard lorsqu'il sonna chez Marston Raines. Raines habitait un gratte-ciel de Madison Avenue. On fit entrer Charlie dans une pièce aux larges baies vitrées, à travers lesquelles les lumières de New York scintillaient sourdement comme un diamant nocturne. Charlie eut un sentiment de mauvais goût criard, de clinquant théâtral, une parodie de fausse apparence, une fois disparue la réalité. Chacune des tours qu'on dressait vers le ciel n'était là que pour conjurer une imminente et prévisible catastrophe. Chacun des faisceaux lumineux, dans un effort désespéré, tentait de laisser croire que tout était au mieux.

— Rien n'est au mieux, c'est faux ! s'écria-t-il, en voyant entrer Raines. On peut en avoir l'illusion une minute ou deux. Après, ceux qui savent comment vont les choses, la ressentent comme une insulte.

— On peut dire la même chose du Taj Mahal, répondit Raines, de Notre-Dame-de-Paris, du Panthéon.

— Ils appartiennent à une certaine époque. Ils ont représenté une vérité, en leur temps. Ces gratte-ciel sont encore neufs. La génération qui les a vus naître a cessé de croire.

— En quoi ?

— L'avenir. Le destin. Une idée, n'importe laquelle.

— Prenez une cigarette... Vous dînez avec moi, bien entendu.

— Pourquoi ? Pouvez-vous m'aider ? Pouvez-vous faire renaître ce qui a disparu ? Certains organes se guérissent d'eux-mêmes, le foie par exemple, mais ce qui s'est détaché de moi ne reviendra plus.

Il regarda Raines attentivement. Un homme aux cheveux argentés, au doux visage de vieille femme, vêtu d'un complet de flanelle blanche très usé, avec dans le regard quelque chose de franc, qui ne se posait sur Charlie que de loin en loin, comme s'il craignait d'être un intrus en y déchiffrant chaque fois tant de choses. L'appartement était décoré d'instruments de musique, de tous âges et de tous pays, d'une quantité d'ouvrages et de partitions musicales, et, à l'abri dans des vitrines, de précieux manuscrits. Il y avait également un buste de Mozart et un buste de Haydn.

— Inutile de regarder ces objets, dit Raines, en réponse à l'intérêt poli que leur portait Charlie. Vous n'aimez pas ces objets.

— Exact, reconnut Charlie, de bonne foi.

— Vous n'aimez que le mouvement, le rythme des choses lorsqu'elles sont vivantes. Actuellement, votre rythme de vie s'est rompu.

— Tout s'est rompu. L'avenir, l'amour. Le passé lui-même paraît être une farce. Rompu, lui aussi.

Il regardait un jeu de backgammon ouvert près de lui.

— Acceptez-vous de disputer une partie avec moi ? demanda Raines. J'y joue toujours à cette heure-ci. Nous allons passer beaucoup de temps ensemble. Vous avouez avoir perdu votre route. Permettez-moi donc de suivre la mienne. A propos, avez-vous quelque sympathie pour moi ?

— Autant que je puisse en avoir pour un inconnu, dans l'état où je suis.

— Parfait. Sara m'a dit que vous aviez des frères.

— Trois demi-frères.

— Comment ça ?

— Mon père a eu un fils d'un premier mariage. Je suis né de son second mariage. Et il a eu deux autres fils d'un troisième mariage. Je les ai pris tous les deux en charge.

— Vous êtes originaire du Sud ?

— D'une petite ville de l'Alabama. Je l'ai quittée il y a dix ans. Dès que j'ai été plus ou moins installé, j'ai fait venir mes deux jeunes frères, qui vivaient chez une de nos tantes.

— Vous avez une bonne situation, je crois ?

— Je l'avais cru, moi aussi, jusqu'ici.

— Vos mains tremblent. Vous cognez les pions contre la table.

Charlie se redressa.

— Peut-être vaut-il mieux arrêter de jouer.

— Je vais vous donner quelque chose à boire.

Au bout d'un long silence, Raines reprit :

— Vous avez foi en quelque chose. Je ne sais pas encore ce que c'est. Mais c'est une chance pour vous.

— Je ne crois en rien.

— Si. Vous croyez en quelque chose, qui est tapi dans cette pièce, tout près de vous. Quelque chose que vous essayez de repousser, sans y parvenir. Peu à peu cette chose prend forme. Vous commencez à l'apercevoir de nouveau. Et vous avez peur.

Charlie se leva d'un bond. Il avait les lèvres sèches.

— Non, cria-t-il. Je suis... je suis...

— Asseyez-vous, dit Raines calmement.

Il sortit sa montre.

— Onze heures, à peine. Nous avons toute la nuit devant nous.

Charlie regarda autour de lui, un rapide coup d'œil avant de se rasseoir. Puis, pendant une longue minute, il cacha son visage dans ses mains.

III

En descendant du train, deux jours plus tard, à la gare de Montgomery, Charlie Clayhorne ressentit une étrange émotion. Il était de nouveau plongé dans une ambiance familière, qu'il n'avait pas pu oublier — cette foule de Noirs autour de lui, leurs voix de mélopée tranquille, et ces filles vêtues de couleurs violentes, pour lutter contre la chaleur tropicale de l'été. La ville lui parut plus animée que dans ses souvenirs — au temps où il considérait Montgomery comme une métropole. Il se demanda si la crise l'avait touchée en profondeur, et s'étonna de l'absence de mendiants dans les rues. Un peu plus tard, dans le tortillard qui le conduisait plus avant dans le Sud, il sentit de minute en minute qu'il faisait de plus en plus corps avec le paysage, sa chaleur immobile, ses forêts d'arbres nains, ses chemins de terre rouge, ses étranges rivières paresseuses, qui roulaient doucement, depuis des millénaires, sous de doux noms indiens. Tuscarora, enfin — sa petite gare délabrée, les harnais de chevaux et de mules accrochés dans la cour. Exactement comme autrefois — l'enseigne du Yanci Hotel se balançait toujours de l'autre côté de la rue.

Un homme lui adressa brusquement la parole, puis un autre — il avait oublié leurs noms. A son grand regret, ils l'accompagnèrent à l'hôtel — il aurait tellement préféré être seul — et prirent place à sa table pendant qu'il dînait. Il apprit que Pete, son frère aîné, avait acheté une ferme dans les environs, et qu'il venait souvent en ville. Il apprit également que la demeure des Clayhorne était restée sans locataire depuis cinq ans. Était-il venu pour la vendre ? Le bruit courait qu'on allait la raser, et Charlie en eut comme un coup au cœur.

Mr. Chevril, un ancien combattant de la guerre de Sécession, qui habitait l'hôtel depuis cinquante ans, vint les rejoindre, en boitant d'une jambe.

— Comment ça va, ici ? demanda Charlie. Je parle du coton.

Il s'attendait à voir leurs mines s'allonger, comme toujours à New York, lorsqu'on demandait à quelqu'un des nouvelles de ses affaires, mais il ne vit aucune trace de découragement, ni dans leurs yeux, ni sur leurs lèvres.

— Y a-t-il beaucoup de chômeurs ? Beaucoup de gens qui ont faim ?

— Pas vraiment, d'après ce que je vois, répondit l'un d'eux. J'ai entendu dire qu'on en rencontrait quelques-uns, plus au cœur du pays, et pour les Noirs l'hiver dernier a été plutôt difficile.

— A New York, c'est terrible, dit Charlie d'un ton

presque agressif, comme s'ils cherchaient à lui masquer la vérité.

— Vous savez, le boom économique, il n'est pas venu jusqu'à nous, à part cette filature de coton, dont on a creusé les fondations à *King's Hill*. C'est peut-être pour ça que la crise ne nous touche pas vraiment. Ici, en ville, on n'a jamais dépensé beaucoup d'argent.

Le vieux Mr. Chevril cracha un long jet de tabac.

— La misère, vous n'avez jamais su ce que c'était, à mon avis. En 65, quand on a quitté la Cour de Justice d'Appomattox, pour revenir ici, je possédais juste un mulet, qui avait échappé à la réquisition, et Jim Mason, il avait une vieille charrue que Stoneman n'avait pas mise en pièces. Avant même de se demander comment on passerait l'hiver, on avait déjà fait nos semailles. Et on n'était pas à se plaindre de tout, comme les Yankees dans leurs journaux.

— Vous n'avez pas compris, s'écria Charlie, furieux. A partir d'un niveau de vie rudimentaire, c'est une simple question de degré, mais quand toute une structure économique lentement mise au point...

Il s'interrompit. A quoi bon, puisqu'ils ne pouvaient pas le suivre ? Autant s'en aller, être seul. Leurs visages avaient quelque chose de fermé, d'insensible — le refus de comprendre et de partager. Il profita du premier prétexte pour regagner sa chambre.

Il faisait encore jour. Un soleil de feu livrait son dernier combat dans les rues. Il décida d'attendre. Sa fenêtre donnait sur le vieil Acropole, aux blanches colonnades, qui se trouvait cent ans plus tôt au cœur d'une vaste plantation, et qui abritait désormais une rangée de boutiques ; sur l'ancien Palais de Justice et son escalier extérieur ; sur le chantier du nouveau Palais de Justice, encore en construction ; et sur une poignée de jeunes gens, au visage encadré de longs favoris, qui rôdaient autour du drugstore. Cette surprenante juxtaposition permettait d'expliquer les profonds changements qui, d'une vague à l'autre, avaient transformé la région. La guerre d'abord, cette guerre fratricide, et la belle demeure des planteurs était devenue archaïque. L'essor de l'industrie, ensuite, et la vie insouciante, qui s'était développée autour du Palais de Justice, n'avait plus eu droit de cité. Les étranges remous de la vague suivante avaient donné naissance à ces créatures indécises, ni paysans, ni bourgeois, ni voyous, mais qui tenaient un peu des trois, et qui se rassemblaient autour des centres commerciaux. Une fois passée la prochaine vague, verrait-on le pigeon coté à Wall Street, et quoi encore, et quoi encore ?

Il fit un effort pour se ressaisir. La nuit venait. Il attendit que l'obscurité soit complète pour sortir de l'hôtel, et, par de petites rues détournées, atteindre la périphérie. Il s'engagea alors dans un chemin de terre rouge, que le clair de lune argentait, en direction de sa maison natale.

Le chemin traversait un petit bois touffu, familier autrefois, et qui semblait toujours le même, mais il eut un brusque haut-le-corps, en apercevant la maison dressée contre le ciel. Elle lui parut plus petite, mais c'était l'ombre d'un visage qu'il avait bien connu et qui le connaissait. Une large demeure, avec sa véranda et ses colonnes blanches, construite après la guerre contre les Cherokee, une fois la région pacifiée. L'un des premiers essais d'implantation spacieuse et confortable sur des terres, en retrait désormais des frontières de l'Etat. Ce n'était plus qu'une ruine aujourd'hui, une charpente à nu, pointant comme un squelette. Charlie avait emporté une bougie et des allumettes. Il poussa ce qui n'était plus qu'une caricature de porte et pénétra à l'intérieur.

Malgré la poussière et la moisissure, il retrouva

comme une odeur ancienne, lourde de nostalgie, qu'il ne sut pas identifier. Il ne restait plus que des meubles cassés, des coussins crevés, des ressorts rouillés, des matelas couverts de taches, à côté d'un landau d'enfant, qui n'avait plus qu'une seule roue — ce que personne n'avait pu emporter.

Il posa la bougie à terre, écouta le silence. Puis il se dirigea vers la cheminée. Le manteau s'était légèrement détaché du mur autrefois, ce qui avait ouvert une longue lézarde. Il tira d'abord doucement, puis avec une force de plus en plus grande, pour que le manteau se détache davantage, mais il n'y eut qu'un bruit d'éboulement de plâtre, et la cheminée refusa de céder.

— Parfait ! murmura-t-il.

Il sortit de sa poche un morceau de fil métallique, dont il tordit l'extrémité en forme de crochet, et l'enfonça dans le coin gauche de la lézarde, comme pour y pêcher quelque chose. Rien ne vint. Au bout d'un moment, il alluma une lampe de poche, dirigea le faisceau vers l'intérieur du mur, regarda attentivement. C'était vide.

Il sentit le froid l'envahir, et se laissa tomber dans un vieux rocking-chair. Mais se redressa aussitôt, pour aller regarder dans l'autre coin de la lézarde. Et son sang se remit à battre. Après de longs efforts, il réussit à en extraire une enveloppe, blanche de plâtre et de poussière. Il la nettoya soigneusement. Il ignorait ce qu'elle contenait. S'il choisissait de la détruire, personne au monde n'en saurait rien, car personne n'en soupçonnait l'existence. Lui-même continuerait d'en ignorer le contenu, qui plus est, et pourrait croire ce qu'il voulait.

Son problème s'en trouverait-il résolu ? Ce qui tenait de la conscience, et ce qui tenait de la peur, se confondaient si étroitement désormais, qu'il n'était pas sûr d'éprouver un soulagement quelconque en découvrant ce qu'il aurait pu ne jamais découvrir. S'il ouvrait l'enveloppe, il s'ensuivrait sans doute de nouvelles discussions, délicates et déshonorantes. S'il la déchirait, tout serait fini à jamais. La pièce à conviction était entre ses mains, comme elle l'avait été, dix ans plus tôt, au cours d'un après-midi qu'il ne pouvait pas oublier.

Il avait vingt ans, à l'époque. Il était le chef de famille. Pete, son frère aîné, purgeait une peine de prison. Ses deux autres frères étaient encore enfants. Son père n'avait plus toute sa tête. Mais Charlie était seul à s'en rendre compte, car le vieil homme avait toujours beaucoup d'allure, et portait beau lorsqu'il se rendait chaque jour en ville.

Comme on pouvait s'y attendre, le père finit par s'en prendre à Charlie. Il l'informa qu'il l'avait rayé de son testament, et qu'il confiait la charge de ses deux fils plus jeunes à Pete, qui était toujours en prison. Charlie aperçut un jour Sam et Julia, leurs domestiques, signant un document secret dans la chambre de son père.

Quelques semaines plus tard, en entrant dans cette chambre, un après-midi, il découvrit son père mort dans son fauteuil. Charlie se trouvait seul. Il détacha la clef que le vieil homme portait autour du cou, et ouvrit le coffre-fort. Il y trouva le testament, rédigé par son père lorsqu'il était encore sain d'esprit, et une seconde enveloppe, portant ces mots : « *A ouvrir après ma mort.* » Charlie glissa l'enveloppe dans sa veste, et descendit au rez-de-chaussée. Julia se trouvait dans l'entrée. Il l'appela d'une voix stridente, et pointa le doigt vers la chambre de son père. Elle partit en courant. Il s'approcha alors de la cheminée, et fit disparaître l'enveloppe dans la fente de la lézarde, où il l'entendit s'enfoncer dans le vide.

Tout se passa sans problème. Personne ne fit allusion à l'enveloppe, ni à un second testament. Le vieil homme laissait moins d'argent qu'on ne s'y attendait — seize mille dollars, en actions et en espèces, à partager entre ses trois plus jeunes fils. Ce qui permit à Charlie de partir pour New York.

Comme New York lui parut loin, brusquement. Et plus loin encore le jeune homme scrupuleux, qui, pendant tant d'années, s'était posé tant de questions à propos de cette enveloppe. A tort ou a raison, il avait spolié son frère aîné. Il décacheta l'enveloppe, en sortit une lettre, qu'il déplia lentement, comme un médecin libérant une plaie de son dernier bandage. Au moment où il se penchait pour lire, il crut entendre un bruit, comme si quelqu'un pénétrait sous la véranda.

— Qui est là ? cria-t-il, en enfonçant la lettre dans sa poche.

Pas de réponse. Un vagabond sans doute. Un Noir en quête d'un refuge pour la nuit. Charlie se baissa pour souffler la bougie. Au même instant, on frappa de grands coups contre la porte. Il se saisit d'un vieux bras de fauteuil cassé, et fit deux pas vers l'entrée. Il vit la porte qui s'ouvrait, une silhouette qui se découpait contre le clair de lune, qui resta immobile un instant, et franchit le seuil.

— Une minute ! cria Charlie.

Le faisceau de sa lampe de poche fit sortir de l'ombre un petit homme inoffensif, qui avait l'air d'un paysan, et qui demanda d'une voix paisible :

— Alors, Charlie, on ne reconnaît pas son frère ?

Les traits de Pete lui revinrent, un à un, en mémoire.

— Entre, dit-il. Je rallume la bougie.

— Je me demande bien pourquoi tu l'as éteinte.

Ils s'assirent l'un en face de l'autre, la petite flamme entre eux. Pete avait un visage sans relief, avec quelque chose de désenchanté, comme un souvenir de blessures anciennes, mais sans rien de la dépravation que Charlie s'était attendu à y lire.

— J'ai appris, cet après-midi, que tu étais là, dit Pete. Je ne t'ai pas trouvé à l'hôtel. Je me suis dit que tu étais sûrement à la vieille maison.

— Quel sinistre spectacle...

— On a tenté d'y vivre un an, ma femme et moi, mais elle avait peur que le toit s'effondre sur sa tête, alors on est partis pour *Lowndes County*.

— Comment ça va pour toi ?

— Ça va.

Le petit homme changea brusquement de ton, devint presque agressif.

— Ça fait longtemps que je voulais t'écrire.

Le cœur de Charlie se mit à battre dans sa gorge.

— Oui, je voulais te dire des choses. Je suis quelqu'un de bien, Charlie. Tu m'entends ? Aujourd'hui, je suis quelqu'un de bien. Quelqu'un d'honnête. Quand ils m'ont libéré, à Birmingham, je suis revenu ici. J'ai voulu cultiver la terre du domaine.

Il s'interrompit, se pencha en avant, et, d'une voix plus sourde :

— Charlie, ça ne t'a pas étonné que notre père laisse si peu d'argent, par rapport à ce qu'on croyait ?

Charlie le regarda.

— A l'époque, c'est vrai, ça m'a étonné.

— Il avait enfoui dix mille dollars, sous la cabane du jardinier.

Pete ne quittait pas Charlie des yeux.

— Attends une seconde. Laisse-moi aller jusqu'au bout.

Il hésitait, en se mordant les lèvres.

— J'ai déterré l'argent, et je me suis dit que c'était ma part d'héritage, puisqu'il m'avait mis à l'écart. J'ai acheté cette ferme, à *Lowndes County*. Mais un soir, j'avais bu un peu trop de whisky, j'ai tout avoué à ma femme, et c'est peut-être bête, tu comprends, mais on est plutôt mal à l'aise de se rendre à l'église avec ce poids sur la conscience. C'est une femme très croyante, et de tourner ça dans sa tête, ça la rend pratiquement folle, et moi, je ne suis pas très fier de moi.

— Je comprends.

— Alors je me suis dit qu'on pourrait se mettre d'accord. Il me reste deux mille dollars environ, et je peux hypothéquer ma ferme. Si je vous verse à tous les trois — à toi et aux deux autres — trois mille cinq cents dollars, il me restera le quart de l'argent que notre père avait laissé.

— Garde tout, Pete. Je m'arrangerai avec les deux autres.

— Pas question. Je ne suis pas venu demander...

— J'ai eu de la chance. Si je te disais combien j'ai gagné jusqu'ici, tu aurais du mal à le croire. Je pense que ça continuera. Je pourrai m'occuper de Ben et de Dick.

N'avait-il pas annoncé à Ben, quinze jours plus tôt, qu'il devrait quitter l'Université ?

— Garde tout, répéta-t-il. Si notre père avait caché cet argent pour nous, il nous l'aurait dit.

Pete eut un petit rire maladroit.

— Tu es quelqu'un de bien, j'ai l'impression.

— Je suis un salaud, Pete. Mais je suis comme toi. Je veux que tout soit clair. Qu'on reparte à zéro. Alors, écoute.

Il plongea la main dans sa poche, en sortit la lettre et la déplia. Il ferma les yeux un instant, et s'obligea à les rouvrir. Il était prêt à tout.

Ce qu'il pensait être un second testament n'en était pas un. C'était une lettre à lui destinée. Il lut à haute voix :

« A Charlie, mon fils que j'estime,

Tu as cru que je n'avais plus toute ma tête, que je

devenais fou. J'ai modifié mon testament sur un point de détail.
Ce que j'ai fait d'une partie de mon argent ne te regarde pas, et je m'en retourne vers mon Créateur en emportant le secret avec moi. J'ai donc supprimé les quelques lignes qui t'auraient permis de trouver. Puisqu'aucun de mes fils ne semble m'aimer, que celui qui le trouve le garde. Tu n'as pas été bien malin, figure-toi, de te disputer avec ton vieux père. »

— *Good Lord* ! s'écria Pete. Tu savais donc, depuis toujours, qu'il avait caché de l'argent ?
— Non, répondit Charlie doucement. Je n'avais pas encore trouvé le temps de décacheter la lettre.

IV

Quinze jours plus tard, Sara téléphona un matin à Marston Raines.
— Charlie Clayhorne est revenu.
— L'avez-vous vu ?
— Hier après-midi. Il était retourné dans sa ville de naissance, en Alabama.
— Semble-t-il aller mieux ?
— Je crois. C'est à ce sujet que je vous téléphone. C'est mon tour, maintenant. J'ai l'impression qu'il m'arrive quelque chose.
— C'est-à-dire ?
— Charlie est donc venu hier après-midi. Il s'est assis. Il m'a dit : « Sara, je vais tout à fait bien. » Sans plus. J'ai essayé d'en savoir davantage. Peine perdue.
— Ça prouve qu'il doit avoir résolu son problème.
— Il m'a appris ensuite qu'il allait travailler chez un agent de change. Après son départ, j'avais appelé Henry Cortelyou, bien sûr, pour qu'il lui redonne une chance. Henry était d'accord, naturellement. Je

n'en ai rien dit à Charlie, mais il m'a expliqué que, de toute façon, il voyait très clair dans son avenir, et il m'a demandé si j'étais encore susceptible d'envisager de l'épouser. Marston, franchement, je ne sais que répondre. A l'époque où il allait si mal, j'envisageais notre mariage comme une façon de l'aider, mais j'ai brusquement l'impression de n'avoir plus rien à offrir. Je l'aime. J'ai toujours une sorte d'amour pour lui, mais plus rien ne me pousse à aller jusqu'au bout. Un homme qui s'effondre de cette façon... Je me demande s'il ne va pas tout attendre de moi, alors que j'aimerais tout attendre de lui.

Marston l'interrompit.

— Il était malade, ne l'oubliez pas. Tous les médecins, toutes les infirmières vous diront que la maladie transforme en petit chaton qui se noie l'homme le plus résistant d'apparence. Ce qui peut conduire à un certain scepticisme vis-à-vis des hommes en général, mais ne devrait pas vous décourager dans le cas précis de Charlie Clayhorne.

Il y eut un moment de silence.

— Je vais y réfléchir.

— C'est le contrecoup. Vous en êtes victime. Mais lorsque l'amour est intact, le moindre petit sursaut — une pointe de jalousie, par exemple — fait que les rouages s'enclenchent de nouveau.

— Merci, dit Sara. Je vais y réfléchir.

A cinq heures, ce jour-là, elle se rendit chez Charlie. Elle trouva Dick dans le salon, au milieu d'un amas de papier-cadeau et de ficelles.

— Il est quand même bizarre, Charlie. Le mois dernier, quand vous m'avez rapporté ces soldats de plomb d'Europe, il disait que c'était absurde, que ça coûtait trop cher. Et maintenant, il m'en offre toute une collection. Regardez. Ça, c'est Napoléon. Et ça...

— Mais c'est Jeanne d'Arc !

— Avec tous les chevaliers en armure, et tout un

régiment d'archers, et le bourreau, regardez, et tous ces gens... Il y en a trop. Je n'ai pas encore découvert qui c'était.

— C'est magnifique.

— Charlie n'est pas encore rentré, mais Ben est là. Ben !

Quand Charlie rentra, elle aperçut, l'espace d'un instant, son visage dans un miroir, et elle comprit, en un éclair, que c'était enfin le visage qu'elle s'était attendu à trouver, un mois plus tôt, au débarcadère. Il était enfin redevenu lui-même. Il lui annonça, triomphant :

— J'ai une bonne nouvelle, Sara. Henry Cortelyou m'a téléphoné. Il me demande de revenir.

— Oui, je...

Mais elle préféra s'interrompre. Il ne fallait pas le mettre au courant. C'était comme en dédommagement de ce pèlerinage qu'il venait d'accomplir vers son lointain passé, et qu'il avait accompli seul, car elle n'avait pas su le suivre jusque-là. Désormais, tout était en ordre.

Marston Raines avait eu raison. Il avait suffi d'un sursaut, de ces soldats de plomb offerts à Dick, pour que les rouages s'enclenchent. Elle fut traversée d'une brusque vague d'émotion. Elle appartenait de nouveau à quelqu'un. Elle se sentait de plus en plus heureuse. Et soudain, ce fut si violent, si sauvage, qu'elle renonça à s'en défendre plus longtemps.

CHEQUE SANS PROVISION

Cette nouvelle a été écrite en mai 1932 à Montgomery. Le Saturday Evening Post *n'en a offert que 3 000 dollars, car le tirage du magazine était en baisse sensible, et le nom de Fitzgerald n'était plus considéré comme « vendeur ». Elle a paru dans le numéro du 6 août 1932.*

I

Val avait tout juste vingt et un ans lorsque sa mère lui annonça qu'elle allait affronter pour la quatrième fois les aléas du mariage.

— Mon fils n'ayant que peu de temps à me consacrer, semble-t-il, expliqua-t-elle, avec un regard lourd de reproches, je préfère ne plus vivre seule.

— Excellente idée, répondit Val, sans une trace d'émotion, du moment qu'il ne ratisse pas l'argent qui vous reste.

— Pour ça, il n'en manque pas de son côté. Nous partons pour l'Europe. Je t'alloue une pension mensuelle de vingt-cinq dollars, au cas où tu perdrais ta place. Un dernier point...

Elle hésita, puis avec un sourire confus :

— S'il t'arrivait, par malheur quelque chose... il ne

t'arrivera rien, bien sûr, mais, enfin, on ne sait jamais... j'ai pris les dispositions nécessaires pour qu'on garde ton corps dans une chambre froide, en attendant notre retour. Je veux dire par là que je ne suis pas assez riche pour m'offrir un retour précipité. J'ai pensé à tout, tu vois.

— Je vois, répondit Val en riant. Imaginer mon corps dans un bac à glace n'a rien de très réjouissant, mais je vous remercie d'y avoir pensé. Tout bien réfléchi, ajouta-t-il, je crois que je vais garder mon nom, cette fois — le vôtre, c'est-à-dire — disons celui que je porte actuellement.

C'est sous ce nom d'emprunt que, trois ans plus tôt, il avait franchi un premier échelon de l'échelle sociale, en trouvant l'audace de pousser un certain portail. S'il avait répondu au nom de Jones, ce jour-là, il n'aurait pas songé une seconde à s'y risquer. Jones était, en effet, son patronyme de naissance, mais il avait opté pour Schuyler, du nom de son second beau-père.

Le portail en question s'ouvrait sur un paradis de vertes pelouses, entourées d'allées circulaires, et décorées en leur milieu d'un exquis petit ours enchaîné — et, au-delà, sur une superbe demeure arrogante, qui multipliait les pignons et les ailes, les tourelles et les vérandas, et se prolongeait par des serres, des courts de tennis, un petit manège à poneys, et une piscine encore vide. Un jardinier, qui soignait délicatement quelques rosiers privilégiés, avait tourné vers lui le fourneau de sa pipe.

— Les Mortmain reviennent-ils bientôt ? avait demandé Val.

Il avait une voix de garçon cultivé — ce qui était le terme approprié, car il l'avait soigneusement cultivée lui-même. Familier ou fâcheux ? Le jardinier n'en savait trop rien.

— Arrivent vendredi, daigna-t-il répondre.

— Pour tout l'été ?

— 'sait jamais avec eux. Peut-être une semaine, peut-être trois mois.

— C'était tellement triste, la saison dernière, de voir une si belle demeure portes closes.

Il continua tranquillement son exploration, respirant le subtil parfum d'aristocratie, qui montait des parquets cirés à travers les fenêtres ouvertes. Apercevant un endroit déserté par les femmes de ménage, il s'approcha pour jeter un coup d'œil à l'intérieur.

« Voilà mon univers », se dit-il avec conviction.

Un aboi de chien près des écuries le dissuada d'aller plus avant. Il revint donc sur ses pas, et dit au revoir au jardinier d'une voix tellement suave, que celui-ci porta la main à son chapeau.

Ce changement de nom avait donc été sa première chance. La seconde se présenta quatre jours plus tard, lorsqu'il tomba sur les Mortmain, dans le train de New York. Comme ils étaient placés de l'autre côté du couloir central, il avait jugé préférable d'attendre ; mais avait saisi la première occasion pour se pencher vers eux, et annoncer, avec dans le sourire l'exact soupçon d'ironie qu'il pouvait se permettre :

— Pardonnez-moi, mais les tennis *sont* désherbés. Par contre, on n'a pas encore rempli la piscine — je parle du moins de lundi dernier.

Les Mortmain s'étaient d'abord montrés légèrement réticents, ce qui est inévitable. On ne viole pas une intimité, sans déchirer quelque enveloppe fragile, mais Val avait su s'y prendre avec tant d'habileté qu'il se trouva vite au cœur de la place.

— ... le hasard a voulu que je passe par là, et ça m'a paru si beau que j'ai franchi le portail. Un si bel endroit, si charmant endroit...

Dix-huit ans, bien bâti, des yeux clairs, des cheveux tirant sur le roux — Mrs. Mortmain regrettait secrètement que ses propres enfants n'aient pas des manières aussi accomplies.

— Vivez-vous à Beardsly ? demanda-t-elle.

— Tout à côté.

Il omettait de préciser qu'il habitait en bord de plage, avec les « estivants », sans aucune attache avec « ceux des domaines », qui se réservaient les collines.

La jeune Ellen Mortmain le dévisageait avec une ardeur communicative, qui allait faire un peu plus tard la fortune d'un célèbre lait de beauté. Derrière son charme enfantin se lisait le chagrin morose d'être riche et d'avoir seize ans. Val fit rapidement la conquête de Mrs. Mortmain ; celle de Fraulein, la gouvernante, celle du perroquet, celle des jumeaux. Tout le monde l'aimait finalement, à l'exception de Mercia Templeton, la cousine d'Ellen, petite personne d'une timidité maladive, qui se sentait constamment exclue. Avec le temps, Mrs. Mortmain en vint à le considérer comme quelqu'un d'insignifiant, dont elle pouvait tolérer la présence, du moins pendant l'été. Elle fit même l'effort de téléphoner à sa mère, qu'elle estima tout à la fois « irascible et présomptueuse ». Mrs. Mortmain savait parfaitement qu'Ellen adorait Val, mais Val de son côté savait tenir sa place, ce dont elle lui était reconnaissante. Il fut donc considéré comme un ami de la famille, pendant les trois ans qui suivirent — trois ans au cours desquels il fit son véritable apprentissage.

Il rencontra beaucoup d'autres jeunes gens, par l'entremise des Mortmain — si bien qu'à partir d'un certain automne son nom figura tout naturellement sur la liste de ceux qu'on pouvait inviter aux soirées dansantes de New York. A partir de là, la « carrière », qu'il avait amorcée chez un agent de change, ne fut plus qu'une série d'entractes furtifs entre deux bals de débutantes, au Ritz ou au Plazza, où il frétillait avec allégresse dans le peloton des danseurs disponibles. Il se comparait parfois à Percy et Ferdie, les *Hall Room Boys*, ces comiques de *cartoons*, continuellement fauchés, mais obsédés de promotion sociale. Tout se passait parfaitement. Son esprit, son entrain, ses manières accomplies, justifiaient largement son droit d'entrée. Seule, son incapacité à gagner de l'argent lui donnait quelque chose d'un aventurier.

Il faisait d'incroyables efforts pour apprendre le métier d'agent de change, mais il échouait lamentablement. Le moindre incident de bureau l'intéressait davantage que les cotations en Bourse, ou les dossiers qu'on lui confiait. Ainsi Mr. Percy Wrackham, le directeur de la filiale, passait son temps à dresser la liste des équipes de football de Princeton, des équipes de remplaçants, et des formations dites « spéciales ». Il poussa l'exploit, un matin, jusqu'à aligner sans erreur le nom de tous les *quaterbacks* des trente dernières années. Rien d'autre ne l'intéressait. Son bureau était continuellement couvert de listes de cet ordre. Influencé par cet exemple pernicieux, Val renonça peu à peu à tout espoir de réflexion, et se mit à dresser la liste des jeunes filles qu'il avait embrassées, des clubs auxquels il souhaitait adhérer, ou des prochaines fournées de débutantes.

Après la sortie des bureaux, tout le monde se retrouvait dans un cinéma de la Cinquante-neuvième rue. Un endroit idéal pour terminer l'après-midi. Les jeunes gens avaient investi le balcon, et s'y conduisaient comme dans un club privé. Chacun disait ce qui lui passait par la tête, et, pour applaudir, on donnait de grands coups de pied dans le dossier des fauteuils. Une ouvreuse effarée finissait par pointer le nez. Ils prenaient un malin plaisir à la torturer.

Dès qu'elle courait vers un coin d'ombre d'où semblait venir le bruit, elle ne découvrait que silence et sourires innocents. Le propriétaire finit par comprendre qu'il valait mieux ne pas contrarier une clientèle aussi fidèle.

Jamais, pendant un film, Val n'avait essayé d'embrasser Ellen. Mais il lui parla un jour du quatrième mariage de sa mère, et des dispositions qu'elle avait prises concernant son éventuel cadavre. Ellen venait de faire ses débuts dans le monde, et elle était suivie d'une foule de soupirants richissimes, qui la courtisaient avec acharnement. Val lui vouait pourtant un véritable culte — sans jamais tirer avantage de la romantique antithèse entre l'éclatant reflet de ses bonnes manières et le honteux reflet de ses vêtements élimés.

— C'est horrible ! s'écria-t-elle. Votre mère ne vous aime donc pas ?

— A sa façon. Elle m'en veut surtout, parce que je lui échappe. Je refuse qu'on cherche à me retenir.

— Vous devriez m'accompagner à Philadelphie ce week-end, dit-elle brusquement. On donne une soirée en l'honneur de Mercia Templeton, ma cousine.

Le cœur de Val se mit à battre. Philadelphie ! C'était une étape importante. Ça changerait des éternels : « *On notait la présence, parmi les invités, de Mssrs. Smith, Brown, Schuyler, Brown, Smith.* » Et avec Ellen Mortmain, par-dessus le marché ! Il pourrait annoncer : « *Oui, je suis venu avec Ellen Mortmain* », ou mieux encore : « *Oui, Ellen Mortmain m'a prié de l'accompagner.* »

Dans la limousine des Mortmain, qui les conduisait vers Philadelphie, il devint peu à peu le nouveau personnage, dont il allait tenir le rôle : *Val Schuyler, de New York*. Ellen était assise à côté de lui, dans l'éclat du soleil matinal, traversé d'ombres et de lumière — si fraîche, si neuve, si sûre d'elle-même, et si attachée à lui, cependant...

Son rôle prit soudain une certaine ampleur. Il se trouvait presque contraint d'être amoureux d'elle, de jouer les soupirants zélés, celui qu'elle avait distingué entre tous. Il comprit alors qu'il ne jouait pas, qu'il était vraiment amoureux. Il rompit brusquement le silence.

— Je ne connais personne d'aussi jolie que vous. Les gens ne parlent que de vous. Ils disent qu'aucune des jeunes filles qui ont fait leurs débuts dans le monde, n'a été, depuis des années, aussi jolie que vous.

— Oh ! Val, vous êtes un ange ! Vous allez me faire croire que je suis une merveille...

Elle se sentait grisée par un tel compliment, et se demandait si cette amitié, qu'il lui témoignait depuis bientôt trois ans, ne cachait pas quelque sentiment plus secret. Elle lui annonça qu'elle partait pour Londres, le mois suivant, et qu'elle serait présentée à la Cour.

— Que vais-je devenir sans vous ? s'écria-t-il.

— Vous survivrez. Nous nous sommes très peu vus, tous ces derniers temps.

— Qu'y puis-je ? Vous êtes riche, je suis pauvre.

— Quelle importance, si deux êtres sont sincèrement...

Elle préféra s'interrompre.

— C'est extrêmement important, dit-il. Croyez-vous que je manque d'amour-propre ?

L'amour-propre ne comptait pas vraiment au nombre de ses qualités essentielles, mais en parlant ainsi il devint au regard d'Ellen quelqu'un de très noble et de très solitaire. Elle lui toucha le bras.

— Je reviendrai.

— Fiancée sans doute au Prince de Galles.

— Je n'ai pas envie de partir. Je n'ai jamais été aussi heureuse que pendant ce premier été. Quand je m'endors et quand je me réveille, c'est toujours en pensant à vous. J'y pense chaque fois que je vous rencontre, et j'en suis touchée chaque fois.

— Moi aussi, mais c'est sans espoir.

Dans l'intimité de cette voiture, de cette prison aux parois vitrées, qui les entraînait vers une aventure inconnue, ils se sentaient si proches l'un de l'autre — comme jamais encore à New York. Ils parlaient ainsi pour la première fois. Leurs mains se joignirent. Leurs deux regards se rencontrèrent, et se confondirent en un seul regard bouleversé.

— On se retrouve à sept heures, murmura-t-elle, en le déposant devant son hôtel.

Il se présenta très tôt chez les Templeton. L'ambiance moins protocolaire de Philadelphie le poussait à jouer avec plus d'assurance le personnage qu'il s'était choisi : *Val Schuyler, de New York*, et il arpenta le salon avec la morgue d'un grand-duc. Derrière son nom d'emprunt, et ses manières accomplies, sa véritable identité se perdait à jamais dans l'anonymat d'une grande ville, et comme cavalier en titre d'Ellen Mortmain il atteignait enfin un certain niveau de célébrité. Ellen n'était pas encore là. Il échangea quelques mots avec une jeune fille fiévreuse, dont la robe, choisie par erreur, couvrait maladroitement une trop saillante musculature. Avec la gentillesse qui lui était naturelle, il tenta de la mettre à l'aise.

— Je me sens très intimidé, avoua-t-il. C'est la première fois que je viens à Philadelphie.

— Moi, j'y habite depuis toujours, mais je suis encore plus intimidée que vous.

— Pourquoi ?

— Je n'ai rien à quoi m'accrocher. Pas le moindre garde-fou. Rien. J'aurais tellement voulu avoir une petite canne. Les éventails, quand on est trop nerveuse, on les casse.

— Accrochez-vous à moi.

— Je vous ferai perdre l'équilibre. J'aimerais que tout ça soit déjà fini.

— C'est absurde. Vous vous amuserez beaucoup.

— Sûrement pas. Mais j'essaierai de le faire croire.

— Ecoutez, promit-il. Je danserai avec vous, chaque fois que vous serez seule.

— Le problème n'est pas là. J'aurai tous les cavaliers que je veux, puisqu'on donne cette soirée en mon honneur.

Val reconnut soudain la petite personne d'il y a trois ans, malade de timidité.

— Oh ! vous êtes Mercia Templeton ?

— Et vous ce garçon qui... ?

— Exactement.

Ils tentèrent de faire croire, l'un et l'autre, que cette rencontre les enchantait, mais Mercia renonça très vite.

— On se détestait tous les deux, soupira-t-elle. C'est l'un de mes plus mauvais souvenirs de jeunesse. Vous m'avez toujours tapé sur les nerfs.

— C'est fini. Je ne vous taperai plus sur les nerfs.

— Croyez-vous ?

Elle semblait sceptique.

— Vous étiez extrêmement frivole. Vous n'étiez sensible qu'à l'apparence des choses. Je comprends aujourd'hui que je n'existais pas pour vous, puisque je ne portais pas le nom de Mortmain. Je me suis imaginé, à l'époque, que vous aviez fait un choix délibéré entre Ellen et moi.

Elle commençait à l'agacer. Etre taxé de frivolité n'était acceptable que s'il s'en accusait lui-même, avec un zeste d'ironie. Depuis quelques temps, il était sensible à beaucoup de choses. Mais les choses auxquelles il était sensible paraissaient aux autres sans intérêt. Il fut soulagé de voir entrer Ellen.

Son regard s'attacha au sien, et ne le quitta plus, et

durant toute la soirée, il suivit celle qu'une longue robe d'un blanc bleuté avait transformée en ange de lumière, l'isolant à travers les fleurs qui jonchaient la table, à travers les dos noirs des danseurs, et leur double regard semblait dire : « Parmi cette foule étrangère, nous sommes ensemble, vous et moi, et nous nous entendons. »

Lorsqu'ils dansaient ensemble, les autres couples s'immobilisaient pour les regarder. Val avait toujours été un excellent danseur, ce qui lui valut ce soir-là un triomphe. Ils flottaient si loin et si haut, si parfaitement accordés l'un à l'autre, que les soupirants d'Ellen, mal à l'aise, murmuraient entre eux : « Mais qu'est-ce qui lui prend, avec ce Schuyler ? Elle en perd la tête, ma parole ! »

Un peu plus tard, à la pointe de l'aube, comme ils se trouvaient seuls, le corps tendre d'Ellen vint se blottir contre le sien, dans un crissement d'étoffe froissée, un corps jeune et moite et doucement poudré, et il l'embrassa, en essayant de ne pas voir le gouffre qui les séparait. Mais, de la tenir ainsi dans ses bras, lui donna la force de murmurer :

— Vous partez donc si loin ?

— Peut-être pas. Je n'ai plus envie de partir. Je n'ai plus envie d'être loin de vous. Plus jamais.

Pouvaient-ils se permettre de courir un tel risque ? L'idée leur traversa l'esprit en même temps. Comme elle traversa celui de Mercia Templeton, lorsqu'en passant près des vestiaires, elle les aperçut tendrement enlacés contre une muraille de manteaux. C'est avec cette idée, qui lui mettait la tête en feu, que Val finit par s'endormir.

Ellen lui téléphona dans la matinée.

— Toujours dans les dispositions où... où nous étions ?

— Toujours et plus encore.

— Alors, voilà. Je viens déjeuner à votre hôtel avec

Mercia. Il y aura peut-être quelques autres convives. Mais nous pourrons nous asseoir côte à côte. Je crois que j'ai une solution.

En fait, les quelques convives étaient au nombre de neuf. Tous des invités de la veille. Lorsqu'ils se mirent à table, à deux heures, Val se souvint que sa mère s'embarquait ce jour-là pour l'Europe. Son bateau appareillait à sept heures et demie. Mais, assis près d'Ellen, il cessa d'y penser.

— J'ai posé de petites questions, çà et là, sans avoir l'air de rien, murmura-t-elle. Il y a juste à la frontière du Maryland, une petite ville qui s'appelle Elkton, où l'on peut trouver un pasteur...

Entre ce qu'il était, et le personnage qu'il interprétait, Val ne faisait plus aucune différence.

— Pourquoi pas ? dit-il, d'un ton décidé.

Si seulement, de l'autre côté de la table, le regard de Mercia Templeton pouvait être un peu moins soupçonneux !

Il eut un brusque sursaut lorsque le garçon vint poser l'addition contre son assiette. Jamais il n'avait été dans ses intentions d'offrir ce déjeuner. Personne pourtant ne fit le moindre geste. Les jeunes gens qui étaient là avaient le même âge que lui. Ils avaient l'habitude qu'on paie pour eux. Il posa délicatement l'addition sur ses genoux, regarda le montant : quatre-vingts dollars. Il n'avait sur lui, en tout et pour tout, que neuf dollars et soixante-cinq *cents*. Il fit de nouveau le tour de la table, croisa de nouveau le regard ombrageux de Mercia Templeton.

— Pouvez-vous m'apporter une formule de chèque ?

— Tout de suite.

Le garçon revint une minute plus tard.

— Auriez-vous l'obligeance de m'accompagner au bureau du gérant ?

— Certainement.

Il regarda la pendule. Quatre heures et quart. S'il voulait dire au revoir à sa mère, il fallait qu'il parte dans moins d'une heure. D'un autre côté, la chance de sa vie se trouvait, de toute évidence, à portée de main.

— Je suis un peu à court, expliqua-t-il au gérant, de sa voix la plus affable. J'étais invité à une soirée, et je me suis trompé dans mes prévisions. Acceptez-vous un chèque de cent dollars, tiré sur...

Et il nomma la banque de sa mère. Il avait déjà usé du même procédé, dans une circonstance imprévue. Il n'avait pas de compte personnel dans cette banque, mais sa mère avait avalisé le chèque.

— Auriez-vous un répondant dans cette ville, Mr. Schuyler ?

Il hésita.

— Oui, bien sûr... Mr. Charles Templeton.

Le gérant disparut derrière une cloison. Val entendit le déclic d'un téléphone. Le gérant revint peu après.

— Tout est parfait, Mr. Schuyler. Nous pouvons accepter votre chèque de cent dollars.

Il télégraphia à sa mère pour la mettre au courant et reprit sa place à table.

— Que fait-on ? murmura Ellen.

Mais il n'éprouvait plus pour elle qu'une subite indifférence.

— Le plus simple pour moi, c'est de retourner chez les Templeton, continua-t-elle. Demandez à l'hôtel de vous louer une voiture, et passez me chercher dans une heure. J'ai tout l'argent qu'il faut.

Les invités vinrent le remercier de son hospitalité.

— Ce n'est rien, dit-il avec désinvolture. Philadelphie est une ville tout à fait charmante.

— Au revoir, Mr. Schuyler.

La voix de Mercia Templeton lui parut glaciale et lourde de sous-entendus.

— Alors, dans une heure, murmura Ellen.

Comme il allait remonter dans sa chambre, on lui tendit un télégramme.

« N'avais aucun droit tirer chèque pareil. Donne ordre à ma banque le refuser. Dépense uniquement argent que tu gagnes. Que ça te serve de leçon. Si pas le temps venir New York, te dis au revoir de cette façon.
Ta mère »

Val se précipita vers un téléphone, appela chez les Templeton, mais la voiture n'était pas encore revenue. Jamais il n'aurait pu imaginer une telle situation. Que cette histoire de chèque agace sa mère, il pouvait plus ou moins s'y attendre. Mais qu'elle le trahisse ainsi ! Il était seul, désormais. Redemander le chèque à la comptabilité de l'hôtel ? Il y pensa une brève seconde, mais on le retiendrait prisonnier. Une seule solution : rejoindre sa mère avant qu'elle ne s'embarque.

Il téléphona de nouveau à Ellen. Elle n'était toujours pas rentrée. La pendule marquait cinq heures. La panique eut raison de lui. Il empoigna son sac de voyage et courut vers *Broad Street Station*.

Trois heures plus tard, et toujours en courant, il dévalait les escaliers interminables qui menaient à l'embarcadère. Un appel de sirène monta du fleuve. Le navire s'éloignait du quai. Lentement, mais il s'éloignait. Il s'était déjà détaché du rivage. Il aperçut sa mère, sur le pont supérieur, à portée de voix.

— Mère ! Mère !

Mrs. Schuyler maîtrisa mal un mouvement d'irritation, et toucha le coude de l'homme qui l'accompagnait, comme pour dire : « Ce garçon-là, tu vois, si charmant, c'est mon fils. Ça me déchire le cœur de devoir le quitter. »

— Au revoir, Val ! Sois sage, surtout, sois bien sage !

Il était incapable de regagner Philadelphie. Complètement anéanti par la trahison de sa mère, il ne lui vint pas à l'esprit que pour obtenir cent dollars d'emprunt, le plus sûr moyen était de mettre la barre très haut et d'en demander un million. Avec ce chèque sans provision, suspendu au-dessus de lui comme une épée de Damoclès, il n'osait plus se présenter devant Ellen.

Emprunter est un art. Ou c'est facile, ou c'est inextricable. S'y employer dans un mouvement de panique risque de refroidir celui qu'on sollicite. Le lendemain, Val avait réussi à se procurer cinquante dollars : vingt-cinq sur son salaire, quinze en mettant en gage les boutons de manchette de son second beau-père, les dix autres grâce à un ami. A bout d'espoir, il attendit. Au début de la semaine suivante, il reçut de l'hôtel une lettre cinglante, et, par le même courrier, ce billet de quelques lignes, qui le blessa profondément :

« *Monsieur,*
Il semble qu'un certain chèque, dont je m'étais portée garante auprès de votre hôtel, lorsque vous êtes venu ici, ait soulevé quelques problèmes. Je vous serais très obligée de les résoudre au plus vite, pour nous tirer de cette déplaisante situation,
Sincèrement à vous,

V. Templeton
(Mrs. Charles Martin Templeton). »

Pendant un jour encore, Val fut à la torture. Puis, alors qu'il n'envisageait d'autre issue que de se rendre à la police, une lettre de la banque l'informa que sa mère avait donné ordre, par câble, d'honorer son chèque. Sans doute avait-elle estimé, en plein milieu de l'océan, que la leçon avait porté ses fruits.

Il trouva alors le courage de téléphoner à Ellen. Elle était partie pour Hot Springs. Il espéra de toutes ses forces qu'elle n'avait rien su de l'histoire du chèque, qu'elle avait simplement conclu qu'il renonçait à elle. C'était de très loin préférable. Tout à son soulagement d'avoir évité cette montée au calvaire qu'il croyait imminente, il ne comprenait pas qu'il venait de la perdre.

II

Val portait de superbes tenues de soirée à chaque bal de débutantes, et dansait, avec une royale élégance, la valse viennoise sur les accords nostalgiques et navrants de *So Blue*. Il avait, dans ses attitudes, quelque chose d'impressionnant. Malgré le peu d'ampleur de ses pourboires, il passait aux yeux des extras pour un grand seigneur. Il lui arrivait d'oublier parfois sa propre insignifiance.

A le voir dans le peloton des danseurs, lors de la soirée qui marquait les débuts de Miss Nancy Lamb, on aurait pu le prendre pour l'un des piliers les plus sûrs de l'édifice social. Il n'avait que vingt-deux ans, mais il jouait ce rôle depuis trois ans déjà, et en parcourant des yeux ce parterre de jeunes beautés sur le point d'éclore, il avait l'impression de leur ouvrir lui-même les portes du grand monde.

Ayant enlevé à son cavalier l'une des plus ravissantes et délicates jeunes filles, il remarqua avec stupeur qu'elle faisait plutôt grise mine, et que son corps n'obéissait qu'avec une certaine réticence.

— Y a-t-il un problème ?

— Oh ! Val...

Elle hésitait, manifestement mal à l'aise.

— Auriez-vous l'amabilité de ne plus m'inviter à danser ?

Il s'arrêta, interdit.

— Mais pourquoi ?

Elle semblait au bord des larmes.

— Ma mère me le défend.

Il n'eut pas le temps d'en savoir plus. Quelqu'un d'autre vint l'enlever. Il reprit lentement sa place dans le peloton des danseurs, et passa en revue ses précédentes rencontres avec cette jeune fille. Il avait dansé deux ou trois fois avec elle, au cours de soirées du même ordre ; s'était trouvé à côté d'elle lors d'un dîner ; ne lui avait jamais téléphoné, jamais même demandé l'autorisation de le faire.

Cinq minutes plus tard, une autre jeune fille lui adressa la même prière.

— Mais de quoi s'agit-il, à la fin ? demanda-t-il, catastrophé.

— Oh ! Val, je l'ignore. Quelque chose que vous auriez fait...

Elle lui fut enlevée, elle aussi, avant qu'il puisse l'interroger. Il se sentait pris de panique. Qu'une mère interdise à sa fille de danser avec lui, lui semblait incompréhensible. Sur quel motif se fondait-elle ? Il se comportait toujours avec une parfaite correction, une réserve sans faille, ne buvait qu'à peine, ne s'était trouvé impliqué dans aucun scandale. Pendant qu'il retournait ces questions dans sa tête, en cherchant à dissimuler sa honte et son angoisse, il aperçut Mercia Templeton sur le piste de danse.

Elle ne l'aimait pas, et il le savait. Peut-être avait-elle ébruité cette histoire de chèque de Philadelphie. Mais pourquoi tenterait-elle ainsi de monter toute une cabale contre lui ? Il vint l'enlever à son cavalier.

— Surpris de vous voir à New York, dit-il d'une voix sèche, en serrant les mâchoires.

— Ça m'arrive.

— J'aimerais beaucoup vous dire deux mots. Voulez-vous vous asseoir une minute ?

— J'ai bien peur que non. Ma mère... Qu'avez-vous de si urgent à me dire ?

Val leva les yeux vers la mezzanine, qui surplombait la piste de danse. Quelques femmes d'âge mûr y avaient pris place. Parmi elles, les mères des deux jeunes filles qui l'avaient évincé, et Mrs. Charles Templeton, de Philadelphie, l'implacable « *V. Templeton* » du billet. Inutile de chercher plus longtemps.

L'heure suivante fut insupportable. Une demi-douzaine de jeunes filles, avec lesquelles il avait l'habitude de danser, lui demandèrent de n'en rien faire, en jouant sur diverses nuances de regret dans la voix. L'une d'elles finit par reconnaître qu'elle tombait sous le coup de la même interdiction, mais qu'elle acceptait néanmoins de danser avec lui. Il apprit d'elle la vérité : qu'il passait pour un jeune homme offrant des chèques sans provision aux gens de Philadelphie qui lui avaient fait confiance. Il devait, de toute évidence, en avoir les poches pleines, pour tenter d'abuser les trop naïves débutantes.

Saisi d'une rage impuissante, il leva de nouveau les yeux vers la brochette de douairières qui trônaient calmement dans la mezzanine. Poussé par une soudaine impulsion, et sans même savoir ce qu'il allait dire, il monta l'escalier.

Mrs. Templeton s'y trouvait seule. Elle dirigea vers lui son face-à-main, avec une extrême minutie, comme on se sert d'un télescope. Le reconnut-elle ? Il sembla que non. Perdant son aplomb, il bredouilla :

— ... m'appelle Val Schuyler. Cette histoire de chèque, à Philadelphie... Vous n'avez pas compris, je crois. C'était un accident. L'addition d'un déjeuner qui était offert à vos invités. Les étudiants font souvent ça. Ils ont l'habitude qu'on paie pour eux. C'est injuste de vous en servir contre moi... de le raconter aux gens de New York.

Elle continuait à le dévisager.

— J'ignore de quoi vous voulez parler, dit-elle, et elle fit pivoter son face-à-main vers la piste de danse.

— Vous le savez parfaitement !

Mais son respect des convenances fut le plus fort. Il préféra en rester là, descendit l'escalier et se rendit droit aux vestiaires.

Quelqu'un de vraiment orgueilleux se serait interdit d'accepter toute nouvelle invitation. Mais il en recevait toujours. C'est donc qu'il s'agissait d'un simple incident. Ce qui, en un sens, se révéla exact : les Templeton regagnèrent Philadelphie, et, à la première occasion, les quelques jeunes filles qui avaient refusé de danser avec lui revinrent sur leur position. L'incident jouissait pourtant d'une fâcheuse tendance à refaire surface. Tout pouvait aller bien au cours d'une soirée entière, mais lors de la soirée suivante, il retrouvait sur le visage de ses cavalières les mêmes signes de réticence, et savait qu'il allait entendre : « Pardonnez-moi, mais... » Il s'était préparé tout un arsenal de répliques, certaines ironiques, d'autres mordantes, mais il supportait de moins en moins d'être menacé d'une rebuffade chaque fois qu'il quittait le peloton des danseurs.

La saison touchait à sa fin. Il cessa donc de sortir. La jeune génération l'ennuyait, disait-il. Lorsqu'il arrivait au bureau, le matin, Miss Moon ou Miss Whaley n'avait plus de raison de lui dire : « J'ai su par les journaux que vous étiez encore sorti la nuit dernière... » Lorsqu'il quittait le bureau, le soir, il n'avait plus de raison de se dire qu'il allait passer les prochaines heures à évoluer, comme en rêve, dans un univers de luxe éblouissant. Il n'avait plus de raison de s'étudier lui-même dans la glace — les gants, la canne, le haut-de-forme — en dégustant l'exquis breuvage de l'humaine fatuité. Il n'était plus qu'un exilé — à la suite d'un crime aussi dérisoire, aussi accidentel, aussi inoffensif que le regard qu'il se jetait à lui-même dans la glace.

Un rayon de soleil déchira soudain la morosité de ces journées lugubres. C'était une lettre d'Ellen.

« Cher Val,

Quand cette lettre vous parviendra, je serai sur le point d'atteindre l'Amérique. Je n'y resterai que trois jours — pouvez-vous imaginer ça ? — et je regagnerai l'Angleterre pour la semaine de Cowes. J'ai cherché un moyen de vous voir, et je crois l'avoir trouvé. La jeune fille qui voyage avec moi, June Halbird, organise une fête, pendant le week-end, dans sa maison de Long Island, et me permet d'inviter qui je veux. Etes-vous tenté ?

N'en déduisez surtout pas que les petites niaiseries de l'hiver dernier vont reprendre. Vous avez été parfaitement sage en nous évitant une folie que nous aurions vite regrettée.

A vous,
Ellen. »

Val réfléchit intensément. C'était le moyen de s'offrir une résurrection mondaine, car les valses-hésitation d'Ellen Mortmain entre divers représentants de l'aristocratie anglaise, que les journaux avaient relatées à mi-voix, n'avaient fait qu'accroître sa notoriété.

Il trouva brusquement très plaisant de pouvoir annoncer : « Je passe le week-end à la campagne, chez des gens qui s'appellent Halbird... », et d'ajouter : « Ellen Mortmain est de retour, figurez-vous » — comme si tout s'expliquait par là. Puis de soupirer, pour couronner le tout, en laissant sous-entendre que c'était un devoir assez fastidieux, une forme de *noblesse oblige*.

Ellen l'attendait à la gare. L'année précédente, il

était plus âgé qu'elle. Désormais, ils semblaient du même âge. Elle avait adopté un comportement inédit, qui s'entrelaçait d'anglicismes — un *What* ?, qui concluait chaque phrase ; un *Quite* à double-sens ; un *Cheerio* désolé, qui semblait annoncer une catastrophe imminente. C'était un genre de poudre aux yeux, une très légère mais solide cuirasse, la préservant de ce qui la rendait vulnérable : sa fortune et sa beauté.

— Oh ! Val, figurez-vous que ça s'est transformé en une matinée enfantine, avec les chers petits étudiants de Yale, et ce qui s'en suit... Impossible pour June de réunir qui je voulais, à part vous.

— C'est une chance inespérée pour moi !

— Je serai peut-être obligée d'aller passer une heure ou deux dans une autre petite sauterie, si je peux m'échapper... Comment va ?

— Très bien... Débordant d'espoir.

— Toujours sans argent ? souligna-t-elle, comme un reproche.

— Pas ça !

— Epousez quelqu'un.

— Je ne tiens qu'à vous.

Elle fronça les sourcils.

— Si on s'était enfuis ensemble, vous imaginez cette catastrophe ? On se haïrait tous les deux, aujourd'hui.

Chez les Halbird, il tint à affiner ses moindres jeux de scène. A peine descendu de sa chambre, il se mit en quête d'Ellen. Quelques jeunes gens s'étaient installés au bord de la piscine. Il les rejoignit, et sentit aussitôt que l'atmosphère se chargeait d'une certaine tension nerveuse. Les conversations s'arrêtaient dès qu'il voulait y prendre part. Il avait l'impression de serrer constamment des mains qui n'étaient plus que des gants vides. L'arrivée d'Ellen n'y changea rien. La tension persista, et il se prit à regretter d'être venu.

Tout devint évident au dîner : Mercia Templeton se trouvait, comme par hasard, au nombre des convives. Puisqu'elle s'obstinait à distiller ainsi le venin de l'histoire du chèque, il était grand temps de passer à l'attaque. Grâce à la présence d'Ellen, il allait enfin terrasser ce fantôme. Malheureusement, quelques minutes avant le dessert, Ellen regarda sa montre, et dit à Mrs. Halbird :

— Vous savez, bien sûr, que je ne reste que trois jours. Sinon, je ne m'amuserais pas à ce genre de va-et-vient. Je vous rejoins à Southampton.

Val se vit donc livré à la vindicte de ses ennemis. Il déploya de grands efforts pour lutter contre le courant, et se sentit soulagé lorsque vint l'heure d'aller danser.

— Je ferai la route avec Mr. Schuyler, annonça Mrs. Halbird.

Il s'imagina un instant que c'était une marque de déférence, mais déchanta vite.

Mrs. Halbird était une femme placide, sûre d'elle-même, et impitoyable. Le départ désinvolte d'Ellen l'avait agacée, et sous le velours de ses gants rouges, elle était disposée à torturer Val d'une main de fer.

— Etes-vous encore étudiant, Mr. Schuyler ?

— Non. Je travaille chez un agent de change.

— Où avez-vous fait vos études ?

Il cita le nom d'une petite école privée de New York.

— Je vois.

L'apparente douceur de l'intonation était assez peu convaincante.

— Cette bande de garçons et de filles doit paraître bien jeune à vos yeux, j'imagine ?

Val n'avait que vingt-trois ans.

— Non, pourquoi ?

Il lui en voulait déjà des aimables sévices qu'elle s'apprêtait à lui faire subir.

— Etes-vous Newyorkais, Mr. Schuyler ?
— Oui.
— Parent de Mrs. Martin Schuyler ?
— Je crois, oui, d'assez loin.
— Comment se nomme votre père ?
— Il est mort. Ma mère est devenue Mrs. George Pepin.
— C'est sans doute grâce à votre mère que vous avez rencontré Ellen Mortmain. Mrs. Mortmain et votre mère sont sans doute...
— Non, non, pas vraiment.
— Je vois.

Elle changea brusquement de ton. Lui ayant fait mordre la poussière, elle consentit à lui prodiguer quelques conseils désintéressés.

— N'êtes-vous pas d'accord avec moi pour penser que les gens d'un même âge doivent rester entre eux ? Vous, par exemple, vous travaillez. Vous prenez la vie au sérieux. Les jeunes ne pensent qu'à s'amuser. On n'est jeune qu'une fois dans la vie, vous le savez comme moi.

Enchantée du doigté dont elle avait fait preuve, elle se mit à rire.

— Vous vous sentirez plus heureux, croyez-moi, en fréquentant des travailleurs.

Il ne répondit rien.

— La plupart des mères ayant des filles à charge partagent cet avis.

Ils étaient arrivés au *country-club* de Southampton. Val n'avait toujours rien répondu. Au moment où ils descendaient de voiture, elle lui jeta un rapide coup d'œil. Avait-elle atteint son but ? Elle n'en était pas sûre. Le visage de Val, maintenant en pleine lumière, restait impénétrable.

Il venait de comprendre qu'après tant d'années, il n'avait pas avancé d'un pas dans le monde. Cette histoire de chèque n'avait fait qu'ajouter à ses origines suspectes une réputation suspecte.

Il avait essuyé tant de rebuffades, ces derniers mois, qu'il savait cacher ses blessures sous une solide carapace. En le regardant s'acquitter, ce soir-là, d'un minimum de danses indispensables, personne n'aurait pu deviner la vérité — pas même les jeunes filles prévenues contre lui. Ellen Mortmain ne revint pas. On parlait à mots plus ou moins couverts d'un certain Français qu'elle aurait rencontré à bord. A trois heures du matin, tout le monde revint chez les Halbird.

Val ne parvenait pas à dormir. Il sombra dans un étrange cauchemar, où des hommes et des femmes d'une extrême élégance, assis autour d'une table abondamment garnie, lui offraient du champagne, mais dès qu'il approchait la coupe de ses lèvres, on la lui retirait. Il se réveilla en sursaut, la gorge sèche. Dans la salle de bains ne coulait qu'une eau tiède. Il enfila une robe de chambre et descendit. « Si quelqu'un me surprend, se dit-il, il va croire que je vais voler l'argenterie. »

La porte de la cuisine était entrouverte. Des voix en sortaient. Il s'arrêta pour écouter.

— Si ma mère avait su qu'il était là, disait une jeune fille, elle m'aurait interdit de venir. Je me garderai bien de l'en informer.

— Tout ce gâchis, c'est à cause d'Ellen.

Val reconnut la voix de June Halbird.

— C'est elle qui l'a invité, et je trouve qu'elle ne manque pas d'aplomb de nous le laisser sur les bras.

— Et si on parlait d'autre chose ? s'écria un jeune homme avec impatience. Qu'a-t-il fait au juste ? Il a commis un crime ?

— Demande à Mercia, et coupe-moi une petite tranche de jambon.

— Ne me demandez rien surtout, s'écria Mercia aussitôt. Je ne l'aime pas, mais, autant que je sache, il n'a rien fait de mal. Vous parlez d'un chèque de mille dollars. C'est complètement faux. Il n'était que de cent dollars. J'ai demandé une dizaine de fois à ma mère de ne plus y faire allusion, mais l'année dernière, à New York, c'était devenu son morceau de bravoure. Personnellement, je ne trouve pas ça grave du tout.

— Un chèque sans provision ? Vous allez remplir de confusion notre ami Bill, ici présent. Il les a semés par poignée autour de lui, à New York.

Val poussa la porte et pénétra dans la cuisine. Une douzaine de visages pétrifiés se tournèrent vers lui. Les garçons semblaient mal à l'aise. Une fille eut un petit rire étouffé, et renversa un verre de lait.

— Difficile de ne rien entendre, dit Val. J'ai besoin d'un verre d'eau.

Cet instinct théâtral qu'il avait toujours eu — cette présence dramatique. Sans regarder ni à droite ni à gauche, il prit deux glaçons dans un bac à glace, les laissa tomber dans un verre, et remplit le verre au robinet de l'évier. Puis il fit volte-face, le regard toujours fixé devant lui, dit bonsoir avec un mépris appuyé, et se dirigea vers la porte. L'un des garçons, qu'il connaissait vaguement, voulut intervenir :

— Ecoute, Val, j'ai l'impression qu'on est plutôt moches avec toi.

Il sortit, comme s'il n'avait rien entendu.

Il regagna sa chambre, et fit sa valise. Quelques minutes plus tard, il y eut un bruit de pas dans le couloir, quelques coups frappés à sa porte. Il garda le silence. Les pas s'éloignèrent. Il attendit un long moment, entrouvrit la porte avec précaution. Aucune lumière, aucun bruit. Il prit sa valise, descendit l'escalier, quitta la maison.

Il venait d'atteindre l'une des contre-allées, lorsqu'une voiture s'engagea dans l'autre, et vint s'arrêter devant le perron. Val se cacha rapidement derrière un buisson. Sans doute Ellen, qui rentrait enfin. La voiture s'attarda tendrement une longue minute, puis une jeune fille en descendit, dont il reconnaissait le rire. Peu après, la voiture passa devant lui, et à la lueur d'une cigarette, il entrevit l'ombre d'une petite moustache insolente.

Dix minutes plus tard, il était à la gare, et s'assit sur un banc, pour attendre le premier train.

III

La saison de football fut un tel désastre pour Princeton, qu'un certain lundi Mr. Percy Wrackham pria Val de prendre ses cliques et ses claques et de disparaître — sans oublier surtout l'insupportable « *Hotcha-cha* » qu'il ne cessait de fredonner. Val interpréta cette mise à la porte comme un triomphe personnel : il avait eu le cran de tenir jusqu'au bout. Sa mère mourut peu après, en lui léguant un petit capital.

Il s'ensuivit un changement inattendu — tant en profondeur qu'en surface. Sans argent, il n'avait pu jouer que les courtiers modestes. Avec deux mille dollars en banque, il se sentait l'égal de Ward McAllister. Tournant résolument le dos à la jeune génération, qui l'avait traité avec tant de mépris, et mettant à profit les relations qu'il s'était faites, l'homme du monde qu'il était en germe put s'épanouir librement. L'apprentissage avait été sévère. Il s'y était loyalement soumis. Il pouvait enfin, d'un pied infaillible, s'aventurer dans les périlleux labyrinthes du snobisme. Les gens oublièrent aussitôt ce qui le concernait, pour se souvenir simplement qu'il était aimable et qu'on le rencontrait partout. Ainsi — et c'est généralement ce qui arrive — la place qu'il réussit à se tailler dans le monde tenait moins à ses qualités personnelles qu'à son aptitude évidente à encaisser les coups.

Il donnait souvent de petits dîners dans son appartement, toujours très agréables. Il était souvent invité en retour. Les milieux les plus sophistiqués de New York s'ouvrirent peu à peu devant lui. Il y acquit de vagues notions artistiques, qui ne firent qu'ajouter un certain raffinement à sa parfaite éducation.

Le nouveau personnage qu'il interprétait avait auprès des femmes un succès de plus en plus grand. Il aurait pu épouser l'une des jumelles Cupp, qui se trouvaient à la tête d'une immense fortune. Mais les plaisirs qu'il découvrait l'amusaient trop pour qu'il songe à se mettre la corde au cou. Il s'associa d'ailleurs avec un marchand de tableaux, et pendant un an environ, trouva le moyen de gagner de l'argent.

Rejoignons-le à Londres, un matin de printemps de l'année 1930. C'est un homme de beaucoup d'allure, avec, dans la démarche, quelque chose de presque imposant. Regardons-le arpenter Pall Mall, comme s'il s'agissait d'une pâture de ses domaines. Voilà qu'il croise quelques amis américains. Il leur serre la main, et ses amis ne peuvent pas ne pas remarquer à quel point la manche de sa chemise recouvre son poignet au millimètre près, à quel point la manche de sa veste recouvre celle de sa chemise au millimètre près, à quel point son col et sa cravate épousent l'arrondi de sa nuque.

S'il est à Londres, explique-t-il, c'est pour Lady Reece, qui donne une soirée dansante. Il ajoute que la chute de la Bourse l'accule chaque jour à la ruine. Il achète un journal, que quelqu'un lui met de force dans la main, lit le titre de la première page et pâlit. Un avion vient de disparaître au-dessus de la Manche, entraînant la mort d'une dizaine de célébrités.

Il parcourt, le cœur battant, la liste des victimes : « Lady Doncastle, Major Barks, Mrs. Weeks-Tenliffe, Lady Kippery... »

Il froisse le journal, se passe une main sur le front, comme pour éponger une imaginaire transpiration.

— Quelle émotion ! J'étais avec eux la semaine dernière à Deauville. J'aurais pu me trouver dans le même avion !

En fait, il se rend chez les Mortmain, qui occupent une ancienne demeure ducale à Cavendish Square. La véritable raison de son séjour à Londres, c'est Ellen. Ellen, ou le fantôme d'un certain passé qu'il aimerait rejoindre. C'est pour elle qu'il avait rompu avec son marchand de tableaux, dont le commerce était d'ailleurs en pleine déconfiture, et qu'il s'était offert ce voyage en Europe, avec le peu qu'il avait gardé de son héritage. On lui avait transmis le matin même un message lui demandant de venir la voir.

Dès le seuil, il eut l'impression qu'il se passait quelque chose d'anormal. Il ne comprenait pas si l'on ouvrait la maison, ou si on la fermait, mais il y avait des gens un peu partout dans les couloirs, et, en se dirigeant vers la chambre d'Ellen, il croisa d'étranges individus, qu'il n'aurait jamais cru possible de croiser, même au cours des plus folles soirées de la saison précédente.

Il découvrit Ellen assise sur une malle, dans une chambre pratiquement vide.

— Oh ! Val ! s'écria-t-elle, arrachez-moi de la griffe des huissiers ! Aidez-moi à garder cette malle, qu'ils veulent à tout prix m'enlever.

Il s'arrêta, stupéfait.

— Que se passe-t-il ?

— Nous sommes endettés jusqu'au cou, voilà ce qui se passe. Je n'ai droit qu'à mes affaires personnelles — si je parviens à les garder. Mais ils viennent d'emporter un carton plein de déguisements, prétendant que ça fait partie de l'attirail domestique.

— Mais pourquoi ?

— Parce qu'on est complètement ratissés. C'est à peine croyable. La fortune des Mortmain, vous connaissez ? Vous en avez entendu parler ? Eh bien, c'est terminé ! Plus de fortune des Mortmain.

C'était inimaginable, pour lui. La plus forte émotion de son existence. La terre qui se dérobait sous ses pas.

— Nous étions en rouge à la banque depuis des années. Mais comme la Bourse était prospère, nous ne risquions rien. Aujourd'hui, c'est fini. Nous ne possédons plus un *cent*. Pas le plus petit, pas le moindre, rien qui y ressemble, pas l'ombre d'un ! Puisque vous êtes marchand de tableaux, je voulais vous demander d'aller à la vente aux enchères, et de me sauver du naufrage un petit Juan Gris sans lequel je ne peux plus vivre.

— Vous êtes pauvres ?

— Pauvres ? Mais, pour rembourser nos dettes, et retrouver un semblant de respectabilité, il nous faudrait une fortune. Nous sommes dix fois, vingt fois, cent fois ruinés, voilà la vérité.

Elle avait une voix légèrement fiévreuse, mais Val cherchait en vain sur son visage le reflet de cette pauvreté, dans laquelle il s'était lui-même débattu.

Car c'était impossible, bien évidemment, qu'une pareille déchéance atteigne Ellen Mortmain. Elle survivrait toujours à son manque d'argent. De chaleureux courants d'un rassurant bien-être continueraient de la nourrir. Sans être certain de l'aimer encore, sans même être certain de savoir aimer, il dit ce qu'il s'était promis de dire en traversant l'océan :

— Acceptez-vous de m'épouser ?

Elle le regarda, étonnée :

— C'est gentil, vraiment très gentil, mais, au fond...

Elle cherchait ses mots.

— Qui êtes-vous, Val ? Je veux dire : n'êtes-vous

pas quelqu'un de suspect ? N'avez-vous pas escroqué je ne sais combien de personnes avec des chèques sans provision ou quelque chose comme ça ?

Il poussa un gémissement étouffé.

— Oh ! ce chèque !

Il lui raconta enfin toute l'histoire. Elle l'écoutait, en donnant de petits coups de talon dans sa malle, et le tendre soleil de juin jouait sur son visage à travers les vitraux de couleur.

— C'est pour ça que vous refusez de m'épouser ? demanda-t-il.

— Je suis fiancée à quelqu'un.

Elle se contentait donc d'échanger tranquillement une fortune en ruines, contre la promesse d'une autre.

— J'épouse quelqu'un de très pauvre. Je ne sais pas de quoi nous allons vivre. C'est un militaire. Nous partons pour les Indes.

Il éprouva une sorte de jalousie indécise, un vague regret amoureux, qui s'effaça très vite derrière un sentiment plus vif. Les débris de l'immense fortune des Mortmain s'effritaient autour d'elle. Il les voyait comme aspirés par la matrice qui leur avait donné naissance, et ils emportaient avec eux un peu de Val Schuyler.

— J'espère que vous n'avez rien laissé dans l'entrée, dit Ellen, en riant. Ils emportent tout ce qu'ils voient. L'un de mes amis avait posé ses cannes de golf, et un étui avec des armes. Il en sera quitte pour les racheter à la vente aux enchères.

Il l'abandonna sur son coin de malle et regagna lentement son hôtel. Il acheta un autre journal en chemin et l'ouvrit à la rubrique financière.

— *Good Lord* ! soupira-t-il. C'est la fin.

Inutile de télégraphier pour qu'on lui envoie de l'argent. Il lui restait, en tout et pour tout, dix dollars, et son billet de retour pour New York, mais il n'avait pas réglé sa note d'hôtel, qui était de quinze jours. Il se vit basculer de nouveau dans le troupeau des sans-abri — comme les Mortmain. La chance avait duré quatre générations pour eux. Pour lui, deux ans à peine.

Il fallait s'occuper des problèmes les plus urgents. S'il ne réglait pas sa note d'hôtel, on lui confisquerait ses bagages. Il en eut comme un haut-le-cœur. Ses superbes bagages, en box-calf, achetés en France. Avec tout ce qu'ils contenaient — ses complets impeccables, ses chemises sur mesures, la tenue de chasseur qu'il avait portée en Ecosse, ses mouchoirs de fine batiste, ses chaussures du meilleur bottier.

Il pressa le pas. Il avait le pressentiment qu'on lui avait déjà tout confisqué. Une fois dans sa chambre, il respira. Ses affaires l'avaient attendu, avec une constance toute britannique. Il retrouva alors l'ingéniosité des gens pauvres. Il suffisait de s'en envelopper. Il se déshabilla, enfila l'un sur l'autre deux jeux de sous-vêtements, puis quatre chemises, deux complets, avec leurs gilets de piqué blanc. Il bourra chacune de ses poches de cravates, de chaussettes, de brosses incrustée d'or, et de divers accessoires de toilette. Il étouffait. Il parvint pourtant à ceindre le tout d'un manteau. Son chapeau melon lui parut inutilement vide. Il y logea des cols, calés par des mouchoirs. Les jambes légèrement flageolantes, il se regarda dans la glace.

Il allait pouvoir s'en sortir — malgré le brusque geyser de transpiration, qui jaillit soudain au faîte de l'édifice, se répandit le long du corps en plusieurs ruisselets de températures différentes, pour être absorbé en définitive par l'épais buvard de trois paires de chaussettes, dont il avait rembourré ses chaussures.

Marchant avec la même prudence que Tweedledum, lorsqu'Alice le rencontra de l'autre côté du miroir, il longea le couloir et appela l'ascenseur. Le liftier lui lança un regard surpris, sans se permettre le moindre commentaire, mais un client qui était là, crut malin d'évoquer l'Amiral Byrd. Il traversa le hall d'entrée, en personnage éléphantesque. Les réceptionnistes, derrière leur comptoir, soupçonnèrent peut-être quelque chose d'anormal, mais il eut le temps de franchir la porte avant qu'ils n'aient tenté quoi que ce soit.

— Taxi, *sir* ? proposa le portier, inquiet par la pâleur de Val.

Incapable de dire un mot, Val voulut faire non de la tête — mouvement qui se révéla totalement impossible. Il se contenta donc d'un petit grognement de refus. Pendant qu'il claudiquait vers un arrêt d'autobus, le soleil semblait aimanté par sa cargaison clandestine, comme la lumière est aimantée par le métal. L'impériale, se dit-il. Sur l'impériale, il aurait un peu d'air.

Sa technique de *Hall Room Boy* se révéla alors d'une extrême efficacité. Il s'encastra dans l'escalier en colimaçon, et se hissa jusqu'à la plate-forme, avec une énergie farouche, comme s'il s'était agi de l'échelle sociale. Arrivé là, il se laissa tomber sur le premier siège, et le sang qu'il tenait de la longue lignée roturière des Jones battait dans son cœur à tout rompre. S'asseoir sur une malle, et donner de petits coups de talon, en attendant que ça finisse, n'était pas dans la nature de Val. Il avait encore le désir de se battre.

IV

Un an plus tard, Mr. Charles Martin Templeton, de Philadelphie, trouva dans son bureau un jeune homme qui avait manifestement triché pour s'y introduire. Le jeune visiteur reconnut lui-même qu'il n'avait aucun titre à retenir l'attention de Mr. Templeton — sinon qu'il avait été, six ans plus tôt, son hôte occasionnel.

— Il y a eu un drame à propos d'un chèque, précisa-t-il, d'une voix ferme. Vous vous en souvenez sûrement. J'ai été contraint de régler l'addition d'un déjeuner que vous auriez dû régler à ma place, car j'étais très pauvre, à l'époque. J'ai signé un chèque, qui était parfaitement provisionné, mais avec un peu de retard. Votre épouse n'en a pas tenu compte, et a raconté cette histoire partout. Aujourd'hui encore, où que j'aille, on m'en parle. J'exige donc réparation.

Le regard de Mr. Templeton se chargea de méfiance.

— Du chantage ?

— Absolument pas. Je demande justice, c'est tout. Pendant le boom économique, je ne pouvais pas gagner d'argent. Comment voulez-vous que j'en gagne, avec la dépression ? Votre épouse m'a causé un tort considérable. Réparez ce tort en m'offrant une situation.

— Je me souviens de cette histoire de chèque, répondit Mr. Templeton, d'un air préoccupé. Mercia a toujours pensé que sa mère avait été trop loin.

— Beaucoup trop. Il y a une bonne centaine de gens, à New York, qui me prennent aujourd'hui encore pour un escroc fieffé.

— Je ne dispose pas de chèque ayant besoin d'une signature, reprit Mr. Templeton, toujours aussi préoccupé, mais je peux vous diriger vers ma ferme.

A genoux, dans sa vieille salopette, voilà Val Schuyler de New York, qui plante des choux et des haricots, et qui tresse d'interminables treillis de ficelle, pour que s'y enroulent délicatement les vrilles de la vigne. Tout en s'appliquant à ces rudes travaux champêtres, il essaie de se souvenir de la merveilleuse semaine qu'il a passé à Newport en 1929, ou des nombreuses valses viennoises qu'il a dansées avec l'Honorable Elinor Guise, le soir où l'on célébrait la majorité de Lord Clan-Carly.

C'est une toute autre voix, à l'accent écossais, qui s'adresse à lui aujourd'hui.

— Travaillez trop lentement, Schuyler. Faudrait voir à creuser plus énergiquement.

— L'imbécile me prend pour un prince déchu, pense Val.

Assis sur ses talons, il désherbe le potager. S'atteler ainsi à une tâche n'ayant strictement rien à voir avec les enseignements du passé, lui donne un sentiment de complet gaspillage. Il ne comprend pas pourquoi il est là, à quelles forces implacables il a obéi. Il a toujours respecté les règles du jeu, ce qui n'a pas empêché la haute société de lui dire : « Vous êtes tout à fait charmant, vous avez fait danser nos jeunes héritières, vous avez été le roi de nos fêtes, lutté victorieusement contre les raseurs. Allez faire un tour dans le potager, maintenant, pour voir ce que ça donne avec les choux. » La haute société. Il était venu se blottir contre son sein glacé, comme un enfant plein de confiance, sentant avec un étrange plaisir la petite pointe des diamants lui déchirer les joues.

Il ne lui avait pas demandé grand-chose, se pliant aux échelles de valeur qu'elle s'était fixées elle-même — car agir autrement, ç'aurait été perdre à jamais l'idée romantique qu'il s'en était faite. Il s'était introduit, avec une profonde naïveté juvénile dans un *milieu*, beaucoup moins équilibré que celui des gangsters, et infiniment moins attentif à protéger ses propres membres. Pour finir, on l'avait envoyé planter les choux.

— J'aurais dû épouser Emily Parr, se dit-il, ou Esther Manly, ou Madeline Quarrels, ou l'une des sœurs Dale. J'aurais dû faire mon trou — m'enraciner moi-même.

Mais, dans sa détresse, il sait que ce qu'il a tant désiré, la naissance seule pouvait le lui offrir : sa précieuse liberté, son indépendance.

— Sans doute faudra-t-il que je me résigne au sacrifice suprême, se dit-il.

Ayant envisagé le sacrifice suprême, il revient à ses choux. Il a les larmes aux yeux — des larmes d'impuissance. Terrible décision à prendre.

Mercia Templeton, qui rentre d'une promenade à cheval, s'arrête et le regarde un long moment.

— Vous voici enfin, non pas en image, mais littéralement à mes pieds, dit-elle.

Il continue de travailler, comme s'il n'avait pas entendu. Elle élève la voix :

— Regardez-moi, à la fin ! Ne trouvez-vous pas que je le mérite ? Les gens disent que j'ai changé. Que je me suis épanouie. Daignerez-vous un jour me regarder, Seigneur !

Val s'arrache en soupirant à ses carrés de choux.

— Est-ce une demande en mariage ? Avez-vous l'intention de me transformer en honnête homme ?

— Qui le pourrait ? Personne au monde. Mais vous me regardez, enfin ! Alors ? Que voyez-vous ?

Il la détaille avec un certaine complaisance.

— Pas mal du tout. Sérieusement. Mise à part une fâcheuse tendance à prendre le mors aux dents.

— Oh ! Seigneur ! Quel prétentieux vous faites !

Elle éperonne son cheval, disparaît au galop.

Val Schuyler revient tristement à ses carrés de choux. Mais, en matière de sophistication, il est devenu imbattable. Son laborieux apprentissage lui a au moins permis d'apprendre ce jeu-là. Il sait que Mercia reviendra.

L'EMPLOI DU TEMPS

A la suite d'une rechute, Zelda fut admise à l'hôpital psychiatrique de Baltimore, en février 1932. Scott finit par quitter Montgomery, et par louer une villa appelée : La Paix, *dans les faubourgs de Baltimore. Zelda était parfois autorisée à y passer l'après-midi, et rentrait le soir à l'hôpital. C'est là que cette nouvelle fut écrite, en décembre 1932. Le* Saturday Evening Post *l'a achetée 3 000 dollars et l'a publiée dans son numéro du 18 mars 1933.*

I

C'est pendant le mois de septembre que René préférait sa vieille maison, lorsque le roux des érables se détachait sur le blanc argenté des bouleaux, et que les écureuils couraient sur les pelouses, en préparant leurs provisions d'hiver. Cette maison était située dans les faubourgs d'une petite ville universitaire — très grande, toute en bois, pleine de coins et recoins. Au cours des années 80, elle servait de résidence à des particuliers, puis s'était transformée, aux environs de 1900 en refuge pour les sans-abri du county, avant de retrouver sa vocation première. Les soupirs haletants de sa tuyauterie moribonde, et l'absence de tout téléphone au « Hello ! » cristallin, auraient découragé n'importe quelle famille moderne, mais René en était tout de suite tombé amoureux, à cause d'une large véranda ouvrant sur deux hectares de parc à l'abandon, qui était comme l'image lointaine de son enfance en Normandie. L'animation des écureuils, qu'il regardait de sa fenêtre, lui rappela qu'il devait engranger, lui aussi, quelques provisions pour l'hiver, et, mettant de côté son travail, il prit une grande feuille de papier, découpée en larges rectangles, qu'il examina une dernière fois. Il se dirigea ensuite vers l'escalier, et appela :

— Noële !

— Oui, papa ?

— J'ai besoin de toi, ma chérie.

— Tu m'as dit de ranger les soldats de plomb.

— Tu finiras plus tard. Je voudrais que tu ailles chez les Slocum, chercher Miss Becky Snyder. Il faut que je vous parle à toutes les deux.

— Becky est là, papa. Elle prend un bain.

René sursauta.

— Un bain !

Un jeu subtil de fentes et de lézardes donnait à la vieille maison une surprenante acoustique, si bien qu'une voix, qui n'était plus celle d'une enfant, descendit du premier étage.

— L'eau coule si lentement chez les Slocum qu'il faut toute une journée pour remplir la baignoire. Je ne pensais pas que ça vous ennuierait, René.

— M'ennuyer !

Comme si la situation n'était pas assez ambiguë ! « M'ennuyer ! ». Si Becky venait prendre ses bains chez lui, pourquoi n'y vivrait-elle pas complètement ? C'est ce qu'en conclurait n'importe quel visiteur, sonnant à l'improviste. Il se voyait mal en train d'expliquer à Mrs. McIntoch, doyenne de la Faculté, à la suite de quelles ténébreuses circonstances Becky Snyder se trouvait plongée dans sa propre baignoire.

Peut-être y parviendrait-il, après tout — mais, en France, à la seule idée d'essayer, il rougirait de honte.

Noële descendit. Douze ans, très blonde, un corps délicat et parfait — l'exact portrait de sa mère. Ce qui avait inquiété René, au début. Mais elle était devenue, peu à peu, aussi résistante que n'importe quel enfant américain. Il avait alors consacré tous ses soins à son éducation, dont il s'était juré qu'elle serait aussi accomplie que celle de n'importe quelle petite française.

— Demain, c'est la rentrée des classes. Tu t'en souviens ?

— Ouais.

— Pardon ?

— Oui, papa.

— Je vais avoir plus de travail que d'habitude.

— Avec toute cette eau ?

— Avec toute cette eau, exactement. Imagine le nombre de bains que Becky pourrait y prendre. Et aussi avec cette ravissante petite centrale électrique que la Fondation a construite pour moi. J'ai donc préparé un emploi du temps à ton intention. Ma secrétaire l'a tapé en trois exemplaires : un pour toi, un pour Becky et un pour moi. Nous collerons une pochette spéciale au dos de ton livre d'arithmétique, pour y glisser ton exemplaire. Surtout, n'oublie jamais de l'y remettre. Si tu le perds, notre journée, à tous les trois, sera complètement gâchée.

Noële s'agitait sur sa chaise.

— Explique-moi pourquoi je ne peux pas vivre comme les autres ? Pourquoi je dois toujours faire des trucs dingues, qui...

— Pas ce mot, s'il te plaît !

— D'accord. Pourquoi je ne peux pas vivre comme tout le monde ?

— Tu veux abandonner le piano ?

— Le piano, sûrement pas. Mais cette leçon de français, tous les jours, en plus des heures de classe ?

René se leva, et passa machinalement la main dans ses cheveux déjà gris — il n'avait que trente-quatre ans.

— A quoi bon toujours expliquer ? Ecoute. Tu parles un français impeccable, et tu veux que ça continue, j'imagine ? D'un autre côté, tu n'apprendras rien à l'école, car tu as atteint le niveau d'un étudiant de troisième année.

— Alors, justement ? Pourquoi faut-il...

— Parce que tous les enfants finissent par oublier une langue, s'ils ne la pratiquent pas jusqu'à l'âge de quatorze ans. Ton cerveau, là...

Il se donna un grand coup sur le front.

— Impossible pour lui, tu comprends ?

Noële riait, mais son père restait grave.

— Pour toi, c'est un atout énorme. Ça te permettra de... Tiens : ça te permettra d'entrer à la Comédie-Française.

— Je n'ai plus envie d'être actrice, avoua Noële. J'ai envie de m'occuper d'électrolyse, comme toi, d'avoir une petite centrale miniature, et le soir, on parlerait français, tous les deux. Becky nous rejoindrait. Elle aussi, elle veut apprendre.

René hocha la tête, consterné.

— Bon, d'accord, tu l'auras voulu.

Il envoya promener son emploi du temps, d'un revers de main, en prenant bien garde de ne pas le faire tomber dans la corbeille à papiers.

— Comme il n'est pas question que tu grandisses sans rien faire, je vais donc t'apprendre des choses pratiques. Tu n'iras plus à l'école. Tu resteras ici. Tu apprendras à coudre, à faire la cuisine, à tenir le livre de comptes. Tu apprendras à diriger la maison.

Il retourna s'asseoir à son bureau, manifestement démoralisé et, d'un petit signe de main, fit comprendre à Noële qu'il voulait rester seul, pour ruminer sa déception.

Noële hésitait. Lorsqu'elle avait de mauvaises notes autrefois, il la menaçait, par plaisanterie, de faire d'elle une cuisinière — plaisanterie qui lui faisait toujours un peu peur. Aujourd'hui, elle ne croyait plus à cette menace, mais il y avait, dans la logique du raisonnement de son père, quelque chose qui la poussait à ne pas insister. Son problème était simple, en fait : elle détestait ces leçons particulières de français qui l'obligeaient à quitter l'école au milieu de la matinée. Elle aurait voulu vivre comme les autres élèves de sa classe.

— Bon, d'accord, soupira-t-elle enfin.

Ils se levèrent tous les deux au moment où Becky, rose encore et toute embuée de son bain, entrait dans la pièce.

Dix-neuf ans. Une petite beauté surprenante, avec un visage différent du corps, comme fabriqué à part, puis mis en place avec une extrême minutie. Le corps était, en effet, vigoureux, athlétique ; le visage tout en rondeurs, en ombres portées, en couleurs éclatantes, et toujours en mouvement — d'où ce petit signal optique qu'il finissait par émettre, à résonance peut-être sexuelle, qui obligeait les gens à la regarder, ébahis. Il arrive parfois qu'on soit alerté par la lointaine apparition d'une ravissante beauté, mais qu'au bout d'un moment, lorsque le visage s'anime, cette beauté s'effrite sous vos yeux, comme une superbe statue, qui se mettrait à marcher, avec le déhanchement maladroit d'une poupée désarticulée. La beauté de Becky était à l'opposé. Chaque muscle de son visage s'entendait à rendre charmants ses sourires, ses froncements de sourcils, ses signes de mépris, d'insolence, de gratitude. Sa beauté savait exprimer, avec autant de précision que de richesse, tout ce qu'elle souhaitait exprimer.

Ceci dit, elle n'était encore qu'une promesse de jeune femme, dont René de Cary ne connaissait que certaines facettes. Elle ne partageait avec Noële qu'une complicité de camarades de collège — et se regardaient l'une et l'autre comme d'obscures rivales dans l'affection que René leur portait.

— Reprenons, mes enfants, dit René. Mettons les choses au clair. Nous possédons une voiture, pas de téléphone, et trois existences. La voiture peut être conduite par vous (et il se tourna vers Becky), par moi, et, le plus souvent, par le frère d'Aquilla. Inutile d'exposer les principes de cet emploi du temps. J'y ai travaillé cette nuit jusqu'à une heure avancée. Il est excellent, croyez-moi.

Elles prirent sagement place en face de lui. Il contemplait son œuvre avec une fierté évidente.

— Prenons un jour particulier : le mardi. Le frère d'Aquilla me conduit au laboratoire et dépose Noële à l'école. Dès qu'il est revenu, Becky prend la voiture et va suivre ses cours de tennis. En revenant, elle cueille Noële à l'école et la dépose chez Melle Ségur. Puis elle va faire ses courses, et ainsi de suite.

— Supposons que je n'ai pas de courses à faire, suggéra Becky.

— Vous passez directement à l'*ainsi de suite*. S'il n'y a pas d'*ainsi de suite*, vous déposez la voiture au laboratoire et rentrez chez vous en autobus. Auquel cas, je conduis le frère d'Aquilla... je veux dire : Noële...

Il plissa les yeux, pour examiner son emploi du temps de plus près.

— Noële, c'est bien ça... Je vais donc chercher Noële chez Melle Ségur, je la reconduis à l'école, et je rentre. Ensuite...

Il chercha de nouveau.

— Ensuite...

Noële se trémoussait de plaisir. Elle s'écria :

— On dirait l'histoire du loup, de la chèvre et du chou, et de la rivière qu'il faut traverser.

— Tais-toi une seconde !

Une sourde exaspération tremblait dans la voix de René.

— A cet endroit précis, il faut que je rajoute une demi-heure. Sinon le frère d'Aquilla sera obligé d'avaler son déjeuner avant qu'il ne soit cuit.

Becky écoutait jusque-là avec une aimable patience. Elle se transforma soudain en quelqu'un d'énergique et de clairvoyant. Ce changement, que les traits de son beau visage rendaient lisible, impressionna René. Il accepta de l'écouter, avec un mélange de fierté, de respect et de suspicion.

— Et si je renonçais à mes cours de tennis cet automne, proposa-t-elle. Ce qui compte avant tout, c'est votre travail au laboratoire et l'éducation de Noële. Mon tennis complique les choses. Je peux m'arrêter un mois ou deux.

René avait l'air stupéfait.

— Renoncer au tennis ? Vous êtes folle, mon petit enfant ! Vous continuerez, quoi qu'il arrive. Les femmes américaines se doivent d'être des athlètes. C'est une tradition imposée. Il suffit de nous mettre d'accord tous les trois.

Le tennis était le point fort de Becky. Elle avait remporté à seize ans le tournoi universitaire de New Jersey, donnant à la petite ville de Bingham une célébrité inattendue. René avait suivi avec passion la carrière de deux de ses compatriotes : Suzanne Lenglen et René Lacoste. Il attachait une extrême importance aux leçons de tennis de Becky. Il savait que certaines rumeurs concernant leurs relations couraient déjà en ville — cette jeune fille, vous savez bien, qu'il a ramassée Dieu sait où, et qu'il fait chaperonner par Mr. et Mrs. Slocum, ses voisins, qui sont maraîchers. Le tennis représentait donc pour

Becky une valeur abstraite, qui pourrait lui servir plus tard. Qui pourrait lui donner une assise sociale — ou, plus exactement, qui pourrait suppléer à son manque d'assise sociale. Problème ou non, il fallait qu'il figure dans son emploi du temps.

René avait épousé une Américaine. Il l'avait adorée. Lorsqu'elle s'était éteinte, en Suisse, après une longue maladie, il avait nié l'évidence pendant trois ans, et chaque matin, au réveil, la journée lui semblait finie avant même de commencer. Voulant sans doute valider la légende qui dit qu'un corps humain renouvelle ses cellules tous les sept ans, Edith, son épouse, avait stipulé, dans l'ultime testament rédigé lors de sa maladie, que s'il venait à se remarier moins de sept ans après sa mort, la petite rente qu'elle lui léguait serait reversée à Noële. Au bout de sept ans, selon la légende, René serait devenu quelqu'un d'autre. Peu importait alors ce qu'il déciderait de faire. Cette clause ne l'avait en rien contrarié. Au contraire. C'était presqu'un soulagement de savoir que le remariage lui était interdit. Il pouvait ainsi éviter bien des pièges auxquels les veufs sont exposés dans une petite ville universitaire. L'héritage, bien qu'assez modeste, lui avait permis de poursuivre ses recherches de laboratoire, avec l'appui d'une de ces fondations scientifiques, qui gravitent toujours autour des Universités — ce qui lui évitait d'occuper, pour gagner sa vie, un poste d'enseignant sur une terre étrangère. Il avait toujours eu de la chance dans sa spécialité. L'année précédente, en mettant un peu d'ordre dans le fouillis laissé par son prédécesseur, il avait découvert par hasard une technique révolutionnaire de stimulation d'un catalyseur, facilitant les réactions chimiques. Encore un an, avait-il pensé, et il pourrait offrir à Noële une éducation nettement supérieure à celle que permettait le capital, déjà bien entamé, de sa femme.

Il avait donc lutté pendant plus de mille jours contre sa douleur. Puis il avait découvert que sa fille grandissait et que rien n'égalait le travail pour remplir une vie. Il s'était alors résigné, et le rythme de leur existence avait épousé celui de l'université. Il se plaisait à dire, à l'époque :

— Mes relations avec ma fille ressemblent à ce qu'on pourrait appeler : le complexe d'Electre. Si l'homme était un animal doué de mimétisme, il me pousserait une poitrine abondante, des hanches confortables, et je serais une vraie mère pour elle. Ce qui est malheureusement impossible. D'où le problème : comment mettre un terme à cette étrange relation père-fille, qui s'est développée entre nous ?

La solution s'était présentée d'elle-même. Fasciné par la jeunesse, René avait un jour aperçu la ravissante silhouette de Becky Snyder, émergeant d'une étrange guimbarde, arrêtée sur *Lincoln Highway*. C'était une guimbarde d'un âge avancé, presque trop avancé, même si elle avait pour unique fonction de conduire d'un coin d'ombre à l'autre un couple de jeunes amoureux. Ses flancs étaient couverts de graffitis sinistres, et un grand *Bingham HS 1932* défigurait — si l'on ose employer ce mot — la calandre du radiateur. Distrait, comme tout universitaire qui fait une petite ballade en vélo pour meubler son après-midi, René de Cary aurait tranquillement continué sa route, avec un léger haussement d'épaules amusé, s'il n'avait brusquement découvert pourquoi cette antique guimbarde était arrêtée sur le bord de la route : un jeune homme, manifestement ivre mort, ronflait en travers du volant.

« Ce n'est pas convenable du tout ! » se disait-il, un peu plus tard, après avoir hissé son vélo sur la banquette arrière et saisi le volant, pour reconduire la guimbarde à bon port. Il préférait ne pas imaginer Noële dans une pareille situation... Ayant déposé le jeune dormeur et sa voiture-couchette au sein de sa famille, René s'était retrouvé sous la véranda d'une ferme des environs, assis entre Becky et sa tante, qui était sourde. C'est alors, mais alors seulement, qu'il avait découvert à quel point elle était jolie, d'une beauté si indiscutable qu'il avait envie de lui caresser les cheveux, d'effleurer du doigt la lumière de ce visage, et le pli de la nuque — là où il embrassait Noële chaque soir, en lui souhaitant bonne nuit.

Elle l'avait raccompagné jusqu'au portail.

— Interdisez à ce garçon de venir vous voir. Ce n'est pas quelqu'un pour vous.

Elle avait souri.

— Quoi d'autre, alors ? Rester chez moi ?

Il avait levé les bras au ciel.

— Ce village manque-t-il à ce point de gens fréquentables ?

Question qui avait agacé Becky. Il aurait dû savoir qu'il n'y avait personne.

— J'étais fiancée à quelqu'un de très bien. Il est mort l'an dernier.

Elle avait ajouté, avec fierté :

— Il avait été reçu à Hamilton. Je devais le rejoindre pour le bal de printemps. Il a attrapé une pneumonie.

— Désolé, avait murmuré René.

— Il n'y a pas de garçons, ici. Quelqu'un m'a promis de me trouver du travail à New York, mais je connais la chanson. J'ai une amie. Elle va souvent en ville. Elle flirte avec les étudiants. C'est dur, pour une jeune fille, d'être née dans un trou pareil. Je veux dire : elle n'a aucun avenir. J'ai connu des garçons au tennis. Je ne les ai jamais revus.

Elle disait tout ce qui lui passait par la tête, des phrases où se reflétaient à la fois l'enfant abandonnée, la petite paysanne, la jeune débutante. Il en était déconcerté — tant d'innocence, d'expectative, d'ignorance. C'était si loin de lui, si étranger à lui. Il s'était surpris cependant à faire une promesse.

— J'inviterai chez moi quelques étudiants. Rien ne les intéresse, mais ils ne peuvent pas rester insensibles à ce qui est beau.

Les choses avaient tourné autrement. La demi-douzaine d'étudiants qu'il avait invités à prendre le thé, la femme qui servait de chaperon, avaient compris en moins d'une demi-heure qu'il était éperdument amoureux de cette jeune fille, qu'il l'ignorait encore, mais qu'il ne supportait pas d'entendre deux jeunes gens lui fixer rendez-vous. Lorsqu'elle revint, pour la seconde fois, les jeunes gens avaient disparu.

— Je vous aime, avait-il dit. Je veux vous épouser.

— Mais, je... comment répondre ? Je ne pensais pas...

— Evitez de penser. C'est à moi de penser pour deux.

Elle avait eu une réaction bouleversante.

— Oh ! vous m'apprendrez. J'ai tellement envie d'apprendre !

— Nous serons obligés de patienter sept mois, parce que... Mon Dieu, que vous êtes jolie !

On était en juin. Ils avaient fait peu à peu connaissance, au cours de longs après-midi passés sous la véranda. Elle se sentait en parfaite sécurité avec lui — un peu trop en sécurité.

René, pour la première fois, se rebellait contre la clause du testament d'Edith. Les sept ans ne viendraient à complète échéance qu'en décembre — et ce délai serait difficile à vivre. Annoncer tout de suite leurs fiançailles aurait conduit toutes les femmes de l'université à se comporter en jury d'examen par rapport à Becky. Estimant qu'il avait une chance incroyable d'être tombé sur une perle aussi rare, il refusait qu'elle se ternisse dans son trou de campagne. N'importe quel amateur de beauté, n'importe quel étranger un peu attentif, pouvait la rencontrer sur un bord de route, dans une voiture en panne, en compagnie d'un inqualifiable jeune homme. Elle avait besoin, qui plus est, d'être initiée au code des bons usages. Se souvenant des pionniers du chemin de fer, héros de la conquête de l'Ouest, qui enfermaient leurs petites amies, serveuses de *saloon*, dans des couvents, pour les préparer à leur glorieuse destinée, il avait songé, un instant, à envoyer Becky en France, accompagnée d'un chaperon. Financièrement, ça n'avait pas été possible. Il avait donc fini par l'installer chez ses plus proches voisins, les Slocum. D'où la place qu'elle tenait dans son emploi du temps.

— Prenez-en grand soin, lui dit-il. Notre existence de chaque jour en dépend. Ne perdez pas votre exemplaire.

— Soyez tranquille, mon petit chéri.

— Votre futur époux est très exigeant. Il veut à la fois une femme ravissante, une fille parfaitement éduquée, réussir dans son travail, et vivre à la campagne. Il est un peu à l'étroit sur le plan financier, mais, ajouta-t-il avec conviction, si l'on respecte la méthode — une méthode pour chacun, une méthode pour tous — tout se passera bien.

— Très bien, rassurez-vous.

Elle l'embrassa, se serra contre lui, s'en alla, et il revint s'asseoir, pour regarder les écureuils, qui couraient dans le crépuscule.

« Comme c'est étrange, se dit-il. Pour le moment, je joue le rôle d'une supérieure de couvent. J'enseigne à mes deux petites filles la valeur du travail et de la politesse. Le reste ne s'apprend pas. On l'a ou on ne l'a pas. Cet emploi du temps est ma sauvegarde. Je n'aurai plus à me noyer dans les détails quotidiens, et, de toute façon, je refuse que leur éducation soit décidée par les nababs d'Hollywood. Je veux qu'elles grandissent. C'est trop dangereux de vouloir maintenir les gens au stade de l'infantilisme. Ça coûte trop cher. Car, en fin de compte, il y a toujours quelqu'un qui paie la facture. »

Son regard revint vers sa table. Il y découvrit, soigneusement pliée en quatre, une feuille de papier qu'il connaissait bien — on distinguait en transparence les lignes tapées par sa secrétaire. Et sur la chaise où était assise Becky, il aperçut le double de cette feuille. Aussitôt oubliés et abandonnés, les emplois du temps restaient à celui qui les avait conçus.

— Mon Dieu ! soupira-t-il, en levant les mains vers ses cheveux prématurément argentés. Mon Dieu, Noële, ça commence bien !

II

Avec une sorte d'élan maladroit, semblable au sursaut d'une équipe d'ouvriers soulevant une lourde charge, l'emploi du temps prit le départ. Un départ tâtonnant. Noële ayant égaré son exemplaire, le troisième jour, prit part à une leçon de botanique en plein air, tandis que le frère d'Aquilla — un jeune Noir qui, depuis quelques temps, remplaçait un imprévisible homme de ménage, mais n'avait pas encore eu droit à un patronyme personnel — tandis que le frère d'Aquilla, donc, était censé l'attendre devant la porte de l'école. Ce qu'il fit pendant deux heures. Si bien que Becky rata son cours de tennis et que Melle Ségur se plaignit amèrement à René. Lequel s'acharnait désespérément, ce jour-là, à introduire des électrodes de platine, délicatement embuées, dans un millier de bocaux de verre. D'où la violente colère qu'il piqua en rentrant, et Noële, punie, dut dîner dans sa chambre.

Ses deux expériences en cours l'absorbaient chaque jour davantage. L'une tentait de développer la trouvaille qu'il avait faite par hasard en matière de catalyseur. L'autre se fondait sur une découverte récente, prouvant qu'il existait deux sortes d'eau différentes. Si, en décomposant par électrolyse cinq cent mille litres d'eau, il parvenait à faire une étude spectrographique de chacune des deux sortes, le résultat de ses recherches serait inestimable. Conjointement à la Fondation, une société commerciale sponsorisait l'opération. Qui avait déjà coûté plusieurs milliers de dollars — à cause de la fameuse centrale électrique construite à son usage personnel, du millier d'électrodes de platine nécessaires, reposant chacune dans un bocal de verre, sans compter le temps qu'avait demandé la délicate et fastidieuse installation de l'ensemble.

Ce qui reléguait donc au second plan ses soucis domestiques. Il se réjouissait de savoir ses deux jeunes filles actives et à l'abri, de penser aux charmants visages qui l'attendaient le soir, à la maison. Mais il ne disposait d'aucune énergie supplémentaire à consacrer à sa famille. Becky avait ses cours de tennis, et une liste d'ouvrages à lire qu'il avait dressée à sa demande. Elle voulait être pour René une épouse parfaite. Elle savait qu'il tentait d'asseoir leur future existence commune sur des bases solides. S'il accordait parfois une importance excessive à des détails, c'est qu'il vivait des instants d'extrême tension nerveuse, et elle le comprenait. Elle finit pourtant par se rebeller, lorsqu'il transforma en leçons de rigueur disciplinaire les rares instants qu'il consacrait à Noële, notamment lorsqu'il corrigeait ses devoirs — qui revenaient toujours avec la mention : *bâclé*. Ce à quoi René répliqua que cette sévérité avait pour but d'aguerrir sa fille. Il fallait qu'elle réserve son énergie vitale à des problèmes vitaux, au lieu de la gaspiller à regagner l'estime de ses camarades de classe, s'il arrivait qu'elle la perde par négligence ou vanité. « C'est en famille qu'on doit apprendre la politesse. Sinon la vie se charge de vous l'apprendre elle-même, à grands coups de fouet, et beaucoup de jeunes américains s'en trouvent cruellement blessés. Peu m'importe que Noële "m'adore" ou non, comme ils disent. Je ne l'élève pas pour qu'elle m'épouse. »

La méthode pourtant n'était pas efficace. Sa vie privée commençait elle-même à l'embarrasser. S'il avait pu rester une demi-heure de plus au laboratoire, le jour où il savait que Becky l'attendait discrètement au coin d'une rue, s'il avait pu du moins charger quelqu'un de l'avertir, il n'aurait pas laissé un robinet ouvert, et l'eau, déjà séparée en isotopes, ne se serait pas mélangée à l'autre, l'obligeant ainsi à recommencer l'expérience. Travail, amour, devoir paternel... Il n'y avait là rien d'exorbitant. Il avait longuement pesé le problème. Il avait dressé un emploi du temps, qui anticipait le moindre détail. Il réunit de nouveau ses deux équipières.

— Réfléchissons ensemble. Nous possédons une méthode. Elle est concrétisée par cet emploi du temps. Une méthode est toujours préférable et supérieure à l'homme.

— Pas toujours, observa Becky.

— Comment ça, pas toujours, ma petite enfant ?

— Les voitures peuvent se comporter comme s'est comportée la nôtre, l'autre jour. On ne peut pas se planter devant elle et lui lire l'emploi du temps.

— Exact, mon enfant. Mais c'est à nous de le relire. Tout y est prévu : révisions du moteur, provision d'essence, et...

— D'accord, on essaiera de faire des progrès. N'est-ce pas, Noële ? Toi, moi, et... et la voiture.

— Vous pouvez plaisanter, dit René. Je parle sérieusement.

Elle s'approcha de lui.

— Je ne plaisante pas, mon petit chéri. Je vous aime de tout mon cœur. J'essaie de faire tout ce que vous voulez. Même jouer au tennis. Mais je préférerais parfois faire un petit saut jusqu'ici, pour que votre maison soit un peu mieux tenue.

— Ma maison ?

Il jeta un regard hésitant autour de lui.

— Elle est très bien tenue, ma maison. La sœur d'Aquilla vient un vendredi sur deux.

Il eut l'occasion de repenser à cette phrase, la semaine suivante. C'était un dimanche après-midi. Charles Hume, son principal assistant, vint le voir avec sa femme. Ils se connaissaient depuis longtemps, et il découvrit tout de suite, dans leur regard, l'intérêt affectueux que vous portent les vieux amis. Comment allait la petite Noële ? Ils l'avaient invitée une semaine chez eux, l'été précédent.

René alla jusqu'au pied de l'escalier, appela Noële. Pas de réponse.

— Elle doit être quelque part dans les environs, dit-il, avec un grand geste de la main. Il y a des champs tout autour.

— Tant que les jours sont longs, c'est parfait, remarqua Dolores Hume. Mais les kidnappings, ça existe, ne l'oubliez pas.

Le cerveau de René se refusa énergiquement à enregistrer ce nouveau motif d'inquiétude.

— Et vous, René, comment allez-vous ? Charles estime que vous travaillez trop ces temps derniers.

— Voyons, *darling*, protesta Charles, je...

— Du calme. Je connais René depuis plus longtemps que toi. Vous passez vos journées à vous agiter, tous les deux, autour de vos bocaux, et le soir, lorsque René rentre chez lui, il a Noële sur les bras.

Est-ce le regard de René qui l'avait trahi malgré lui, ou le guettait-elle attentivement ?

— Charles me dit que vous venez d'atteindre une période particulièrement difficile, dans vos recherches. Je pensais qu'on pourrait peut-être vous donner un coup de main. Nous prendrions Noële à la maison, et vous iriez vous reposer une petite semaine.

René répondit assez brutalement :

— Je n'ai pas besoin de repos, et je ne peux pas m'en aller.

Réponse qui pouvait paraître blessante pour Charles, et René lui était très attaché. Il ajouta donc :

— ... bien que Charles soit capable de faire les choses aussi bien que moi.

— Je pensais surtout à la pauvre Noële. Un enfant a toujours besoin d'attention.

Sentant la colère l'envahir, René se contenta de hocher la tête.

— Si vous refusez ma proposition, reprit Dolores, pourquoi ne pas engager une petite Noire, qui s'occuperait de Noële l'après-midi ? Elle ferait également un peu de ménage. Peut-être les maisons sont-elles mieux rangées chez les Français que chez les Américains, mais j'ai remarqué qu'elles n'étaient pas plus propres.

Elle effleura la boiserie d'un doigt expert.

— Grands Dieux ! s'écria-t-elle, effarée.

L'index était noir, d'un noir épais, une couche de moisissure poisseuse, mélangée à de vieux relents de cire d'autrefois, et de suie apportée par le vent.

— Quelle horreur ! gémit René.

Il se souvint d'avoir interdit à Becky de faire le ménage, huit jours plus tôt.

— Je vous demande mille pardons. Je vais vous chercher...

— Non, non, ne bougez pas. Je connais cette maison comme ma poche.

Elle sortit rapidement. Charles Hume se tourna aussitôt vers René.

— Je te fais mes plus plates excuses. Dolores est une femme trop curieuse. Elle n'a aucune raison de mettre le nez dans tes affaires.

Il s'interrompit. Dolores était revenue. Ils comprirent à son visage que quelque chose venait de se passer. Elle semblait à la fois choquée, stupéfaite et blessée, comme à la suite d'une offense personnelle.

— Vous auriez pu me dire de ne pas monter au premier étage. Votre vie privée ne me regarde pas, mais si cette plaisanterie venait de quelqu'un d'autre, je la trouverais déplacée.

René eut un moment d'effarement. Puis un soupçon de vérité l'envahit. Avant qu'il ait pu dire un mot, Dolores poursuivit d'une voix glaciale :

— J'ai cru que c'était Noële qui prenait son bain. Je suis entrée sans hésiter.

René voulut s'en tirer par quelques gestes appropriés. Après avoir pris une longue et perceptible inspiration, il se frotta les yeux, secoua la tête, soupira « tss, tss, tss... », puis écarta brusquement les mains, comme pour jouer cartes sur table, et se lança dans une explication confuse. Cette jeune fille était la nièce d'un voisin. Mais en prononçant ces mots, il savait déjà qu'il perdait son temps. À un ou deux ans près, Dolores se rattachait à la génération d'après-guerre, pour qui tout, ou presque, allait de soi. Elle avait été vaguement amoureuse de lui avant son mariage, il le savait. Il savait également que l'histoire ferait le tour de la petite ville universitaire. Elle feignit de croire à ses explications, et Charles, en s'en allant, lui lança un regard complice, comme une promesse tacite que Dolores ne dirait rien, mais il savait que tout était perdu.

— J'ai tellement honte, gémit Becky, les larmes aux yeux. Juste le jour où l'eau avait décidé de ne plus couler du tout chez les Slocum. J'avais chaud.

J'étais trempée. Je me suis dit que ça me ferait du bien de me plonger quelques secondes dans une baignoire. Si vous aviez vu la tête de cette femme, quand elle est entrée ! « Oh ! mon Dieu, mais ce n'est pas Noële ! » a-t-elle crié. Et moi, qu'est-ce que je pouvais répondre ? Elle voyait bien que je n'étais pas Noële, puisqu'elle me dévorait des yeux !

On était en novembre. A la fin de chaque semaine, le campus prenait feu, dans une profusion de violettes et de chrysanthèmes, de hot-dogs et d'insignes de football, et les routes n'étaient plus qu'un large tunnel de feuillage roux et or, recouvrant le trafic fiévreux des voitures. René assistait toujours aux matchs de football. Cette année-là, il y renonça. Il voulait concentrer toute son attention sur le comportement de cette eau si précieuse, qui n'était plus de l'eau, mais une sorte de fluide céleste et magique, capable, qui sait ?, de guérir les désordres mentaux d'un phacochère, ou de rendre velue la coquille d'un œuf. Il était également devenu l'esclave de son catalyseur, cinq mille dollars de fil platiné, qui lançait vers lui, chaque matin, du fond de sa prison de quartz, de sourdes lueurs impavides. Un matin, comme ils étaient en avance, il fit entrer Noële et Becky dans son laboratoire. Il fut un peu déçu de constater qu'au lieu d'écouter ses explications, Noële était plongée dans la lecture de son emploi du temps. Becky trouvait à ce local ensoleillé, rempli d'odeurs ésotériques, et du léger grésillement des bocaux de verre, impalpable promesse de secrets à venir, quelque chose de romantique.

— Papa, tu peux me prêter ton emploi du temps une minute ? demanda Noële. Il y a un drôle de mot sur le mien. Je ne sais jamais ce que ça veut dire.

Il lui tendit d'autant plus distraitement son exemplaire qu'une étrange variation semblait se produire dans la fréquence et le volume du grésillement des bocaux, ce qui semblait l'annonce d'une éminente péripétie. Il s'agenouilla, stylo en mains, devant la prison de quartz.

Il avait légèrement modifié la veille les conditions de l'expérience en cours. Il nota fébrilement : « *Débit 500 cc par minute, température 255 degrés. Porté mélange gazeux à 2 vol. oxygène et 1,56 vol. azote. Infime réaction, environ 1 %. Modifie à 2 vol. 0 et 1, 76 vol. A. Température 283 degrés. Filament platine porté au rouge...* »

Il écrivait rapidement, en surveillant le manomètre. Dix minutes s'écoulèrent. Le filament rougissait, pâlissait. René notait chiffre après chiffre. Lorsqu'il se releva, le regard rêveur, il parut surpris d'apercevoir Noële et Becky.

— Pour de la chance, c'est de la chance, murmura-t-il.

— Nous allons être en retard, remarqua Becky.

Puis, comme pour s'excuser :

— Que s'est-il passé ?

— Trop long à expliquer.

— Papa, dit Noële, d'une voix sévère, nous sommes tenus de respecter l'emploi du temps. Tu comprends ?

— Je comprends, oui, oui, je comprends. Filez vite.

Il leur embrassa la nuque avec gourmandise, et les regarda s'éloigner. Il était heureux. Il était fier d'elles. Mais son esprit s'en détachait peu à peu, tandis qu'il allait et venait dans son laboratoire, comme un enfant de chœur s'évade peu à peu du monde extérieur. L'électrolyse, de son côté, semblait avancer. Comme deux équipes rivales, les deux expériences en cours se lançaient brusquement un défi, face à l'acharnement de celui qui les dirigeait.

Il entendit Charles Hume pousser la porte. Il ne lui

parla pas du catalyseur. Ils concentrèrent toute leur attention sur l'eau. Un peu après midi, il eut enfin le temps de repenser à ses notes, et s'aperçut avec horreur qu'elles avaient disparu. Il les avait hâtivement griffonnées au dos de son emploi du temps. Or ce dos était vierge, incompréhensiblement vierge, comme s'il s'était servi d'une encre sympathique, ou avait eu l'illusion d'écrire. Il comprit brusquement ce qui s'était passé. C'est sur l'exemplaire de Noële qu'il avait pris ses notes. Comme le frère d'Aquilla venait lui apporter un pli recommandé, il lui remit son propre exemplaire, et l'expédia sur le champ à l'école pour qu'il l'échange contre celui de Noële. Les notes qu'il avait prises étaient d'autant plus précieuses que, malgré ses appels pleins d'espoir : « Regarde, Charles ! Viens vite voir ! », le catalyseur se refusait à fonctionner.

Il trouva que le frère d'Aquilla mettait du temps à revenir, et, tout en longeant Main Street avec Charles, pour aller déjeuner, il ressentit une petite pointe d'inquiétude. Charles le quitta un peu plus tard, pour tenter d'appâter une société de produits chimiques de la ville.

— Ne t'inquiète pas trop, lui dit-il. Et n'oublie pas d'ouvrir les fenêtres. Le labo est bourré de chlorure d'azote.

— D'accord.

Charles hésitait.

— Ecoute... L'autre jour, j'en ai voulu à Dolores, mais je crois quand même que tu en fais trop.

— Pas du tout. Je veux récupérer mes notes, un point c'est tout. Pour que je retrouve les mêmes conditions d'expériences, il faudra peut-être attendre des mois, peut-être davantage, et peut-être pour rien, qui sait ?

A peine était-il revenu au laboratoire qu'une petite voix, qui se révéla être celle de Noële, lui téléphona de l'école.

— Papa ?
— Oui, chérie ?
— Au téléphone, tu comprends mieux l'anglais ou le français ?
— Pardon ? L'un et l'autre, chérie.
— Alors, voilà. C'est mon emploi du temps.
— Je m'en doutais. Tu as emporté le mien. Comment expliques-tu ça ?
La voix de Noële tremblait légèrement.
— Pardonne-moi, papa. C'est toi qui me l'a donné. Il y avait, au dos, un tas de petits gribouillis bizarres.
— Ce ne sont pas des gribouillis bizarres. Ce sont des notes infiniment précieuses. J'ai envoyé le frère d'Aquilla à l'école, pour qu'il échange les exemplaires. Tu l'as vu ?
— Je prenais ma leçon de français, quand il est arrivé. Il n'a pas attendu. Sans doute parce que l'autre jour, il m'avait attendu deux heures pour rien, comme un idiot. Je n'ai donc plus d'emploi du temps, et je ne sais plus si Becky doit venir me chercher après ma leçon de gymnastique, ou si je dois partir avec les Sheridan, et rentrer à pied de chez eux.
René eut l'impression que la terre s'ouvrait sous ses pieds.
— Tu n'as plus d'exemplaire ?
— Je ne sais pas ce que j'en ai fait. Je l'ai peut-être laissé dans la voiture...
— Laissé dans la voiture ?
— Ce n'était pas le mien, alors, évidemment...
Il fut obligé de poser le récepteur, pour lever les deux bras au ciel, d'un mouvement compulsif — les lever si haut que les mains semblèrent un instant se détacher des poignets, puis reprendre leur place. Lorsqu'il revint au téléphone, Noële parlait toujours.
— ... comme l'école ferme à quatre heures, si j'attends Becky et qu'elle ne vient pas, je vais me trouver à la porte.

— Ecoute-moi, dit René. Ecoute-moi bien. Préfères-tu que je parle en anglais ou en français ?

— Comme tu voudras, papa.

— Alors, écoute bien : au revoir.

Il raccrocha. Il s'en voulut, pour la première fois, de ne pas avoir fait installer le téléphone à la maison. Il courut vers Main Street, sauta dans un taxi. Appuyant à fond sur un accélérateur imaginaire, réservé au seul usage du passager, il supplia le chauffeur de le conduire chez lui de toute urgence.

Une maison fermée à clef. Pas de voiture. Pas de domestique. Pas de Becky. Il ignorait où elle pouvait bien être. Les Slocum l'ignoraient comme lui. L'exemplaire qui portait les précieuses notes pouvait se trouver n'importe où. Dans la rue, qui sait ? Tombé sur le trottoir, roulé en boule, jeté au ruisseau. Il cherchait à se rassurer.

— Becky s'apercevra que c'est un exemplaire de l'emploi du temps. Elle n'aura pas l'inconscience de le jeter.

Peut-être était-il resté dans la voiture ? Il en doutait, mais il joua le tout pour le tout, et demanda au taxi de le conduire jusqu'au quartier Noir de la ville. Le frère d'Aquilla lui fournirait peut-être quelques renseignements. René n'avait jamais essayé de trouver un Noir dans le quartier Noir d'une ville américaine. Il ignorait tout de l'aventure dans laquelle il se lançait. Au bout d'une demi-heure, le problème avait pris des dimensions inimaginables. Il arrêtait tous les gens qu'il croisait.

— Savez-vous où se trouva la maison du frère d'Aquilla ou de la sœur d'Aquilla, l'un ou l'autre, peu importe ?

— Aquilla ? répondaient les gens étonnés. Je sais même pas qui sait, *misteur*.

Etait-ce un prénom ? Un nom de famille ? René essayait de s'en souvenir. Il finit par admettre qu'il l'avait toujours ignoré. Le temps passait. Il avait l'impression de poursuivre un fantôme. Cette recherche d'une demeure aussi imaginaire et surnaturelle que la maison du frère d'Aquilla, le mettait de plus en plus mal à l'aise. Après avoir posé sa question une bonne douzaine de fois, en y glissant de subtiles variantes, feignant hypocritement de s'intéresser à la sœur d'Aquilla, il sentit qu'il frisait plus ou moins la folie.

Il commençait à faire froid. On devinait déjà l'approche de l'hiver. A l'idée que ses précieuses notes risquaient d'être enfouies sous la première chute de neige, il renonça à chercher plus longtemps, et se fit reconduire chez lui, espérant y trouver Becky. La maison était vide et glaciale. Pendant que le compteur du taxi continuait de tourner, il versa rapidement un seau de charbon dans la chaudière, et repartit vers le centre ville. Il se disait qu'en arpentant Main Street, il tomberait tôt ou tard sur Becky, ou sur la voiture. Pour une communauté méthodiquement organisée de sept mille âmes, les lieux où l'on risquait de rencontrer quelqu'un pendant l'après-midi n'étaient pas tellement nombreux. Mais Becky n'avait aucun ami, en ville, il s'en avisa pour la première fois. En fait, et pour parler clairement, elle ne pouvait être nulle part.

Déconcerté, perdu, aussi fantomatique que le frère d'Aquilla, il allait d'un drugstore à l'autre, d'un restaurant à l'autre. Quand on est jeune, on passe son temps à manger. Comme Becky était un fantôme, elle aussi, quelqu'un d'inconnu, de secret, à qui il avait refusé jusqu'ici toute existence concrète, comment demander à qui que ce soit s'il l'avait vue ? Il ne se rattachait qu'à deux réalités précises — son emploi du temps, dont la perte le laissait infirme et désarmé, et les précieuses notes inscrites au dos.

Il faisait de plus en plus froid. Une brusque saute

de vent, qui s'engouffra dans les allées du *College Hall*, et qui sentait l'hiver, lui rappela soudain la voix de Noële. Qu'avait-elle dit, au téléphone ? Qu'elle risquait d'être à la porte lorsque l'école fermerait, si Becky n'était pas venue la chercher ? Se trouver dehors, par un temps pareil ! Il eut honte, il eut peur. Il prit un autre taxi, se fit conduire à l'école. Elle était fermée, toutes lumières éteintes.

« Peut-être est-elle perdue, elle aussi, se dit-il. Peut-être a-t-elle voulu rentrer à pied, et l'a-t-on kidnappée, ou a-t-elle pris froid, ou s'est-elle fait écraser ? »

Il envisagea sérieusement de s'adresser à la police, mais y renonça vite. Quel genre d'explication fournir au commissaire, sans se couvrir de ridicule ?

« ... qu'au cours d'un même après-midi, et dans le périmètre d'une petite ville, un savant s'était arrangé pour perdre tout ce qu'il possédait. »

III

Becky s'amusait beaucoup, pendant ce temps. A midi, le frère d'Aquilla était revenu avec la voiture, et lui avait tendu l'exemplaire de l'emploi du temps qui appartenait à Noële, en se contentant de lui dire qu'il n'avait pas pu le lui rendre, parce qu'elle n'était pas à l'école. Il était saturé de culture européenne pour le reste de la journée, et Becky ne put obtenir aucune explication complémentaire, car il était déjà en rêve sur les rivages de la Méditerranée.

Une jeune fille, qu'elle avait connue au tennis, s'était adroitement arrangé pour occuper indûment l'un des courts de squash, en début d'après-midi. C'était un sport excellent. Becky plongea avec bonheur dans cette mystérieuse et fascinante atmosphère de complicité masculine, transpira abondamment, et en sortit comme revivifiée. Elle consulta alors son emploi du temps pour savoir ce qu'elle devait faire. L'emploi du temps lui dit qu'elle devait aller chercher Noële à l'école. Ce qu'elle fit. Elle pensait à toutes sortes de choses. Elle pensait à ses leçons de tennis. Elle pensait à Noële, qu'elle avait appris à aimer en travaillant le soir avec elle, lorsque René s'attardait au laboratoire. Elle pensait à René, en qui elle avait découvert l'étrange attirance de l'autorité. Mais, en arrivant à l'école, elle tomba sur un petit message de Noële, fixé sur la porte par une punaise, et elle se sentit soulevée par un brusque vent de révolte.

« Chère Becky, j'avais l'exemplaire de papa, et je l'ai perdu et je ne sais plus si tu dois venir ou non me chercher. Mrs. Hume m'a proposé de t'attendre chez elle, alors si tu trouves ce message, passe me prendre, tu veux bien ? Noële. »

S'il existait une personne au monde que Becky se refusait à rencontrer, c'était bien Mrs. Dolores Hume. Elle en avait l'absolue conviction, et personne ne pourrait l'obliger à sonner chez cette femme, qui l'avait dévorée des yeux, avec férocité, lorsqu'elle était dans la baignoire, et qui lui était parfaitement antipathique. Pour dire élégamment les choses, pas question de tomber sur elle.

Sa colère se tourna vers René. Il agissait comme si il avait honte d'elle. On pouvait étudier les choses sous tous les angles, c'était évident. Elle comprenait jusqu'à un certain point qu'il se trouvait dans une position délicate, mais ce jour-là, toute ragaillardie par sa séance de squash, elle trouvait injurieux qu'il puisse offrir à la première venue l'occasion de la mépriser. En théorie, il avait raison. Mais elle aurait mille fois préféré qu'il annonce officiellement leurs fiançailles, quitte à être fusillée du regard, pendant un mois ou deux, par toutes les chipies de la ville. Elle avait l'impression d'être reléguée dans un placard de la cuisine, ce qui ne pouvait que développer en elle un grave complexe d'infériorité. Le fameux emploi du temps devint brusquement, à ses yeux, une forme de dictature. Depuis quelques temps déjà, elle se demandait si ce n'était pas abdiquer sa propre personnalité, de soumettre ainsi chacune des heures de ses journées aux injonctions d'un despote.

— Qu'il aille chercher Noële lui-même, décida-t-elle. J'ai fait ce que j'ai pu. S'il était un peu raisonnable, il éviterait de me fourrer dans des situations pareilles.

Une heure plus tard, René n'avait toujours pas réussi à localiser Becky. Il avait planifié chacune de ses journées, sans jamais chercher à savoir comment elle les remplissait. Il regagna son laboratoire, dans un état de complète prostration. En apercevant le vieux bâtiment, il se mit brusquement à courir, envahi d'une nouvelle angoisse. Il s'était absenté trois heures. Il avait laissé les fenêtres ouvertes. Et la température ne cessait de descendre. Avaient-ils, Charles ou lui-même, recommandé au gardien de surveiller la chaudière pendant le week-end ? Il n'en savait plus rien. Ses bocaux si précieux, l'eau si précieuse que contenaient ses bocaux !... Il monta quatre à quatre l'escalier déjà verglacé, terrifié à l'idée de ce qu'il allait découvrir.

En atteignant le seuil du laboratoire, il entendit l'un des bocaux qui éclatait. Il ouvrit la porte. Ils étaient rangés sur trois étagères, un millier de bocaux, qui brillaient sourdement. Il retint son souffle, persuadé qu'ils allaient tous ensemble voler en éclats, entendant déjà la terrible et déchirante déflagration. Il vit qu'un second bocal avait éclaté, un troisième sur une étagère plus lointaine. Le laboratoire était glacé. Le blizzard s'engouffrait à travers les joints des fenêtres. Un glaçon pendait au robinet.

Il recula, sur la pointe des pieds, sachant qu'un mouvement brusque risquait de provoquer neuf cent quatre-vingt-dix-sept catastrophes. Dans le couloir, il entendit le bruit de la pelle à charbon du gardien, qui venait de la cave. Son cœur se remit à battre.

— Montez la température au maximum ! cria-t-il.

Il descendit quelques marches, pour être sûr d'être entendu.

— Que ça ronfle ! Que ça rugisse ! Même si tous les...

Il ne trouvait pas le mot anglais pour : margotin.

— ... même si tout le petit bois doit y passer.

Il regagna le laboratoire, y pénétra de nouveau sur la pointe des pieds. Deux autres bocaux éclatèrent, sous une fenêtre exposée au nord. Il toucha l'un des radiateurs, sentit naître un début de chaleur. Il enleva son manteau, puis sa veste, les roula en boule contre une fenêtre, sortit d'un placard un petit radiateur électrique, alluma toutes les lampes possibles. Il s'arrêtait, de temps en temps, tendait l'oreille avec effroi, mais les cris d'agonie déchirante semblaient avoir cessé. Il prit le temps d'isoler les cinq bocaux défunts, de mesurer la pellicule de glace qui s'était formée dans les autres. Les radiateurs commençaient à chauffer sérieusement.

Il s'affairait malgré lui, les mains tremblantes, arpentait le laboratoire en tous sens. Il reconnut soudain la voix de Noële. Elle montait l'escalier avec Dolores Hume, toutes les deux emmitouflées jusqu'aux oreilles.

— Ah ! René, vous êtes là ! s'écria Dolores, avec soulagement. Nous avons appelé ici trois fois, téléphoné un peu partout. Je voulais inviter Noële à dîner, mais elle avait très peur que vous soyez inquiet. Qu'est-ce que c'est que cette histoire d'emploi du temps ? Allez-vous tous prendre le train ?

— Cette histoire de quoi ? répondit-il, encore un peu hagard. Dolores, vous rendez-vous compte de ce qui s'est passé ici ?

— Il a dû faire très froid.

— L'eau a gelé dans les bocaux ! Nous avons failli les perdre tous !

Il entendit qu'on refermait la porte de la cave et que le gardien montait l'escalier. Ecœuré par tant d'apparente indifférence, il répéta :

— Nous avons failli les perdre tous !

— Du moment qu'ils sont encore là...

Dolores avait le regard fixé sur un point assez flou, à la frange lointaine du champ de bataille des bocaux sourdement éclairés.

— Puisque nous sommes là, René, j'ai quelque chose à vous dire. Quelque chose qui me semble aussi important que vos bocaux. Un homme qui se retrouve veuf et seul, avec une petite fille à élever, à protéger, à diriger, ça a quelque chose de très beau. Je trouverais personnellement regrettable que quelque chose d'aussi beau se trouve détruit à la légère.

Pour la seconde fois, ce jour-là, René leva les mains au ciel, mais il s'était vaguement foulé les poignets, la première fois, et il était tellement bouleversé qu'il n'était pas sûr de pouvoir les récupérer.

— Rien à répondre, gronda-t-il. Vous devriez venir plus souvent au laboratoire, Dolorés. Il y a quelque chose de très beau dans une électrode en platine.

— Je pensais uniquement à Noële, répondit calmement Dolores.

A cet instant précis, le visage masqué d'une large couche de poussière de charbon, le gardien pénétra dans la pièce. Noële fut la première à deviner que ce gardien était, en réalité, Becky Snyder.

IV

L'univers apprit ainsi, dans des circonstances aussi peu conventionnelles que possible, les fiançailles de René et de Becky — lequel univers avait pris pour l'occasion, l'apparence de Dolores Hume. Mais cet événement sembla vite secondaire à René, lorsqu'il apprit que Becky était arrivée au laboratoire au moment où éclatait le premier bocal ; qu'elle s'était aussitôt souvenu que l'eau augmente de volume lorsqu'elle est prise par le gel ; qu'elle avait alors mesuré le danger ; qu'elle s'était échinée pendant près d'une heure à mettre la chaudière en route ; et qu'en fait, elle s'y connaissait en chaudière, car elle s'était occupée de celle de Bingham pendant deux ans, « car je n'avais rien d'autre à faire ».

Dolores prit assez bien les choses. Mais elle en profita pour faire remarquer à Becky qu'on aurait un peu de mal à lui faire une place dans la société, si elle s'entêtait à se dissimuler sous des dehors aussi contradictoires.

— Ça doit avoir un rapport quelconque avec cette histoire d'emploi du temps, j'imagine ?

— J'ai allumé la chaudière avec mon exemplaire, expliqua Becky.

Et, devant l'expression d'absolu désespoir de René, elle s'empressa d'ajouter :

— Pas celui sur lequel vous aviez pris des notes. Il avait glissé sous les coussins de la voiture.

— Tout ça me dépasse, reconnut Dolores. Je suppose que vous allez dormir ici, tous les trois — à l'intérieur des bocaux, sans doute.

Noële éclata de rire.

— Oh ! papa ! Pourquoi pas ?

Elle était pliée en deux.

— Consulte ton emploi du temps, pour savoir si c'est permis.

UN PEU PLUS QU'UNE SIMPLE MAISON

Ecrite à « La Paix », en 1933, cette nouvelle a été achetée 3 000 dollars par le Saturday Evening Post, *et publiée dans son numéro du 24 juin 1933.*

I

Lew était habitué à ce genre de choses — il l'avait pratiqué bien des fois. On pénétrait dans un vestibule, tantôt étriqué, dans le style colonial Nouvelle-Angleterre, tantôt aéré, mais avec prudence. A peine y avait-on pénétré que le maître de maison s'écriait : « Clare (ou Virginia, ou *Darling*), je vous présente Mr. Lowrie. » L'épouse demandait : « Comment allez-vous, Mr. Lowrie ? » Lew répondait : « Comment allez-vous, Mrs. Unetelle ? » Le maître de maison suggérait alors : « Que diriez-vous d'un petit cocktail ? » Lew haussait légèrement le sourcil, répondait : « Avec plaisir », sur un ton qui laissait sous entendre : « Quelle hospitalité, quelle amabilité, quelle délicatesse ! » On servait de petits sandwichs. « Mmm ! Qu'est-ce donc là, *Madame* ! On dirait des plumes cuites au four ? Voilà qui comblerait un appétit plus solide que le mien ! »

Mais Lew était en pleine ascension sociale, possédait un jeu de six complets à la dernière mode et commençait de naviguer à vue. Son nom figurait déjà sur la liste des candidats au club le plus huppé de la ville, et il était sur le point d'emménager dans une garçonnière ultra-moderne, équipée de portes battantes en fer forgé (comme s'il était un nourrisson risquant à tout moment de basculer dans l'escalier), lorsqu'il sauva la vie d'une des filles Gunther, ce qui le contraignit à une révision déchirante de ses goûts.

C'était en 1925, juste avant l'affaire Hispano-Américaine... Non, non, erreur : juste avant tout ce qui a pu se passer entre-temps. Les filles Gunther étaient descendues du train à contre-voie. Elles marchaient en se donnant le bras. Amanda se trouvait sur la trajectoire d'une motrice auxiliaire qui roulait à vive allure. Amanda était grande, dorée, orgueilleuse. La motrice trapue, encrassée, opiniâtre. Lew ne prit pas le temps d'évaluer les risques respectifs de cette rencontre imminente. Jean étant la plus proche de lui, c'est vers elle qu'il plongea, et comme les deux sœurs, effarées, se cramponnaient l'une à l'autre, il fit basculer Amanda hors des rails — mais à un cheveu près, car l'un des pistons de la motrice effleura la robe de la jeune fille.

C'est ainsi que les goûts de Lew, en matière d'architecture et de décoration intérieure, changèrent du tout au tout. Chez les Gunther, on servait le thé, chaud ou glacé, à quatre heures et demie, accompagné de *buns*, de pain d'épices et de petits pains chauds. La première fois qu'il y fût invité, son statut de héros l'intimida pendant cinq bonnes minutes. Puis il apprit qu'au cours de la Guerre de Sécession, la grand-mère d'Amanda avait été sauvée d'un incendie, dans le comté de Montgomery, par sa propre grand-mère, que le père d'Amanda avait sauvé dix hommes de la noyade, et s'était vu proposé pour la médaille Carnegie, que Jean elle-même, lorsqu'elle était petite, avait été sauvée du ressac, par un intrépide nageur, au Cap May ; bref, que depuis cinquante ans le sauvetage était une spécialité de la famille Gunther, et qu'ils étaient reconnaissants à Lew de perpétuer la tradition.

La scène se passait sur une large véranda, tapissée de vigne-vierge (« Si c'était moi, avait déclaré un architecte en visite, je commencerais par abattre une telle monstruosité ! »), qui encadrait presque complètement la grande maison carrée, datant des années 80. Pendant que Lew buvait son thé, et parlait avec les grandes personnes, les sœurs, qui étaient au nombre de trois, firent quelques apparitions éphémères. N'ayant encore que vingt-six ans, Lew aurait préféré qu'Amanda s'attarde un instant, pour lui permettre de l'admirer, mais seule, Bess, la benjamine, âgée de seize ans, demeurait visible : un écran de jeunes gens, vêtus de flanelle blanche, masquait constamment les deux autres.

— Question de réflexe ! commentait Mr. Gunther, en faisant les cent pas sur la longue natte en paille tressée. De coordination de mouvements ! Supposons que vous ayez voulu les avertir — c'était perdu ! Votre subconscient a saisi qu'elles se donnaient le bras, et qu'en tirant l'une vous entraîniez l'autre. Une seconde, un geste, un réflexe ! Tout est là. Je me souviens qu'en 1904...

— Mr. Lowrie reprendra peut-être une tranche de pain d'épices ? suggéra la grand-mère.

— Papa, demanda Bess, pourquoi ne montrez-vous pas vos « cuillers des apôtres » à Mr. Lowrie ?

Mr. Gunther interrompit son va-et-vient.

— Mr. Lowrie s'intéresserait-il aux cuillers anciennes ?

A cet instant précis, Lew ne rêvait que d'Amanda, qui évoluait avec élégance, dans l'exquise chaleur de l'après-midi, entre l'éclat aveuglant des courts de tennis, et l'ombre fraîche de la véranda.

— Des cuillers ? Oui, oui, j'en ai une, merci.

— Les cuillers des apôtres, expliqua Bess. Papa possède l'une des plus belles collections d'Amérique. Quand quelqu'un lui plaît, il la lui montre. Puisque vous avez sauvé la vie d'Amanda, je pensais...

C'est à peine s'il vit Amanda, cet après-midi-là. Il lui adressa quelques mots, sur le perron, pendant qu'un jeune homme, debout à côté d'elle, lançait en l'air sa raquette et la rattrapait par le manche, en pliant chaque fois les genoux, avec une extrême impatience. Le soleil se nourrissait des reflets de sa chevelure, caressait le hâle encore rose de ses pommettes, ruisselait le long de ses bras, qu'elle regardait sans les voir, tout en lui parlant.

— Difficile de remercier quelqu'un qui vous a sauvé la vie. Vous n'auriez peut-être pas dû. Ça n'était peut-être pas nécessaire.

— Oh ! si ! bégaya Lew maladroitement. Ça l'était !

— J'aimerais tellement en être sûre.

Elle se tourna vers le jeune homme.

— Qu'en pensez-vous, Allen ?

— Si l'on aime les blondes vaporeuses, concéda Allen, cette vie ne manque pas d'intérêt.

Elle dirigea vers Lew son sourire le plus éclatant, et l'en détourna aussitôt, comme si le faisceau d'une torche électrique risquait de l'éblouir.

— J'aurais toujours le sentiment de vous appartenir, Mr. Lowrie. Vous avez confisqué ma vie. Vous avez à jamais le droit de me remettre sur la trajectoire de cette motrice.

Ses lèvres hautaines exagéraient à dessein l'hommage qu'elle rendait à son sauveur, mais Lew n'en était pas conscient. Amanda estimait que ce sauvetage aurait dû avoir pour héros quelqu'un de son monde. Les Gunther étaient orgueilleux ; orgueilleux au-delà de toute logique — pour la seule raison que

Mr. Gunther avait été présenté autrefois à la Cour d'Angleterre, et qu'il ne s'en était jamais complètement remis. Bess elle-même était orgueilleuse, et c'est elle qui, un peu plus tard, raccompagna Lew jusqu'à sa voiture.

— Jolie maison, reconnut-elle. Nous avons pensé la moderniser, mais, à la suite d'un vote collectif, on a préféré remettre en état la piscine.

Lew cessa de dévisager la petite sœur d'Amanda — elles se ressemblaient, mais celle-ci avait quelque chose d'encore fragile, et était soumise au supplice enfantin d'un appareil dentaire — et leva les yeux vers la maison, avec ses balcons tarabiscotés, ses pignons biscornus, ses devises gravées en lettres d'or sur la façade, comme sur les chalets suisses, et ses innombrables *bow-windows*. Il la regarda sans le moindre soupçon d'esprit critique. C'était l'une des plus belles maisons qu'il connaissait.

— La ville est à des kilomètres d'ici. Mais il y a toujours des gens qui viennent nous voir, heureusement. Après les vacances de Noël, quand on retourne en classe, Papa et Maman descendent vers le Sud, bien sûr.

C'est un peu plus qu'une simple maison, estima Lew en démarrant. Un lieu où peuvent cohabiter plusieurs choses en même temps — une vie indépendante pour les parents, une idylle confidentielle pour chacune des trois filles. Faisant lui-même sa propre promotion, il se choisit une cachette personnelle — la balancelle dissimulée par le rideau de vigne-vierge, qui découpait la véranda en plusieurs alvéoles secrètes. Mais nous sommes en 1925, à une époque où dix mille dollars de revenus annuels ne permettent pas de franchir à l'étourdie les barrières sociales. Lew continua d'être reçu par les Gunther, qui le tinrent d'abord à une certaine distance, mais se laissèrent prendre, peu à peu, aux qualités profondes qui pointaient sous son apparente maladresse. Un jeune homme bien fait, qui a de l'ambition, sait mettre aussitôt à profit ce qu'on lui enseigne. Lew perdit à jamais toute espèce d'admiration pour les *mobile-homes* de banlieue, qui sont montées sur roues, et permettent aux enfants de vivre dans la rue.

Il fallut attendre septembre pour être invité à une soirée plus intime — et sur l'insistance évidente de la mère d'Amanda.

— Il t'a sauvé la vie. Je te demande de l'inviter.

Mais Amanda lui en voulait toujours d'avoir eu la vie sauve grâce à lui.

— C'est juste une petite soirée entre amis. Jean va faire ses débuts en octobre. On l'invitera à cette occasion. Tout le monde croira qu'il est en affaires avec Papa. On a quand même le droit d'être aimable avec quelqu'un sans lui tomber tout de suite dans les bras.

Ce qui, pour Mrs. Gunther, voulait dire très exactement : « On a quand même le droit d'être odieux envers quelqu'un sans qu'il s'en aperçoive. » Elle prit aussitôt le contre-pied de sa fille.

— On ne peut pas être une privilégiée et se vouloir irresponsable, dit-elle d'un ton sec.

Tout s'était passé si vite pour Lew qu'il ne possédait qu'un smoking noir, alors que la mode était au bordeaux. Invité à dîner, il arriva très tôt. Désirant faire preuve d'amabilité, alors qu'elle était encore disponible, Amanda l'entraîna vers le jardin — un jardin tout embroussaillé, pratiquement à l'abandon. Elle s'attendait à s'ennuyer terriblement, mais la tendre énergie de Lew la désarma bientôt, et pour la première fois, elle s'intéressa à lui.

— J'entends dire partout que vous êtes un jeune homme d'avenir.

Il ne démentit pas. Plastronna légèrement. Sans

lui dire qu'il avait fini par comprendre d'où venait la fascination qu'exerçait sur lui la maison des Gunther : lorsqu'il avait cinq ans, son père était jardinier dans une maison semblable du Maryland. Sa mère s'en était souvenu pour lui, quand il lui avait parlé des Gunther. Et ce jardin prenait feu, brusquement, dans l'incendie du crépuscule, et Amanda était là, comme une fleur épanouie, et, sans pouvoir s'en empêcher, il lui dit combien il la trouvait belle, et déjà troublée, parce qu'elle savait qu'un homme serait là bientôt, et qu'elle passerait de longues heures avec lui, Amanda se laissa aller à l'encourager, et ce fut pour Lew le comble du bonheur lorsqu'en se levant, elle lui toucha le bras.

— Vous me plaisez beaucoup, dit-elle. Vous êtes très beau. Vous le savez, j'imagine ?

La soirée dansante avait lieu dans un large espace, en forme de L, formé de trois salons, dont on avait enlevé les meubles. Une trentaine de jeunes gens étaient invités, en même temps qu'une dizaine de personnes plus âgées, sans qu'il y ait la moindre sensation de bousculade, car les portes-fenêtres étaient grandes ouvertes, et l'on semblait danser dans le vide infini de la nuit. C'était la fête des moissons. Un orchestre folklorique relayait parfois le pick-up, on servait un punch léger, adroitement mélangé de cidre, et un sentiment de bonheur paisible émanait des rayons de la bibliothèque, et des portraits de famille du salon, comme si, depuis le plus lointain passé, les danses succédaient aux danses, et promettaient déjà de s'enchaîner dans l'avenir.

— A croire que vous refusez de me faire danser, dit Bess à Lew. Ce serait très bête de votre part. Je suis la meilleure danseuse des trois, et de loin la plus dégourdie. Jean est *jazzy*, ce qu'on fait de plus *chic*, croit-elle, mais *jazzy*, c'est déjà dépassé pour moi, cette façon de jouer les vamps et d'embrasser un garçon sur deux. Amanda, c'est la beauté même, bien sûr. Moi, je suis peut-être Cendrillon, Mr. Lowrie. Vous finirez par oublier les deux méchantes sœurs, et par découvrir que je suis la plus séduisante. Alors, vous en perdrez la tête et je serai votre idée fixe.

De pauses d'orchestre en entractes, Lew réussit enfin à attirer Amanda dans l'alvéole secrète de la véranda qu'il s'était de lui-même adjugée. Elle était radieuse, comme irisée. Plus heureuse qu'elle ne le pensait de se retrouver avec lui, elle tenta de se détendre au doux grincement de la balancelle. Son instinct l'avertit soudain qu'il allait se passer quelque chose.

Se souvenant d'une remarque de Jean : « Il m'a demandé en mariage, avant même de m'avoir embrassée », Lew cherchait désespérément le moyen de se lancer à la conquête d'Amanda. Il était pourtant décidé à lui déclarer, ce soir-là, qu'il l'aimait. Il commença, en hésitant :

— Peut-être jugerez-vous que je vais trop vite, mais il faut que vous le sachiez. Je vous demande de m'inscrire sur la liste de vos soupirants.

Ce ne fut pas une surprise pour Amanda, mais comme elle se trouvait plongée très avant en elle-même, elle eut un léger sursaut. Renonçant à tout espoir de se détendre, elle immobilisa la balancelle, et se redressa.

— Mr. Lowrie... puis-je vous appeler par votre prénom ? Puis-je vous avouer quelque chose ? Non. Et puis, pourquoi pas, après tout ? Oui, oui, je vais vous l'avouer, parce que vous me plaisez. Au début, vous ne me plaisiez pas. M'en voulez-vous de ma franchise ?

— C'est là ce que vous vouliez m'avouer ?

— Non, non. Écoutez-moi. Vous avez aperçu Mr. Norton — cet homme qui habite New York — le grand, qui a une coiffure légèrement vieux jeu ?

— Oui.

Lew sentait naître en lui une angoisse prémonitoire.

— Nous sommes fiancés. Vous êtes le premier à l'apprendre — mise à part maman, qui s'en doute. Voilà, ça y est ! Je vous l'ai avoué, parce que vous m'avez sauvé la vie. Que je vous appartiens, d'une certaine façon. Si je suis là, et si je suis fiancée, c'est grâce à vous.

Elle remarqua alors l'étrange expression qu'avait pris le visage de Lew.

— Seigneur ! Mais pourquoi faites-vous cette tête-là ?

Elle semblait sincèrement désolée.

— Vous n'allez pas me dire que, depuis des mois, vous m'aimez en silence ? Il fallait parler. Maintenant, c'est trop tard.

Lew essaya de rire.

— Comment aurais-je eu le temps de vous aimer ? Je vous connais à peine.

— Ça se passe peut-être très vite avec moi. Si c'est le cas, oubliez tout, et restons amis.

Elle chercha sa main, la saisit.

— Ah ! Mr. Lew, c'est une grande soirée pour une petite fille. La chance de sa vie. Depuis deux jours, je suis terrifiée à l'idée que le tiroir de sa commode va rester coincé, qu'il n'y aura plus d'eau chaude, et qu'il prendra ses jambes à son cou, pour regagner des lieux civilisés.

Lew demanda, après un instant de silence :

— Vous l'aimez beaucoup ?

— Beaucoup, évidemment. En fait, je l'ignore. Dites-le moi, si vous le savez. J'ai été amoureuse de tellement de garçons avant lui. Comment répondre à ça ? Quoi qu'il en soit, je vais m'enfuir enfin de cette baraque !

— Cette maison ? Vous allez quitter cette maison ? C'est une vieille maison tellement séduisante...

Elle parut d'abord franchement étonnée. Puis elle se lança dans une véhémente diatribe.

— Ce vieux sépulcre ! Si j'épouse George Norton, c'est pour ça, avant tout. Imaginez-vous que ça fait vingt ans que je la supporte ? Que j'ai supplié papa et maman à genoux d'aller vivre en ville ? Cette... cette bicoque... où tout le monde entend ce que disent les autres, à trois chambres d'intervalle ! Où papa refuse qu'on ait la radio ! A même refusé le téléphone, jusqu'à l'été dernier ! J'aurais honte d'inviter une amie de collège ! A entendre claquer les volets, par une nuit d'orage, elle deviendrait folle !

— C'est une jolie maison vétuste, répondit-il, malgré lui.

— Jolie, d'accord, vétuste également. Ravie qu'elle vous plaise. Comme à tous ceux qui ne sont pas obligés d'y vivre. Si vous pouviez nous voir, quand nous sommes entre nous ! La moindre querelle de famille s'éternise pendant des heures. Papa s'entête à vivre au fin fond du désert, et nous sommes condamnées à tomber en poussière. Je donnerais n'importe quoi pour un trois pièces en ville.

Etonnée de sa propre violence, elle s'interrompit brusquement, mais ajouta, dans un dernier sursaut :

— Qu'elle vous plaise, tant mieux ! Pour nous, c'est un calvaire !

Un homme écarta le rideau de vigne vierge, les dévisagea l'un et l'autre, puis, faisant valoir ses droits, tendit la main vers Amanda pour qu'elle se lève. Après leur départ, Lew prit appui sur la balustrade, la franchit d'un bond, et s'engagea dans le jardin. Il gagna un endroit éloigné, d'où les lumières et les musiques n'évoquaient plus qu'une scène de théâtre ou ce qu'on devine d'un port, la nuit, lorsqu'un navire s'en approche.

« Je ne l'ai vue que quatre fois, se disait-il. Ce n'est pas assez, quatre fois. C'est un mini-mini-minimum.

Qu'attendre, en quatre fois ? Je devrais être indifférent. » Il se sentait pourtant envahi par la peur. Qu'avait-il été sur le point de connaître, qui lui resterait à jamais inconnu ? Que s'était-il passé, en cet instant si rare, dans le crépuscule du jardin ? D'où était née cette émotion, aussi vite perdue qu'à peine ressentie ? Cette image entrevue d'Amanda, dans tout l'éclat de sa jeunesse, s'était-elle gravée en lui pour toujours ? C'est là ce dont il avait peur. A travers son chagrin, une vérité commençait à se faire jour : il était arrivé trop tard pour elle. Elle s'était laissée emporter, au fil des années, en ignorant son existence. Malgré les obstacles semés sur sa route, il s'était donné des assises solides, mais, une fois arrivé là, il avait regardé autour de lui, et s'était aperçu que la jeune fille venait de partir. « Partie à l'instant, désolée, juste à l'instant, juste partie. » Trop tard, pour tout — même pour la maison. Se souvenant de la diatribe où elle s'était lancée, Lew comprit qu'il était arrivé trop tard même pour la maison. Trois jeunes filles y avaient passé leur enfance, et ne souhaitaient plus que de s'en évader, car ce n'était qu'une maison d'ancêtres, construite par eux, à leur mesure. La jeune génération n'y voyait qu'une image de destins achevés, terminés, auxquels elle n'avait rien à ajouter. C'était trop vieux, sans plus.

Et pourtant... Il se souvenait d'anciennes demeures, plus imposantes encore, à l'architecture plus voyante encore, et qui lui paraissaient sans vie — désertes et sans vie, à ses yeux, depuis qu'il avait découvert, trois mois plus tôt, celle des Gunther. Le jour où cette famille se disperserait, quelque chose de précieux, sur le plan humain, se perdrait à jamais. Et la maison elle-même, conçue pour lire le soir, près d'un grand feu de bois, un interminable roman victorien, n'était pas d'un style architectural suffisamment intéressant pour justifier qu'on la restaure.

Lew s'éloigna vers une contre-allée, et se dissimula dans l'ombre d'un rosier, car deux personnes venaient de quitter la maison, et se dirigeaient lentement vers lui. Il reconnut Jean et Allen Parks.

— Qu'ils soient d'accord ou non, moi, je pars pour New York, disait Jean. Non, non, jeune homme, bas les pattes ! Je ne suis pas d'humeur à ça.

— Tu es d'humeur à quoi ?

— A rien. Je suis jalouse d'Amanda, voilà tout. Elle s'est décroché un *Monsieur*. Elle va habiter Long Island. Il n'y aura pas de pièges à rats dans sa maison. Oh ! Allen, c'est tuant, cette obligation d'être toujours simple, toujours convenable...

Leurs voix se perdirent dans la nuit. Il y eut une pause d'orchestre. Dans un grand mouvement de robes de couleurs et de plastrons amidonnés, les invités franchirent les portes-fenêtres et se dispersèrent sous la véranda. Lew leva les yeux. Une lampe venait de s'allumer au second étage. Il imagina de longs corridors pleins de photographies, des malles débordant de vieilles étoffes, des cartons de déguisements pour les bals costumés, des mannequins d'osier, d'anciennes maisons de poupée, et des livres partout, dans le moindre recoin, des livres pour toutes les générations, comme des alluvions déposées, l'une au-dessus de l'autre, par des enfances successives.

Un second couple venait de quitter la maison et marchait dans sa direction. S'apercevant qu'il occupait une position un peu trop en vue, Lew préféra s'éloigner, non sans avoir reconnu Amanda et l'homme qui venait de New York.

— Si je vous disais que quelqu'un d'autre m'a demandée en mariage, ce soir, seriez-vous étonné ?

— Pas le moins du monde.

— Un jeune homme plein de qualités. Qui m'a sauvé la vie. Dommage que vous n'ayez pas été là, gros malin ! Vous auriez donné un autre prestige à cet événement...

Lew faisait face à la maison. Il l'examina attentivement. Il se sentait en complicité avec elle — pas exactement en complicité, car elle était sur son déclin, et lui, il commençait sa route. Plutôt l'impression de profonde compréhension qu'éprouvent les jeunes gens raisonnables face aux personnes âgées, face à leurs grands-parents. Un peu plus qu'une simple maison. Il espérait lui-même atteindre à ce degré d'usure, avant de n'être plus qu'une poignée de cendres. Et comme il voulait être aimable envers cette maison, et faire quelque chose pour le lui prouver, ne serait-ce qu'inviter à danser la petite sœur si bavarde, il prit un peigne dans sa poche, remit un peu d'ordre dans sa coiffure, et regagna la salle de danse.

II

L'homme au sourire en cicatrice s'approcha de Lew pour la seconde fois.

— Croyez-moi, dit-il avec force, c'est la plus magnifique *party* qu'on n'ait jamais vue à New York.

— J'en étais conscient la première fois que vous me l'avez dit, répondit Lew en souriant.

— Pour être franc, poursuivit l'homme, j'avais déjà eu la même impression, il y a deux ans, en 1927. Plus ça va, et plus ça devient magnifique. Vous jouez au polo, je crois ?

— En spectateur, uniquement. J'aimerais beaucoup y jouer, mais je suis un homme d'affaires très occupé.

L'homme semblait désappointé.

— On m'avait dit que vous étiez champion de polo. Moi, je suis écrivain. Humani... euh... manitariste. Il y a une jeune femme, là-bas, dans la pièce où on sert le champagne. J'ai tout essayé pour lui venir en aide. Quelqu'un de très bien. Une *lady*. C'est pourtant la seule, dans cette pièce, là-bas, qui soit incapable de s'en tirer toute seule.

— N'essayez jamais de venir en aide aux gens, lui conseilla Lew. Après, ils vous en veulent à mort.

L'appartement — disons, pour être plus précis : la succession d'appartements et de terrasses, réquisitionnées pour cette *party*, offrait des échappées les plus inattendues sur les horizons de New York, mais se limitait malgré tout à la métropole elle-même, si bien qu'en glissant parmi les danseurs, qui se raréfiaient aux approches du petit jour, Lew finit par atteindre cette pièce dont l'homme lui avait parlé. Il mit un peu de temps à identifier la jeune femme, qui tentait d'égayer cette frange de citoyens aux yeux glauques, chargés, par sélection naturelle, de personnifier la débauche ; c'est en l'entendant proposer à un groupe de chorus-girls de descendre vers le Sud avec elle, et de reprendre souffle sur ses terres du Maryland, qu'il reconnut Jean Gunther.

La plus brune des trois filles Gunther — brune, lumineuse, impulsive. Depuis le mariage d'Amanda, quatre ans plus tôt, Lew n'avait revu aucun des membres de la famille — il vivait désormais à New York. En la raccompagnant, un quart d'heure plus tard, il en obtint quelques vagues informations, puis la quitta devant chez elle, titubante et perdue dans la lumière de l'aube, mais orgueilleuse malgré tout, et se pliant à un absurde rituel pour le remercier et lui dire au revoir.

Il alla la chercher, le lendemain après-midi, et ils prirent le thé à Central Park.

— Je suis l'enfant du siècle, lui expliqua-t-elle. Il y en a beaucoup qui se targuent de l'être, mais, le véritable, c'est moi. Pour le moment, du moins. Et j'y consacre tout mon temps.

Se souvenant d'une autre époque — l'époque des jeunes gens et des courts de tennis, et des petits pains chauds de l'après-midi, et de la glycine, et du lierre qui grimpait le long des pilastres de la véranda, Lew se voulut d'une rectitude morale aussi exigeante que le permettait cette mémorable année 1929.

— Qu'espérez-vous y gagner ? Pourquoi ne pas placer votre confiance en quelqu'un de sérieux — un homme qui vous servirait de refuge, en quelque sorte ?

Elle s'en tira par une pirouette.

— En matière de placements, les hommes sont parfaits. L'an dernier, un joli mignon s'est occupé de ma pension alimentaire. Au lieu de trois mois, elle en a duré dix.

— Et si vous épousiez l'un de vos soupirants ?

— Je n'en aime aucun. Je connais actuellement quatre... cinq... disons : six milliardaires qui ne demandent qu'à m'épouser. Pour une petite fille du *Carrol County*, vous vous rendez compte ! Mais ça fait trop de monde. S'il pouvait s'en trouver un seul, qui aurait tout pour lui...

Elle le soupesa du regard.

— Vous, par exemple, vous avez réussi.

Il se mit à rire.

— C'est le mot ! Je suis même invité aux générales. Mais, ce qui est merveilleux chez moi, c'est que je n'oublie pas mes amis d'autrefois, et notamment les ravissantes petites Gunther de *Carroll County*.

— C'est gentil. Vous étiez fou-amoureux d'Amanda ?

— Je l'ai cru, du moins.

— Je l'ai vue la semaine dernière. C'est une « Park-Avenue-dernier-cri », qui fait tout ce qu'elle peut pour avoir des enfants « Park-Avenue-dernier-cri ». Pour elle, je suis un objet de scandale, et elle entretient ses amies des vastes plantations que nous possédons dans le Sud profond.

— Vous ne retournez jamais au Maryland ?

— J'y pars dimanche soir, figurez-vous. Pour deux mois, le temps de mettre un peu d'argent de côté avant de revenir ici. A la mort de maman...

Elle marqua une légère hésitation.

— Vous savez sans doute que notre mère est morte ?... j'ai hérité d'un petit capital. Il est encore intact, mais il faut qu'il travaille un peu, vous comprenez ?

Elle tirait sur l'un des coins de sa serviette à thé.

— ... grâce à de judicieux placements. La prochaine étape sera, sans doute, un petit été bien tranquille à la ferme.

Le lendemain soir, Lew l'invita au théâtre. Cette rencontre le troublait étrangement. Il retrouvait, à travers Jean, l'ivresse sauvage d'autrefois. La vie qu'elle menait était dangereuse, il en avait conscience, à cause de son rythme effréné, mais la plupart des jeunes femmes qu'il connaissait obéissaient au même rythme — à l'exception de celles qui s'étaient cloîtrées dans une vie de famille.

Il ne songeait pas à la critiquer — pour dire toute la vérité, il n'en aurait pas eu l'audace. Il était de très humble naissance, et les critères auxquels il se rattachait provenaient de ce qu'on découvre à ce niveau-là, lorsqu'on est très jeune. Jamais il n'aurait eu l'idée de donner à Jean Gunther des leçons de conduite.

Trois semaines plus tard, il descendait du train, à Baltimore. L'atmosphère était lourde, chargée d'électricité, à cause d'un orage qui menaçait. Comme la route était longue jusqu'à *Carroll County*, il renonça à prendre un taxi, et loua une limousine. Il roula longtemps au milieu des feuillages déjà incendiés par l'été, le long des barrières blanches qui bordaient la route, et soudain les années basculèrent, et il redevint le jeune homme, si anxieux d'avoir une maison à lui, si avide, et qui, quatre ans plus tôt, avait aperçu pour la première fois la maison des Gunther. Depuis, il avait vécu à New York dans un appartement de douze pièces, il avait loué une résidence d'été à Long Island, mais, asséché de solitude, et plus désorienté qu'un nomade, son esprit revenait sans cesse vers cette maison-là.

Elle lui parut moins grande qu'il ne s'y attendait — ce qui est presque inévitable. Une maison, moyennement grande, large, sans être vraiment spacieuse. On y devinait comme un impalpable abandon — les murs n'avaient jamais eu d'autre couleur qu'un ocre-vert, tanné par le soleil ; Lew n'avait jamais vu les écuries autrement que penchées comme la tour de Pise, et le jardin autrement qu'en broussailles et sans noblesse aucune.

Jean était sous la véranda — rien de la princesse en guingan, qu'elle avait annoncée, ou de l'amazone campagnarde : très Rue-de-la-Paix, au contraire, appuyée aux coussins brun-roux de la balancelle. Lew reconnut le corpulent majordome noir, qui était déjà là autrefois, et, avec l'habileté naturelle aux gens de sa race, le majordome feignit de reconnaître Lew et de s'en montrer enchanté. On porta son sac de voyage dans l'ancienne chambre d'Amanda. Il s'y attarda un moment, avant de redescendre. Jean et Bess avaient fait préparer des cocktails.

Bess s'était dégagée si brusquement de son adolescence, qu'il en fut stupéfait, mais elle n'était encore qu'une promesse de jeune femme. On la sentait indifférente à cette beauté qui lui était venue, parfois même déconcertée, comme s'il s'agissait d'un cadeau qu'elle n'avait pas souhaité et qui devenait un fardeau pour elle. La gravité de son visage pouvait avoir, pour un jeune homme, quelque chose d'effrayant.

— Comment va votre père ? demanda Lew.

— Vous ne le verrez pas ce soir, répondit-elle. Il

ne se sent pas très bien. Il a plus de soixante-dix ans, vous savez. Les gens le fatiguent. Quand nous recevons des invités, il dîne dans sa chambre.

— S'il y prenait tous ses repas, ce serait beaucoup mieux, dit Jean en servant les cocktails.

— C'est absolument faux ! répliqua Bess sèchement. Le médecin affirme que non. Il n'en est pas question.

Jean se tourna vivement vers Lew.

— Depuis un an, Bess ne sort pratiquement plus. On pourrait...

Bess lui coupa la parole :

— Ridicule de dire ça ! Je monte à cheval tous les matins.

— ... on pourrait parfaitement engager une infirmière.

Le dîner fut conforme à la tradition — candélabres aux deux bouts de la table, jeunes femmes en robe longue. Mais Lew sentait comme un grand vide — cette impression d'une maison vivante, bourdonnante d'activités, s'était complètement effacée. Occuper la maison, c'est à quoi s'employait ce qui restait de la famille. Difficile de faire autrement. A quoi bon se lancer à la conquête de lieux inexplorés ? On se contentait de survivre, dans une sorte de paralysie anachronique, entre un passé déjà perdu, et un avenir imprévisible.

Au milieu du dîner, il y eut un instant de silence, et Lew leva la tête, intrigué. Ce qu'il avait pris pour le grondement lointain de l'orage, venait en réalité du premier étage — un grognement furieux, suivi de quelques mots prononcés avec force, et Bess se leva d'un bond, en renversant sa chaise.

— Tu sais que j'ai donné des ordres, disait la voix. Tant que je suis maître de cette maison...

— C'est papa ! dit Jean, et elle regardait Lew, comme s'il s'agissait d'une plaisanterie sans conséquence, mais il avait l'air tellement inquiet, qu'elle renonça à sourire. Autant vous dire toute la vérité. C'est de la démence sénile. Rien de dangereux. De temps en temps, il retrouve sa lucidité. Pour Bess, c'est épuisant.

Bess ne vint pas les rejoindre. Après le dîner, ils s'aventurèrent dans le jardin, qu'éclaboussaient déjà les premières gouttes de pluie. Le crépuscule était d'un vert livide. Lew suivait l'étrange robe de Jean, parsemée de roses d'un rouge écarlate — une mode qu'il avait ignorée jusqu'ici. Le silence immobile créait entre eux comme une intimité — comme s'ils partageaient un secret depuis de longues années, et lorsqu'au premier roulement du tonnerre, elle s'accrocha à son bras, il l'attira doucement contre lui avec son autre main, et embrassa cette bouche orgueilleuse et parfaite.

— Voilà, c'est fait ! soupira-t-elle, sur un ton ironique. Vous avez enfin embrassé l'une des filles Gunther. Ça vous a plu ? C'est un peu facile d'abuser de nous, ne croyez-vous pas, parce que nous sommes sans défense, perdues dans un trou de campagne ?

Plaisantait-elle ou non ? Il la comprenait mal. Elle lui saisit le bras, une seconde fois, avec un rire très bref. Comme la pluie augmentait, ils regagnèrent la maison. Et retrouvèrent Bess, à genoux dans la bibliothèque, essayant d'allumer du feu. Elle les rassura aussitôt.

— Papa va bien. Je n'aime pas lui faire avaler son médicament avant l'heure prévue. Il se fait du souci pour quelqu'un qui lui aurait prêté vingt dollars en 1892.

Elle sentait qu'elle était en trop. Elle s'attardait pourtant, comme si quelque chose l'obligeait à tenir le rôle d'une mère, et à faire naître entre eux un début de complicité avant de disparaître. L'orage éclata brusquement. Un éclair blanc derrière les vitres. Bess en profita pour gagner le premier étage en courant, afin de fermer les fenêtres. Un peu plus tard, elle se pencha sur la rampe de l'escalier.

— Le téléphone essaie de sonner, cria-t-elle. Est-ce prudent de décrocher, à votre avis ?

— Bien sûr, répondit Jean. Sinon l'opératrice n'appellerait pas, tu penses bien !

Elle s'approcha de Lew, l'attira au milieu de la pièce, le plus loin possible des fenêtres, que les éclairs faisaient trembler.

— Etrange que vous soyez là, justement ce soir, dit-elle. Je suis contente, je l'avoue. Mais si vous n'étiez pas là, je crois qu'on s'en tirerait quand même.

— Faut-il aider Bess à fermer les fenêtres ?

A la même seconde, Bess appela de nouveau du haut de l'escalier.

— J'ai l'impression qu'il n'y a personne au bout du fil, et tenir cet appareil, ça n'est pas très rassurant.

Le tonnerre éclata juste au-dessus de la maison. Jean se réfugia dans les bras de Lew. Elle s'en écarta aussitôt, car Bess descendait l'escalier en courant.

— Tout s'est éteint là-haut, dit-elle, avec une sorte de petit aboiement effaré. Quand j'étais petite, je n'avais pas peur de l'orage. De temps en temps, papa nous installait sous la véranda pour mieux voir le spectacle, tu t'en souviens ?

Une lueur aveuglante incendia soudain toutes les fenêtres, et ricocha de miroir en miroir, illuminant toutes les pièces de la maison. Puis ce fut comme si on enflammait en même temps un million d'allumettes, un craquement si terrible que le tonnerre lui-même, lorsqu'il éclata, parut sans importance. Il y eut enfin un fracas de branches brisées, et la voix de Bess :

— C'est tombé sur nous !

Un nouvel éclair aveuglant, et ils tâtonnaient d'une

fenêtre à l'autre, dans un grondement infernal, lorsque Jean cria :

— C'est la remise de William ! Un arbre qui l'a écrasée !

Lew se précipita vers la porte de la cuisine, l'ouvrit à toute volée. Un nouvel éclair lui permit de comprendre ce qui s'était passé. L'arbre, en s'abattant, avait séparé la remise de la maison elle-même.

— William est-il à l'intérieur ? demanda-t-il.

— C'est sûr. Presque sûr.

S'armant de tout son courage, Lew plongea dans le marécage bourbeux qui s'était formé. Il avait saisi un gaufrier. Il brisa la première fenêtre qu'il aperçut. Perdu dans ce déluge de tonnerre et de pluie, il comprit pourtant que l'orage s'éloignait. Il cria de toute sa voix :

— William ! Etes-vous sain et sauf ?

Pas de réponse.

— William !

Quelques secondes, puis une voix assourdie :

— Qui c'est, là ?

— Etes-vous sain et sauf ?

— Qui c'est, là ? Je veux savoir.

— Un arbre s'est abattu sur votre remise. Etes-vous blessé ?

Un petit rire d'enfant se fit alors entendre, comme si l'esprit de William se dégageait soudain des sourdes terreurs ataviques, qu'il tenait de ses origines.

— Moi, blessé ? Jamais. Jamais rien, il m'a blessé. Jamais senti mieux, comme on dit. Jamais rien, il m'a blessé.

Lew, qui pataugeait dans la boue, trempé jusqu'aux os, l'interrompit brutalement.

— Bon, bon, parfait ! Vous ne vous en rendez peut-être pas compte, mais vous êtes coincé là-dedans. Essayez de sortir par une fenêtre. L'arbre est trop gros pour qu'on puisse le dégager cette nuit.

Une demi-heure plus tard, dans sa chambre, à la lueur d'une bougie, Lew parvint non sans mal à s'extraire de sa carapace de vêtements détrempés. Allongé nu sur son lit, il se reprochait son manque d'entraînement physique, et trouvait anormal d'être aussi fatigué après avoir aidé un homme un peu trop corpulent à passer par une fenêtre. A travers les derniers grondements du tonnerre, il entendit la sonnerie du téléphone, et la voix de Bess, dans le couloir : « Je n'entends rien. Attendez que la communication soit meilleure. » Il s'assoupit trente secondes, et se réveilla en sursaut, parce qu'on ouvrait sa porte.

— Qui est là ? demanda-t-il, en se dissimulant sous le couvre-lit.

La porte s'ouvrait lentement.

— Qui est là ?

Il y eut un rire étouffé. La lueur d'un dernier éclair lui permit de distinguer trois doigts aux lourdes veines bleues, puis une voix d'homme dit dans un souffle :

— Je voulais simplement savoir si tu étais là, cette nuit, ma chérie... Je m'inquiétais... Je m'inquiétais...

La porte se referma avec précaution. Lew comprit que le vieux Gunther avait sans doute l'habitude de ces rondes nocturnes. Il se leva, s'habilla avec ce qu'il avait emporté de vêtements de rechange. Il entendait, pour la troisième fois, la voix de Bess au téléphone :

— ... dans la matinée ? C'est tellement urgent ? Il faudrait que nous demandions la communication nous-mêmes.

Au rez-de-chaussée, il retrouva Jean devant le feu. Elle semblait d'humeur curieusement enjouée. Elle lui fit un petit signe. Il s'approcha, resta debout près d'elle, immobile. Elle attendait qu'il l'embrasse, mais cette invitation ne le touchait plus. Essayant de comprendre ce qui lui arrivait, il lui effleura légèrement l'épaule.

— Votre père fait sa ronde. Il est entré dans ma chambre. Ne croyez-vous pas que vous devriez...

— C'est une manie, chez lui. Il va de chambre en chambre, pour voir si nous sommes couchées.

Lew la regarda plus attentivement. Un soupçon encore inconscient commençait à se préciser. Elle était très belle. Elle lui rendait son regard, avec une expression d'ironie narquoise. Mais il dressa soudain l'oreille. Bess se débattait toujours avec le téléphone.

— D'accord, disait-elle. Essayons comme ça. E...S...T. Parfait. Continuez. M...O...R...T...E...

En déchiffrant la phrase, elle poussa un cri étouffé.

— Que dites-vous ? Amanda est morte ?

Jean regardait Lew avec le même sourire narquois.

— Pourquoi Bess s'obstine-t-elle à prendre ce message ? Elle n'a qu'à...

— Taisez-vous ! Il se passe quelque chose de grave.

— Je ne vois pas...

Il régnait un tel silence au premier étage que Lew courut vers l'escalier. Bess était assise près du téléphone. Elle avait lâché le récepteur, qui était tombé sur ses genoux. Elle essayait de respirer, le regard fixé devant elle. Simplement de respirer, le regard fixé devant elle. Il saisit le récepteur, écouta le message.

— Amanda est morte doucement, en mettant au monde un petit garçon.

Lew tenta d'aider Bess à se lever, mais elle retomba sur sa chaise, secouée de sanglots sans larmes.

— Ne l'apprenez pas à papa, ce soir.

Etait-ce important que cette image prenne place ou non dans le désordre de cette mémoire égarée ? Pour Bess, ça semblait important.

— Descendez, murmura-t-elle. Allez l'apprendre à Jean.

Jean avait pressenti quelque chose, car elle l'attendait au pied de l'escalier.

— Que se passe-t-il ?

Il la reconduisit presque tendrement dans la bibliothèque. En continuant de la soutenir, il dit :

— Amanda est morte.

Elle prit une longue inspiration, essaya de pousser un cri, qu'il étouffa aussitôt de la main.

— Vous êtes ivre, dit-il durement. Ressaisissez-vous. Vous n'avez pas le droit d'ajouter quoi que ce soit à ce que ressent votre sœur.

Elle fit un immense effort pour se ressaisir — commandant d'abord à la bouche orgueilleuse, puis au corps entier — et Lew, en d'autres temps, aurait admiré cet effort, l'aurait trouvé héroïque, mais il n'y voyait plus qu'une manœuvre de reptile, un réflexe purement animal — tout ce qu'il commençait à éprouver pour elle s'était perdu d'un coup, dans un bref battement d'horloge.

Deux heures plus tard, tout était calme de nouveau — grâce aux soins attentifs d'une ancienne cuisinière que Bess avait envoyé chercher. Un médecin d'Ellicot City avait donné à Jean ce qu'il fallait de somnifères pour qu'elle s'endorme. Lew attendit d'être seul dans sa chambre, pour penser enfin à Amanda. Il se mit à pleurer, mais se reprit très vite. Elle venait de quitter ce monde. Elle était son second, non : son troisième amour — morte en un combat singulier. Il pensait surtout au jardin, ruisselant d'eau sous ses fenêtres, à cette nature lavée de tout péché, dans la nuit soudain apaisée. S'il n'avait pas été si fatigué, peut-être se serait-il habillé de nouveau, aurait-il marché à travers les hautes fougères, pour regarder de loin, une dernière fois, cette maison et ceux qui l'occupaient — le vieillard déjà vaincu, la jeune fille qui se laissait vaincre par lui et devenait vieille à son tour, l'autre jeune femme qui cherchait à se fuir elle-même dans les plaisirs désordonnés. Il avançait en rêve, dans les débris incertains de ses rêves, et son imagination le conduisit jusqu'à cet arbre, qui s'était abattu sur la chambre de William, l'avait coupée de la maison — et il s'arrêta là, dans cette ombre profonde, et il tenta de rassembler tout ce qu'il pensait des Gunther.

« S'accrocher ainsi au passé, c'est un signe de maladie, se dit-il. J'ai eu tort. Certains, parmi nous, continuent leur route. Ceux-ci, à l'abri de ce toit, sont des condamnés en sursis. Je suis heureux de m'en détacher à jamais, de me retrouver demain à Wall Street — un monde neuf, vivant, sans taches. »

Il ne se réveilla qu'une fois au cours de la nuit — en entendant la voix du vieillard qui se cherchait querelle à lui-même à propos de ces vingt dollars empruntés en 1892, puis celle de Bess, qui essayait de le calmer, et juste au moment où il se rendormait, celle de la vieille cuisinière noire qui couvrait les deux autres voix.

III

Lew se rendait souvent à Baltimore, pour affaires. Il avait l'impression, d'une année sur l'autre, que la ville retrouvait son aspect d'autrefois — du temps où les trois filles Gunther lui étaient encore inconnues. Il pensait souvent à elles, mais depuis cette soirée où il avait appris la mort d'Amanda, il n'était jamais retourné les voir. Et le rôle qu'avait tenu cette famille dans son existence personnelle lui semblait si lointain, en cette année 1933 — il n'oubliait pas cependant qu'il lui devait certaines notions essentielles sur la façon de se comporter dans la vie — qu'il put rouler longtemps sur *Frederick Road*, sans rien reconnaître des lieux qu'il traversait. Ce n'est qu'en arrivant aux frontières de *Carroll County* qu'une impulsion soudaine l'obligea à freiner.

On était au cœur de l'été. Un lapin traversa la route. Un écureuil se livrait à diverses acrobaties sur une branche flexible. La maison des Gunther était là, au bout de cette route, à cinq minutes du prochain carrefour. Dans une demi-heure, s'il le voulait, il saurait ce qu'était devenue cette famille. Il hésitait pourtant. Il avait tenté une première fois de ressusciter le passé. Il en avait longtemps souffert. En temps normal, il aurait jugé préférable de faire sagement demi-tour, et de continuer sa route. Mais certaines circonstances récentes lui avaient fait comprendre que la vie n'était pas toujours une marche en avant, un désir de conquête de lieux inexplorés, qu'il ne suffisait pas d'être toujours prêt à partir. Les Gunther lui appartenaient. Il appartenait aux Gunther. Jamais il ne pourrait offrir à de nouveaux amis ce qu'il avait offert aux Gunther. Les effacer de sa mémoire, c'était renoncer à jamais à une part de lui-même.

Les facéties de l'écureuil, le vent dans les feuillages, le chant d'un coq au loin, le cheminement paresseux du soleil dans la transparence de l'air immobile, provoquaient en lui, peu à peu, une sorte de vertige adolescent, et il s'abandonna contre le dossier de cuir de son siège, en oubliant tous ses problèmes. Dix minutes ainsi, plongé dans des rêveries imprécises, et soudain le « *k-dup, k-dup, k-dup* » d'un cheval au pas qui abordait le carrefour. Une cavalière en jodhpurs tenait les rênes. Lew se redressa brusquement et reconnut Bess Gunther.

Il descendit aussitôt de voiture. Bess le reconnut à son tour et tira si violemment sur ses rênes que le cheval se cabra.

— Par exemple ! Mr. Lowrie !... Là, là, calme, ma belle... D'où venez-vous ? Etes-vous en panne ?

C'était un ravissant visage, et un visage désolé, mais Lew sentit qu'un élément nouveau le faisait paraître plus jeune, comme si Bess échappait enfin aux devoirs matériels qu'elle s'était imposés, et qui la vieillissait prématurement autrefois.

— Je pensais à votre famille, dit-il. J'avais envie d'aller vous voir.

Une ombre de contrariété traversa le visage de Bess, et il se mit à rire, car il croyait comprendre ce qu'elle redoutait.

— Je ne parle pas d'hospitalité. Je parle de visite. Et, soyez tranquille, je suis solvable. De nos jours, c'est indispensable de le préciser.

Elle rit à son tour.

— Je pensais simplement que la maison est pleine, et qu'on aurait du mal à vous loger.

— De toute façon, on m'attend à Baltimore. Pourquoi ne pas descendre de votre cheval à bascule, et vous asseoir une minute dans ma voiture ?

Elle attacha sa jument à un arbre, et prit place à côté de lui.

Jamais il n'aurait cru qu'une telle fraîcheur puisse se prolonger au-delà de vingt ans — il fallut simplement qu'elle cesse de sourire pour découvrir, à trois petites rides, qu'elle n'avait rien perdu de sa gravité. Une image d'Amanda lui revint soudain en mémoire, dans l'éclat d'un ancien mois d'août, et il retrouva sur le visage de Bess ce dont il se souvenait d'Amanda.

— Comment va votre père ?

— Il est mort l'an dernier. Pendant près d'un an, avant de mourir, il ne pouvait plus se lever.

On aurait dit comme un refrain, qu'elle aurait souvent répété.

— C'est préférable ainsi.

— Croyez-moi désolé. Et Jean ? Où est-elle ?

— Elle a épousé un Chinois — je veux dire

quelqu'un qui habite en Chine. Que je n'ai jamais rencontré.

— Vous vivez seule ?

— Avec ma tante.

Elle eut une brève hésitation.

— Et je me marie la semaine prochaine.

Sans comprendre pourquoi, il eut comme un serrement de cœur, l'impression déjà ressentie de perdre quelque chose.

— Mes félicitations. Quel est l'infortuné jeune homme... ?

— Quelqu'un de Philadelphie. Cet après-midi, tous nos invités sont aux courses. Moi, j'ai voulu monter Juniper une dernière fois.

— Vous allez vivre à Philadelphie ?

— On ne sait pas encore. On va peut-être faire construire une maison neuve dans la propriété, et raser l'ancienne. Ou la restaurer, qui sait ?

— Croyez-vous qu'elle en vaille la peine ?

— Absolument ! répondit-elle très vite. Les architectes pensent qu'on peut en sauver une partie.

— Vous y êtes très attachée ?

Elle réfléchit un court instant.

— Je ne dirai pas qu'elle représente pour moi un idéal de modernité, mais...

Elle détacha les mots suivants avec une douce ironie.

— ... mais je suis le grillon du foyer. Je n'ai jamais fait de grands ravages à Baltimore, vous savez. La laissée-pour-compte de la famille. Il m'a toujours manqué ce petit quelque chose que possédaient Jean et Amanda.

— Ça ne vous manquait peut-être pas ?

— Quand j'étais jeune, ça m'a manqué, je crois.

La jument hennit nerveusement, pour rappeler sa maîtresse à l'ordre, et Bess descendit de voiture.

— Telle est l'histoire de la troisième fille Gunther,

Mr. Lowrie. Vous avez toujours éprouvé une sorte de fascination pour nous. Je me trompe ?

— C'est absolument vrai. Si je pouvais rester quelques jours de plus à Baltimore, j'assisterais à votre mariage.

Il vit passer comme une ombre d'effroi sur son visage, et il se demanda entre les mains de qui elle allait remettre sa vie — une vie si précieuse. Il avait acquis peu à peu une science approfondie des êtres, et derrière la fragilité apparente de Bess, il devinait une volonté de fer, sous le tendre arrondi des joues et du menton, une ossature solide. C'était quelqu'un d'extrêmement rare. Il espérait qu'elle épousait quelqu'un de bien.

Il la regarda s'éloigner le long d'un chemin d'herbe verte, et préféra regagner Baltimore. Cette aventure, qui l'avait marqué si profondément sur le plan humain, venait donc de prendre fin libérant d'anciennes images, qui hantaient soudain sa mémoire. Supposons que j'aie épousé l'une des trois sœurs ; supposons que j'aie... Le passé défilait ainsi sous les roues de sa voiture, et l'obligeait à une lucidité de plus en plus précise.

— Je n'étais sans doute qu'un importun, pour eux, un intrus... Et qui diable pourrait m'expliquer pourquoi cette jeune amazone montait à cheval en pantoufles ?

Il y avait une petite épicerie au carrefour. Il s'y arrêta pour acheter des cigarettes.

— Grand mariage en perspective chez les Gunther, dit-il au patron.

— Ah ! bon ? Miss Bess se marie, alors ?

— La semaine prochaine. Les invités sont déjà là.

— Ah ! bon ? Je me demande bien comment elle les couche. Mark H. Bourne a tout emporté.

— Qui ça ?

— Mark H. Bourne. Il a saisi tout le mobilier, il y

a un mois, pendant que Miss Bess faisait sa promenade à cheval. A cause d'une hypothèque, je crois, qu'ils auraient souscrite avant la mort du vieux Gunther. Dans le pays, on raconte qu'elle n'a plus rien à se mettre, juste sa culotte de cheval. Mark H. Bourne, c'est pas un mauvais homme, mais il était furieux. Ils vendaient tout dans son dos, paraît-il, tout ce qui avait un peu de valeur... Attendez votre monnaie. Je vous dois dix *cents*.

— De quoi vivent-elles alors, sa tante et elle ?

— Sa tante ? Jamais entendu parler d'une tante. Ça fait juste un an que je suis là, remarquez. Elle cultive elle-même son potager. Elle vient m'acheter du café, du sucre et du sel, c'est tout.

Tout était possible, et Lew le savait, dans les années difficiles qu'ils traversaient, mais il se demandait quel incroyable et fabuleux orgueil l'avait conduite à lui mentir ainsi.

Il fit aussitôt demi-tour, et roula cette fois jusqu'à la maison des Gunther. C'est une maison presque en ruines qu'il découvrit, un jardin qui n'était qu'une jungle. Sur tout un côté de la véranda, les pilastres s'étaient effondrés, et la balustrade pendait dans le vide. On avait commencé à clouer des bardeaux sur le toit, sans aller jusqu'au bout, et, faute de peinture, ils pourrissaient. L'une des fenêtres de la bibliothèque avait tous ses carreaux cassés.

Lew entra sans frapper. Une voix s'éleva du fond de l'ancienne salle à manger. Il se dirigea vers elle, à travers des salles désertes où ne restaient plus ni meubles, ni livres, ni tapis pour amortir le bruit de ses pas — vides de tout, sinon d'un épais manteau de poussière. Vêtue d'une misérable robe de chambre, Bess se leva de la caisse où elle était assise. On lisait la peur dans ses yeux. Elle laissa échapper une cuiller en fer-blanc, qui heurta l'autre caisse qui lui servait de table.

— Pourquoi vous êtes-vous moquée de moi ? Vivez-vous dans de telles conditions ?

Elle sourit, rassurée.

— C'était vous.

Elle fit un effort manifeste pour jouer les maîtresses de maison.

— Asseyez-vous sur cette caisse, Mr. Lowrie. Une ancienne caisse de boîtes de conserves. Ce qu'on fait de mieux — la plus pure fibre de bois. Soyez le bienvenu dans ces espaces désolés. Voulez-vous un cigare ? Du champagne ? Du civet de lapin ? Rencontrer mon fiancé ?

— Cessez ce jeu !

— Comme vous voudrez.

— Pourquoi n'allez-vous pas vivre chez l'un de vos parents ?

— Je n'en ai plus. Jean est en Chine.

— Que faites-vous, alors ? Qu'attendez-vous ?

— J'ai l'impression que je vous attendais.

— Comment ça ?

— Vous arrivez toujours au dépourvu. Je m'étais dit que si vous arriviez un jour au dépourvu, je jouerai le grand jeu. Mais, au dernier moment, j'ai préféré mentir. Mes sœurs avaient du sex-appeal. Moi, non.

Il se pencha, l'aida à se lever, la prit délicatement par la taille.

— C'est faux.

Depuis une heure, depuis leur première rencontre, toute son énergie semblait l'avoir abandonnée. Elle le regarda. Elle était épuisée.

— Ainsi, murmura-t-elle, vous aimiez les Gunther. Vous nous aimiez toutes les trois.

Lew essayait de réfléchir, mais son cœur battait à tout rompre. Il ne put rien faire d'autre que d'aider Bess à se rasseoir, et de marcher fébrilement de long en large.

— Nous allons nous marier. Je ne sais pas encore si je vous aime — je ne vous connais même pas — je sais seulement que cet état dans lequel vous vivez me rend malade.

Il s'agenouilla devant elle. Il ne supportait plus de la voir si fragile et si désarmée.

— Miss Bess Gunther, depuis le premier jour, c'était donc vous que je devais aimer.

Elle rit doucement.

— Ne vous inquiétez pas. Je n'ai pas l'habitude qu'on m'aime. Je ne sais pas ce qu'il faut faire. Je n'ai jamais joué le jeu.

Elle le regarda de nouveau. Timide, sans forces.

— Nous y voilà enfin. Je vous l'avais dit, il y a longtemps : j'étais destinée à être Cendrillon.

Il lui prit la main. Elle la retira d'un mouvement instinctif, et la lui rendit.

— Pardonnez-moi. Je n'ai pas l'habitude qu'on me touche. Mais si vous restez calme, si vous n'avez pas de gestes trop brusques, je n'aurai pas peur de vous.

Toujours cette même attitude de pudeur et de dignité, que Lew ne parvenait pas à déchiffrer, qui devait plonger ses racines dans un lointain passé où il n'avait pas sa place. Pour chacune des trois filles, c'est sous la pression des événements qu'elles semblaient devenir elles-mêmes, et leur vérité déchirait soudain l'aimable apparence des choses. Il y avait en elles des pulsions inconnues, d'insoupçonnables préférences, auxquelles un homme qui s'était donné pour mission d'aller toujours droit devant lui, demeurerait jusqu'au bout étranger.

— J'étais la sœur gardienne, dit Bess. J'aimais le jeu autant que les deux autres, mais il manquait un frère, et peu à peu j'en ai tenu le rôle... Oui, vous pouvez me toucher ainsi. Ma joue. Touchez ma joue. Je veux qu'on me touche. Je veux qu'on me serre dans ses bras. Je suis heureuse que ce soit vous. Mais soyez patient, n'allez pas trop vite. Et prenez garde. J'ai peur d'être quelqu'un pour qui c'est à jamais. Je vais vivre pour vous. Je vais mourir pour vous. Mais je ne comprends pas ce que signifie le mot : *à moitié*. Oui, ça c'est mon poignet. Aimez-vous mon poignet ? Depuis un mois, je prends un grand plaisir à me regarder dans la glace, car il y a là-haut, au premier étage, une glace tellement lourde qu'ils n'ont pas pu me l'emporter.

Lew se leva.

— C'est parfait. Commençons ainsi. J'ai de la santé pour deux. Je vous rendrai la vôtre.

— Comme ça, d'accord.

— Si nous mettions d'abord le feu à la maison ?

— Surtout pas !

Elle ne voyait pas qu'il plaisantait.

— Premièrement, elle est assurée. Deuxièmement...

— Très bien. Contentons-nous de la quitter. Nous nous marierons à Baltimore, ou à Ellicott City, si vous préférez.

— Et Juniper ? Je ne peux pas l'abandonner.

— Nous la confierons à l'épicier du carrefour.

— La maison ne m'appartient pas. Elle est hypothéquée, mais ils m'ont permis d'y rester, par remords, sans doute, parce qu'ils avaient saisi jusqu'à nos vieilles partitions, jusqu'à nos albums de photographies. De toute façon, ils n'avaient aucune chance de dénicher un locataire.

D'une minute à l'autre il la découvrait, et tout ce qu'il découvrait lui plaisait, mais il devinait que l'amour, en elle, était inséparable de tant d'années de sacrifice, et qu'il lui faudrait, en bon jardinier, arracher patiemment toutes ces mauvaises herbes. Un travail qui l'attirait.

— Que vous êtes belle, lui dit-il. Que vous êtes belle. Nous survivrons à tout ça, vous et moi, car vous êtes quelqu'un d'absolument parfait, et j'en suis absolument convaincu.

— Et Juniper ? Survivra-t-elle à notre départ ?

— Juniper aussi.

Elle fronça les sourcils, puis sourit — sourit véritablement, cette fois — et elle dit :

— Si je ne me trompe, vous êtes en train de tomber amoureux.

— Je dirais la même chose de vous. Notre histoire promet d'être ce qu'on aura vu de plus beau au monde.

— Je ferai tout mon possible. Croyez-moi...

Ils sortirent ensemble de la maison. Bess avait remis ses jodhpurs. La seule chose qu'elle voulait emporter. Lew eut un peu de mal à faire une marche arrière à travers les broussailles du jardin. Il jeta un dernier coup d'œil vers la maison, par-dessus son épaule.

— D'ici huit ou dix jours, nous déciderons de son sort.

Le crépuscule était d'un éclat surprenant. Un rayon de lumière rose-pourpre jouait sur les pare-chocs de la voiture, sur leurs deux visages émerveillés, traversait la maison — effleurant au passage la porte à jamais bloquée de la glacière, les gouttières rouillées, les persiennes arrachées de leurs gonds, le ciment crevassé de l'allée principale, pour atteindre, au-delà des courts de tennis, le cercle gris de cendres où brûlaient l'an dernier tous les vieux résidus. Quelle que soit la fin de l'histoire, ce vaste effort de solidarité humaine aurait enfin porté ses fruits. La maison s'était vue confier une mission. Elle l'avait accomplie — conduite jusqu'au bout, parfaitement achevée — car c'était un effort vers une meilleure compréhension des uns et des autres, un effort difficile à évaluer, tant il pèse chaque jour sur chacun d'entre nous.

JE NE MANQUE PAS DE CHAUSSURES

Cette nouvelle, écrite à « La Paix », en juillet 1933, a été publiée par le Saturday Evening Post, *dans son numéro du 23 septembre 1933, après l'avoir payée 2 500 dollars — ce qui représentait, par rapport au « tarif » de Scott Fitzgerald, une baisse de 1 500 dollars en deux ans. Le tirage du magazine était toujours de 2 850 000 exemplaires, mais les recettes publicitaires avaient sévèrement diminué, et si, dans les années 20, les numéros avaient environ deux cents pages, ils n'en avaient plus désormais que soixante-seize.*

L'Exquise Créature s'engouffra dans l'hôtel, traversa fébrilement le hall en posant à peine sur le sol la pointe de son pied, puis se planta sur ses talons, face au réceptionniste, comme pour dire : « Me voilà ! » Les employés commençaient plus ou moins à la connaître — une débutante légèrement défraîchie, qui avait beaucoup arpenté les salles de bal quelques années plus tôt, et qui travaillait désormais pour le quotidien le plus important de la ville.

— Bonjour, dit le réceptionniste.

— J'ai rendez-vous avec...

L'Exquise Créature marqua un léger temps d'arrêt, comme pour mieux savourer le nom qu'elle allait prononcer.

— ... avec Miss Nell Margery.
— Oh !
Le réceptionniste sembla s'animer davantage, sans paraître pourtant bouleversé.
— Vous têtes Miss...
Il consulta une petite liste.
— ... Miss Battles ?
Elle jugea inutile de répondre.
— J'ai ordre de vous annoncer.
Et, sur un ton plus familier :
— Le nombre de jeunes filles qui essaient, depuis vingt-quatre heures, de forcer sa porte, incroyable ! On ne laisse même plus monter les fleuristes. Oh ! allô... Ici, la réception...
Johanna remarqua un très net changement de ton.
— Miss Battles est en bas.
Et plutôt fulminante. Difficile, bien évidemment, de faire comprendre à un malheureux employé d'hôtel qu'il existait une certaine différence de niveau entre la bonne société de la ville et les gens de théâtre — fussent-ils représentés par la jeune première la plus illustre d'Amérique. Ses dispositions d'esprit vis-à-vis de Miss Margery s'en trouvèrent légèrement modifiées, et lorsqu'elle aperçut son amie Teeny Fay, près de l'ascenseur, elle s'arrêta pour lui parler. La célébrissime jeune première pouvait bien attendre, après tout !
— A quelle heure t'es-tu couchée ? demanda Teeny.
— Deux heures passé. Et ce matin, il fallait que j'aille au bureau. Ça s'est terminé comment ?
— Oh ! je me suis chargée d'elle, et quelqu'un s'est chargé de lui. Si tu as le temps de prendre un verre de bière, je te raconterai tout. Je ne tiens plus debout.
Elle poussa un petit soupir épuisé, mais retrouva soudain toute son énergie.
— Dans l'ascenseur, figure-toi, je me suis trouvée avec la femme de chambre de Nell Margery...
— Je dois justement...

— Une Française. Dans tous ses états ! Elle allait porter plainte auprès du gérant, parce qu'une des malles de chaussures de sa patronne s'était égarée. *Une* malle de chaussures, tu te rends compte ? Moi, c'est à peine si j'en ai trois paires.

— Je sais, répondit Johanna. J'ai lu quelque part qu'elle ne jette jamais aucune paire de chaussures. Elle en a des douzaines de malles, empilées dans une réserve. Toutes pratiquement neuves...

Elle ajouta, d'un air navré :

— Depuis le temps, remarque, elles doivent être plus ou moins démodées.

Sa conscience professionnelle reprit soudain le dessus.

— Mais elle m'attend, c'est vrai !

Elle courut vers l'ascenseur.

— Comment ça ? Mais pourquoi ? demanda Teeny, qui courait derrière elle.

— Le journal !

Et les grilles de l'ascenseur se refermèrent sur Johanna.

Seize étages plus haut, pendant ce temps, Miss Margery discutait de son avenir avec un homme extrêmement séduisant, au visage hâlé par le vent du large, qui répondait au nom de Livingstone, et débarquait à l'instant de New York, après avoir, comme pour pasticher son célèbre homonyme, parcouru nombre de terres inexplorées. Avant d'aboutir à Miss Margery, son voyage avait pris naissance dans un point si secret de la jungle brésilienne qu'il n'était signalé que par une statue maya, s'était poursuivi le long d'une rivière sans nom, qui l'avait conduit à Rio Branco, puis le long du Rio Negro, qui se jetait dans l'Amazone, si bien qu'il avait atteint l'océan, d'où un bananier lui avait permis de monter vers le nord, jusqu'à une voie de chemin de fer, qui lui avait permis de redescendre vers le sud. Aussi insolites que soient les contrées d'où il émergeait, le but qu'il poursuivait n'avait rien que de très courant.

— ... et je me suis dit brusquement que vous aviez peut-être changé d'avis.

— Absolument pas, avoua Miss Margery. Je continue de penser que lorsqu'une comédienne épouse un homme du monde...

— Je n'en suis pas un. Je proteste.

— Disons : un homme comme vous, ils prennent tous les deux un grand risque. L'homme se vantera partout d'avoir épousé une femme célèbre. La femme se vantera partout d'avoir épousé un homme qui a des relations. « *La Foire aux Vanités, que dénonce le Prophète* » ... enfin, vous voyez ce que je veux dire.

Elle avait un visage en forme de cœur — impression qu'accentuaient encore ses cheveux, couleur miel, ramassés sur la nuque, et dégageant deux tempes arrondies. L'ouverture de ses yeux en amande était soulignée par le trait de crayon des sourcils, ce qui ajoutait une lueur ambiguë aux rares sourires qu'elle se permettait. Son visage semblait si joyeux, en ces occasions-là, qu'il était impossible de ne pas répondre par un sourire à l'éclat lumineux de ses dents — et ses deux lèvres entrouvertes dessinaient un exquis petit rond de plaisir. Lorsqu'elle reprenait son sérieux, le reflet du plaisir se prolongeait un court instant, comme un clavier qui continue de résonner. Toute une génération d'inconditionnels du théâtre avaient pris l'habitude de scruter ce visage avec la plus grande attention, car ils savaient y déchiffrer les moindres battements de cœur de Nell Margery.

Livingstone protestait avec force.

— Nous avons de tout autres bases d'accord, Dieu merci ! Je ne suis heureux que quand je travaille.

— Vraiment ? dit-elle, sur un ton sarcastique.

— Parfaitement, mon enfant ! Je travaille avec autant d'ardeur que vous.

— Vous vous amusez, plus exactement, avec autant d'ardeur que je travaille.

Il était furieux et blessé de voir cette éternelle discussion renaître de ses cendres.

— Je peux m'offrir le luxe de faire des choses qui ne rapportent pas d'argent, je sais. Ce n'est pas une raison...

A ce point précis de la discussion, on annonça Miss Johanna Battles. Nell se tourna vers Livingstone.

— J'en ai pour un instant. C'est la nièce d'une de mes amies. Elle travaille plus ou moins pour le journal local, et j'ai accepté de la recevoir.

Livingston hocha la tête d'un air résigné, et chercha quelque chose à lire. Nell ouvrit la porte, et accueillit Johanna avec un ton de voix si parfaitement accordé à sa beauté qu'aussi loin qu'elle voulait porter, c'est sa beauté elle-même qui semblait se projeter dans l'espace, l'envahir tout entier par un phénomène d'osmose, en prendre physiquement possession.

— Je suis tellement heureuse de rencontrer la nièce de Miss Walters. Je vous propose de nous installer dans ma chambre. Nous serons plus tranquilles.

Johanna la suivit, prit la chaise qu'on lui offrait. Nell s'assit sur le lit.

— Vous ressemblez à votre tante. Elle m'a dit que vous vouliez faire du théâtre.

— Pas du tout, répondit Johanna timidement. L'an dernier, j'ai fait partie d'une troupe d'amateurs. Aujourd'hui je suis journaliste.

— Vous avez renoncé au théâtre ?

— Oui. Mais je continue à faire un peu de publicité pour la troupe, parce que l'ambiance me plaît. J'aime rôder dans ce coin-là.

Elle eut un petit rire, comme pour s'excuser.

— La fascination de la scène... Cette nuit, je suis restée jusqu'à deux heures.

— Est-ce une bonne troupe ?

— Je crois.

Elle rit de nouveau.

— Ça dépend des jours. Hier soir, ils ont tous craqué.

Miss Margery sursauta.

— Craqué ?

— Je ne vois pas d'autre mot. Ça a duré deux heures. On pouvait les entendre dans tout le quartier.

— Vous voulez dire qu'une jeune fille a eu une crise d'hystérie ? J'ai assisté à ça — après une répétition, qui avait duré quarante-huit heures de suite. Ça arrive généralement aux jeunes filles qui paraissent les plus calmes.

— Hier soir, ça n'était pas seulement les jeunes filles. Il y avait aussi une femme d'un certain âge, et un homme. Pour lui, il a fallu appeler un médecin. Ils hurlaient tous en même temps.

Nell semblait stupéfaite.

— Je ne comprends pas. Ils avaient bu ?

— Non, non. C'était la pièce.

Johanna essayait de trouver les mots qui lui permettraient de mieux se faire comprendre. Elle y renonça vite.

— Ils ont craqué, c'est tout. Je ne crois pas qu'on s'en soit rendu compte jusqu'à la fin du dernier acte, mais après, dans les loges... La folie !

Nell garda le silence un moment. Elle semblait réfléchir, et Johanna s'étonnait qu'elle trouve de l'intérêt à cette histoire. De toute façon, elle était là pour l'interviewer. Elle se lança.

— Je voulais vous demander, Miss...

Nell l'interrompit.

— C'est curieux. Je pensais que dans les troupes d'amateurs, ils avaient...

Elle laissa sa phrase en suspens, reprit quelques secondes plus tard :

— Je me souviens d'un certain nombre de cas de cet

ordre, c'est vrai, des gens qui perdent leurs moyens... dans un film...

— J'imagine que ça doit arriver tout le temps. J'ai vu beaucoup de films dans lesquels...

— Non, non, je veux dire : réellement. Je l'ai vu. Mais les gens qui... qui « craquent », comme vous dites, pendant le travail, on les retrouve dans une maison de santé, ou au chômage. C'est peut-être injuste, mais c'est là la vraie différence entre un professionnel et un amateur.

Johanna commençait à s'agiter. Miss Margery s'attardait un peu trop longuement à son gré sur cette histoire banale, et elle regrettait d'en avoir parlé. Son devoir de journaliste était de revenir adroitement à sa victime désignée. Elle eut une brusque inspiration.

— Miss Margery...

Une petite seconde d'hésitation.

— Pardonnez-moi, Miss Margery, mais quelqu'un m'a dit que vous possédiez toute une collection de chaussures.

Nell se redressa en sursaut, lâcha le coussin auquel elle s'adossait, et se pencha très lentement vers Johanna. Son regard était plus aigu qu'une pointe de diamant.

— Alors ça-a-a-a-a !, siffla-t-elle.

Et soudain, sur un ton beaucoup plus violent, mais tout aussi terrifiant, avec quelque chose, dans la voix, que les amies de Johanna auraient qualifié de parfaitement vulgaire, elle hurla :

— Alors ça-a-a-a-a ! Qui vous a soufflé cette question ? Sortez d'ici ! Allez dire à votre journal que je refuse de répondre à quoi que ce soit de ma vie privée !

Johanna, affolée, cherchait en vain comment s'excuser. Nell s'était levée d'un bond. Elle était debout devant la fenêtre, comme un arbre agité par une brusque rafale de vent, dans l'éclat d'un soleil d'été. Aussi affolée que soit Johanna, elle ne pouvait pas s'empêcher de remarquer que chacun des gestes de Nell exprimait ce que toutes les femmes rêvaient de devenir. Ils transposaient ce rêve du passé au présent, comme une énigme essentielle inscrite dans la moindre inflexion de son cou, le moindre mouvement de ses bras.

Elle reprit, d'une voix coupante :

— C'est déjà arrivé ! Je les ai toujours envoyé promener ! Des chaussures ! N'importe qui peut collectionner des livres, des timbres-poste, des bracelets de diamant, sans qu'on lui dise rien. Mes chaussures ! Si quelqu'un ose encore...

Elle prit soudain conscience du visage bouleversé de Johanna.

— Ce n'est pas vous, je sais. On vous a obligée à me poser cette question.

Elle se disait, en même temps, que ce brusque accès de colère pouvait donner lieu à un petit écho d'autant plus perfide qu'elle venait d'exprimer un certain mépris pour les gens qui ne font pas leur travail jusqu'au bout. Accorder une interview ne faisait pas vraiment partie de son travail, mais la nièce de Miss Walters était bien incapable de saisir la nuance. Elle revint s'asseoir sur son lit. Tout ce qui avait pu ternir, un temps, le velours parfait de sa voix disparut — et elle retrouva toute son assurance.

— Que vous a-t-on raconté ? Que j'étais quelqu'un de mesquin ? Que je conservais toutes mes vieilles chaussures ?

Johanna ne savait que répondre.

— Je... Oui, enfin, non... pas exactement...

— Voulez-vous que je vous raconte une petite histoire ? Elle a un certain rapport avec ce que nous disions tout à l'heure, à propos de ce qui distingue un amateur d'un professionnel.

Johanna, soulagée, s'appuya au dossier de sa chaise, et, avec l'accord de Miss Margery, alluma une cigarette.

— Je suis pratiquement née en scène, une enfant de la balle, comme on dit, bercée et soignée en coulisses, pendant les entractes, et c'était un théâtre différent chaque soir — enfin, vous voyez. Jusqu'à l'âge de sept ans, j'ai cru que toutes les grandes personnes sentaient le maquillage lorsqu'elles vous embrassaient. Mon père n'était pas comédien. Il faisait toutes sortes de petits travaux qui tournaient autour du théâtre, puis il est mort, et on s'est retrouvées toutes les deux, ma mère et moi. Ma mère tenait plutôt les emplois comiques — de petites apparitions à New York, une troupe qui l'engageait pour la saison, mais des tournées surtout, dans de petites villes, avec des compagnies de troisième ou quatrième ordre, qui reprenaient les succès de Broadway. Des pièces comme : *Secret Service*, ou *The Easiest Way*, ou *The Witching Hour*. Votre génération ignore sûrement ces titres-là. Elle prenait ce qu'on lui offrait. Je me souviens d'un été où nous avons ratissé jusqu'aux plus petites bourgades du Wyoming et du Montana, avec *Old Kentucky*.

Nous avons toujours eu de quoi manger et nous habiller, et je ne m'inquiétais jamais, même quand la situation devenait critique, car je savais que ma mère s'arrangerait d'une façon ou d'une autre. J'étais toujours très élégante. Sur une photographie prise à cette époque-là, je porte une très jolie robe, avec des fronces et des volants, des pantalons plissés garnis de ruban, une ceinture sans un pli, enfin tout, quoi — comme n'importe quelle petite fille. Oui, j'étais toujours très élégante.

Un jour, j'avais dix ans — inutile de préciser la date, disons : avant la guerre — nous nous sommes retrouvées à Richmond, en Virginie. C'était le plein été. Il faisait terriblement chaud. Personnellement, ça ne me gênait pas, mais je m'en souviens à cause des visages que je revois, couverts de transpiration, les hommes avec le col trempé, les femmes avec l'ourlet de leurs robes qui pendaient. Je m'en souviens aussi à cause d'une autre chose, dont je vais vous parler dans une minute.

Ma mère faisait de grands efforts pour paraître aussi détendue que d'habitude, mais ses affaires étaient dans une mauvaise passe, et je le savais. Pour la première fois de ma vie, je me sentais étrangement inquiète. Nous étions en tournée avec une petite troupe, qui avait eu de graves déboires, et la direction ne pouvait plus payer les comédiens — ça arrivait souvent à l'époque. Elle avait juste de quoi rapatrier toute la troupe à New York. Ma mère n'avait plus du tout d'argent, elle en avait même emprunté aux autres comédiens, qui avaient les poches aussi vides qu'elle. L'idée de regagner New York en plein été, dans ces conditions-là, était loin de lui plaire. Elle avait appris que la troupe de Richmond cherchait quelqu'un pour tenir le genre de rôles qui étaient dans ses cordes. Elle avait envie de tenter sa chance. Le train que la troupe devait prendre partait deux heures plus tard. Nous avons donc quitté la gare, ma mère et moi, et nous avons traversé la ville. A pied — car nous n'avions, en tout et pour tout, que vingt *cents*, et il fallait garder de quoi dîner.

Je portais, ce jour-là, des semelles en carton, à l'intérieur de mes chaussures. Ça m'était déjà arrivé, mais juste pour un jour ou deux, quand les choses allaient mal. Car j'étais toujours très bien habillée, je vous l'ai dit. Toujours très élégante. Il y avait eu tant de problèmes, depuis la veille, avec tous ces bagages à faire, que j'avais oublié de découper des semelles neuves dans du carton. J'étais comme tous les enfants de cet âge — un peu tête en l'air, vous savez, un peu trop insouciante.

J'ai commencé à m'en vouloir quand ma mère m'a pris la main, et m'a dit qu'il fallait nous dépêcher. Mes anciennes semelles étaient trouées. Le trottoir brûlait comme une fournaise. Ma mère marchait vite, comme les grandes personnes, lorsqu'elles sont pressées, et j'étais obligée de suivre son rythme, sans marcher tout à fait, sans courir non plus, en traînant les pieds. Je me souviens qu'il y avait des enfants noirs dans la rue, et qu'ils étaient pieds nus, et je me suis dit que si je pouvais enlever mes chaussures, et les tenir à la main, ça me permettrait de courir vraiment, en posant mes pieds de différentes façons sur le trottoir. Mais ma mère déployait une telle énergie en marchant, que je n'avais pas le temps de le faire.

Les marches de bois du théâtre m'ont paru très fraîches. J'ai voulu enlever mes chaussures, mais ma mère m'a tirée jusqu'au bureau du directeur, et j'ai eu peur que ce directeur remarque l'état de mes chaussures et se dise que nous avions un peu trop besoin de travailler. Il avait l'air extrêmement désagréable.

— C'est quoi, votre emploi ? a-t-il demandé à ma mère.

— Un peu tout. Les servantes comiques, les fantaisistes, les grosses femmes, les vieilles femmes, les femmes noires, les jeunes femmes un peu délurées...

Il eut un ricanement appuyé.

— Les jeunes femmes ? Sans blague ?

— J'ai joué plusieurs fois le rôle de Sis Hopkins.

— Ça doit faire un bail, j'imagine. Quant à jouer les comiques, vous avez plutôt une tête d'enterrement.

Ma mère s'obligea à sourire, un sourire maladroit — et, à la façon dont elle respirait, je sentais combien elle était angoissée. J'avais peur qu'il ne s'en rende compte.

— Revenez dans une heure, finit-il par dire. Il faut que j'en parle à quelqu'un. Dans une heure, ici. Sans faute.

Nous avons découvert un peu plus tard qu'il n'avait pas le vrai pouvoir de décision.

Ma mère réfléchit très rapidement. Le train pour New York partait dans une demi-heure, et, si elle n'était pas engagée, il valait mieux, pour une comédienne « en disponibilité », se retrouver à New York plutôt qu'à Richmond.

— Entendu, dit-elle.

Et nous sommes reparties, en marchant deux fois plus vite.

— Il faut arriver à la gare avant le départ du train. Pour qu'ils me donnent mon billet. Je pourrai au moins me le faire rembourser.

— Maman, ai-je dit, mes chaussures sont trouées.

C'est à peine si elle m'a entendue.

— On verra ça demain.

Je n'ai donc plus rien dit, bien sûr.

Je ne me souviens plus de ce retour vers la gare. Je ne sais plus si j'avais mal ou non. J'étais trop inquiète pour ma mère. Mais je me souviens que, lorsque nous sommes arrivées, le train était parti depuis une demi-heure. Nous avions cru marcher plus vite qu'à l'aller, mais nous étions trop fatiguées, et nous avons mis plus de temps.

Ma mère a tout de suite vérifié que nos bagages étaient encore là, et nous avons repris le chemin du théâtre. Je me suis dit qu'on allait peut-être prendre un tramway, mais elle n'y a pas fait allusion. J'ai essayé de marcher sur le bord du pied, en tordant ma cheville, mais c'était difficile, je trébuchais sans cesse, ma mère m'empêchait de tomber, en me tirant par la main d'un coup sec. Le problème venait de ce trou dans mes semelles, qui s'était élargi — une pièce d'un demi-dollar d'abord, puis une pièce d'un dollar. Au bout d'un certain temps, j'avais tellement mal que je ne pouvais plus poser le pied par terre, et c'est devenu épuisant pour ma mère. Elle n'en pouvait plus. Elle a décidé qu'on pouvait s'asseoir une minute sur les marches du musée de la Confédération.

Ce n'était pas le moment de dire quoi que ce soit — nous avions déjà tellement marché que ça devenait inutile. Inutile également d'enlever mes chaussures — j'avais trop peur de ce que j'allais découvrir à l'intérieur. J'avais trop peur également que le visage de ma mère ne prenne une expression désolée en le découvrant avec moi, et qu'on refuse de l'engager. Elle avait sûrement traversé d'autres périodes aussi difficiles, mais, pour la première fois, j'étais assez grande pour m'en rendre compte.

Nous n'étions plus très loin du théâtre. Je n'ai pas eu l'impression que les marches de bois étaient fraîches — elles m'ont paru plutôt poisseuses. Il y avait quelqu'un d'autre avec le directeur, un homme beaucoup plus aimable, qui a tout de suite engagé ma mère et lui a avancé quelques dollars. Elle semblait délivrée, en quittant le théâtre. Moi, j'étais inquiète. Pour moi, cette fois. J'ai aperçu les traces de sang que j'avais laissées sur le seuil en entrant. Je me suis assise sur la première marche. J'ai vu le sang qui se répandait lentement autour de mes deux pieds — et ils étaient comme deux petites îles, dans tout ce rouge. J'avais horriblement peur. Je m'en voulais d'avoir voulu jouer les courageuses petites filles, dignes de leur mère. Et je souhaitais de tout mon cœur qu'on ne l'entende pas du bureau, lorsqu'elle a crié brusquement :

— Oh ! ma chérie ! Ma pauvre petite chérie !

Je me souviens ensuite de l'oreiller de l'ambulance — jamais encore je n'en avais vu d'aussi grand.

Le téléphone sonna dans la pièce voisine, et Nell Margery éleva la voix :

— Warren, soyez gentil, répondez.

Quelques secondes de silence, et Warren annonça :

— C'est un hôpital.

— Ah ! passez-moi la communication. Il s'agit d'une jeune fille qui joue dans la pièce... Oui, merci. Allô ? Oui, oui, je voudrais avoir des nouvelles... Parfait, c'est parfait... Dites-lui que nous sommes tous très soulagés, et que je passerai la voir en fin d'après-midi.

Elle téléphona ensuite au fleuriste de l'hôtel. Livingston était venu s'appuyer des deux mains au chambranle de la porte.

— Qu'est-ce que c'est, au juste, cette histoire de chaussures ? Ai-je le droit de rentrer pour écouter la fin ?

— Vous avez manifestement écouté le début.

— La porte était ouverte, je n'avais pas grand-chose à lire, et je suis tombé sur un passage particulièrement abstrait de Mr. Gideon.

Nell revint s'asseoir sur le lit, et reprit son récit, en s'adressant toujours à Johanna.

Mes pieds ont guéri, et tout a été beaucoup mieux. Le moment le plus merveilleux pour moi a été le jour où j'ai chaussé une paire de bottines toutes neuves. Blanches, avec de petits boutons. Je me suis assise pour les admirer, puis je me suis levée pour les admirer, puis j'ai fait quelques pas. Vous n'imaginez pas avec quel soin je m'en suis occupé. Je les frottais deux fois par jour avec du blanc. Elles ont fini par s'user, bien sûr, et, à l'automne suivant — nous étions à Albany, et j'allais paraître en scène pour la première fois, juste une réplique à prononcer — ma mère m'en a acheté une paire neuve.

— Donne-moi les autres, m'a-t-elle dit. Elles sont trop petites pour toi, et la fille de la concierge du théâtre...

J'ai dû changer de visage, car elle s'est arrêtée net. J'ai ramassé les chaussures usées, je les ai serrées contre moi, comme si elles étaient vivantes, et j'ai éclaté en sanglots.

— Bon, bon, a dit ma mère. Garde-les, espèce de petite fourmi.

Qu'elle m'appelle comme elle voulait — ça m'était égal. J'ai caché les chaussures dans un endroit que ni elle, ni personne au monde, ne pouvait découvrir.

Quand la seconde paire a été usée, je l'ai cachée à son tour, puis la troisième, puis la quatrième. Deux ans plus tard, je commençais à tenir des rôles de jeune première, quelqu'un, un jour, m'en a jeté une paire, et je dois reconnaître que... enfin, comme vous dites, j'ai « craqué ».

Si vous me demandez pourquoi j'ai besoin de garder mes vieilles chaussures, je serai obligée de répondre que je n'en sais rien. Peut-être la peur atroce de me retrouver un jour sans souliers. Peut-être, comme l'a laissé entendre l'article dont je vous ai parlé, par une sorte d'avarice refoulée. Quoi qu'il en soit, je préférerais mille fois jeter une bague plutôt qu'une paire de chaussures.

Nell se tut. Il y eut un étrange silence. Elle regardait les deux autres d'un air de défi. Livingstone lui rendait son regard avec un sourire indulgent. Johanna se demandait quel délai raisonnable elle devait respecter, avant d'oser reprendre la parole. Elle finit par s'y risquer :

— M'accordez-vous le droit d'écrire un petit écho là-dessus ?

— N'en faites rien, surtout ! répondit Nell aussitôt. N'en faites rien ! Je ne vous ai pas raconté cette histoire comme sujet d'article. Je vous l'ai racontée pour illustrer quelque chose dont nous parlions. C'était, voyons ?... Ah ! oui, le professionnalisme. Après ça, je me suis toujours comportée comme une professionnelle.

— Je comprends mal, avoua Johanna. Un professionnel c'est simplement quelqu'un... simplement un amateur qui a réussi.

Nell secoua la tête.

— Je suis incapable de vous expliquer. C'est une question de discipline dans le travail. Nous autres, les enfants de la balle... écoutez, à quinze ans, si un metteur en scène avait dit à l'une d'entre nous : « Toi, là-bas, la troisième en partant de la gauche, tu fais un plongeon dans la grosse caisse ! », elle l'aurait fait sans hésiter.

Johanna se mit à rire, mais elle n'était pas convaincue.

— Il y a quand même beaucoup de comédiennes qui ne sont pas nées sur une scène.

— C'est que leur combat s'est passé autrement. Elles ont été capables de tout sacrifier, de s'arracher à leur milieu, de supporter, aussi douloureux que ce soit, toutes sortes d'avanies, de rencontres, de heurts, auxquels elles n'étaient pas préparées.

Elle se leva, en secouant de nouveau la tête.

— J'ai du mal à me faire comprendre. Il faudrait qu'un homme intelligent le fasse pour moi. J'espérais que vous saisiriez ce que je voulais dire.

Ils regagnèrent l'autre pièce. Nell resta debout, et Johanna, plutôt désappointée, en conclut que l'entretien était terminé. Mais elle reçut une aide inattendue.

— Je ne suis sûrement pas l'homme intelligent dont vous parlez, dit Livingstone, mais j'avoue ne pas être d'accord avec vous. Vous avez l'air de prétendre que pour réussir il faut commencer par être pauvre, et par souffrir. Je connais beaucoup de gens qui ont eu un parcours sans problème.

« Sans doute ignorez-vous leur véritable histoire », pensa Nell, mais cette discussion la fatiguait, et elle préféra ne pas répondre.

— Les grands explorateurs que je connais, par exemple — pour eux, tout était simple. La plupart sont nés un fusil en mains...

Nell l'interrompit, d'un brusque mouvement.

— Bonsoir, Miss Battles, dit-elle, en adressant à Johanna un sourire dévastateur. Surtout pas un mot au sujet des chaussures, d'accord ? Ça pourrait porter tort à ma mère, qui s'est toujours mise en quatre pour que je sois habillée comme toutes les autres petites filles. Présentez mon meilleur souvenir à votre tante.

Warren accompagna Johanna jusqu'à la porte — comme s'il cherchait à excuser la brusque lassitude de Nell, ce besoin absolu qu'elle avait de se reposer. Il la regarda avec une admiration appuyée, pour qu'elle sache combien il la trouvait jolie, et dit :

— J'espère que l'article sera parfait.

Il referma la porte derrière elle. Nell s'était assise, le regard au loin.

— Ainsi, je suis un amateur, commença-t-il, avec une certaine agressivité. Si je comprends bien ce que vous dites, on est professionnel si le travail qu'on fait rapporte de l'argent. Sinon, on est un amateur. Si j'ouvre un bar où l'on boit de la bière, je suis un professionnel. Mais si je me bats comme un fou contre la fièvre, les rapides semés d'écueils, qui prennent de bizarres couleurs au crépuscule, les singes qui ressemblent à des hommes, et les hommes qui ressemblent à des singes, alors je ne suis qu'un amateur.

Nell gardait le silence. Elle avait besoin de repos. Elle devait entrer en scène trois heures plus tard.

— Je n'ai pas gagné d'argent, je le reconnais. Mais s'il avait fallu en gagner, je l'aurais fait, je crois.

Elle murmura :

— Essayez.

Il aurait voulu l'étrangler — il aurait voulu lui prouver sa force, devenir violent. Mais les conventions l'obligeaient à contrôler chaque mouvement de son corps, et il ne pouvait, pour calmer sa colère, que se donner de petits coups de langue contre la mâchoire.

— J'ai quelque chose à vous dire, à ce sujet. Nous avons filmé tout ce qui nous entourait, les animaux, les paysages, quarante-cinq bobines en tout, que nous avons vendues à un laboratoire d'archives. Ça nous a remboursé le voyage, et nous a laissé un petit bénéfice.

Il devenait de plus en plus distant. Et chaque fois qu'il reprenait la parole, c'était d'une voix plus assourdie. Nell était parfaitement consciente qu'il s'éloignait d'elle, peu à peu.

— Pour me pousser dans mes retranchements, et m'obliger à faire un aveu pareil, il n'y a que vous. Et le sommet de l'Everest, peut-être, ou l'estuaire de l'Orenoque, si je leur avais consacré trois années de dévotion aveugle.

Il s'arrêta, regarda Nell.

— Autant avouer que ces trois années sont des années perdues.

Il la regarda de nouveau. Elle était immobile.

— Autant avouer que venir ici, c'était perdre mon temps.

Il prit son chapeau.

— Autant avouer qu'il existe, après tout, toute une série de jeunes filles du monde, pour lesquelles vous n'avez qu'un profond mépris, mais dont les critères de vie sont aussi élevés que les vôtres.

Il s'arrêta devant la porte.

— Autant avouer...

Il attendit un instant, profondément blessé par son refus de faire le moindre geste, franchit le seuil, ferma la porte derrière lui.

Nell tourna la tête, persuadée qu'elle allait se rouvrir. Elle sursauta, en entendant frapper. C'était sa femme de chambre. Nell demanda que la voiture l'attende dans une heure, pour la conduire à l'hôpital. Elle se sentait épuisée, perdue. Elle savait que son jeu s'en ressentirait, ce soir-là. Jamais elle n'avait fait un tel effort pour tenter d'exprimer ce qu'elle ressentait. L'image des vieilles chaussures se mêlait étrangement dans sa tête à celle de Warren Livingstone.

Elle regarda ses chaussures. Le tissu satiné de l'une d'elles s'était déchiré. Ça s'était passé sans qu'elle s'en rende compte, pendant qu'elle mettait au jour cet étrange secret enfoui dans son enfance.

— Jaccy, dit-elle. J'ai besoin de changer de chaussures. Celles-ci sont déchirées.

— Bien, *madame*.

Jaccy était d'origine savoyarde. Elle jeta un rapide coup d'œil sur les chaussures de sa maîtresse, et l'en détourna aussitôt. Mais Nell avait remarqué ce coup d'œil. Elle regarda à son tour les chaussures de Jaccy. Elles avaient la même pointure.

« Est-ce pour ça qu'il est parti ? se demanda-t-elle. Parce qu'il a brusquement découvert que j'étais quelqu'un de sordide. Une fourmi mesquine, qui manque totalement de logique — qui a une énorme faille dans la tête ? »

Elle avait l'impression que ces dizaines et ces dizaines, et ces centaines et ces centaines de chaussures, se dressaient comme un mur aveugle entre elle et Warren Livingstone, entre elle et la vie elle-même, et elle aurait voulu l'abattre ou s'y ouvrir un passage. Elle se leva d'un bond.

— Jaccy !

La femme de chambre se retourna.

— Jaccy, saviez-vous... nos chaussures... aviez-vous déjà remarqué...

Elle hésitait, se débattait contre d'anciennes émotions qui revenaient par vagues, contre d'anciennes habitudes profondément ancrées en elle.

— ... que nous avons la même pointure ?

Les yeux de Jaccy se mirent à briller de plaisir.

— Bien sûr, *madame*. Je l'avais déjà remarqué.

— Je crois... c'est tellement étrange, comme coïncidence... oui, je crois que ces chaussures-là vous iraient parfaitement.

Elle enleva d'un geste vif sa chaussure déchirée, l'envoya à Jaccy, qui la regarda avec une admiration jalouse.

— Je pense donc...

Nell s'interrompit. Elle respirait avec difficulté. Devinant peut-être ce qui bouleversait ainsi sa maîtresse, Jaccy voulut l'aider.

— Un jour... Oui, je me suis permis un jour

d'essayer l'une des chaussures de *madame*, avant de la ranger avec les autres.

Nell eut un sursaut de révolte. Jaccy avait osé !... Ses propres chaussures... en essayer une ! Le téléphone sonna. Elle enleva sa seconde chaussure, la garda en main pour aller répondre. Avant de décrocher, elle jeta cette seconde chaussure à Jaccy qui la rattrapa au vol, sans quitter des yeux le visage de sa maîtresse, et qui demanda, avec une déception évidente :

— Faut-il que... ?

— Avec les autres, évidemment, répondit Nell, d'une voix sèche.

Mais sa voix changea brusquement, lorsqu'elle eut décroché, devint hésitante, presque craintive.

— Votre nouvelle expédition ne vous a pas entraîné très loin, j'ai l'impression.

— Suffisamment loin, répondit Warren. Suffisamment loin pour me permettre de faire une importante découverte.

— Quelle découverte ? Que je ne suis, après tout, qu'une vendeuse de magasin ?

Elle l'entendit rire à l'autre bout du fil.

— Pas du tout. Que je suis condamné à vivre désormais en regardant toutes les femmes comme des créatures irréelles, des mannequins empaillés — car vous êtes la seule vivante pour moi. Où que vous soyez, quoi que vous fassiez, je penserai toujours à vous. Il m'est arrivé des dizaines de fois, depuis trois ans, de vous apercevoir à la lisière d'une forêt, debout et souriante, ou comme une ombre qui s'écartait d'un point d'eau. Je serai, jusqu'à la fin de ma vie, comme ces chasseurs, dont les livres racontent l'histoire — ceux qui ont aperçu quelque chose, un jour, vous savez — et ils n'ont plus le choix, car l'image les hante, et ils se lancent à sa recherche, en oubliant tout. Ça fera peut-être de moi un vrai professionnel, au bout du compte, vous ne croyez pas ?

Il y eut un silence — un silence imposé, pendant que toutes sortes de bruits harmonieux ou discordants crépitaient sur la ligne.

— Où avez-vous fait cette découverte ?

— En bas, dans le hall, près du téléphone.

— Warren, remontez.

Nell revint s'asseoir, s'allongea lentement dans un fauteuil, non pour se reposer — pour rassembler son courage, au contraire.

— Jaccy !

Elle prit une longue inspiration, sentit que son cœur s'affolait, que le sang battait jusqu'au bout de ses ongles, jusqu'à la plante de ses pieds.

— Jaccy, ces chaussures, elles sont à vous, si elles vous plaisent. Nous n'en mettrons plus jamais de côté.

LA VOITURE DE FAMILLE

Ecrite à « La Paix », en septembre 1933, cette nouvelle a été achetée 3 000 dollars par le Saturday Evening Post, *qui l'a publiée dans son numéro du 4 novembre 1933.*

I

Dick venait d'avoir quatre ans lorsque les Henderson achetèrent cette voiture (un modèle 1914, frais émoulu de l'atelier), mais l'image la plus ancienne qu'il en gardait datait de ses six ans. De peur que certains jeunes lecteurs hésitent à compulser quelque ancien traité d'archéologie — à la recherche d'une de ces momies préhistoriques, à portières dorsales, lanternes à pétrole, levier de vitesses qu'il faut aller chercher au bout du monde, torse d'homme invariablement coincé sous la carrosserie, et buste de femme, enveloppée de gaze et gantée d'un manchon, sereinement perchée sur le siège — je crois préférable de commencer par une description de la dite voiture.

Rien à voir avec le modèle précédemment évoqué. C'était un objet de haut luxe, assez bas sur roues pour l'époque, équipé de phares électriques et d'un démarreur — assez voisin, en fait, de nos voitures contemporaines. Avec un pare-chocs légèrement plus haut, un marchepied légèrement plus large, des pneus légèrement plus étroits, ce qui lui donnait incontestablement une silhouette plus élancée. Mais si l'on pouvait la mettre à côté d'une... disons : d'un de ces modèles 1927, qui circulent encore de nos jours, vous auriez du mal à les différencier au premier coup d'œil. La plus ancienne des deux manquerait peut-être de cohérence, donnerait plutôt l'impression d'être un composé de plusieurs voitures, ayant chacune ses propres dimensions.

Le jour où Dick prit pour la première fois conscience de cette voiture, il était encore trop jeune pour réagir à cet aspect des choses. Il ne lui trouva qu'un défaut : l'absence de Jannekin Melon-Loper, absence à laquelle il allait remédier sur-le-champ, si sa voix lui restait fidèle.

— Pourquoi Ja'kin, elle est pas avec moi ?

— Parce que nous avons autre chose à faire, répondit sa mère, en un murmure à peine audible, car la voiture longeait la maison du jardinier, et que Jan Melon-Loper, père de la sus-dite Jannekin, soulevait son chapeau de paille, au milieu des vignes. Dick se mit à hurler :

— Oh ! Wa-a-a-a... Je veux Ja'kin, wa-a-a-a-a...

Mrs. Henderson était toujours plus ou moins terrifiée par les familles de domestiques. Le Michigan de sa jeunesse était nettement moins snob, et lorsqu'on parlait du jardinier, on disait simplement : *le gardien*, ou *l'homme qui vient tondre la pelouse*. L'essor pris par les fabriques de meubles avait fait d'elle une sorte de baronne sans titre nobiliaire, ce qui la remplissait de confusion. L'idée que Jan ait pu entendre la voix perçante de son fils, et s'en trouve offensé, la remplit d'angoisse.

— D'accord, Dick. D'accord. Mais c'est la dernière fois.

En se précipitant vers la maison où demeurait sa bien-aimée, Dick rayonnait de bonheur. Il rayonnait tout autant, lorsqu'il revint en la tenant par la main et la fit monter à côté de lui. Jannekin, exquise petite Hollandaise de cinq ans, lutta pendant une longue minute contre sa timidité, en suçant ardemment son pouce, puis se laissa aller au plaisir le plus vif, et s'abandonna avec Dick à l'un de ces énigmatiques jeux d'enfants, qui consiste à crier : « Regarde ! », puis à garder de longs silences méditatifs. La voiture les promena longuement, durant cette radieuse journée, mais ils ne s'intéressaient ni à la rivière, ni aux douces collines, ni aux superbes résidences — ils s'intéressaient strictement l'un à l'autre.

Il était chaque fois décidé que ce serait la dernière fois. Mais ce n'était jamais la dernière. Dick eut bientôt dix ans. Il jouait avec des garçons de son âge. Jannekin allait à l'école, et jouait avec des filles de son âge. Mais ils étaient toujours comme frère et sœur l'un pour l'autre — et davantage. Dick lui confiait ses secrets les plus secrets. Ils avaient inventé un jeu, qui consistait à se tenir joue contre joue, et à respirer profondément. C'était là l'extrême limite de ce qu'elle pouvait consentir en simulacre de baiser. Elle avait surpris sa sœur aînée en train d'embrasser un garçon, et elle avait trouvé ça « *di-gou-tant* ».

Jannekin ne venait jamais chez les Henderson. Ils se fixaient rendez-vous dans des endroits à eux — au garage, le plus souvent.

— On fait comme ça, tu vois, expliquait Dick, en saisissant le levier de vitesses de la voiture — baptisée désormais : *la vieille voiture*, la place d'honneur ayant été successivement occupée par une limousine 1917 et un cabriolet 1920. Regarde bien, Janny. Regarde bien, Jannekin. Howard m'a expliqué. Je saurais conduire, s'ils me donnaient la permission. Un jour j'ai conduit, assis sur les genoux de Howard.

— Moi, je pourrais ?

— Peut-être. Attends. Je t'explique.

— Non. Toi, tu conduiras. Moi, je t'accompagnerai, et je te dirai où il faut tourner.

— D'accord, dit-il, sans mesurer l'engagement qu'il prenait. D'accord, je...

Ils furent interrompus par Ralph, le frère aîné de Dick. Il pénétra dans le garage, prit une clef derrière la porte, et leur fit comprendre, en pointant l'index vers l'un, puis vers l'autre, puis vers le sol en ciment, qu'il entendait les voir déguerpir sans attendre.

— Tu vas faire un tour ? demanda Dick.

— Moi ? Je vais m'allonger sous le réservoir et siroter l'essence jusqu'à la dernière goutte.

— Où tu vas ? demanda Dick, pendant qu'ils descendaient.

— Ça ne te regarde pas.

— Si tu pars dans cette direction, tu pourrais pas nous reconduire jusqu'à la maison de Jannekin ?

— Pourquoi pas ?

Il était de fort méchante humeur, cet été-là, le frère aîné de Dick. Obligé de passer les vacances chez lui, après sa seconde année d'université, il trouvait la ville somnolente et faisait tout pour la réveiller. Il appartenait à cette infortunée génération, qui avait atteint l'âge adulte au milieu des angoisses et des désordres de la guerre. Il était inconscient et déséquilibré jusque dans ses débauches, et portait déjà sur sa manche l'emblème de son futur malheur.

Bâtie sur *East Hills*, la demeure des Henderson dominait la rivière et les fabriques de meubles qui la bordaient. La propriété elle-même s'étendait sur près de vingt hectares, confiés à l'experte autorité de Jan, dont la maison était nichée à côté du portail, comme une loge de gardien. C'est là que Ralph arrêta la voiture. A la grande surprise des enfants, il descendit avec eux, s'approcha de la barrière, et ils l'entendirent émettre un petit sifflement assourdi mais impératif.

— *Tee-hoo*... ! *Tee-ee-hoo* !

Un instant plus tard, Kaethe Melon-Loper, qui n'était pas encore la honte de ses parents, mais déjà leur principal sujet d'inquiétude, surgit au coin de la maison, venant de la cuisine, chapeautée et gantée, et cherchant de toute évidence à se confondre avec le crépuscule. Elle n'avait en commun avec Jannekin qu'un teint vermeil de Hollandaise, et des yeux de porcelaine bleu clair.

— Démarre vite, murmura-t-elle. Je t'expliquerai.

Il était trop tard, malheureusement — l'explication promise sortit elle-même de la maison, et prit l'apparence tangible de Mrs. Melon-Loper et de Mrs. Henderson, partant faire le tour de la propriété. Les deux mères découvrirent ensemble ce qui se préparait. Après quelques secondes d'hésitation, Mrs. Henderson haussa légèrement les sourcils et s'avança vers la voiture d'un pas décidé.

— Ça par exemple, Ralph ! Où vas-tu ?

Sans se démonter, Ralph souffla un petit nuage de fumée en direction de sa mère.

— J'ai rendez-vous. Kaethe aussi. Alors, je la dépose.

Mrs. Henderson, visiblement contrariée, répéta : « Ça par exemple ! », sans trop savoir que dire d'autre. Il mentait. Sa fausse désinvolture, et le regard fuyant de la jeune fille assise à côté de lui, en étaient des preuves manifestes. Mais la présence de Mrs. Melon-Loper lui enlevait une grande partie de ses moyens. Elle finit par soupirer :

— J'aurais beaucoup aimé t'avoir à la maison, ce soir.

Mrs. Melon-Loper, aussi contrariée qu'elle, tenta de voler à son secours :

— Kaethe, descends de là, immédiatement.

Mais la voiture émit un grondement furieux, qui couvrit leurs deux voix, et disparut dans l'infernal vacarme de son échappement libre, abandonnant, devant la clôture du jardin, les deux mères angoissées et perplexes.

Mrs. Melon-Loper fut la première à surmonter son embarras.

— Ça n'est pas convenable, dit-elle, en secouant la tête. Son père va la punir.

Mrs. Henderson épousa son point de vue avec soulagement.

— Ça ne me paraît pas convenable, en effet. J'en parlerai à mon mari.

— Pas convenable du tout.

Mrs. Henderson soupira. Mais, en apercevant les deux enfants, qui, fascinés, avaient assisté à toute la scène, son assurance reprit le dessus.

— Dick, viens ici. On rentre.

Il voulut protester.

— Il est juste sept heures.

— J'ai dit : on rentre, répondit-elle, avec une énergie qu'elle semblait enfin retrouver. J'ai besoin de toi. Bonsoir, Mrs. Melon-Loper.

Elle n'attendit pas d'être loin pour faire peser sur Dick une autorité maternelle, qui s'était montrée déficiente vis-à-vis de son fils aîné.

— C'est fini, tu m'entends ? Tu ne joueras plus jamais avec cette petite mal lavée.

— Elle est bien lavée. Elle est même mieux lavée que moi.

— Tu n'as pas à perdre ton temps avec elle. Tu devrais avoir honte.

Elle marchait tellement vite qu'il avait du mal à la suivre.

— Honte ? Pourquoi je devrais avoir honte ? Explique-moi, maman. Pourquoi je devrais avoir honte ?

Que Ralph disparaisse ainsi, à la nuit tombante, avec Kaethe, il sentait que ce n'était pas bien. Mais lui ? Jannekin et lui ? Ça n'avait rien à voir. Dans les jours qui suivirent, l'affaire provoqua un véritable ouragan familial. Mr. Henderson ne décolérait pas. On l'entendait tonner contre Ralph dans la bibliothèque. Lequel Ralph ne desserrait pas les dents pendant les repas, mais ricanait ouvertement.

— Croyez-moi, papa. Kaethe se taillera à New York une place beaucoup plus importante que toutes les petites oies blanches du *country-club*.

— J'ai pris mes renseignements. Elle a une très mauvaise réputation, par rapport aux gens qu'elle fréquente.

— Pour moi, c'est O.K. Une jeune fille doit tout connaître de la vie.

— Parce que la débauche, pour toi, c'est « la vie » ? Je me demande parfois si tu ne t'es pas dévoyé. Si l'argent que j'ai dépensé pour ton éducation ne t'a pas finalement corrompu. J'aurais dû te faire travailler à la fabrique, à l'âge de dix-sept ans.

Ralph bâillait ostensiblement.

— En dehors des tables et des chaises, vous ne connaissez rien à rien.

Les sorties nocturnes cessèrent pendant une semaine — grâce surtout à l'intransigeance de Jan. Ralph consacrait ses loisirs à encourager les efforts des premiers *bootleggers*, et Dick, habitué aux désordres qui caractérisaient, dans les années 20, la plupart des familles nouvellement enrichies du Middle West — chacune d'elles abritant en son sein l'équivalent d'un chenapan ou d'un vaurien — Dick, donc, vaquait à ses propres affaires. Qui consistaient, entre autre, à obtenir d'Howard, le chauffeur, le maximum de renseignements concernant les automobiles, et à tenter de rejoindre Jannekin, malgré les infranchissables barrières qu'on avait dressées entre eux. Il l'apercevait souvent — l'éclair d'une jolie robe à travers les pelouses, un visage attentif dans l'ombre de la véranda, lorsqu'il franchissait le portail avec sa mère — mais les liens étaient complètement rompus. Le besoin d'entendre sa voix devint brusquement si impérieux qu'il décida d'entrer dans la clandestinité.

Le mois d'août touchait à sa fin. Le crépuscule était tombé d'autant plus précocement qu'un orage menaçait. Dick claqua énergiquement la porte de sa chambre, à seule fin de rassurer la secrétaire de sa mère — dont le rôle consistait avant tout, dans les circonstances présentes, à avoir l'œil sur lui. Puis, sur la pointe des pieds, il descendit l'escalier de service et s'évada par la cuisine. Il contourna le garage, et se dirigea vers la maison de Jannekin, en suivant le lit asséché d'un ruisseau — itinéraire souvent utilisé pour les parties de « gendarmes et voleurs ». Il avait l'intention de s'aventurer le plus près possible de la maison, et de faire signe à Jannekin grâce à un cri d'oiseau qu'ils avaient appris à imiter. Mais il s'arrêta brusquement, alors qu'il rampait dans un champ qui venait tout juste d'être fauché. A moins de dix mètres de lui, deux voix se répondaient.

— On prendra la vieille voiture, disait l'une, qui était celle de Ralph. On se mariera à Muskegon. Je connais des gens qui l'ont fait.

— Et après ? demandait l'autre, qui était celle de Kaethe.

— Je t'ai dit que j'avais cent dollars. On filera à Détroit, et on attendra que la famille se calme.

— Une fois mariés, ils ne pourront plus rien contre nous, j'espère ?

— Que veux-tu qu'ils fassent ? Ils sont tellement abrutis qu'ils ne savent même pas qu'on m'a renvoyé de l'université, en juin. J'ai subtilisé la lettre dans le courrier. Le drame de mon père, c'est qu'il est lâche. Il va pousser des hauts cris, mais il reviendra me manger dans la main.

— Tu n'as pas pris cette décision parce que tu avais trop bu, au moins ?

— Ça fait des semaines que j'y pense, je te l'ai dit. Tu es la seule fille qui...

Dick avait oublié Jannekin. Il s'éloigna le plus silencieusement possible, en suivant le même chemin, et s'enferma dans le garage pour réfléchir. Effrayant, ce qui se préparait. Aussi incompétents que puissent être les parents de Dick, en tant qu'éducateurs, dans ce monde de l'après-guerre, ils n'en représentaient pas moins le symbole de l'autorité parentale. Jamais Dick n'avait éprouvé une telle impression de catastrophe imminente. La pluie commençait à tomber. Dick cessa de tourner en rond dans le garage et regagna la maison en courant. Il était trempé. Mais il avait pris sa décision.

Mouchard, ou pas mouchard — il fallait avertir son père. Mais au moment où ils s'asseyaient pour dîner, sa mère dit :

— Votre père a téléphoné. Il ne sera pas là, ce soir... Ralph, tache de te tenir un peu mieux. Tu crois que c'est agréable à voir ?

Elle devinait plus ou moins que Ralph avait bu, mais elle avait horreur de regarder les choses en face.

— Par ici la bonne sou-soupe ! chantonna Ralph, avec un clin d'œil en direction de Dick. Mais, tout à sa terreur muette, Dick fut incapable d'offrir en réponse le sourire attendu.

« Si papa pouvait revenir, se disait-il. Si papa pouvait revenir... »

Le dîner lui parut interminable. Il était plongé dans ses réflexions.

Howard était allé chercher Mr. Henderson, avec la voiture neuve. Il n'y avait que la vieille voiture dans le garage. Dick se souvint brusquement que la clef était accrochée derrière la porte. Il fit une très brève apparition dans la bibliothèque, annonça : « Je monte lire dans ma chambre », s'évada de nouveau par l'escalier de service et la cuisine, et traversa la pelouse détrempée par la pluie.

Tout allait se jouer à une seconde près. Il était encore à mi-chemin du garage lorsqu'il entendit se fermer la porte d'entrée. Comme la lanterne du porche était allumée, il vit Ralph descendre le perron. Il courut jusqu'au garage, s'empara de la clef, la fourra dans sa poche, et voulut repartir en courant, mais comme il faisait noir, il se jeta de plein fouet contre Ralph, qui le ceintura de ses bras.

— Qu'est-ce que tu fais là ?

— Rien.

— Alors, file.

Soulagé de s'en tirer à si bon compte, Dick prit les jambes à son cou — non pas vers la maison où il aurait été trop facilement rejoint, mais vers le champ qu'on venait de faucher. S'il pouvait garder la clef jusqu'au retour de son père...

Mais le terrain était tellement boueux qu'il n'avait pas encore parcouru cinquante mètres, lorsqu'il entendit Ralph arriver derrière lui en courant.

— La clef, Dick ! Tu as pris la clef !

— Non.

Il courait toujours, en criant de toutes ses forces :

— J'ai jamais vu cette clef !

— Alors, qu'est-ce que tu fabriquais...

La main de Ralph se referma sur son épaule. Ils roulèrent tous les deux dans un massif de pivoines, et Dick sentit comme une violente odeur d'alcool.

— Donne.

— Je l'ai pas.

— Donne, je te dis.

— Je l'ai pas. Je l'ai pas. Je te dis que je l'ai pas.

Deux minutes plus tard, Ralph se relevait. Il avait la clef. Il regarda le petit garçon, qui sanglotait.

— Qu'est-ce qui t'est passé par la tête ? demanda-t-il, en reprenant difficilement son souffle. Je le raconterai à papa.

Dick le prit au mot.

— Ce soir ! Raconte-lui ce soir. Vas-y !

Ralph poussa un grognement furieux, qui exprimait à la fois son écœurement et son absolue conviction d'avoir à disparaître avant le retour de son père. Dick pleurait toujours. Il entendit la vieille voiture sortir du garage, et s'engager dans l'allée. Elle avait à peine eu le temps de se noyer dans l'anonymat de la circulation urbaine, lorsque les phares d'une seconde voiture trouèrent l'obscurité pluvieuse, et Dick regagna la maison à toutes jambes pour parler à son père.

— ... ils veulent aller à Muskegon. Ils sont déjà en route.

— Es-tu sûr qu'ils ne savaient pas que tu écoutais ? Qu'ils n'ont pas dit ça pour se moquer de toi ?

— Absolument sûr.

— Alors, je prends les choses en mains. Demi-tour, Howard. Direction : Muskegon. Roulez le plus vite possible.

Il lui fallut un certain temps, alors qu'ils atteignaient Canal Street, pour s'apercevoir que Dick était assis à ses côtés.

Une fois sorti de la ville, Howard fut obligé de rouler plus lentement. La route était dangereusement mouillée. Ne pouvant le contraindre à accélérer, Mr. Henderson allumait cigarette sur cigarette, et s'absorbait dans ses pensées. En apercevant dans une descente le phare d'une motocyclette, qui roulait en sens inverse, il dit brusquement :

— Arrêtez, Howard. C'est peut-être la police.

La voiture s'arrêta. Propriétaire et chauffeur firent de grands gestes. La motocyclette les dépassa, s'arrêta un peu plus loin, fit demi-tour.

— Monsieur l'agent...

— Qu'y a-t-il ?

Il avait une voix tendue, impatiente.

— Je m'appelle T.R. Henderson. Je cherche à rejoindre une voiture décapotable qui...

Eclairé par son propre phare, il vit le policier changer d'expression.

— T.R., répétait-il, stupéfait. J'allais justement vous téléphoner. Je vous connais, Mr. Henderson. J'ai travaillé pour vous dans le temps. Il y a eu un accident.

Il s'approcha de la voiture, prit appui sur le marchepied, enleva sa casquette. La pluie le fouettait au visage. On pouvait y lire à la fois de la tristesse et du respect.

— La voiture de votre fils a quitté la route, un peu plus loin. Elle s'est retournée. Un de mes collègues a entendu le klaxon qui s'était bloqué. Attendez-vous a de mauvaises nouvelles, Mr. Henderson.

— Ne restez pas nu-tête.

— Votre fils a été tué, Mr. Henderson. La jeune fille n'a rien.

— Comment ça : tué ? Vous voulez dire qu'il est mort ?

— La voiture a roulé deux fois sur elle-même, Mr...

La pluie dura jusqu'au petit matin, et se prolongea tout le jour suivant. A l'ombre de ces nuées grises, Dick devint adulte brusquement, cessant à jamais d'être un enfant irresponsable, s'efforçant de glisser son visage entre sa mère et la tragédie, décidant d'aller rendre visite à son père au bureau, lui prouvant l'intérêt qu'il portait désormais aux activités des adultes, comme pour lui dire : « Je suis là, regarde. Tout ira bien. Je reste. Je serai deux fils en un seul. Je serai tous les fils que tu aurais pu désirer. » Pendant l'enterrement, il ne quitta pas ses parents, montrant ainsi qu'il faisait corps avec eux, qu'il luttait avec eux contre le scandale que la catastrophe avait provoqué.

Puis la pluie se détacha du Michigan, pour gagner de nouvelles régions où elle était de mise, et le soleil réapparut. Le petit garçon redevint un petit garçon. Quinze jours plus tard, il était dans le garage, et regardait Howard travailler sur la voiture accidentée.

— Pourquoi tu veux pas que je regarde, Howard ? Tu m'avais promis.

— Alors, prends ce morceau de toile. Tu vas pas retourner chez toi avec des taches d'huile sur tes vêtements.

Dick put s'allonger sous la carrosserie. Il y avait entre eux la lampe baladeuse, dans son treillis métallique.

— Ça n'a rien cassé d'autre, Howard ? Juste l'essieu avant ? Elle a roulé deux fois sur elle-même, et ça n'a rien cassé d'autre ?

— Sors de là. Va me chercher la clef anglaise sur la table.

Dick obéit, et revint s'allonger sous la carrosserie.

— Pourquoi ça n'a rien cassé d'autre ?

— Parce que c'est du solide. Elle peut tenir encore dix ans. Elle est plus solide que toutes celles qu'on fabrique cette année. Mais, si j'ai bien compris, ta maman, elle veut plus la voir. C'est normal, bien sûr.

Une petite voix, venue du monde extérieur, finit par les atteindre.

— Dick !

— Ah ! c'est Jannekin. Pardonne-moi, Howard. Je reviens t'aider tout de suite.

Dick sortit en rampant de sous la carrosserie, et se heurta à une ravissante silhouette, habillée comme pour un dimanche.

— Bonjour, Dick.

— Qu'est-ce que tu veux ?

Il n'était pas de mauvaise humeur. Il pensait simplement à autre chose. Mais son esprit se libéra soudain des problèmes de mécanique.

— Dis donc ! J'en connais une qui est bien élégante...

— Je viens te dire au revoir.

— Quoi ?

— On part.

— Où ça ?

— On part vraiment. Papa a fini de charger la camionnette. On va habiter de l'autre côté de la rivière. Papa va travailler dans une fabrique de meubles.

— Tu t'en vas ?

Elle inclina la tête si profondément que son menton vint toucher sa poitrine. Elle reniflait doucement. Dick, bouleversé, était monté dans la voiture. Il tripotait le tableau de bord. Il eut peur, brusquement.

— Monte ! cria-t-il.

Elle obéit.

— Pourquoi partez-vous ?

— A cause de l'accident. Ton père et le mien pensent que ça vaut mieux. Oh-h-h ! Dick...

Elle posa sa joue contre celle du petit garçon, et poussa un soupir si prolongé qu'elle se sentit comme morte.

— Oh-h-h-h ! Dick. Je te verrai plus jamais.

Il comprit qu'il fallait avant tout la consoler.

— Oh ! arrête, Janny Jannekin. Je viendrai te voir tous les jours. Je viendrai. Je vais bientôt savoir conduire cette vieille voiture.

Elle paraissait inconsolable.

— Je viendrai te voir avec, et...

Il hésita, puis se laissa aller à faire une immense concession.

— Ecoute. Tu pourras la conduire, toi aussi. Je te montre tout de suite, Janny Jannekin. Ça, c'est le démarreur, tu vois ?

— Ou-hip !

Elle étouffa un sanglot.

— Arrête de pleurer. Pose le pied ici. Maintenant, appuie.

Elle obéit. Un hurlement furieux sortit de sous la carrosserie.

— Pardonne-moi, Howard ! cria Dick.

Et, de nouveau, à Jannekin :

— Je t'apprendrai, dès qu'on me laissera sortir avec.
Le soleil, qui entrait à flots par la porte du garage, incendiait leurs deux visages, tournés l'un vers l'autre. Dick constata avec plaisir que les larmes séchaient sur les joues de la petite fille.

— Maintenant, dit-il, je vais te montrer les vitesses.

II

Lorsqu'il devint évident que Dick ne pourrait pas s'inscrire à St-Regis, il estima que le Lycée Technique serait la meilleure solution de rechange. Depuis la mort de Mr. Henderson, l'argent se faisait de plus en plus rare, et Dick n'acceptait pas de faire figure de pauvre à une époque où tout le monde s'enrichissait. Il donna donc raison au notaire, et reconnut qu'il n'avait pas les deux mille cinq cents dollars nécessaires pour se retrouver sur la côte Est, au collège le plus cher des Etats-Unis.

Il espérait qu'au Tech. sa déception passerait inaperçue. Mais la Fraternité *Omega-Psy*, qui l'avait élu sans bien le connaître, à cause du prestige attaché à son nom, regretta son propre snobisme, et jugea que son attitude avait quelque chose de condescendant — comme un aristocrate, imbu de sa personne, qui n'aurait accepté d'être élu que pour jouer le jeu.

L'agitation des premières semaines d'automne empêchèrent Dick de découvrir que Jannekin Melon-Loper suivait les cours du même Lycée Technique. Un gouffre de six ans les séparait. Jannekin ne s'était pas trompée. Depuis leurs adieux au garage, elle n'avait jamais revu Dick. Elle s'était transformée, elle aussi. Son père avait parfaitement réussi dans l'industrie du meuble, et travaillait, comme directeur de production, dans l'entreprise qui avait racheté la fabrique de Mr. Henderson. Jannekin s'était inscrite au Tech. pour approfondir ses connaissances, et se sentir capable, au cours de voyages à l'étranger, de découvrir chez les Bourbon, les Habsbourg ou les Tudor, les modèles qui méritaient d'être copiés au Michigan. Jan refusait à ses filles le droit à la paresse.

Un matin, l'un des membres éminents d'*Omega-Psy*, appelé Edgar Bronson, arrêta Dick dans un couloir.

— Dis-moi, jeune blanc-bec, si on t'a élu, c'est parce qu'on pensait que tu jouais au football.

— Je vais commencer l'entraînement dès que...

— Pour la Fraternité, jouer les snobs d'*East Hills* ne présente aucun intérêt.

Dick lui fit face.

— Qu'est-ce que tu vas chercher là ? J'ai simplement dit à deux ou trois garçons que j'avais failli être inscrit dans un collège de la côte Est.

— Est ! Est ! Est ! répéta Edgar, furibond. Tu n'as que ce mot à la bouche. Ici, on appartient tous au Michigan, et on en est fiers. Tu te crois différent des autres ?

Il se mit à chanter, en matière de provocation :

Tous les garçons reviennent toujours au Michigan
Toutes les panthères sont toujours noires au
[Michigan
Tous les Profs ont d'l'esprit
Ha ! Ha !
Toutes les filles sont jolies
Ha ! Ha !...

Il s'interrompit. Trois jeunes filles venaient d'apparaître au bout du couloir. Elles reprirent sa chanson.

Alors, vieux, comment ça va ?
Comment va ?
Qu'est-ce que tu fais là ?
Tu tournes, tournes, tournes en rond.

— Hello, Jannekin ! cria Edgar.
— Dégage ! répondirent les autres.
Mais Jannekin les laissa s'éloigner, et revint sur ses pas. Son visage n'était pas aussi typiquement hollandais que celui de sa sœur, avec cette sorte de lourdeur, qui s'y trouve parfois, mais ses joues, comme deux petites pommes cirées, ses yeux d'un bleu de Zuyderzee, le blé d'or de ses nattes autour de son front, témoignaient de ses origines. Elle était la plus ravissante élève du Lycée Technique, celle qui, dans une pièce de théâtre, devait laisser flotter les boucles de sa chevelure à l'entrée en scène du Prince — et elle le fit pendant toutes les répétitions, mais huit jours avant la première, elle céda à la mode, au grand dam du metteur en scène, et se fit couper les cheveux — si bien qu'elle joua le rôle avec une perruque en raphia.
Elle ignora Edgar, et s'adressa directement à Dick.
— J'avais entendu dire que tu étais au Tech, Dick Henderson.
— Ça alors !
Il mit quelques secondes à reprendre ses esprits.
— Ça alors, Janny Jannekin...
Elle rit.
— Ça fait un bail que tu ne m'as pas appelée comme ça. Au garage, assis dans la vieille voiture, tu t'en souviens ?
— Ne vous dérangez pas pour moi, surtout ! ironisa Edgar. Continuez. Vous faisiez quoi ?
Une bouffée d'émotion retrouvée envahit Dick, et il avoua :
— Nous l'avons encore. Elle marche encore. Mais lorsqu'elle a un problème, je suis seul à pouvoir la réparer.
— Quelle année ? demanda Edgar, qui trouvait que la conversation prenait un tour un peu trop personnel.
— 1914, répondit Dick, presque automatiquement.
Il revint vers Jannekin, et tint à faire preuve d'une

modestie qu'il n'éprouvait pas tout à fait lorsqu'il pensait à cette voiture :

— Nous l'avons encore, parce que personne n'a voulu l'acheter.

Et, après une hésitation :

— Tu aimerais faire un tour avec ?

— Et comment !

— Alors, un de ces soirs, d'accord.

Jannekin s'éloigna, parce qu'à l'autre bout du couloir, ses amies l'appelaient à grands cris. Edgar dévisageait Dick, avec un intérêt nouveau, mais en même temps, une certaine hostilité nouvelle.

— Un dernier détail, blanc-bec. Si tu ne tiens pas à te mettre à dos toute la Fraternité, ne touche pas à Jannekin Melon-Loper. Il y en a deux ou trois parmi nous... Je veux dire, elle est extrêmement populaire, et on s'est beaucoup battu pour elle. En juin dernier, le type qui a clôturé le bal avec elle s'est fait rosser par celui qui l'avait invitée. Compris ?

— Compris.

Loin d'impressionner Dick, cet avertissement le poussa au contraire à inviter Jannekin au Pique-Nique des Moissons. Ce qu'il fit la semaine suivante. Jannekin hésita. Elle n'était pas très sûre de ce qu'elle éprouvait pour ce garçon, un peu trop fier de lui, qui surgissait de son passé, toujours pris dans un rêve étrange de voiture et de mécanique.

— Pourquoi m'invites-tu ? Parce qu'autrefois, nous étions...

Elle n'alla pas plus loin.

— Pas du tout, répondit-il. Simplement parce que je désire avoir la plus jolie cavalière avec moi. On pourrait y aller dans la vieille voiture de famille. Je peux m'en servir quand je veux.

Il parlait sur un ton qui irrita Jannekin.

— J'étais plus ou moins engagée avec deux autres garçons. Ils ont tous les deux des voitures neuves.

Elle sentit qu'elle allait trop loin.

— Mais, je préfère la tienne.

En attendant le jour du Pique-Nique, il travailla d'arrache-pied sur sa vieille voiture, recouvrit de petites taches de peinture les quelques traces de rouille qui déparaient son éclatante livrée crème, lustra la carrosserie, astiqua les chromes, lava les vitres, bricola le moteur pour que le vacarme de l'échappement libre éveille de profonds accès de neurasthénie chez tous ceux qui vivaient entre la ville et *Reed's Lake*. Lorsqu'il alla chercher Jannekin sa voiture le rendait fou d'orgueil. C'est qu'il n'avait pas encore aperçu son invitée. Habillée de rose, d'un rose pourpre si violent qu'il faisait pâlir le crépuscule, elle descendit l'allée avec une désinvolture apparente, une sorte de démarche dansante, qui cherchait à masquer le soin avec lequel elle s'était mise en frais. Elle sortit un petit mouchoir, épousseta le siège qui devait recevoir son irréprochable perfection.

— *Good Lord* ! Quand je te regarde... Quand je pense que ton visage était aussi barbouillé que le mien, parfois... Pas toujours, bien sûr. Un jour, je me souviens de t'avoir défendue contre ma mère, qui prétendait...

Il s'interrompit, mais elle enchaîna d'elle-même.

— Je sais. Je n'étais que la fille du jardinier, à ses yeux. Pourquoi en parler, un soir comme celui-ci ?

Il ne parvenait pas à maîtriser son émotion.

— Pardonne-moi. Mais, quand je pense à toi, tu es toujours ma Jenny Jannekin.

Ce qui ne suffit pas à l'apaiser. Elle estimait de toute façon que ce genre de phrases étaient prématurées. En arrivant chez les Sedgewick, elle laissa tomber Dick sans un mot, et passa d'un groupe de jeunes filles à l'autre, pour un concert d'admirations réciproques. Dick ne resta pas longtemps seul. Il l'était de façon un peu trop voyante. Deux garçons pour lesquels il n'éprouvait qu'une indifférence mitigée, l'entraînèrent dans une discussion concernant le football, ponctuée de crises de rire, dont Dick comprenait mal l'origine.

— Très impressionnant, tout à l'heure, ton jeu de *halfback*, Dick.

Petite crise de rire.

— Mr. Hart n'arrête pas de parler de toi. Tout le monde pense que Johnson devrait démissionner, pour te laisser la place de capitaine.

Dick essaya d'être le plus fair-play possible.

— Si ça vous amuse, allez-y. Mais je ne me fais aucune illusion sur mes qualités de joueur. Si on fait appel à moi, c'est pour mon poids, uniquement.

— Je parle très sérieusement, dit l'un des garçons, en affectant un air grave. Au Tech, on aime avoir trois remplaçants qui sont issus d'*East Hills*. Quand on joue contre Clifton, ça donne à l'équipe une sorte d'aura.

Et les deux garçons s'étranglèrent de rire. Dick soupira, en hochant la tête.

— Ne vous gênez pas, et riez tant que vous voudrez. Vous vous imaginez que je suis plein aux as. Un jour, vous apprendrez la vérité, et vous cesserez de rire. J'ai tout mon temps.

Cette franchise les déconcerta quelques secondes, mais ils reprirent de plus belle :

— ... et l'entraîneur estime que ta ravissante petite voiture de course lui serait fort utile pour marquer les buts.

Cette provocation lui parut tellement puérile qu'il partit à la recherche de Jannekin. Il y avait foule dans le salon. On commençait à se diriger vers les voitures. Il entrevit, près d'une fenêtre, une tache d'un rose éclatant, mais n'eut pas le temps de la rejoindre. Edgar Bronson l'avait saisi par les épaules.

— J'ai quelque chose à te dire. Quelque chose de très important.

— J'écoute.

— Pas ici. C'est trop personnel. Montons dans la chambre d'Earl.

Dick était perplexe. Avant de suivre Edgar, il regarda par-dessus son épaule. Il soupçonnait vaguement qu'on cherchait à lui prendre Jannekin. Il refusa la cigarette que lui tendait Edgar. L'entraînement interdisait qu'on fume.

— Ecoute, Dick. On est quelques-uns à penser qu'on t'a peut-être mal jugé. Tu n'es peut-être pas si mal que ça. Mais tous ces majordomes, qui t'ont chouchouté pendant ton enfance t'ont peut-être un peu... un peu déformé.

— Nous n'avons jamais eu de majordome, s'écria Dick, agacé.

— Domestiques, valets de chambre, appelle ça comme tu voudras. Ça t'a déformé, tu comprends ?

En dehors des miroirs concaves ou convexes des parcs d'attraction, il est déjà très difficile à quelqu'un de se faire de lui-même une image déformée. Mais, à cette minute précise, et pendant que Jannekin l'attendait en bas, ça devenait franchement grotesque. Dick, exaspéré, voulut se lever. Edgar l'obligea à rester assis.

— Une seconde. Il y a quelque chose qui ne va pas chez toi. Nous sommes quelques-uns à penser que ça peut s'arranger. Attends-moi ici. Je vais les chercher. En cinq minutes, tout sera réglé.

Il sortit rapidement, ferma la porte derrière lui. Dick, plutôt satisfait, malgré son impatience, d'un incident qui risquait de mettre fin à son impopularité, fit les cent pas dans la chambre, jetant un coup d'œil distrait sur les livres, les photographies de classe, les fanions, retraçant la vie personnelle d'Earl Sedgewick.

Deux minutes. Trois minutes. Il comprit soudain qu'il fallait agir vite, ouvrit la porte, descendit l'escalier quatre à quatre. Un étrange silence régnait dans la maison. Ayant peur de comprendre, il franchit les dernières marches, non plus par quatre, mais par six.

Patiente et fidèle, quoique légèrement boudeuse, Jannekin l'attendait devant la porte.

— Bien dormi ? demanda-t-elle, calmement. Sommes-nous à un Pique-Nique ou à un enterrement ?

— Ils ont voulu se moquer de moi. Un jour, je leur jouerai un tour à ma façon, et là, ça sera vraiment drôle, crois-moi. Ne t'inquiète pas. Je connais un raccourci. On arrivera au lac les premiers, et ils auront tout le temps de rire.

Ils franchirent la porte. Dick s'immobilisa, brusquement. Sa voiture — sa merveilleuse vieille voiture — avait disparu.

— Ils l'ont volée ! Ils m'ont volé ma voiture ! Quelle bande de fumiers !

Il regarda Jannekin. Il n'arrivait pas à y croire.

— Franchement, je ne comprends pas. Ils savaient pourtant que tu étais ma cavalière !

Jannekin ne comprenait pas, elle non plus. Elle savait que certains garçons étaient des brutes et des sauvages. Mais se permettre une plaisanterie aussi stupide vis-à-vis d'une jeune fille aussi populaire qu'elle l'était... ! Elle regardait la rue du haut en bas. Elle refusait d'admettre que c'était possible.

— Dick, regarde. Après le troisième réverbère. Ce n'est pas elle ?

Il regarda dans la même direction.

— Si. Absolument. Mais pourquoi... ?

Ils partirent en courant, et plus ils s'en approchaient plus la raison devenait évidente — terriblement évidente. De loin, à la lumière du crépuscule, elle semblait légèrement différente. Mais cette différence se précisa, peu à peu. La ravissante carrosserie crème était couverte de graffitis multicolores, agressifs, emphatiques, affirmatifs, exclamatifs. On avait l'impression que la voiture s'était transformée en un haut-parleur volubile et tonitruant.

Dick, pétrifié d'horreur, déchiffrait les graffitis, un à un.

DÉSOLÉ POUR MON HUIT-REFLETS
QUE SUIS-JE VENU FAIRE DANS CETTE VILLE DE BOUSEUX ?
4 CYLINDRES SEULEMENT, MAIS CHACUN AVEC PÉDRIGRÉE
TOUT DROIT DESCENDUE D'EAST HILLS
TAXI DE LA MARNE — MODÈLE 1914
POURQUOI DES PNEUS GONFLABLES AVEC UNE TÊTE GONFLÉE ?

La dernière, enfin, plus cruelle encore que les autres :

UNE VOIX AUX ACCENTS MANIÉRÉS REND INUTILE UN SILENCIEUX

Dick était fou de rage. Il sortit son mouchoir, frotta frénétiquement l'une des inscriptions, ce qui n'aboutit qu'à de larges traînées de peinture, au travers desquelles les mots restaient lisibles. Ils devaient s'être mis à plusieurs pour faire ça. Incroyable, admirable même, d'y être parvenu pendant le bref quart d'heure où Dick et Jannekin étaient restés à l'intérieur de la maison. Son mouchoir n'était plus qu'un tampon vert-de-gris. Il continua pourtant de frotter, mais lorsqu'il découvrit le pot de goudron dont ils s'étaient servi, une fois la peinture épuisée, il perdit tout espoir. Jannekin lui donna raison.

— Tu perds ton temps. C'est une plaisanterie de très mauvais goût, mais tu n'y peux plus rien. Tu risques simplement d'être couvert de taches de peinture, la voiture sera complètement barbouillée, et ils seront enchantés de voir que tu t'es donné tant de mal. Allons les rejoindre.

Et elle ajouta, souveraine :

— Personnellement, ça m'est indifférent.

Dick semblait abasourdi.

— Y aller avec ça ? J'aimerais mieux...

Il s'interrompit. Deux ans plus tôt, il aurait suffi de téléphoner à son chauffeur, ou de louer une autre voiture. Aujourd'hui, les dollars s'étaient envolés. Pour payer la remise à neuf de sa vieille voiture, il avait raclé le fond de ses poches.

— Pas question d'y aller, reprit-il. Je vais tâcher de trouver quelqu'un qui te conduira au lac, et tu reviendras avec les autres.

— C'est absurde. On y va, sans hésiter. Cette plaisanterie stupide ne va pas nous gâcher la soirée.

— Je n'irai pas, répéta-t-il avec conviction.

— Tu iras.

Sans en être consciente, elle était revenue six ans en arrière.

— Le temps d'y arriver, il fera déjà nuit. On ne pourra pas lire... on ne verra pas ce qu'ils ont barbouillé. Et rien ne nous oblige à rouler dans des rues fréquentées.

Il luttait encore. Il refusait qu'elle lui impose aussi facilement sa volonté.

— On peut prendre les petites rues, en effet.

— En effet.

Elle lui toucha le bras.

— Ne m'aide pas à monter. Je ne veux pas risquer d'être couverte de peinture.

Dick, furieux, se disait : « Quand on sera là-bas, j'emmènerai Mr. Edgar faire une petite promenade — et je me lancerai dans la peinture à mon tour — une peinture rouge sang. »

Jannekin sentait qu'il était furieux. Ils roulaient à travers des allées poussiéreuses, où les feux de signalisation étaient assez rares, et les carrefours bosselés comme des montagnes russes. Elle se rapprocha de lui.

— Du calme, Dick. Ne gâchons pas notre soirée, pour leur faire plaisir. Parlons d'autre chose. On se connaît à peine au fond. Tu veux que je te parle de moi ? Que je te raconte tout avec la même franchise qu'autrefois ? Nous sommes devenus presque riches.

Maman voudrait une maison plus grande, mais papa est prudent, et il a peur que ça fasse un peu prétentieux. Personne n'ignore, malgré tout, qu'il a plus d'argent que ce qu'on imagine... si tu vois ce que je veux dire.

— Ça, c'est bien.

A son tour, il parla avec la même franchise.

— Nous par contre, nous avons beaucoup moins d'argent que ce qu'on imagine, si tu vois ce que je veux dire. J'ai autant de chances de finir mes études sur la côte Est, au collège technique de Boston, que cette voiture d'être engagée dans un grand prix automobile.

Il ajouta, avec une certaine amertume :

— Ils pouvaient donc se dispenser de leurs petites plaisanteries.

— N'y pense plus. Dis-moi ce que tu comptes faire.

— Renoncer aux études supérieures. J'ai un oncle à Détroit. Il peut me trouver une place dans une usine. J'adore réparer les voitures. En fait...

Etant donné ce qui venait de se passer, il hésitait à plastronner, mais son instinct fut le plus fort.

— En fait, le garage Hoker me téléphone dès qu'il y a un problème qu'ils ne savent pas résoudre, à propos d'une voiture étrangère, par exemple. En fait...

Il hésitait de nouveau, mais Jannekin murmura :

— Continue.

— En fait, à la maison, j'ai toute une série de gadgets. Certains méritent peut-être d'être brevetés, quand je serai à Détroit. Et là-bas, j'aurai peut-être de nouvelles idées.

— Tu en auras, Dick. Tu as toujours su tout réparer. Tu te souviens de cette boîte à musique, que papa avait rapportée de Hollande ? Tu l'as... oui, tu l'as secouée, ou quelque chose comme ça.

Il oublia sa mauvaise humeur, et sourit.

— C'était une idée géniale, en effet, digne d'un futur Edison. Pour les voitures, malheureusement, ça ne marche pas. Elles se secouent toutes seules.

Mais en approchant de l'endroit où se déroulait le Pique-Nique, en apercevant au loin la flamme des lanternes japonaises, qui brûlaient dans le crépuscule, le mouvement des robes de couleurs vives, Dick se durcit de nouveau. Un groupe de garçons s'était formé à son approche. Il les ignora, conduisit droit devant lui, dépassa la foule qui picorait autour des buffets, et gagna l'emplacement du parking. Il entendit des voix sur son passage :

— Qui aurait jamais cru ça de lui ?

— Sans doute une tradition de la côte Est...

— Drôlement rigolo, ce petit char à banc...

Dick gara la voiture, en donnant de furieux coups d'accélérateur. Jannekin lui toucha le bras.

— Que vas-tu faire ?

— Moi ? Rien, répondit-il, d'une voix angélique.

— Tu ne vas pas te donner en spectacle pour ça. Attends. Ne descends pas encore. Souviens-toi que tu es mon cavalier.

— Rassure-toi, je m'en souviendrai. Il ne se passera rien en ta présence.

— Connais-tu le responsable ?

— Edgar Bronson est sûrement dans le coup. Je suis pratiquement sûr de deux autres types, et...

— Attends. Ne descends pas encore, je t'en prie.

C'était la tendre voix d'enfant, qui le suppliait doucement.

— Attends. Tu es suffisamment fort pour les battre tous les trois ?

— Les battre ? répéta-t-il, avec un profond mépris. Je pourrais racler le fond du lac avec la tête de ces minables. Je pourrais en réduire deux à la fois en bouillie. Ils le savent. Je me demande simplement dans quel trou ils se cachent. A moins qu'ils aient prié leurs petites amies de leur servir de bouclier.

Il rit, et releva la tête. Un rire qui avait comme un avant-goût de bataille, de victoire. Jannekin frissonna légèrement, de panique et d'exaltation.

— Dans ce cas, dit-elle, où serait le plaisir ? Tu peux les battre. Tu le sais d'avance. Ils le savent d'avance. Tout le monde le sait d'avance. Mais si, par hasard, c'était Capone Johnson...

Elle aurait mieux fait de ne pas prononcer ce nom. C'était trop tard. Elle vit se creuser deux petites rides entre les sourcils de Dick.

— Peut-être est-ce Capone Johnson, en effet. Je lui prouverai que sa force ne suffit pas à justifier...

— Ce n'est pas lui, gémit-elle. C'est le plus gentil garçon du lycée. Incapable de faire du mal à une mouche. L'autre jour, je l'ai entendu dire qu'il te trouvait *particulièrement* sympathique.

Dick perdait de son assurance.

— C'est ce que j'ai cru comprendre.

— Parfait. Nous allons descendre, prendre nos paniers, et nous installer, comme si de rien n'était.

Dick gardait le silence.

— Pour Jannekin, Dick. Tu as déjà fait tellement de choses pour Janny.

Si elle avait pris les choses dans l'autre sens, si elle avait parlé de ce qu'elle avait fait pour lui, il n'aurait pas cédé. Mais, après une phrase pareille, il était obligé de suivre.

— Très bien.

Il eut un petit rire désarmé, mais ce rire s'étrangla soudain, et il crut qu'il perdait sa respiration, lorsqu'il sentit ce jeune corps se rapprocher du sien, lorsqu'une couleur rose pourpre se mit à flamber à hauteur de son cœur, lorsqu'un regard et un visage se tournèrent vers lui, à la place même où s'était trouvé jusque-là le volant.

Une minute plus tard — deux, peut-être — disons trois, elle murmurait :

— Rappelle-toi la peinture. Je préfère descendre toute seule.

Elle ajouta :

— Ma robe est froissée, mais tant pis. Personne ne pourra dire qu'on m'a déjà vue avec une robe froissée à ce point.

Ils se donnèrent la main. Leurs visages avaient quelque chose d'inimitable, une étrange expression, impossible à dissimuler, et ils se dirigèrent vers la rive du lac, où l'on avait dressé les tables.

III

Dick passa plusieurs mois à lacer les patins à glace de Jannekin, à l'embrasser sous les diverses températures qu'offrait le long hiver du Michigan. Mais le jour arriva bientôt d'une nouvelle séparation.

Suspendue au déploiement d'ailes de la fortune familiale, Jannekin quitta le Lycée Technique, et gagna l'Europe pour y parfaire son éducation.

Il y eut des serments, des promesses, des lettres, qui s'espacèrent peu à peu. Il y eut Jannekin à Genève, Jannekin à Paris, Jannekin à Munich, et, pour couronner le tout, Jannekin à La Haye, présentée à la Reine de Hollande : Miss Melon-Loper, fille de jardinier, ravissante plante néerlandaise, qui avait pris racine au Nouveau Monde.

Il y eut, dans le même temps, un Dick en salopette, un Dick au visage maculé d'huile de vidange, un Dick, le bras en écharpe, avec un petit bout d'auriculaire en moins, pour finir, au bout de cinq ans, par un Dick de vingt-trois ans, chef-adjoint d'atelier chez l'un des plus importants constructeurs d'automobiles de Détroit. Puis, un jour, un Dick prenant la route en direction de sa ville natale, car il venait d'apprendre que le pied de Jannekin foulait de nouveau le sol des Etats-Unis. C'est par Edgar Bronson qu'il l'avait appris. Edgar travaillait pour une firme concurrente, mais avait gardé des liens beaucoup plus étroits que Dick avec leur ville d'origine. En réponse à une lettre qu'il avait écrite aussitôt, Dick avait reçu, par télégramme, une invitation à dîner.

On l'attendait sous la véranda d'une vaste demeure de style colonial hollandais. Le vieux Jan était absent. Ayant succombé sous le poids de l'âge, on avait dû l'enfermer dans une maison de retraite. Mais il y avait là Mrs. Melon-Loper, plantureuse matrone, fière des avoirs de sa famille, assistée d'une Jannekin à peine reconnaissable, n'ayant plus rien de commun avec celle qui se cassait la voix lors des matchs contre Clifton, ou qui dirigeait son équipe de basket-ball, en pantalons bouffants. Il ne s'agissait pas d'une simple évolution. Elle était devenue quelqu'un d'autre. Sa beauté triomphante s'épanouissait comme une fleur au haut d'une tige robuste. Sa voix lente et posée avait perdu ces écarts imprévus qui avaient tant joué avec le cœur de Dick. Son regard, toujours aussi bleu, n'exprimait qu'un plaisir de commande, et se retranchait derrière sa beauté immuable, sans rien laisser deviner d'autre qu'une sorte d'intention secrète à vouloir se jouer de lui.

Le dîner fut semblable à bien d'autres dîners. Un jeune couple, invité en même temps que lui, et dont les noms se rattachaient, dans sa mémoire, aux plus anciennes familles de la ville, fit rouler la conversation sur le bridge, le golf, les chevaux et les petits scandales du *country-club*. Dick comprit très vite que Jannekin entendait se tenir sur un terrain superficiel et anodin.

— Toi, qui vis à Detroit, tu dois nous trouver bien provinciaux, dit-elle avec une ironie blessante. Mais nous sommes très heureux ici. Incroyable, mais vrai. Nous avons tout, ou presque, en version miniature. Nous avons une version miniature de chasse à courre. Nous avons également une version miniature de la crise. Nous espérons simplement que cette dernière n'aura pas d'influence trop grave sur la première.

Mr. Meredith, que voici, n'a que deux paires de bottes, et non pas une douzaine, comme je ne sais quel nabab de Meadowbrook. Ça ne l'empêche pas d'être un parfait Maître d'Equipage.

— Jannekin doit être subventionnée par le Syndicat d'Initiative, dit Mr. Meredith. A mon avis, nous vivons dans un trou perdu, mais, à l'entendre, on finirait par se croire à Paris.

Elle était donc perdue pour lui. Il aurait dû s'y attendre. Six ans plus tôt, ils avaient tenté, une première fois, de ressusciter le passé. Comment imaginer que ça pouvait recommencer ? La Jannekin qu'il avait connue s'était comme désintégrée. Sa façon de jouer les Mr. Loyal de l'aristocratie locale le laissait complètement froid. Il n'y voyait que le signe d'un ancien complexe d'infériorité — celui d'un fils de jardinier.

Ses nouvelles façons d'être pouvaient avoir leur prix aux yeux de quelqu'un d'autre. Pour lui, c'était sans intérêt. Avant la fin de la soirée, il l'avait complètement chassée de son esprit. Elle n'était qu'une amie d'enfance, découverte soudain sous un jour différent. Mais, en descendant le perron, il se sentait le cœur à nu, et cherchait en vain ce visage perdu entre les fenêtres et l'obscurité.

— Reviens le plus souvent possible, dit Jannekin.

— Compte sur moi ! répondit-il, avec une gaîté forcée.

« Mais ce ne sera pas pour te voir », ajouta-t-il mentalement, sans se douter qu'elle se disait, au même instant : « Pourquoi ai-je joué ce jeu ? Comment ai-je pu croire que ça lui plairait ? »

En regagnant son hôtel, il s'arrêta près du portail de son ancienne demeure. Elle était à vendre. Rares étaient aujourd'hui les familles capables d'entretenir de telles propriétés, même en en cédant une partie aux promoteurs immobiliers. Dick poussa un étrange soupir, dont il ne savait pas déchiffrer la raison.

A l'hôtel, il ne parvenait pas à s'endormir. Il essaya de lire un journal, puis sortit de sa poche un long morceau de fil de fer, qu'il emportait toujours avec lui, et qu'il s'efforça de tordre lentement pour lui donner la forme de ce qui deviendrait peut-être un ressort. Il se répétait, et se répétait, qu'on ne pouvait pas aimer la même femme pour la troisième fois, alors qu'elle n'avait plus rien de commun avec celle qu'on avait aimée. Et pour se faire honte à lui-même, il s'imagina dans le rôle de l'éternel soupirant qui, par manque d'imagination, ressasse à l'infini les vieilles espérances.

— Terminée pour de bon, cette histoire ! dit-il à haute voix.

Et comme elle semblait obéir, et s'effacer dans l'ombre, il se sentit plus calme. Mais lorsqu'à deux heures du matin le téléphone sonna dans sa chambre, il ne dormait toujours pas. C'était un appel de Detroit.

— Dick, c'est urgent. Il faut que je te parle d'un certain McCaffray.

— Qui est à l'appareil ?

— Bill Flint. Je t'appelle du bureau. Une première question : T.R. ce sont bien les initiales de ton père ?

— Qu'est-ce que tu racontes ? Tu as bu, ou quoi ?

— Je te dis que je suis au bureau, et que j'ai devant moi une série de fiches d'au moins deux mètres de haut.

— Tu crois vraiment qu'à une heure pareille...

— C'est urgent. Et terriblement important.

— Les initiales de mon père ? Il était incapable de distinguer une voiture d'une bicyclette.

— Arrête. Je t'explique. Le McCaffray, dont je veux te parler...

Il y avait déjà longtemps, en 1914, un petit homme au teint blafard, appelé McCaffray, était arrivé à Detroit, venant de nulle part, y avait vécu quelques semaines, puis s'y était éteint sans bruit. Avec quatorze ans d'avance sur son époque, ce petit homme avait reçu comme une illumination divine concernant la double carburation. Le constructeur qui l'employait avait accepté, à titre expérimental, de monter ses nouveaux collecteurs d'admission sur six voitures de série, mais n'avait pas poursuivi l'expérience, et avait laissé Mr. McCaffray, son invention non encore brevetée sous le bras, errer à l'aventure, échouer chez un constructeur concurrent, et de là, basculer dans la mort. Depuis vingt-quatre heures, les ingénieurs de l'usine où travaillait Dick estimaient qu'il était de la plus haute importance de savoir à quoi ressemblaient ces fameux collecteurs d'admission. Un vieux mécanicien croyait vaguement se souvenir de « quelque chose dans ce genre-là ». On ne retrouvait aucun dessin nulle part, aucune esquisse de maquette. Quant aux six voitures équipées à titre expérimental, cinq semblaient avoir disparu depuis longtemps, mais la sixième avait été livrée, sur sa demande expresse, à un certain T.R. Henderson.

Dick intervint :

— C'était mon père. La voiture est encore ici, dans le fond d'un garage, tenu par notre ancien chauffeur. J'aurais le collecteur en question demain matin.

Et voilà que la vieille voiture de famille reprenait vie — il en eut comme une bouffée d'émotion. Il avait refusé de la vendre. Il l'avait remisée dans un musée spécial, comme les vieux carrosses du château de Versailles. Il était si heureux de penser à elle, si attendri et si réconforté, qu'il dormit jusqu'à onze heures.

Deux heures plus tard, ayant mené à bien ce qu'il avait à faire en ville, il se rendit au garage d'Howard.

— Dick ! Ça par exemple !

Howard finissait de remplir un réservoir d'essence. Il s'essuya les mains avec un chiffon, et rejoignit Dick.

— On parlait de vous, justement. Il paraît que vous êtes devenu un tsar dans l'industrie automobile ?

— Non, non, un simple conseiller... La vieille voiture, Howard, elle marche encore ?

— Quelle voiture ?

— La vieille décapotable de famille.

— Bien sûr qu'elle marche encore. C'était pas une petite babiole de Prisunic.

— Parfait. Je l'emporte avec moi à Detroit.

En voyant Howard changer de visage, il eut peur, brusquement.

— Elle est encore là, j'espère ?

— Non, Dick. On l'a vendue. Vous m'avez dit, rappelez-vous que si j'avais une offre, je pouvais la céder pour couvrir les frais de garage.

— *Good Lord* !

— J'en ai obtenu... attendez... vingt-deux dollars cinquante, je crois bien, parce que la batterie et les pneus n'étaient pas...

— Qui l'a achetée ?

Howard se gratta le crâne, se gratta le menton, remonta la ceinture de son pantalon.

— Je vais demander le chiffre exact à ma fille.

— Mais qui l'a achetée ?

Dick était malade d'inquiétude à l'idée que le constructeur concurrent, chez qui Edgar Bronson travaillait aujourd'hui, et chez qui McCaffray avait travaillé autrefois, avait pu lui souffler l'affaire.

— Qui, à la fin ? répéta-t-il, avec une violence incontrôlée.

— Jannekin Melon-Loper.

— Quoi ?

— Ma parole. Elle est venue, il y a un mois. Elle voulait la voiture. Attendez une seconde, je vais demander à ma fille...

Dick était déjà loin. S'il n'avait pas été aussi surexcité, il aurait regardé l'heure, et aurait attendu, pour tirer la sonnette des Melon-Loper, la fin d'un déjeuner où n'étaient invitées que des femmes. Jannekin vint le rejoindre sous la véranda, et le fit asseoir.

— Tu n'as sûrement pas envie de rencontrer toutes

ces femmes, dit-elle, mais je suis contente que tu sois là. Je voulais m'excuser pour hier soir. Je ne sais pas ce qui m'a pris. J'ai voulu bluffer, je crois.

— Pas du tout.

— Si, si. Et c'était stupide. Mais pendant tout le dîner, j'avais en tête, malgré moi, cette phrase de ta mère, qui m'avait traitée de petite fille mal lavée.

Une telle franchise, aussi lumineuse, aussi simple, fut pour lui comme un souffle d'air frais, et il sut qu'il l'aimait de nouveau à en perdre la tête.

— Jannekin, il faut qu'on se revoit très vite. On a des quantités de choses à se dire, toi et moi, à propos du passé. Mais aujourd'hui, c'est une visite professionnelle. Je veux racheter la vieille voiture.

Elle prit un air coupable.

— Tu sais donc qu'elle m'appartient ? C'était insupportable pour moi de penser qu'à son âge... oui, si vieille, elle était abandonnée dans un coin.

C'est de leur amour d'autrefois qu'elle parlait ainsi, et il le savait, mais elle préféra ne pas s'attarder.

— J'ai beaucoup entendu parler de toi, par Edgar Bronson. Il a bien réussi, tu sais. Il est venu me voir, la semaine dernière.

Il fronça les sourcils. Il retrouvait en lui les traces du sentiment de supériorité qui l'avait tant desservi au Lycée Technique. Jannekin ajouta, en toute naïveté :

— De tous les anciens élèves du Tech., Edgar et toi, vous êtes ceux dont on parle le plus souvent.

— Bon...

Il essayait de maîtriser son impatience.

— Je ne veux pas t'enlever à tes invitées.

— C'est sans importance. En ce qui concerne la voiture, si tu la veux, je te la rends, bien sûr. Je vais demander au chauffeur de la sortir du garage.

Elle revint une minute plus tard. Elle paraissait désemparée.

— Le chauffeur prétend qu'elle a disparu. Ça fait des semaines qu'il ne l'a plus vue.

Dick crut que son cœur s'arrêtait.

— Disparu ?

— Peut-être volée ? Je ne l'ai pas achetée pour m'en servir, tu comprends. Je voulais seulement...

Il l'interrompit.

— C'est impossible. Il me la faut. C'est de la plus haute importance.

Il avait changé de ton si brusquement qu'elle se raidit à son tour.

— Désolée. Que puis-je faire ?

— Tu permets que je jette un coup d'œil ? Elle est peut-être quelque part, derrière le garage, on ne sait jamais

— A ton aise.

A peine conscient de sa muflerie, Dick dévala les marches du perron, et fit en courant le tour de la maison. Il avait en tête des soupçons maladifs — c'est Edgar Bronson qui l'avait convaincue de la lui céder, et elle avait tellement honte qu'elle préférait lui mentir. Comment imaginer que quelqu'un puisse voler une voiture pareille ? Il fouilla méthodiquement tous les recoins de la propriété, comme s'il s'agissait d'un objet qu'on aurait pu cacher derrière une niche à chien. Il revint sur ses pas, écœuré, fou de rage, et s'immobilisa soudain, car une voix sortait de la cuisine, par la fenêtre ouverte.

— Elle est venue me poser la question, mais moi, j'allais pas raconter l'histoire. C'est le vieux *misteur* qui me l'a vendue, la semaine dernière, avec un vieux fusil et une vieille canne à pêche, juste avant qu'on l'emmène dans sa maison de retraite. F'sait jamais un cadeau, cet homme-là. Alors j'ai pris huit dollars sur mes gages, et la vieille voiture, je l'ai revendue dix dollars à l'oncle Ben Govan, qui habite à Canterbury. Et après ? Le vieux *misteur* il me l'a vendue, moi je l'ai payée, on est de bonne foi. Alors, quand Miss Jannekin, elle m'a posé la question, j'ai pas répondu, voilà tout. J'avais rien à lui dire, *rien de rien*.

Dick fit irruption dans la cuisine. Le chauffeur croisa son regard, se leva d'un bond, laissa tomber sa cigarette. Un instant plus tard, Dick faisait de nouveau le tour de la maison, honteux d'avoir soupçonné Jannekin aussi bassement. Elle était sur la véranda, et disait au revoir à l'une de ses invitées. Dick s'approcha d'elle.

— Janny Jannekin, je pars en expédition, et tu viens avec moi.

Elle se mit à rire doucement.

— Voyez-moi ces fous du volant !... Il doit me confondre avec une pièce de rechange.

Mais il la regardait dans les yeux, et elle eut un petit sursaut de stupeur, et elle sentit qu'elle rougissait.

— Bon, bon, d'accord. J'espère que mes invitées ne m'en voudront pas. Après tout, elles m'assurent depuis des mois que j'ai grand besoin d'un jeune homme... Alice, soyez gentille, retournez leur dire qu'on m'a kidnappée — qu'elles s'arrangent pour réunir l'argent de la rançon.

Ils coururent jusqu'à la voiture de Dick, et Jannekin ne pouvait résister ni à la main qui l'entraînait, ni à l'exubérance dont il faisait preuve. Pendant qu'ils franchissaient le pont et se dirigeaient vers le quartier noir, ils n'échangèrent que quelques mots. Ils avaient trop de choses à se dire. La maison de l'oncle Ben Govan ? *Yeah, misteur,* c'est celle-là, en bas. Un grand vieillard à la peau sombre vint à eux, avec une expression sournoise, en enlevant plus ou moins sa pipe de maïs de sa bouche. Dick lui expliqua ce qu'ils cherchaient, et souligna qu'ils ne contestaient en rien le bien-fondé des droits du vieil homme sur la voiture. Celui-ci consentit alors à engager la négociation.

— *Yeah, misteur,* elle est là derrière. M'en offrez combien ?... Alors, parfait, elle est à vous.

Il compta un à un les billets de banque, les fourra dans sa poche, et les conduisit à l'endroit où reposait, non loin d'un poulailler, la carrosserie qui leur était si familière, sa livrée couleur crème, ses coussins, ses poignées de portières, son tableau de bord, et...

Dick eut un violent sursaut.

— Et le chassis ?

— Le chassis ?

— Le moteur, la batterie, les roues ?

Le vieillard eut un petit ricanement de mépris.

— Oh ! toutes ces choses-là ? Je les ai vendues à quelqu'un. Quand ce quelqu'un, il a voulu partir avec, tout ce qui est là, avec les coussins, qui sont si confortables, ça a failli se détacher des roues, alors ce quelqu'un, il a tout laissé ici, et moi j'ai pensé qu'avec ces beaux coussins, j'allais faire un lit pour mes petits-enfants. Vous voulez plus l'acheter, alors ?

Sans hésiter, Dick récupéra dix dollars, sur les douze qu'il avait versés, et après avoir longuement étudié la géographie du quartier, il finit par comprendre où se trouvait le garage du « quelqu'un » en question, et, approximativement, comment il s'appelait.

— La pauvre malheureuse ! soupirait-il, en dévalant la pente de la colline, à toute allure. Pendant cinq ans, elle reste immobile dans son coin, et au moment où elle approche de ses quatre-vingt-dix ans, la voilà qui se met à danser d'un bout à l'autre du pays, comme une grande sauterelle !

Ils aperçurent enfin le chassis. Il était au fond du garage, au milieu d'un tas de ferrailles, qu'un mécanicien était sur le point de détruire.

Mais, pour Dick et Jannekin, ce chassis n'avait rien d'une vieille ferraille, et ils se jetèrent sur lui, avec des regards scandalisés. Tout était là, comme un squelette — quatre roues, un moteur, un arbre de transmission, un plancher — le tout monté sur une caisse à savon.

— Vingt-cinq dollars et c'est à vous, déclara le propriétaire. Ça tourne encore sans à-coups, ce genre de mécanique, et ça date pourtant d'il y a dix-neuf ans.

— Je pense bien que ça tourne ! s'écria Dick, l'air faraud, en mettant le moteur en marche. En échange, je vous laisse ma voiture.

— Il plaisante ! cria la prudente Jannekin, pendant qu'ils démarraient. On viendra la chercher plus tard.

Ils rejoignirent Canal Street, dans les infernales pétarades du pot d'échappement, dignes comme des princes, sur leur caisse à savon, et tout le monde les regardait.

— Elle marche, non ? demanda Dick.

— Superbement !

Jannekin était obligée de se serrer tout contre lui, car la caisse était très étroite.

— Il faudra m'apprendre à conduire, car nous n'avons plus de banquette arrière.

— Nous serons toujours l'un contre l'autre. Un jour, je t'ai consolée près de ce volant, un autre jour, c'est toi qui m'a consolé — tu t'en souviens ?

— Oh ! *darling*...

— Où allons-nous ?

— Au Paradis.

— Par Saint-Georges, elle en est capable !

Et dans un fracas de feu d'artifice, plus gonflée d'orgueil que Lucifer, la vieille voiture poursuivit sa course triomphale.

AU CŒUR DES TENEBRES

Cette nouvelle a été écrite à Baltimore en avril 1934. Tendre est la nuit *venait de paraître, et les premiers chiffres de vente firent tout de suite comprendre à Scott Fitzgerald qu'il ne pourrait pas, comme il l'avait espéré, cesser de travailler pour les magazines. Il mit alors en œuvre un projet de roman historique, écrit sous forme de nouvelles, qu'il pensait réunir plus tard en volume. La première de ces nouvelles (il en écrivit quatre, et renonça au projet) fut achetée 1 250 dollars par Redbook,* et publiée dans le numéro d'octobre 1935.

C'était par un après-midi de mai de l'an de grâce 872. Un jeune homme, monté sur un cheval arabe à robe blanche, descendait un étroit sentier conduisant aux rives de la Loire, à vingt lieues de Tours environ.

Il avait perdu son chemin. Il s'était fié, jusqu'ici, à des renseignements, recueillis à Cordoue six semaines plus tôt — renseignements fondés sur des images que sa mère gardait en mémoire et qui dataient de plus de dix-huit ans. Depuis lors, cette région de France avait été constamment ravagée et pillée par des envahisseurs venus du Nord, qui avaient surgi à l'embouchure de la Loire sur leurs petits drakkars. La plupart des points de repère que sa mère lui avaient donnés n'existaient plus depuis longtemps.

Il s'appelait Philippe. Il était grand, large d'épaules, solidement bâti pour un jeune homme de vingt ans. Cheveux brun-fauve, largement ondulés, lèvres bien dessinées, regard d'un gris assez sauvage, intuitif et intelligent. Bien que n'étant pas de sang maure, il portait un casque à pointe, de forme orientale, drapé d'étoffe pour se protéger du soleil, une longue tunique brodée d'or, ternie par la poussière du voyage, et un large baudrier de cuir, retenant un cimeterre. Plus menaçante encore, une masse d'armes pendait à sa selle de cuir, à l'arrière de laquelle était accroché un léger manteau, tenu par des anneaux de métal, comme une couverture.

Depuis trois jours, Philippe n'avait pas rencontré un seul être humain — uniquement des fermes incendiées, au milieu desquelles erraient en grognant des porcs affamés, et quelques ombres de volaille. Comme il avait soif, il s'arrêta près d'un ruisseau, et sursauta en découvrant, sur l'autre rive, un garçon du même âge que lui, qui s'était arrêté pour la même raison. Jamais, parmi les prisonniers chrétiens, exposés chaque jour dans les rues de Cordoue, Philippe n'avait aperçu de visage semblable. Des cheveux raides, couleur cuivre. Des yeux bleus, traversés d'une lueur implacable, une bouche qui souriait. Il était vêtu d'une cotte de mailles, et portait au côté une épée très courte et très plate.

Ils se regardèrent fixement pendant un long moment. Puis Philippe, obéissant à la coutume des Sarrasins d'Espagne, lui adressa quelques mots, dans ce dialecte tourangeau que sa mère lui avait enseigné.

— Heureux de vous saluer, étranger.

L'homme garda le silence.

— Où sommes-nous, ici ? demanda Philippe.

Et comme l'autre ne répondait toujours pas :

— Que se passe-t-il ? Vous a-t-on arraché la langue ? Je pose une question toute amicale. Je crois savoir que ma famille habitait par ici, autrefois.

Estimant, après un sévère et long examen, que Philippe n'était pas un danger pour lui, l'homme finit par répondre, mais dans une langue que Philippe n'avait jamais entendue jusque-là. Il fit alors une dernière tentative, avec un léger haussement d'épaules, en utilisant cette fois une sorte de jargon enfantin.

— Vous pas parler lingua franca ?

L'homme secoua la tête, et ils éclatèrent de rire. Philippe découvrit alors que l'homme n'était pas seul. Une jeune fille, qui semblait l'attendre, se tenait légèrement en retrait de la rive, et les observait, en se curant les dents avec une brindille. Seize ans, environ, d'un type physique qui se rapprochait davantage de celui de Philippe, avec des yeux immenses — de ces yeux dont on peut dire qu'ils sont étoilés, car une lumière joue à la frange des paupières, comme l'éclat d'un reflet d'eau. Philippe éprouva le besoin d'exister devant ces yeux-là, et dit, en se frappant la poitrine :

— Philippe.

L'autre imita son geste, sans très bien le comprendre, et prononça avec fierté ce que Philippe prit pour un nom :

— Viking.

Puis, sur le coup d'une brusque décision, il sortit une gourde de bois d'un sac qu'il portait en bandoulière, l'approcha de ses lèvres avec un sourire de plaisir, et invita Philippe à franchir le ruisseau pour le rejoindre. Heureux de rencontrer enfin un être humain, Philippe tira de ses fontes quelques galettes qu'il avait cuites le matin même, et un flacon contenant un reste d'huile d'olive. Puis il remonta le courant, à la recherche d'un gué, qui lui permettrait de gagner l'autre rive. Les deux jeunes gens, l'un venant de l'Andalousie, l'autre des fjords de Norvège, s'assirent, l'un à côté de l'autre, sur cette terre qui leur était à tous deux inconnue, et partagèrent ce qu'ils avaient à boire et à manger.

Image plus surprenante à cette époque qu'à aucune autre de l'Histoire. L'Age des Ténèbres se situe, en gros, entre la chute de Rome et la découverte de l'Amérique. Mais, au cœur de ces dix siècles, s'inscrivent deux cents ans d'une telle sauvagerie, d'une telle cruauté, d'une telle ignorance, qu'on ne sait pratiquement rien d'eux. Envahie par les Huns, les Vikings et les Sarrasins, l'Europe avait basculé dans une déchéance bestiale et désespérée. Les malheureux paysans, qui n'avaient plus de maîtres, se trouvaient livrés sans défense aux hordes venues du Nord et de l'Est, et aux Sarrasins plus habiles et mieux organisés. Les envahisseurs précédents, ceux qu'on avait vus déferler cinq cents ans plus tôt, s'étaient convertis peu à peu à la civilisation romaine. Les conquérants barbares avaient adopté les coutumes et le mode de vie des peuples qu'ils avaient conquis. Mais le point de saturation était franchi depuis longtemps. Rome s'était effondrée. On pouvait chevaucher deux jours entiers à travers la France sans rencontrer un homme sachant lire, écrire ou compter jusqu'à dix. Les habitants, privés de tout, ne pouvaient offrir aux envahisseurs qu'un bétail efflanqué, de maigres céréales, et leurs femmes — tout ce qui était leur vie même.

Sans rien savoir de cet état de choses, Philippe avait dit adieu au jeune Viking, et longeait la Loire en direction de l'Ouest. Toute sa science lui venait de sa mère, de ce qu'elle lui avait raconté, soir après soir, en Andalousie, dans son dialecte d'origine — les triomphes passés, le courage des chefs de guerre aussi fameux que les anciens Romains. Jamais elle ne retournerait dans le Nord. Elle s'était éprise d'un seigneur sarrasin, qui avait tué son mari, et l'avait emmenée en Espagne, avec son tout jeune fils. Mais il était entendu, depuis toujours, que Philippe y retournerait lorsqu'il en aurait l'âge. Son beau-père, le Grand Vizir, était d'accord, et lui avait offert un cheval, des armes et de l'argent.

A la tombée du jour, Philippe s'arrêta près d'une grange en ruines. Il laissa paître son cheval, et trempa sa dernière galette dans ce qui restait d'huile d'olives. La campagne semblait d'autant plus désolée qu'on devinait, à certains signes, qu'elle avait été richement cultivée autrefois. Soudain, il entendit des voix, et son cœur se mit à battre, car elles parlaient le dialecte que sa mère lui avait enseigné, celui de sa terre de naissance.

Il s'agissait de deux paysans en haillons, qui portaient des fléaux sur l'épaule, suivis d'un bœuf décharné, attelé à une sorte de traîneau, où reposait une charrue de bois. Ils étaient petits, voûtés, avec des barbes en broussaille, des pieds nus, et des chiffons autour des jambes, tenus par des lanières.

— On m'a raconté ce qui s'est passé, l'autre jour, à la Foire de Tours, disait l'un. Quand ces diables-rouges ont tout saccagé à Saint-Hilaire.

— On m'en a parlé, à moi aussi, répondit l'autre, d'une voix sombre.

— En fuyant, les démons ont laissé deux blessés derrière eux. Le premier s'est tué lui-même. Le second s'est réfugié chez une veuve. Les gens de la ville sont allés le tirer de là. Ils l'ont livré aux écorcheurs. Même les enfants sont venus les aider. Ils l'ont découpé morceau par morceau. Ça a duré deux heures avant qu'il soit mort.

L'autre se contenta de répondre par un petit grognement.

— C'est pas fini, attends. Ils se sont attaqué à la veuve. Tu veux savoir ce qu'ils lui ont fait ? Ils ont pris une paire de bœufs...

Les deux hommes étaient arrivés à hauteur de Philippe qui surgit brusquement de derrière un buisson.

— Bonsoir, dit-il. Que Dieu vous bénisse.

Ils avaient reculé d'un pas. L'un des deux se signa. Le bœuf attendait, immobile.

— Ne craignez rien. Je ne vous veux pas de mal. Je veux simplement savoir où je suis.

Ils l'examinèrent avec méfiance, échangèrent entre eux un coup d'œil.

— Vous voulez aller où ?

— C'est moi qui interroge, répondit Philippe avec impatience.

— Ici, autrefois, ça s'appelait Villefranche. Mais le village a pratiquement disparu. L'église se trouvait par là-bas, à une demi-lieue. Depuis près de dix ans, on n'a plus de marché.

C'étaient, pour Philippe, de funestes nouvelles.

— Y a-t-il beaucoup d'habitants ?

— Autrefois, oui. Mais depuis que les diables-rouges nous sont tombés dessus, en même temps que ces païens venus du Nord, on est juste quelques survivants.

Celui qui avait la voix sombre, et qui s'appelait Jacques, approuva d'un signe de tête.

— Si vous espérez trouver quelque chose qui a de la valeur, vous perdez votre temps, reprit l'autre. Il n'y a pas assez de grains, dans une seule huche, pour nourrir une famille pendant un mois. Pas assez de gens valides, dans une famille, pour travailler. Non seulement les hommes, mais les femmes, les enfants. Ils sont trop peu nombreux pour labourer les champs. Jacques et moi, à nous deux, on possédait six bœufs. Voilà ce qui en reste. Avec un âne.

— Mais, le Roi, alors ? Ce Charles, qu'on appelait : « le chauve » ?

Ils se mirent à rire.

— On est bien avancés, avec lui ! Les dernières nouvelles qu'on a de lui datent du temps de mon père. On disait qu'il voulait être empereur de Rome.

Pour Philippe, tout semblait sans espoir. Il parut réfléchir. Il fallait en arriver au point essentiel : qui était le chef de la petite communauté, celui, s'il y en avait un, qui occupait le château ?

— Vous aviez un seigneur, autrefois, à qui appartenaient ces terres ?

— Autrefois, oui.

— Où est sa demeure ?

Le paysan pointa le doigt vers le bord du chemin.

— La voilà.

Dans le crépuscule, qu'assombrissait encore une menace de pluie, Philippe regarda autour de lui. Il était atterré. Rien à première vue, ne restait du château, ni poutre, ni pierre — rien d'autre qu'une grange éventrée, à travers laquelle on voyait le ciel. Puis il comprit que ce qu'il avait pris pour un tronc d'arbre, ce long fût au bord du chemin, était un fragment de colonne. Il n'y avait plus ni château, ni demeure seigneuriale, juste quelques familles perdues dans les champs désolés, comme des lapins dans leur terrier.

— Je veux voir le chef de la communauté, dit-il.

Ils se regardèrent.

— Celui qui perçoit les impôts.

Ils le regardèrent, sans comprendre.

— Depuis les guerres, dit Jacques, plus grand-chose à percevoir. Les étrangers ont tout pris.

Il ajouta, après un petit temps de réflexion :

— Le Poiré, peut-être. On peut le considérer comme notre chef. Mais il est comme les autres. Il n'aura rien pour vous.

Le Poiré habitait une sorte de hutte, faite d'argile et de branchages, construite sur un vieux pavement, qui semblait un peu plus solide que les masures qu'ils croisaient. Lorsqu'ils entrèrent chez lui, il était penché vers un feu de braise. Il se redressa d'un bond, et fit un geste pour s'emparer d'une massue.

— Que Dieu vous bénisse ! s'écria Philippe aussitôt. N'ayez pas peur de moi.

Rassuré d'entendre parler son propre dialecte, et de voir Jacques derrière Philippe, Le Poiré demanda :

— Que voulez-vous ?

C'était un homme d'une quarantaine d'années, avec un visage en lame de couteau. L'odeur âcre de la fumée, qui emplissait la pièce, écœurait Philippe, qui fit une grimace. Depuis qu'il chevauchait en direction du Nord, il avait préparé un petit discours, calqué sur les élégantes formules de son beau-père, le Grand Vizir — discours qui lui parut déplacé dans cette hutte misérable.

— Il faut que je vous parle. A vous et aux fermiers des alentours.

Il se tourna vers Jacques.

— Prenez mon cheval. Rassemblez ceux que vous pourrez.

Quelque chose dans la voix de Philippe convainquit Jacques d'obéir. Mais Le Poiré restait méfiant.

— Pour quoi faire ? demanda-t-il.

— Vous le saurez en temps voulu.

Mais il s'entêtait.

— Pourquoi ? Qu'avez-vous à nous dire ?

Philippe ne prit pas la peine de répondre et se dirigea tranquillement vers une jeune fille, qui le dévisageait d'un air craintif. Il l'attira vers lui, la regarda en souriant.

— Assez joli morceau, dit-il.

Elle attendait, silencieuse et docile. Philippe s'aperçut que Le Poiré louchait de nouveau vers sa massue. Il repoussa la jeune fille avec un petit rire.

— Votre viande est en train de brûler, dit-il à Le Poiré, dont le regard était devenu plus intense que le feu de braises.

— De la viande ? Où avez-vous pris ça ? J'ai pas tué une seule chèvre depuis Pâques.

— Que faites-vous cuire, alors ?

— Ça vous regarde ?

Philippe s'approcha de lui, et le gifla à toute volée.

— Encore une réponse de ce genre, et on verra le jour à travers votre corps.

Il y avait autant de haine dans les yeux de Le Poiré que dans ceux de Philippe, mais entraîné sans doute par l'habitude d'être asservi, ou parce qu'il savait que Philippe était mieux armé que lui, Le Poiré s'obligea à ne plus rien dire et s'accroupit de nouveau près de son feu.

Jacques revint une demi-heure plus tard, accompagné de quatre paysans. Ils parurent déconcertés et mal à l'aise, face à ce personnage si étrangement équipé, debout contre le mur, silencieux et méprisant.

— Parfait, dit-il enfin. Voilà ce qui se passe. Ces terres m'appartiennent. Je suis Philippe, comte de Villefranche, fils légitime et héritier du comte Charles. Je viens prendre sa succession.

Ils le regardaient, incrédules.

— Depuis vingt ans, personne n'était là pour vous conseiller, et vous êtes tombés dans une misère noire. Je vais rétablir l'ordre.

Il espérait une réaction, qui ne vint pas. Ce qui le rendit plus sévère encore et plus méprisant.

— C'est de Charles, Roi des Francs et Empereur de Rome, que j'ai reçu ces terres, qui bordent la Loire sur une distance de vingt lieues. Mon grand-père en avait lui-même reçu jouissance de la bouche du grand Charlemagne. Je m'engage à vous délivrer de tous les envahisseurs et de tous les pillards, qui vous affament et vous empêchent de travailler en paix. J'attends de vous, en échange, que vous soyez de loyaux serviteurs, sans que rien ne vienne empiéter sur les devoirs qui sont les vôtres, envers Dieu et envers le Roi.

Ils gardaient toujours le silence. La jeune fille s'approcha sans bruit, en ouvrant des yeux effarés.

— Depuis ma plus petite enfance, je suis prisonnier en Espagne, et...

Il s'interrompit, conscient que ce nom n'évoquait rien pour eux.

— J'arrive d'un pays où le peuple a construit des

églises, des châteaux-forts, des palais, dont vous n'imaginez pas la beauté. Semblables à ceux que savaient construire les anciens Romains. Il est temps que quelqu'un vous aide à vous tenir debout sur vos deux jambes, et que tous ces païens cessent de vous asservir. La Providence, en sa profonde sagesse, m'a choisi pour ce rôle.

Il y eut un long silence. Le Poiré détourna la tête, pour éviter le regard de Philippe, et on l'entendit grommeler :

— On se débrouillait très bien entre nous. En quoi ça nous avance d'avoir un seigneur qui va nous prendre le peu qu'on a ?

Les autres firent entendre un murmure qui semblait lui donner raison.

— Silence ! cria Philippe, qui perdit d'un coup toute prudence, comme s'il se trouvait poursuivi par une troupe de cavaliers. Ce n'est pas une offre — c'est un ordre. Et vous serez les premiers à vous réjouir, quand on aura cessé d'incendier vos villages, et de tout dévaster, trois ou quatre fois par an.

Ils semblèrent basculer et prendre son parti. Mais Le Poiré avait retrouvé toute son audace et toute son obstination.

— Fils de notre ancien seigneur... Si vous l'êtes vraiment, comment savoir... ?

— Je vous en ai fourni la preuve.

— Peut-être, mais vous arrivez sans crier gare, vous dites que vous allez nous commander, et ci, et ça... On a quand même le droit de réfléchir.

— *Réfléchir* ! Ces terres sont à *moi*. C'est à *moi* de vous dire ce que vous avez à faire.

L'un des paysans se risqua à suggérer :

— On pourrait toujours demander aux gens d'Eglise ce qu'ils en pensent.

— Absolument, répondit Philippe, qui se souvint à temps de l'un des conseils de sa mère. Je ne ferai rien sans l'accord de l'Eglise. J'irai m'en entretenir avec le clergé, dès demain.

Il sourit brusquement à la jeune fille, comme pour lui dire : « Je prends tout en charge, mon enfant », puis se tourna vers les paysans, et leur dit, avant de sortir :

— Que Dieu vous bénisse !

Dehors, il pleuvait. En remontant à cheval, Philippe sentit qu'il avait faim, et regretta de ne pas avoir avalé quelque chose chez Le Poiré, mais c'était contraire à sa dignité de rebrousser chemin. A quelques distances de là, il y avait un petit bois, au feuillage suffisamment dense pour le protéger de la pluie. Il décida d'y camper, nourrit son cheval avec une brassée de foin qu'il avait prise lui-même chez Le Poiré, puis creusa un trou pour ses épaules, un autre pour ses reins, déroula son manteau et s'endormit.

En se réveillant en sursaut, il fut incapable de savoir s'il avait dormi une ou six heures. Il reconnut, dans l'obscurité, Jacques, le paysan qui se penchait vers lui.

— Surtout, ne parlez pas. Ils savent où vous êtes. Ils veulent vous tuer. Ils en parlent depuis que vous êtes parti. Ils sont dix, maintenant, et ils ont beaucoup bu.

Philippe était déjà debout, fou de colère.

— Où sont ces chiens ? cria-t-il. Je vais...

Il sella rapidement son cheval, et partit en direction de la hutte de Le Poiré. Il s'enfonça sous un nouveau taillis. Il voulait simplement les mettre en fuite, avant de disparaître. Il les entendit approcher sous la pluie. Il sortit son épée et, comme il l'avait appris des Sarrasins, se courba sur l'encolure de son cheval, l'entoura de son bras gauche, tendit son bouclier, de façon à protéger le poitrail de l'animal et son propre visage. Lorsqu'ils furent à dix pas, il fonça droit sur eux, remontant leur troupe titubante sur toute sa longueur, en hurlant comme trois hommes à la fois et en brandissant son épée. Elle blessa deux des hommes, en éventra un troisième. Terrifiés par cette irruption imprévue, ils perdirent le peu de courage qui les habitait, et battirent en retraite sur le sol détrempé. Ayant remonté toute la rangée, Philippe voulut lancer une seconde attaque, mais il réfléchit, reprit son sang-froid, et se contenta de crier :

— Je reviendrai, bande de chiens ! Je reviendrai !

Il fit faire demi-tour à son cheval, et disparut sous la pluie.

Il parcourut deux ou trois lieues, s'écarta de la route, et s'arrêta sous un arbre, pour prier. Il s'agenouilla, prononça les paroles latines avec une plus grande ferveur, et un plus grand espoir de rédemption, qu'il n'en avait jamais connu sur le sol musulman.

Il pria longtemps, promettant à Dieu tout ce qu'il pouvait lui promettre. Le sommeil le prit d'un coup et il bascula en avant.

Quand il s'éveilla, il pleuvait toujours. Il entendit des voix — un concert de voix, rauques et gutturales, parlant un langage inconnu, rocailleux, accompagné de bruits prouvant une intense activité — lames d'acier qu'on aiguise, grincements de roues de chariots, commandements brutaux, voix de femmes en colère. Il rampa jusqu'au haut du vallon où il avait dormi, et regarda.

Une quarantaine d'hommes levaient le camp. Ils ressemblaient au garçon aux cheveux cuivrés qu'il avait rencontré la veille. Ils étaient grands, le teint vermeil, la crinière flamboyante, coiffés de casques de métal, qui leur enserraient la tête entière, et qui étaient munis d'une plaque en longueur protégeant le nez — plaque qu'ils relevaient sur le côté, pendant qu'ils travaillaient. Ils possédaient une demi-douzaine de chariots, traînés par des bœufs, semblables à ceux que Philippe avait remarqués en traversant l'Aquitaine. Ils entassaient dans ces chariots des sacs de grains, et toutes sortes de provisions. Ce travail était accompli par quelques femmes, au teint beaucoup plus mat, qui appartenaient manifestement à une race différente.

Se souvenant de ce qu'avait raconté Jacques, Philippe sut aussitôt de qui il s'agissait. C'était une bande de ces pillards venus du Nord, de ceux qui semaient la terreur dans le royaume sans défense. Sans doute s'apprêtaient-ils à partir en expédition, ou plus probablement en revenaient, et regagnaient l'embouchure de la Loire, où étaient cachés leurs drakkars. Philippe, sans s'en douter, avait passé la nuit à moins d'une portée d'arbalète de leur camp.

Il entendit un bruit derrière lui, et se retourna brusquement, la main à son poignard. Une femme le regardait et riait en silence. Elle portait une cruche d'eau sur la hanche. Il la reconnut sans hésiter. C'était elle qu'il avait aperçue, la veille, sur le bord du ruisseau, et le mot « *Viking* » lui revint en mémoire.

— Vous êtes en danger, Messire, dit-elle.

Au grand étonnement de Philippe, elle parlait la même langue que lui, mais avec un accent différent.

— Qu'êtes-vous venu chercher par ici ? Supposez que j'appelle. Ce qu'ils sont capables de faire de vous, vous ne pouvez pas en avoir idée. Non, vous ne pouvez pas.

Il voulut lui jeter un défi, tout en calculant la distance qui le séparait de son cheval.

— Appelez !

Une lueur d'ironie traversa son regard, et elle porta la main à sa bouche. Mais Philippe ne pouvait pas courir un tel risque. Il s'était déjà jeté sur elle, et la bâillonnait d'une main. Ils roulèrent ensemble dans les buissons, luttèrent avec violence, et il finit par la clouer au sol, vaincue et sans défense. Il lui dit à mi-voix :

— Je ne veux pas vous faire de mal. Mais je vous interdis d'appeler. Je veux que vous m'aidiez.

Il se risqua alors à écarter la main, espérant avoir dit ce qu'il fallait lui dire. Elle secoua la tête.

— Je n'avais pas l'intention d'appeler. C'était par

jeu. Je suis tellement étonnée d'entendre quelqu'un parler la langue que je comprends. Je viens d'une région plus au sud, mais ces pillards nous sont tombés dessus, le mois dernier. Ils ont tout pris dans le village, et emmené cinq d'entre nous. Aujourd'hui, j'appartiens à leur chef.

Elle semblait à la fois sarcastique et résignée.

— *Robert le Crapaud*... C'est comme ça qu'on l'a surnommé. Il est bon avec moi. On s'est mariés... selon sa religion, du moins.

— D'avoir été enlevée, ça vous laisse indifférente ?

— Moi ? Oui. Quand on a mangé du pain noir pendant plus de deux ans, on se moque de tout. Eux, du moins, ils ont de quoi manger.

Elle ramassa sa cruche d'eau, qui s'était renversée, regarda vers le haut du vallon, et reprit une attitude sévère.

— Attention. J'entends deux sentinelles qui approchent. Vous feriez mieux de disparaître. Le plus vite possible.

Deux guerriers gravissaient rapidement la colline. Philippe se dit qu'ils avaient dû apercevoir, dans la lumière du petit jour, la robe trop blanche de son cheval. En moins d'une minute, il était en selle — et c'était à une seconde près : au moment où il s'éloignait au galop, une flèche vint se planter à côté de lui.

Il ralentit peu à peu l'allure, et face à ce ciel lourd de pluie, tenaillé par la faim grandissante, il sentit que la situation devenait de plus en plus difficile. Il chevauchait depuis une vingtaine de lieues sur des terres qui étaient les siennes, mais personne ne semblait en avoir conscience — ni ceux qui y vivaient ni les étrangers qui les mettaient à sac. Il fallait trouver une solution, et vite. Il s'écarta avec prudence de l'endroit où il s'était battu pendant la nuit, et, après avoir erré pendant plus d'une heure, sous une pluie tenace, il découvrit le monastère.

C'était un ensemble de bâtiments en bois, d'un seul étage — mais, par rapport à tout ce qu'il avait vu jusque-là, l'endroit paraissait accueillant. Un lourd portail de chêne ouvrait à la fois sur les champs clôturés et sur la haute palissade qui entourait les bâtiments — palissade derrière laquelle ceux qui vivaient là se réfugiaient en cas de danger. En réponse à l'appel de Philippe, un panneau s'entrouvrit au milieu du portail. Un visage rieur, surmonté d'une tignasse rousse, s'y encadra.

— C'est pour quoi ? demanda l'homme.

— Que Dieu vous bénisse, mon Père...

— Non, Frère.

— Mon Frère, si vous préférez. Qui que vous soyez, que Dieu vous bénisse.

L'homme se mit à rire.

— Où se cache votre bande armée ?

— Je suis seul.

— Je vais croire ça, peut-être !

Philippe en fit le serment solennel. Le moine parut rassuré. Il dégagea les barres de bois qui fermaient le portail, et l'ouvrit.

— C'est pour quoi ? répéta-t-il.

— Je veux voir le Père Supérieur.

Le moine referma soigneusement le portail.

— Ça doit être possible. Je suis Frère Brian. Et vous ? Vous portez un casque de Sarrasin.

— J'ai été longtemps prisonnier dans le Sud.

Le Père Abbé était un homme imposant, au visage sévère, mais Philippe s'aperçut très vite qu'il était craintif et geignard.

— J'ai connu votre père. Nous n'étions pas toujours d'accord. C'était un caractère violent parfois, mais les choses se passaient plutôt bien.

— Mieux qu'aujourd'hui, c'est évident.

— C'est vrai. Mais avec le temps tout s'est transformé. Le pays a été trois fois de suite mis à feu et à sang. Les plus sauvages de nos envahisseurs semblent avoir compris, malgré tout, que nous étions des hommes de paix, et, Dieu en soit remercié, ils nous ont épargnés.

— Hommes de paix ? Aujourd'hui ? s'écria Philippe, avec le plus profond mépris. J'ai l'impression que, dans les récits de ma mère, il s'agissait souvent de prélats courageux, qui combattaient sur le front des troupes, hache en main.

— Avec le temps, tout a changé, je le répète. Aujourd'hui, c'est chacun pour soi. Si nous voulions nous battre, nous serions très vite vaincus. Les envahisseurs une fois disparus, nous retournons à nos travaux, et nous recommençons à vivre.

« Il est vert de peur ! », se dit Philippe avec écœurement.

— C'est pourtant la tâche que je me suis fixée, reprit-il. Protéger les paysans.

— Qui vous dit qu'ils ont envie qu'on les « protège » ? répondit le Père Abbé, sèchement.

Ils discutèrent longtemps. Philippe sentait la colère monter en lui, mais il savait qu'un véritable affrontement serait inutile. Le Père Abbé lui proposa le vivre et le couvert, et ne refusa pas les quelques pièces d'argent que Philippe lui tendit en échange. Après le déjeuner, il gagna la chambre qu'on lui avait offerte, s'allongea sur une paillasse, réfléchit longuement.

Il réfléchit de façon utile. Il arrive qu'à certaines époques des vibrations particulières tournent dans l'atmosphère, et que des hommes courageux s'entendent à les saisir avant les autres. L'époque était alors aux troubles et aux bouleversements, et, dans toute l'Europe, certains hommes réfléchissaient exactement comme Philippe, et suivaient en esprit les flèches de l'Histoire, qui semblaient suspendues au-dessus de leur tête. Chacun se croyait seul, mais chacun n'était en réalité qu'un des instruments chargés de répondre au désir de la race humaine. Chacun savait que l'esprit de l'homme se trouvait au plus bas. Et chacun se sentait destiné à prendre le pouvoir, tant par la ruse que par la force.

Au milieu de l'après-midi, Philippe avait dressé son plan. La pluie semblait s'être arrêtée. Il sortit flâner au hasard sur les terres du monastère. Le hasard voulut justement qu'il échange quelques mots, près de la porte, avec le Frère à la tignasse rousse.

Philippe l'avait tout de suite deviné — le Frère Brian était influençable. Il pouvait s'en faire un allié. Irlandais de naissance, il était devenu moine itinérant — s'arrêtant, pour de longs séjours, dans les monastères où il pouvait exercer ses talents — cuisine, jardinage, travaux manuels.

Il fut d'accord avec Philippe pour reconnaître que les paysans étaient complètement démoralisés, et que le besoin d'une autorité, vigoureuse et incontestée, se faisait sentir.

— Nous avons besoin d'un capitaine, et d'une armée d'hommes entraînés, pour protéger les paysans et protéger l'Eglise. Il faudrait construire quelque chose comme un château fort, dans le genre des camps fortifiés que dressaient les anciens Romains, à ce qu'on raconte.

Philippe l'approuva.

— Mais je ne parviens pas à convaincre le Père Abbé.

Ils parlèrent longtemps. Philippe lui dévoila son plan. Lorsqu'il eut terminé, le Frère Brian s'écria :

— Sainte Vierge ! C'est un plan de grande envergure !

— Mais qu'un homme peut faire aboutir. Qu'en pensez-vous ? Etes-vous des miens ?

Voyant que Frère Brian hésitait, il s'empressa d'ajouter :

— Mais je ne veux pas vous pousser à trahir vos vœux. Je ne veux pas offenser la divine Providence.

— Soyez tranquille. Je n'ai prononcé aucun vœu — sinon quelques vœux mineurs, pour des occasions précises, dont on m'a toujours relevé.

— Sur combien d'hommes puis-je compter ?

Le Frère Brian se mit à rire.

— Vous allez un peu vite. Je ne suis sûr de rien. Je vais faire ma petite enquête après les vêpres. Il y a quelques frères qui doivent penser comme moi, et quelques ouvriers peut-être, qui feront ce que je leur dirai. Et vous, parmi vos paysans ?

— Il y en a un, qui s'appelle Jacques. Je crois pouvoir lui faire confiance. Je vais lui demander de m'aider. Je pars à sa recherche. C'est bougrement pressé.

— Vous le trouverez à une demi-lieue d'ici, sur la route. Sa cabane est adossée à une grotte. Il a deux frères jumeaux, qui viennent d'avoir seize ans, et que vous pourrez peut-être convaincre.

Jacques travaillait dans son champ. Philippe le remercia du fond du cœur de lui avoir sauvé la vie, la nuit précédente. Ils s'assirent au milieu des blés. Philippe lui exposa son plan.

Un éclair traversa le regard toujours sombre de Jacques.

— Il est temps que quelqu'un prenne les choses en mains. Tout commence à pourrir, ici. Messire, je suis des vôtres.

— Parfait. J'ai besoin de huit hommes. Avec les huit du monastère, ça ira. Quand tu les auras recrutés, va voir Le Poiré. Parle-lui des Vikings. Mets-lui adroitement la puce à l'oreille. Il tombera dans le piège — même les rats finissent par se battre entre eux. Dis-lui que les Vikings sont une vingtaine, qu'ils ont de l'or, de l'argent, tout ce que tu voudras. Dis-lui qu'ils se sont beaucoup battus ces derniers temps. Qu'ils sont épuisés, et démoralisés.

— Compris, Messire. Le Poiré doit pouvoir rassembler une soixantaine de personnes environ, des femmes comme des hommes. Il y a des femmes qui savent se battre mieux que les hommes.

— Dis-lui que tu sais où se trouve le camp des Vikings. J'ai calculé la distance qu'ils ont pu parcourir en une journée, avec leurs chariots tirés par des bœufs, et je ne crois pas me tromper de beaucoup — d'autant qu'ils doivent rester le plus près possible d'un ruisseau. Répète ce que je viens de te dire à Le Poiré, comme si c'était toi qui avait fait le calcul.

Jacques se frotta les mains. Il avait changé de visage.

— Parfait. Je vous retrouve à minuit, avec ceux que j'aurai recrutés.

— Avec des massues, n'oublie pas. Et des haches. Pas de faux, c'est trop difficile à manier.

— Et des chevaux.

— *Et* des chevaux. Il y en a peut-être trois qu'on peut monter en toute certitude. Mais il y a d'autres animaux. Des bœufs, si tu parviens à les faire bouger. Et je compte sur quelques canassons du couvent.

C'est ainsi qu'à l'insu de Le Poiré et de ses voisins, une vingtaine d'hommes — paysans, frères convers, domestiques du couvent — se retrouvèrent à minuit, chevauchant un incroyable ramassis de montures diverses — palefrois, chevaux de trait, bidets efflanqués, ânes et mulets — comme la plus grotesque caricature de la chevalerie qu'on puisse imaginer. Ils étaient là, pourtant, montés tant bien que mal. L'idée qu'avait eue Philippe était comme une préfiguration de l'âge qui s'annonçait — un âge où les chevaliers jetteraient les bases de l'Europe féodale. C'est de là qu'il tirait son avantage essentiel, tant sur les Vikings que sur les paysans.

Il leur expliqua rapidement les règles de l'attaque, en fonction de la vitesse qu'on pouvait attendre de chaque animal, quelle serait l'importance de la collision, comment tenter une percée, comment faire volte-face, et revenir vers l'ennemi pour une seconde attaque — technique expérimentée dans les plaines hongroises, et dans le sud de la Marche espagnole.

Ils devaient se tenir en embuscade, attendre que la bataille s'engage entre les paysans et les Vikings, attendre qu'il y ait beaucoup de sang répandu, que le premier élan de l'assaut s'émousse et se disperse. Ils attaqueraient alors les Vikings sur le flanc, et affirmeraient définitivement leur droit de dominer le pays et de le gouverner.

La pluie avait cessé, faisant place à une belle nuit étoilée. Philippe voulut y voir un bon présage. Ils marchèrent quelques heures, en empruntant par prudence des chemins de traverse, et aperçurent des feux qui brûlaient au loin. Les Vikings avaient installé leur campement là où Philippe l'avait prévu, une vaste clairière au bord d'un ruisseau. Une colline se dressait derrière eux, coiffée d'un bouquet d'arbres. C'est là que Philippe disposa les siens.

Sa principale inquiétude ne venait pas d'eux, mais de Le Poiré et de sa troupe. Arriveraient-ils avant le petit jour ? Le Poiré aurait-il sur cette troupe assez d'ascendant pour lui faire attaquer les Vikings par surprise ? Philippe voyait s'éteindre les feux des Vikings et ne tenait plus en place.

Frère Brian arriva enfin en courant.

— J'ai grimpé dans un arbre, expliqua-t-il, surexcité. J'ai distingué un mouvement du côté de l'ouest. Je crois qu'ils arrivent.

— Dieu fasse que Le Poiré tienne jusqu'au bout.

Un cheval se mit à hennir.

— Qu'on les muselle, s'il le faut, ordonna-t-il, mais qu'on les empêche de se faire entendre.

L'attaque se déclencha dix minutes plus tard, avec la violence d'un raz de marée, surprenant jusqu'aux sentinelles des Vikings. Soixante fauves en haillons, des deux sexes, armés de serpes, de faux, de haches et de massues, envahirent en hurlant la clairière, et se jetèrent sur les ennemis qui dormaient encore. En une minute, la confusion fut totale.

On pouvait croire que Le Poiré triompherait facilement. Les premiers Vikings n'eurent pas même le temps de tirer l'épée. Mais les paysans ignoraient tout des règles du combat. Ils voulurent compenser cette ignorance par une cruauté féroce, et ne réussirent qu'à se gêner les uns les autres. Les ordres hurlés et les mises en garde ne faisaient qu'accroître la confusion. Deux groupes de Vikings s'étaient cependant repliés autour des chariots, l'un sous les ordres de *Robert le Crapaud*, le monstre aux jambes torses, l'autre de son fils *Goldgreaves*. Les paysans commencèrent alors à sentir la morsure de l'acier, et, après chaque assaut, ils abandonnaient derrière eux des blessés, que leurs ennemis achevaient sans attendre.

Du côté des chariots où commandait *Goldgreaves*, on en était au corps à corps, ce qui augmentait le nombre des victimes. Les Vikings, arrachés un à un à leur groupe, s'écroulaient sous le choc des fléaux et des massues. En face d'eux, les paysans formaient un front uni, et si l'un tombait, il était aussitôt remplacé.

Philippe attendait toujours. Il espérait que, dans le feu de l'action, les hommes se détacheraient des chariots, ce qui rendrait son attaque plus efficace. Son espoir fut bientôt exaucé. *Robert le Crapaud* sentit que les paysans s'épuisaient. Il jugea le moment venu de les écraser, car il avait encore quinze hommes d'armes valides. Philippe vit les Vikings se ruer en avant. Il fit donner sa cavalerie.

Elle descendit la colline en hurlant, lentement d'abord, pour bien rester en ligne, puis de plus en plus vite. Au moment où les Vikings se précipitaient sur les paysans, les cavaliers de Philippe se jetèrent sur eux, les rossant de coups, les piétinant, les taillant en pièces. Ayant traversé les rangs ennemis, ils firent volte-face et chargèrent de nouveau. Les Vikings, stupéfaits, se défendirent avec désespoir, mais leur cohésion s'était rompue. Au cours de la première vague d'assaut, une dizaine d'entre eux avaient roulé à terre. Les paysans, retrouvant leur courage, se jetèrent sur eux pour les achever. Leur chef fut submergé par une grappe d'attaquants. Ils ne furent bientôt plus que quatre à se défendre. Puis trois. Une nouvelle vague déferla sur eux, et sur ce flanc-là du chariot, il ne resta plus un seul défenseur.

Obéissant aux ordres de Philippe, les vainqueurs se tournèrent alors vers l'autre point de la bataille. Philippe fit tout ce qu'il put pour obliger ses hommes à rester groupés lors du dernier assaut, mais en vain. La mêlée devint inextricable. Il fut lui-même jeté à bas de son cheval et engagé dans un combat au corps à corps. Son adversaire avait un bras cassé. Philippe n'eut aucun mal à le dominer et tira son poignard. En apercevant l'éclair de l'acier, l'homme cessa de se défendre et attendit, levant vers Philippe un regard implorant, essayant même de sourire. Philippe eut un sursaut, et se releva brusquement, entraînant l'homme avec lui. Il lui ordonna de ne plus bouger, et sauta en selle.

— Jacques ! Brian ! cria-t-il, et sa voix couvrait le tumulte. Plus de victimes ! Plus de meurtres ! Faites des prisonniers !

Ne parvenant pas à se faire entendre, il s'élança vers les derniers combattants, et frappa les paysans du plat de son épée.

— J'ai dit : plus de meurtres, bande de chiens !

Un vide s'était creusé autour de lui. Il hurla de nouveau :

— Que ces hommes se rendent. Ils sont nos prisonniers.

Un paysan, ivre du plaisir de tuer, répondit, en hurlant lui aussi :

— S'arrêter ? Pourquoi ça ? On égorge des loups. On les traite comme ils nous ont traités. De quel droit nous donnes-tu des ordres ?

Autour de lui, les autres l'approuvaient. Philippe comprit que sa conquête du pouvoir atteignait son point culminant.

— Les miens, avec moi ! cria-t-il.

D'un coup d'éperon furieux, il lança son cheval vers le paysan qui venait de parler, fonça droit sur lui, et le jeta à terre, d'un coup de sa masse d'armes.

— Qui d'autre a l'intention de discuter mes ordres ? Je suis Philippe, comte de Villefranche, votre seigneur et maître, et ma parole a force de loi sur ces terres.

Le silence se fit aussitôt. On désarma les derniers Vikings. On les attacha solidement. Et comme si la lueur d'un rose flétri qui annonçait l'aurore était le signal de la fin des combats, les paysans épuisés se laissèrent tomber à terre, ou descendirent vers le ruisseau, pour boire et laver leurs blessures.

Les hommes de Philippe s'étaient assis, en attendant ses décisions. Il s'approcha des prisonniers terrifiés, et fit signe au premier. C'était l'homme qu'il venait d'épargner quelques instants plus tôt.

— Que préfères-tu ? Avoir la gorge tranchée, ou mettre un genou en terre, et me faire serment d'allégeance ?

L'homme finit par comprendre. Il s'agenouilla, saisit la main de Philippe, y posa le front. Le second prisonnier, un vieil homme à cheveux gris, se trouva confronté à la même alternative. Il se redressa fièrement, croisa les bras, et secoua la tête. Philippe fit un signe à Jacques, qui bondit, comme un chat, et trancha la gorge de l'homme d'une oreille à l'autre. Le prisonnier s'effondra, et sa barbe grise se tacha brusquement de sang.

Les deux prisonniers suivants suivirent l'exemple du premier, et prêtèrent serment à Philippe. Le cinquième était *Goldgreaves*, le fils du chef Robert, tué dans la bataille. Il reconnut Philippe et poussa un cri de surprise. Puis son visage reprit son impassibilité, et il regarda son vainqueur droit dans les yeux, sans savoir ce qu'il pourrait y déchiffrer.

Philippe comprit que toute pitié serait vaine. Cet homme, fils de chef, était devenu chef par droit d'héritage. Il hésita, pourtant, mais se força à être impitoyable. Il n'y avait place que pour un seul chef. Il n'interrogea pas le prisonnier, se contenta de faire signe à Jacques, et, pris d'une brusque nausée, détourna la tête. Il savait que ce geste reviendrait un jour le hanter.

Ainsi fut fait ce qui devait être fait. *Goldgreaves* avait rejoint les siens. Des quarante Vikings qui, la veille encore parcouraient la Touraine, il ne restait que trois prisonniers, et deux hommes qui, au début de la bataille, avaient entraîné les femmes à l'abri dans le sous-bois. Un tiers des paysans, parmi lesquels se trouvait Le Poiré, avaient été tués. La plupart des autres étaient blessés.

Le soleil venait d'atteindre l'horizon. Philippe se dressa face à lui, et se souvenant de certaines cérémonies musulmanes, il dit à voix haute :

— Dieu, Toi qui as envoyé ces chiens de païens sur nos terres pour que nous puissions les exterminer, nous Te rendons grâce. Que Ta volonté soit faite sur la terre comme au ciel.

Ce fut une journée bien remplie. Il fallut d'abord se partager la nourriture volée par les Vikings, et les paysans fondirent dessus comme une nuée de corbeaux. Il fallut ensuite ramasser les morts, dépouiller les cadavres vikings des vêtements et de tous les objets que chacun convoitait, les disposer en tas les uns sur les autres, les couvrir de branchages, y mettre le feu. Philippe veilla à ce que les corps du chef et de son fils soient placés au haut du bûcher. En ce qui concernait les armes — épées, massues, poignards, arcs, casques et boucliers — il prit soin de gagner les paysans de vitesse, et de les faire récupérer par les siens. Ils en remplirent un chariot, placé sous bonne garde.

Avant de partir, il donna des instructions pour que soient équitablement partagés le reste du butin — calices, ciboires, riches draperies, chasubles brodées d'or, et objets du culte, que les Vikings avaient volés en Aquitaine.

En regagnant ses terres, Philippe s'entretint avec quelques-uns de ses compagnons, parmi les plus jeunes, pour choisir ceux qui constitueraient sa garde permanente. En fin d'après-midi, ils arrivèrent aux premières masures du village. Les familles se dispersèrent, chacune emportant ses morts, avec la résignation silencieuse de ceux qui ont beaucoup souffert. Philippe poursuivit sa route, avec ceux qui restaient de son étrange cavalerie, jusqu'à l'emplacement de l'ancien château seigneurial. Il y planta la tente du chef viking, et décida d'y établir son quartier général.

Une heure plus tard, le Père Abbé survint, avec quelques-uns de ses frères. Il était extrêmement mécontent. Il adressa de sévères remontrances à Philippe, quant à l'usage autoritaire qu'il avait fait de certains de ses moines, et surtout des montures du monastère. Philippe l'écouta sans un mot. Puis il répondit, avec le plus grand respect :

— Reconnaissez, mon Père, que je vous ai offert de prendre vous-même l'affaire en mains. Vous avez refusé. Il a donc fallu que je m'en charge. Si nous n'étions pas intervenus, ces chiens de païens seraient peut-être en train d'incendier vos biens.

— Et maintenant ? demanda le Père Abbé, d'un air soupçonneux. Que comptez-vous faire ?

— C'est mon affaire. Je ne voudrais pas vous manquer de respect, mon Père, mais j'ai de grands projets, et j'entends les mettre en chantier sans attendre. Si vous vous décidez à prendre mon parti, j'en serai enchanté. D'ici là, je garde le silence.

Le Père Abbé se redressa, atteint dans son orgueil.

— Très bien. Je reprends mes chevaux et mes gens, et je vous abandonne.

— Un moment. Je possède huit de vos chevaux. Je désire vous les acheter.

Il sortit de l'argent de sa bourse.

— C'est insultant. Ils ne sont pas à vendre. Nous n'en avons que dix en tout.

— Alors, je vous en achète cinq. A cinq écus chacun. Quant à vos gens, je crois que certains préfèrent rester avec moi. Frère Brian, notamment...

— Qu'il reste. Je n'en voudrais pour rien au monde.

Et le Père Abbé disparut, ulcéré.

La nuit tomba, comme une bénédiction, sur cette journée à jamais tachée de sang. Les hommes, qui étaient fidèles à Philippe, se firent un lit, un à un, dans la paille qu'ils avaient tirée des chariots. Seule, la tente de Philippe resta vide. Il marchait lentement sous le ciel étoilé. Aussi loin que portait ses regards, ces terres étaient siennes. Il se baissa, en prit une poignée, qu'il fit couler entre ses doigts. Puis, dans un brusque élan de ferveur, il s'agenouilla, et remercia secrètement Dieu de la bonté qu'Il lui avait témoignée. Et de nouveau, il reprit sa marche nocturne, se dirigea vers un piton rocheux, dont la pente opposée descendait vers la Loire.

— C'est là, murmura-t-il, que je construirai ma demeure. A l'endroit où la route croise le fleuve, je bâtirai un pont, et...

Une présence inattendue vint interrompre sa méditation — une fragile ombre blanche, surgie de nulle part, qui se jeta soudain à ses pieds.

— Pardonnez-moi, noble Seigneur. Je vous ai suivi.

Il l'obligea à se lever. C'était la fille du camp viking, celle à qui il avait parlé le matin précédent, et qui était devenue par force la femme du chef Robert.

— Pas de place ici pour les femmes, dit-il, d'un ton sec. Du moins, pas encore.

Elle se plaignit doucement.

— Que vais-je devenir ? Les autres femmes se sont enfuies pendant la bataille. Je n'ai plus personne. Le Prince des Mers a été tué, je ne veux pas mourir de faim dans la forêt, et pour rentrer chez moi, il faut dix jours de marche.

Elle se jeta de nouveau à ses pieds, s'accrochant à lui avec désespoir. Il montra sa tente.

— Entre là.

— Et vous ? Que faites-vous ? N'avez-vous pas besoin de repos ?

— Je monte la garde, répondit-il avec violence. Les autres ont le droit de se reposer. Moi, je monte la garde.

Elle s'éloigna. Il reprit sa marche, fit lentement le tour du camp, incarnant à lui seul l'avenir de sa race, tournant à l'infini sous l'obscure lueur des étoiles.

Composition réalisée par EUROCOMPOSITION

IMPRIMÉ EN FRANCE PAR BRODARD ET TAUPIN
Usine de La Flèche (Sarthe).
LIBRAIRIE GÉNÉRALE FRANÇAISE - 6, rue Pierre-Sarrazin - 75006 Paris.
ISBN : 2 - 253 - 06523 - 4 30/9735/9